U0725626

本书献给中国共产党成立95周年

一个大党和一只小船

梁衡政治散文选

梁衡 著

回望95年
南湖船——28年的血与火
庐山雾——29年的云和月
红手印——37年的探与求
心中有所思
为官为政
为人为文
他山采新石

人民出版社

目 录
CONTENTS

三、红手印——37 年的探与求（1979—2016）

//////////////////////// 第二部分　心中有所思 ////////////////////////

一、为官为政

二、为人为文

第三部分 他山采新石

自序：文学与政治

梁　衡

在建党 95 周年之际，应约编成这本以政治题材为主的散文集。内容包括政治人物、政治事件和政治思考。第一部分，是按时间顺序记录 95 年来的可说可叹之事，以记为主；第二部分，是为政思考，以议为主；第三部分，是国外的政治拾零。

政治和文学的关系一向是很微妙的。政治离不开文学，要借文学实现目标，推行教化，又常常嫌它生事、碍事。文学也离不开政治，要借政治的大题材、大受众、大舞台，但又嫌它枯燥、呆板、霸气。二者合不得，又离不得。因为它们各有自己的运作规律，谁也代替不了谁。于是只好求同存异，真诚合作。

政治是什么？从内容来说是大事，关系到全局、全国、全民、时代的大事；从管理角度说，政治是为老百姓办事。孙中山说政治是管理众人之事，毛泽东说政治是为人民服务。从政权运作上来讲，政治是民众将自己的权力出让，交给一个公共部门、一个集团来管理。一句话：政治是"一大一公"，大事、公事。但再大再公的事也得由人去做，由有血有肉的人去做，于是古往今来围绕个人怎么干大事，便生出许多故事，有成有败、有忠有奸、有爱有恨、有哀有乐，这是文学关心的。

文学是什么？第一，文学是人学，它是以研究人、表现人、完善人为目的的。它不是为政治服务、不是为哪个集团服务。但政治的人和事却是它借以表现人、服务于人的内容，而且是一大内容。第二，文学是艺术，有审美功能，它要产生美感，要使人愉悦而不能说教，当然更不能命令。于是文学要遵循艺术的规律，可以借鉴，但不能全部按政治规律办。

由于政治是大事，是全民关心的事，是要写入史册的事，政治题材也就当然地有了最大多数的读者。作家的智慧是给这些题材插上艺术的翅膀，风助火力，火借风力，因文而远。其实，中国历史上，一直没有脱离这个传统，许多名著都以政治为背景，如《三国演义》《水浒传》《红楼梦》。政治散文更是源远流长，有记人叙事的，如司马迁《史记》中的文章；有抒情言志的，如范仲淹的《岳阳楼记》、诸葛亮的《出师表》；有议论时政的，如贾谊的《过秦论》、魏征的《谏太宗十思疏》、梁启超的《少年中国说》等。这些文章写大事，抒大情，言大理，挟政治之风雷，鼓动艺术的翅膀，是中国文学史上的一脉脊梁骨散文。历史进入现代，民主冲击封建专制，山崩海立，摧枯拉朽，"五四"之后政治散文又出现一个高潮。其代表作如李大钊的《艰难的国运与雄健的国民》，鲁迅的《记刘和珍君》，方志敏的《可爱的中国》，毛泽东的《为人民服务》，方纪的《挥手之间》，魏巍的《谁是最可爱的人》，陶铸的《松树的风格》等，都是记大事、抒大情之作。纵观古今成功的政治散文，其关键，一要把准政治的脉搏，找准历史的坐标点；二要老老实实，遵循文学的规律。

我这本集子中所述内容，都是中国共产党建党 95 年来的人和事。应该说这 95 年是中国政治史上最辉煌的年代，其思想变化之烈、制度

变化之巨，史无前例。作为有书写政治传统的中国散文，如不能为这
95 年留点儿东西甚为可惜。我有幸在 95 年间迈过了生命的七十余年，
更有幸当记者、当官员出入政治之间。于是就记其所思所得。有的事，
余生也晚未及赶上，有的人未能谋面。但事是大事，人是伟人，敬之仰
之，刻骨铭心。有的是我碰到的人和事，虽不很大，颇能代表其时的政
治气候，也能标志时代演变的轨迹。这里有纪实，有歌颂，更多的是思
考。特奉献读者，并献给建党 95 周年。

2016 年 6 月 6 日

第一部分

回望95年

一、南湖船——28 年的血与火
（*1921—1949*）

1921 一个大党和一只小船

　　中国共产党现在是一个拥有 6500 万党员的大党，是一个拥有着 960 万平方公里国土、13 亿人口的大国的执政党。可是谁能想到，当初她却是诞生在一只小船上。在建党 80 周年之际，我特地赶到嘉兴南湖瞻仰这只小船。这是一只多么小的船啊，要低头弯腰才能进入舱内，刚能容下十几个人促膝侧坐。它被一条细绳系在湖边，随着轻风细浪，慢慢地摇荡。我真不敢想象，我们轰轰烈烈、排山倒海的 80 年就是从这条船舱里倾泻出来的吗？

　　因为她是党史的起点，这条船现在被称为红船。1921 年 7 月 23 日，中国共产党第一次代表大会在上海法租界的一栋房子里召开，但很快就被巡捕监视上了。不得已，立即休会转移。代表之一的李达，他的夫人王会悟是嘉兴南湖人，她提议转移到这里来开会。8月1日，王会悟、李达、毛泽东先从上海来到嘉兴，租好了旅馆，就出来选"会场"。他们登上南湖湖心岛上的烟雨楼，见四周烟雨茫茫，水面上冷冷清清地漂着几只游船，不觉灵机一动，就租它一只船来当"会场"。当时还计划好游船停泊的位置，在楼的东北方向，既不靠岸，也不傍岛，就在水中来回漂荡。第二天，其余代表分散行动，从上海来到南湖，来到这只小船上。下午，通过了最后两个文件，中国共产党就这样诞生了。

今天，我重登烟雨楼，天明水静，杨柳依依。这烟雨楼最早建于五代，原址是在湖岸上。清嘉庆年间当地知府赵瀛疏浚南湖，用挖起的土在湖心垒岛，第二年又在岛上起楼。有湖有岛有楼，再加上此地气候常细雨蒙蒙，南湖烟雨便成了一处绝景。清乾隆皇帝曾六下江南，八到烟雨楼，至今岛上还留有御碑。现在楼头大匾上"烟雨楼"三个大字是当年的"一大"代表董必武亲笔所书。历史沧桑烟雨茫茫，我今抚栏回望，真不敢想象我们这样一个大党，当初是那样的艰难。那时百姓穷无立锥之地，要想建一个代表百姓利益的党，当然也就没有可落脚之处。列宁说，群众分为阶级，阶级有党，党有领袖。当时这12个代表是何等的窘迫，举目神州，无我寸土。我眼看手摸着这只小船，这些小桌小凳，这竹棚木舫。我算了一下，就是把舱里全摆满，顶多只能挤下14个小凳，这就是现在有6500万党员的中共"一大"会场吗？但这个会场仍不安全，王会悟同志是专管在船头放哨的。下午，忽有一汽艇从湖面驶过，她疑有警情，忙发暗号，船内就立即响起一片麻将声。他们是一伙租了游船来玩的青年文人啊！汽艇一过，麻将撤去，再低声讨论文件，同时也没有忘记放开留声机作掩护。但不管怎样，工农的党在这条小船的襁褓里诞生了。

距南湖不远是以大潮闻名的钱塘江，当年孙中山过此，观潮而叹曰："世界潮流浩浩荡荡，顺之者昌，逆之者亡。"共产党在此顺潮流而生，合乎天意。

西方人信上帝，我们信马克思主义。也许是马克思在冥冥中的安排，专门让我们这个大党诞生在一只小船上。于是党的肌体里就有了船的基因，党的活动就再也离不开船。

宋人潘阆有一首写大潮中行船的名词："未疑沧海尽成空，万面鼓声中。弄涛人向涛头立，手把红旗旗不湿。"共产党就是敢立于涛头的弄涛人。一大之后，第一次国共合作破裂后，毛泽东便南下到湖南组织农民运动。大革命失败，他振臂一呼，发动秋收起义，上了井冈山。这时全国正处在白色恐怖之中，许多人不知革命希望在何方。他挺立井冈之巅大声说道："革命高潮是站在海岸遥望海中已经看得见桅杆尖头的一只航船。"这时，周恩来也领导了南昌起义，南下广州后作战失败，只靠一只小木船，深夜里偷渡香港，又转道上海，再埋火种。谁曾想到，惊涛骇浪中，这只小木船上坐着的就是未来共和国的总理。蒋介石曾希望借中国大地上的江河之阻剿灭革命，但革命队伍却一次次地利用木船突围决胜。天险大渡河曾毁灭了石达开的十万大军，但是当蒋介石围追红军于此，只见到几只远去的船影和留在岸上的一双草鞋。抗战八年，共产党在陕北聚积了力量，然后东渡黄河，问鼎北平。而东渡黄河靠的还是老艄公摇的一条木船，船仍然不大，以至于连毛泽东心爱的白马也没能装上。中国革命的整个司令部就这样在一条木船上实现了战略大转移。不久就有百万雄师乘着帆船过大江，解放全中国。中国历史上的秦皇汉武们喜欢说他们是马上得天下。中国共产党真正是船上得天下，是船上生，浪里走而夺得天下的啊。

英雄造时势，时势造英雄。历史长河的巨浪也颠簸着最早上船的十二名代表。第一个为革命牺牲的是何叔衡，红军长征后，他在一次突围中，为不连累同志跳崖而死。以后脱党的有刘仁静，叛党的有陈公博、周佛海、张国焘。毛泽东则成了党最长期的领袖。十二个人中只有董必武再回过故地。毛泽东 1958 年到杭州时，专列经过南湖，他急令停车，在路边凝望南湖足有 40 分钟，想伟人当时胸中涛翻云涌，其思何如。

中国古代有一个最著名的关于船的寓言故事：刻舟求剑，是讲不实事求是，不会发展地、辩证地看问题。我们不讳言曾犯过错误，也曾做过一些刻舟求剑的事。我们曾急切地追求过新的生产关系，追求那些在本本里看到的模式，硬要在我们自己的刻舟之处去找主观上想要的东西。因此也曾有几次尽兴放舟，争渡、争渡，"误入藕花深处"。最危险的一次是"文化大革命"，险些翻船。但是我们也敢于承认错误，改正错误。这时中国共产党早已是一条大船，都说船大难调头，但是邓小平成功地指挥它调了过来。在我们干社会主义数十年后，又敢于重新问一句什么是社会主义，敢于说社会主义初级阶段至少需要一百年。这勇气不亚于当年在南湖烟雨中问苍茫大地，船向何处。

红船自南湖出发已经航行了 80 年。其间有时"春和景明，波澜不惊"；有时"阴风怒号，浊浪排空"。80 年来，党的领袖们时时心忧天下，处处留意行船的规律。历史上第一个以舟水关系而喻治国驭世的政治家，是唐太宗。他说："水可载舟，亦可覆舟。"当我们这只小船航行到第 34 个年头时，时在 1945 年 7 月 1 日，中国共产党刚开过"七大"，胜利在即，将掌天下。民主人士黄炎培赴延安，与毛泽东有一次著名的谈话。黄问，如何能逃出新政权"其兴也勃，其亡也忽"的周期律。毛泽东答："靠民主，靠相信人民群众。"依靠人民群众，我们打造出一只共和国的大船。后来，红船航行到第 71 个年头，1992 年，邓小平南巡再指航向："逆水行舟，不进则退"，"发展才是硬道理"，我们扬起有中国特色社会主义的风帆，又一次勇敢地冲上浪尖。今天这只船航行到第 80 年。我们的事业蒸蒸日上，兴旺发达，中国共产党已是一个伟大的、成熟的党。

　　南湖边上现在还停着这只小小的木船。烟消雨停，山明水静。游人走过，悄悄地向她行着注目礼。这已经是一种政治的象征和哲学意义的昭示。6500 万党员的大党就是从这里上岸的啊。从贫无寸土，漂泊水上，到神州万里，万里江山。党在船上，船行水上，不惧风浪，不忘忧患，顺乎潮流，再登彼岸。

（原载《人民日报》2001 年 6 月 21 日）

1935 清贫之丰碑

方志敏被捕后，敌兵像饿狼一样把他浑身搜了一遍，没有搜出一个铜板。对方实在不能理解这个共产党的大官。他预感到生命行将结束，就提笔为我们留下一篇文章：《清贫》。共产党能得天下原因诸多，如它的理想、主义、方针、策略、作风等。而对物质生活的态度，也是其中重要的一部分。而方志敏的《清贫》则是一面丰碑。

在《清贫》中，方志敏提出要过"洁白朴素的生活"，唯此，才可以战胜一切困难。人是由物质和精神两部分组成的，没有起码的衣食保证当然无法生存。但是，如果为物所累，也就没有了精神生命。一个人如果没有了精神，则随时可以投降、变节、苟安、屈服，也就滑向了猥琐的甚至肮脏的生活。

当年蜀帝刘禅亡国被俘。魏国整日以酒肉歌舞相待，他乐不思蜀，对方就大为放心。一个酒肉歌舞就能收买的人，还能有什么大志？现在，可以收买干部的东西太多了，车子、房子、金钱、美女、官职。林则徐因虎门销烟获罪，民间准备为他筹钱赎罪，他坚决拒绝，宁愿西出玉门，充军新疆。他追求一种精神，一种没有被污染了的生活。他成了一代民族英雄，他的名言"无欲则刚"，也成了一切有为之士的座右铭。

从来振聋发聩的好文章都是由鲜血写成，然后又为历史所检验。方志敏和无数先烈以身无分文的清贫换来了人民的江山。当年衣不蔽体，在山沟里被追得东躲西藏的"匪党"现在成了执政党，当年贫穷的国家也富居世界第三，但是贪污腐败却暗暗滋生，一种糜烂生活却悄悄传染开来。进入新时期的全国首例巨贪高官、副省长胡长清贪污案，就发生在方志敏战斗牺牲的江西。共产党曾经很穷，在战争时期穷，党中央住窑洞，吃黑豆；进城了，也还穷，中南海里开会，只供白开水，谁要喝茶，主动交 5 分钱。但上下一心，都有一颗公心。历史再次证明，身无分文，心忧天下，必得天下；手握大权，心怀小私，必失天下。让我们记住方志敏的话"过洁白朴素的生活"。

朴素其物欲，洁白其精神。

（原载《经济晚报》2007 年 11 月 9 日）

1936 觅渡，觅渡，渡何处？

常州城里那座不大的瞿秋白的纪念馆我已经去过三次。从第一次看到那个黑旧的房舍，我就想写篇文章。但是 6 个年头过去了，还是没有写出。瞿秋白实在是一个谜，他太博大深邃，让你看不清摸不透，无从写起但又放不下笔。去年我第三次访秋白故居时正值他牺牲 60 周年，地方上和北京都在筹备关于他的讨论会。他就义时才 36 岁，可人们已经纪念他 60 年了，而且还会永远纪念下去。是因为他当过党的领袖？是因为他的文学成就？是因为他的才气？是，又不全是。他短短的一生就像一幅永远读不完的名画。

我第一次到纪念馆是 1990 年。纪念馆本是瞿家的一间旧祠堂，祠堂前原有一条河，河上有一桥叫觅渡桥。一听这名字我就心中一惊，觅渡，觅渡，渡在何处？瞿秋白是以职业革命家自许的，但从这个渡口出发并没有让他走出一条路。"八七会议"他受命于白色恐怖之中，以一副柔弱的书生之肩，挑起了统率全党的重担，发出武装斗争的吼声。但是他随即被王明，被自己的人一巴掌打倒，永不重用。后来在长征时又借口他有病，不带他北上。而比他年纪大身体弱的徐特立、谢觉哉等都安然到达陕北，活到了新中国成立。他其实不是被国民党杀的，是被"左"倾路线所杀。是自己的人按住了他的脖子，好让敌人的屠刀来砍。而他先是仔细地独白，然后就去从容就义。

如果秋白是一个如李逵式的人物，大喊一声："你朝爷爷砍吧，20年后又是一条好汉。"也许人们早已把他忘掉。他是一个书生啊，一个典型的中国知识分子，你看他的照片，一副多么秀气但又有几分苍白的面容。

他一开始就不是舞枪弄刀的人。他在黄埔军校讲课，在上海大学讲课，他的才华熠熠闪光，听课的人挤满礼堂，爬上窗台，甚至连学校的教师也挤进来听。后来成为大作家的丁玲，这时也在台下瞪着一双稚气的大眼睛。瞿秋白的文才曾是怎样折服了一代人。后来成为文化史专家、新中国文化部副部长的郑振铎，当时准备结婚，想求秋白刻一对印，秋白开的价格是 50 元。郑付不起转而求茅盾。婚礼那天，秋白手提一手帕小包，说来送礼金 50，郑不胜惶恐，打开一看却是两方石印。可想他当时的治印水平。秋白被排挤离开党的领导岗位后，转而为文，短短几年他的著译竟有 500 万字。鲁迅与他之间的敬重和友谊，就像马克思与恩格斯一样的完美。秋白夫妻到上海住鲁迅家中，鲁迅和许广平睡地板，而将床铺让给他们。秋白被捕后鲁迅立即组织营救，他就义后鲁迅又亲自为他编文集，装帧和用料在当时都是一流的。秋白与鲁迅、茅盾、郑振铎这些现代文化史上的高峰，也是齐肩至顶的啊，他应该知道自己身躯内所含的文化价值，应该到书斋里去实现这个价值。但是他没有，他目睹人民沉浮于水火，目睹党濒于灭顶，他振臂一呼，跃向黑暗。只要能为社会的前进照亮一步之路，他就毅然举全身而自燃。他的俄文水平在当时的中国是数一数二的，他曾发宏愿，要将俄国文学名著介绍到中国来。他牺牲后鲁迅感叹说，本来《死魂灵》由秋白来译是最合适的。这使我想起另一件事。与秋白同时代的有一个人叫梁实秋，在抗日高潮中仍大写悠闲文字，被左翼作家批评为"抗战无关论"。他自我辩解说，人在情急时固然可以抄起菜刀杀人，但杀人毕竟不是菜刀的使命。他还是一直弄他的纯文学，后来确实成就很高，一人独立译完了《莎士比亚全集》。现在，当我们很大度地承认梁实秋的贡献时，更不该忘记秋白这样的，情急用菜刀去救国救民，甚至连自己的珠玉之身也扑上去的人。如果他不这样做，留把菜刀作后用，留得青山来养柴，在文坛上他也会成为一个甚至十个梁实秋。但是他没有。

如果秋白的骨头像他的身体一样的柔弱，他一被捕就招供认罪，那么历史也早就忘了他。革命史上有多少英雄就有多少叛徒。曾是共产党总书记的向忠发、政治局委员的顾顺章，都有一个工人阶级的好出身，但是一被逮捕，就立即招供。至于陈公博、周佛海、张国焘等高干，还可以举出不少。而秋白偏偏以柔弱之躯演出一场泰山崩于前而不动的英雄戏。他刚被捕时敌人并不明他的身份，他自称是一名医生，在狱中读书写字，连监狱长也求他开方看病。其实，他实实在在是一个书生、画家、医生，除了名字是假的，这些身份对他来说一个都不假。这时上海的鲁迅等正在设法营救他。但是一个听过他讲课的叛徒终于认出了他。特务乘其不备突然大喊一声："瞿秋白！"他却木然无应。敌人无法，只好把叛徒拉出当面对质。这时他却淡淡一笑说："既然你们已认出了我，我就是瞿秋白。过去我写的那份供词就权当小说去读吧。"

蒋介石听说抓到了瞿秋白，急电宋希濂去处理此事。宋在黄埔时听过他的课，执学生礼，想以师生之情劝其降，并派军医为之治病。他死意已决，说："减轻一点痛苦是可以的，要治好病就大可不必了。"当一个人从道理上明白了生死大义之后，他就获得了最大的坚强和最大的从容。这是靠肉体的耐力和感情的倾注所无法达到的，理性的力量就像轨道的延伸一样坚定。

一个真正的知识分子向来是以理行事，所谓士可杀而不可辱。文天祥被捕后，跳水、撞墙，唯求一死。鲁迅受到恐吓，出门都不带钥匙，以示不归之志。毛泽东赞扬朱自清宁可饿死也不吃美国的救济粉。秋白正是这样一个典型的已达到自由阶段的知识分子。蒋介石威胁利诱实在不能使之屈服，遂下令枪决。刑前，秋白唱《国际歌》，唱红军歌曲，泰然自行至刑场，高呼"中国共产党万岁"，盘腿席地而坐，令敌开枪。从被捕到就义，这里没有一点死的畏惧。

如果秋白就这样高呼口号为革命献身，人们也许还不会这样长久地怀念他、研究他。他偏偏在临死前又抢着写了一篇《多余的话》，这在一般人看来真是多余。我们看他短短一生，斗争何等坚决。他在国共合作中对国民党右派的批驳、在党内对陈独秀右倾路线的批判何等犀利；他主持"八七会议"，决定武装斗争，永远功彪史册；他在监狱中从容斗敌，最后英勇就义，泣天地恸鬼神。这是一个多么完整的句号。但是他不肯，他觉得自己实在太渺小，实在愧对党的领袖这个称号，于是用解剖刀，将自己的灵魂仔仔细细地剖析了一遍。别人看到的他是一个光明的结论，他在这里却非要说一说光明之前的暗淡，或者光明后面的阴影。这又是一种惊人的平静。

就像敌人要给他治病时，他说：不必了。他将生命看得很淡。现在，为了做人，他又将虚名看得很淡。他认为自己是从绅士家庭，从旧文人走向革命的，他在新与旧的斗争中受着煎熬，在文学爱好与政治责任的抉择中受着煎熬。他说以后旧文人将再不会有了，他要将这个典型，这个痛苦的改造过程如实地录下，献给后人。他说过："光明和火焰从地心里钻出来的时候，难免要经过好几次的尝试，试探自己的道路，锻炼自己的力量。"他不但解剖了自己的灵魂，在《多余的话》里还嘱咐死后请解剖他的尸体，因为他是一个得了多年肺病的人。这又是他的伟大，他的无私。我们可以对比一下世上有多少人都在涂脂抹粉，挖空心思地打扮自己的历史，极力隐恶扬善。特别是一些地位越高的人越爱这样做，别人也帮他这样做，所谓为尊者讳，而他却不肯。作为领袖，人们希望他内外都是彻底的鲜红，而他却固执地说：不，我是一个多重色彩的人。在一般人是把人生投入革命，在他是把革命投入人生，革命是他人生实验的一部分。当我们只看他的事业，看他从容赴死时，他是一座平原上的高山，令人崇敬；当我们再看他对自己的解剖时，他更是一座下临深谷的高峰，风鸣林吼，奇绝险峻，给人更多的思考。他是一个内心既纵横交错，又坦荡如一张白纸的人。

我在这间旧祠堂里，一年年地来去，一次次地徘徊，我想象着当年门前的小河，河上来往觅渡的小舟。秋白就是从这里出发，到上海办学，后来又在上海会见鲁迅；到广州参与国共合作，去会孙中山；到苏俄去当记者，去参加共产国际会议；到汉口去主持"八七会议"，发起武装斗争；到江西苏区去主持教育工作。他生命短促，行色匆匆。

他出门登舟之时一定想到"野渡无人舟自横"，想到"轻解罗裳，独上兰舟"。那是一种多么悠闲的生活，多么美的诗句，是一个多么宁静的港湾。他在《多余的话》里一再表达他对文学的热爱。他多么想靠上那个码头，但他没有，直到临死的前一刻他还在探究生命的归宿。他一生都在觅渡，但是到最后也没有傍到一个好的码头，这实在是一个悲剧。但正是这悲剧的遗憾，人们才这样以其生命的一倍、两倍、十倍的岁月去纪念他。如果他一开始就不闹什么革命，只要随便拔下身上的一根汗毛，悉心培植，也会成为著名的作家、翻译家、金石家、书法家或者名医。梁实秋、徐志摩现在不是尚享后人之飨吗？如果他革命之后，又拨转船头，退而治学呢，仍然可以成为一个文坛泰斗。与他同时代的陈望道，本来是和陈独秀一起筹建共产党的，后来退而研究修辞，著《修辞学发凡》，成了中国修辞第一人，人们也记住了他。可是秋白没有这样做。就像一个美女偏不肯去演戏，像一个高个儿男子偏不肯去打球。他另有所求，但又求而无获，甚至被人误会。

一个人无才也就罢了，或者有一分才干成了一件事也罢了。最可惜的是他有十分才只干成了一件事，甚而一件也没有干成，这才叫后人惋惜。你看岳飞的诗词写得多好，他是有文才的，但世人只记住了他的武功。辛弃疾是有武才的，他年轻时率一万义军反金投宋，但南宋政府不用，他只能"醉里挑灯看剑，梦回吹角连营"，后人也只知他的文才。瞿秋白以文人为政，又因政事之败而返观人生。如果他只是慷慨就义再不说什么，也许他早已没入历史的年轮。但是他又说了一些看似多余的话，他觉得探索比到达更可贵。当年项羽兵败，虽前有渡船，却拒不渡河。项羽如果为刘邦所杀，或者他失败后再渡乌江，都不如临江自刎这样留给历史永远的回味。项羽面对生的希望却举起了一把自刎的剑，秋白在将要英名流芳时却举起了一把解剖刀，他们都把行将定格的生命的价值又向上推了一层。哲人者，宁肯舍其事而成其心。

秋白不朽。

（原载《中华儿女》1996 年第 8 期）

1942 这思考的窑洞

我从延安回来，印象最深的是那里的窑洞。

照理说我对窑洞并不陌生，我是在窑洞里生，窑洞里长的。我对窑洞的熟悉，就像对一件穿旧了的衣服，已经忘记了它的存在。但是，当3年前，我初访延安时，这熟悉的土窑洞却让我的心猛然一颤，以至于3年来如魔在身，萦绕不绝。因为这普通的窑洞里曾住过一位伟大的人，而那些伟大的思想也就像生产土豆、小米一样在这黄土坡上的土洞洞里奇迹般地生产了出来。

延安是中国共产党领导全国人民进行民族革命和民主革命斗争的心脏，是艰苦岁月的代名词。在大多数人的脑海里，延安的形象是战争，是大生产，是生死存亡的一种苦挣。但是当我见到延安时，历史的硝烟已经退去，眼前只有几排静静的窑洞，而每个窑洞门口又都钉有一块木牌，上面写明某年某月，毛泽东同志居住于此，著有哪几本著作。有的只有几十天，仍然有著作产生。这时仿佛墙上的钉子不是钉着木牌，而是钉住了我的双脚，我久久伫立，不能移步。院子里扫得干干净净，几棵柳树轻轻地垂着枝条，不远处延水在静静地流。我几乎不能想象，当年边区敌伪封锁，无衣无食，每天都在流血牺牲，每天都十万火急，毛泽东同志却稳稳地在这里思考、写作，酿造他的思想，他的与中国实际相结合的马克思主义。

　　我看着这一排排敞开的窑洞，突然觉得它就是一排思考的机器。在中国，有两种窑洞，一种是给人住的，一种是给神住的。你看敦煌、云冈、龙门、大足石窟存了多少佛祖，北岳恒山上的石洞里甚至还并供着孔子、老子和释迦牟尼。这实际上是老百姓在假托一个神储存自己的思想，自己的信仰。彻底的唯物主义者不需要偶像，眼前这土窑洞里甚至连一张毛泽东的画像也没有，但是 50 年里来这里的人络绎不绝，因为这窑洞里的每一粒空气分子中都充满着思想。我仿佛看见每个窑门上都刻着"实事求是"，耳边总是响着毛泽东同志那句话："'实事'就是客观存在着的一切事物，'是'就是客观事物的内部联系，即规律性，'求'就是我们去研究。"

　　自党中央从 1937 年 1 月由保安迁到延安，毛泽东同志在延安先后住过四处窑洞。这窑洞首先是一个指挥部，毛泽东和他的战友们在这里运筹帷幄，决胜千里。但为了这些决策的正确，为了能给宏伟的战略找到科学的理论根据，毛泽东在这里于敌机的轰炸声中，于会议的缝隙中，拼命地读书写作。所以更确切点说这窑洞是毛泽东的书房。当我在窑洞前漫步时我无法掂量，是从这里发出的电报、文件作用大，还是从这里写出的文章、著作作用大。马克思当年献身工人运动，当他看到由于理论准备不足，工人运动裹足不前时，就宣布要退出会议，走进书斋，终于写出了《资本论》这本远远超出具体决定，跨越时空，震撼地球，推动历史的名著。但是，当时毛泽东无法退出会议，甚至无法退出战斗和生产，他在延安期间每年还有 300 斤公粮的任务。他的房子里不能如马克思一样有一张旧沙发，他只有一张旧木床，没有咖啡，只有一杯苦茶。他只能将自己分身为二，用右手批文件，左手写文章。他是一个中国式的民族英雄，像古小说里的那种武林高手，挥刀逼住对面的敌人，又侧耳辨听着背后射来的飞箭，再准备着下一步怎么出手。当我们与对手扭打在一起，急得用手去撕，用脚去踢，用嘴去咬时，他却暗暗凝神，调动内功，然后轻轻吹一口气，就把对手卷到九霄云外。他是比一般人更深一层，更早一步的人。他是领袖，更是思想家。随着时间的推移，他的这些文章的力量已经大大超过了当时的文件、决定。像达摩面壁一样，这些窑洞确实是毛泽东和他战友修炼真功的地方，是蒋介石把他们从秀丽的南方逼到这些土窑洞里。四壁黄土，一盏油灯，这里已经简陋到不能再简陋。但是唯物质生活的最简最陋，才激励共产党员的领袖们以最大的热忱、最坚韧的毅力、最谦虚的作风，去做最切实际的思考。毛泽东从小就博览群书，但是为了救国救民，他还在不停地武装自己。对艾思奇这个比他小 16 岁的一介书生，毛泽东写信说："你的《哲学与生活》是你的著作中更深刻的书，我读了得益很多，抄录了一些，送请一看是否有抄错的。其中有一个问题略有疑点（不是基本的不同），请你再考虑一下，详情当面告诉。今日何时有暇，我来看你。"记得在艾思奇同志逝世 20 周年时，在中央党校的展柜里我还见到过毛泽东的另一封亲笔信，上有与您晤谈，受益匪浅，现整理好笔记送上，请改，等字样。这不是对哪个人的谦虚，是对规律、对真理的投资。中国历史上曾有许多礼贤下士的故事，刘备三顾茅庐，诸葛亮未起床，就在雪地里静等；刘邦正在洗脚听见有人来访，就急得倒拖着鞋出迎。他们只不过是为了成自己的大事。而毛泽东这时是真正的在穷究社会历史的规律，他将一切有志者引为同志，把一切有识者奉为老师。蒋介石，这个中国历史上最后一个地主阶级的最高统治者，他何曾想到现时延安窑洞里这一批人的厉害。他以为这又是陈胜揭竿，刘邦斩蛇，朱元璋起事，他万没有想到毛泽东早就跳出了那个旧圈子而直取历史唯物主义和辩证唯物主义。

我在窑洞里徘徊，看着这些绵软的黄土，感受着这暖融融、湿润润的空气，不觉勾起一种遥远的回忆。我想起小时躺在家乡的窑洞里，身下是暖呼呼的土炕，仰脸是厚墩墩的穹顶，炕边坐着做针线的母亲，一种说不出的安全和温馨。窑洞在给神住以前，首先是给人住的，它体现着人与大地的联系。希腊神话里的英雄安泰只要脚不离地就力大无穷，任何敌人休想战胜他，而在一次搏斗中他的敌人就先设法使他脱离地面，然后击败他。斯大林曾用这故事来比喻党与人民的关系。延安岁月是毛泽东及我们党与土地、与人民联系最紧密的时期。毛泽东住在窑洞里，上下左右都是淳厚的黄土，大地紧紧地搂抱着他，四壁上下随时都在源源不断地向他输送力量。他眼观六路，成竹在胸。在一孔窑洞前的木牌上注明毛泽东在这里完成了《论持久战》。依稀在孩童时我就听父亲讲过这本书的传奇，那时他们在边区，眼见河山沦陷，寇焰嚣张，愁云压心。一天发下了几本麻纸本的《论持久战》，几天后村内外便到处是歌声笑声，有如春风解冻一般。这个小册子在我家一直珍藏到"文化大革命"。后来读党史才知道当时连蒋介石都喜得如获至宝，发至全军每个军官一本。同时这本书很快又在美国出版。毛泽东为写这篇文章在窑洞里伏案工作 9 个日夜，连炭火烧了棉鞋也全然不知。第 9 天早晨，当他推开窑门，让警卫员把稿子送往清凉山印刷厂时，我猜想他的心情就像罗斯福签署了原子弹生产批准书一样激动。以后战局的发展果然都在他的书本之中。

　　一个伟人的思想是什么，是客观存在的规律，是事物间本来的联系，所以真理最朴素，伟人其实与我们最接近。一次，在延安雷电击死一头毛驴，驴主人说："老天无眼，咋不打死毛泽东？"有人要逮捕这个农民，消息传到窑洞里，毛泽东说骂必有因，一了解，是群众公粮负担太重。他下令每年由 20 万担减到 16 万担，又采纳李鼎铭的精兵简政建议。毛泽东在这窑洞里领导了著名的延安整风，他的许多深刻的论述挽救了党，挽救了多少干部，但是当他知道有人被伤害时，就到党校礼堂作报告，说"今天我是特意来向大家检讨错误的，向大家赔个礼"，并恭恭敬敬地把手举到帽檐下。1942 年，华侨领袖陈嘉庚访问延安，他刚在重庆吃过 800 元一桌的宴席,这时却在毛泽东的窑洞里吃两毛钱的客饭,但他回去后写文章说中国的希望在延安。1945 年黄炎培访问延安,他看到边区的兴旺,想到以后的中国,问一个政权怎样才能永葆活力。毛泽东说,办法就是讲民主,就是让人民来监督。我想他说这话时一定仰头环视了一下四周厚实的黄土。七大前后很多人主张提毛泽东思想,他坚决不同意。他说:"这不是我个人的思想,是千百万先烈用鲜血写出来的,是党和人民的智慧。""我这个人思想是发展的,我也会犯错误。"作家萧三要为他写传,他说还是去多写群众。他是何等的清醒啊。政局、形势、作风、对策,都装在他清澈如水的思想里。胡宗南进犯,他搬出了曾工作 9 年的延安窑洞,到米脂县的另一孔窑洞里设了一个沙家店战役指挥部。古今中外有哪一孔窑洞配得上这份殊荣啊,土墙上挂满地图,缸盖上摊着电报,土炕上几包烟,一个大茶缸,地上一把水壶还有一把夜壶。中外军事史上哪有这样的司令部,哪有这样的统帅。毛泽东三天两夜不出屋,不睡觉,不停地抽烟、喝茶、吃茶叶、签发电报,一仗俘敌六千余。他是有神助啊,这神就是默默的黄土,就是拱起高高的穹庐、瞪着眼睛思考的窑洞。大胜之后他别无奢求,推开窑门对警卫说,只要吃一碗红烧肉。

当你在窑洞前徘徊默想时,耳边会响起黄河的怒吼,眼前会飘过往日的硝烟。但是你一眨眼,面前仍只有这一排静静的窑洞。自古都是心胜于兵,智胜于力。中国革命的胜利实在是一种思想的胜利,是毛泽东思想的胜利,是毛泽东那几篇文章的胜利。延安的这些窑洞真不愧为毛泽东思想的生产车间。延安时期是毛泽东展示才华思考写作的辉煌时期,收入《毛泽东选集》(四卷本)的一百五十九篇文章,有一百一十一篇是在这个时期写成的。毛泽东离开延安在陕北又转战了一年,胡宗南丢盔卸甲,哪里是他的对手。1947 年 12 月的一天,毛泽东在陕北米脂的一个窑洞里展纸研墨,他说:"我好久没有写文章了,写完这一篇就要等打败蒋介石再写了。"他大笔一挥，写了《目前形势和我们的任务》，说我们要打正规战，要进攻大城市了。这是他在陕北窑洞里写的最后一篇文章，写罢掷笔，便挥师东渡黄河，直捣黄龙，为人民政权定都北京去了。他再没有回延安，只是在宝塔山下留下了这一排永远思考的窑洞。思想这面铜镜总是靠岁月的擦磨来现其光亮，半个世纪过去了，作为政治家、军事家的毛泽东离我们渐走渐远，而作为思想家的毛泽东却离我们越来越近。

（原载《散文》1997 年第 1 期）

1945 麻田有座彭德怀峰

彭德怀元帅生前不喜欢照相，一生留下的照片不多，但有一幅特别经典。那是他指挥百团大战时，身先士卒，在距敌只有 500 米的交通壕里，双手举着望远镜瞭望敌情，神清气定，巍然如山。我每每翻阅有关彭总的书籍、资料时，总能遇到这幅照片。但是，当我在天地之间，在群山峻岭中又发现这幅杰作时，一时更惊得目瞪口呆。

去年秋，我有事去山西，办完正事，想了却一个心愿，就到左权县参观八路军总部旧址。抗战八年，八路军总部共转移驻地 80 次，但驻扎时间最长的是在左权县麻田镇，前后两次共四年，1457 天。彭德怀作为前线最高首长在这里指挥了最艰苦阶段的抗战。这是一块群山怀抱的小平原，中间有清漳河水流过，可种麦、种稻，还可养鱼、栽藕。这在北方的太行山深处，真是天赐福地。那天我们是上午进山的，一路上脑子里总是想着电影里、书上见过的那些艰难岁月。车子刚拐过一个山口，突然迎面扑来了一座山峰，主人指着说："快看！"看到了什么？一个巨大的身影，一整座山峰就是一个人。这时车子也停了，我们立即跳下车，"天啊！这不是彭总吗？"这整座山就是彭德怀那张经典照的剪影，惟妙惟肖，出神入化。

参观完总部旧址，我们还从原路返回，不由在彭总峰前又停了下来，留恋再三，不忍离去。刚才参观时，陈列室里将彭总的真人照与这张山影照叠放在一起，两两相似，几乎是原图放大，看者无不叫绝。彭德怀死后无碑、无坟，甚至骨灰都不许用真名，不许存放北京。但在这太行深处，在八路军总部旧址附近却悄悄地长出一座彭德怀峰。难道这是天意？

抗日战争已经胜利 70 年了，当年的战场现在已是荷花映日，藕香鱼肥。当年的一颗种子也已长成了参天大树，当年的孩子都成了古稀老人，但是彭总却还是一点没有变。你看他紧锁着眉头，似有所思；微弯的肩背，永在负重；一双粗壮的手臂，举着望远镜，像是架起了整个天空。他栉风沐雨，柱天立地，整个身子与大山已经化为一体。彭总，您还在瞭望什么，思索什么？

他在望着山的那边，硝烟从他的眼前慢慢飘过，他在企求和平，盼望安宁。彭总鞍马一生，凡中国革命最艰苦、最危险的时刻都有他的身影。土地革命时，王明路线的错误使根据地损失殆尽，他气得大骂："崽卖爷田心不痛。"长征进入陕北，敌骑兵尾追不舍，他在吴起镇布阵，一刀砍掉了这个尾巴。这有点像张飞一声喝断当阳桥。毛泽东兴奋地送诗给他："山高路险沟深，骑兵任你纵横。谁敢横刀立马？唯我彭大将军！"抗战 8 年他一直在八路军总部工作。1940 年，敌军疯狂"扫荡"，华北根据地缩小，最困难时只剩下平顺和偏关两个县城。他毅然发起"百团大战"，一战消灭日伪三万余名，收复并巩固县城 26 座。毛泽东高兴地来电："百团大战真是令人兴奋，像这样的战斗，是否还可组织一两次？"解放战争，转战陕北，彭率 2.5 万人与胡宗南的 24 万大军周旋，敌我军力十比一。半年中四战四捷歼敌过半，活捉了五个师、旅长。你看他指挥大战时何等镇定。他的副手习仲勋事后在《彭总在西北战场》中有这样一段回忆：

蟠龙镇战斗之前，敌人主力部队排成长宽几十里的方阵，铺天盖地向北扑去。而我军指挥机关就驻扎在这"方阵"中的一个小山沟里。

我们头顶四面八方都有狂呼乱叫的敌人，大家都很紧张，人人都持枪在手。侦察员和参谋们不断送来十万火急报告，我焦灼地在窑洞里来回走动。而彭总却若无其事地躺在我身边的炕上，聚精会神地思考马上要发起的战斗怎么打。敌人刚从头顶上过去，他立刻跳下炕。喊一声：蟠龙！就率领全军直扑蟠龙镇……

新中国成立后，别人都解甲休兵了，他又挂帅出征打了一场朝鲜战争。在彭总的大半生里，眼前总是过不尽的硝烟。就在他临去世前的几年，中国大地上又起"文革"之乱。而这时他却成了"革命"的对象，成了造反派手中的"战俘"。他在铁窗中愤怒地以头撞墙，无奈地望着外面打、砸、抢的硝烟，听着大喇叭里的狂喊，郁郁地离开了人世。

他在望着远处的村庄，白云从眼前飘过，脚下是一望无际的藕田。他还在关心民生，不知现在老百姓的日子过得怎么样？彭德怀出身穷苦，13岁下窑挖煤，15岁当堤工挑泥，18岁吃粮当兵。他一生总是念着百姓的苦。八路军总部驻麻田四年，正是中国抗战史上黎明前的黑暗。军队浴血奋战，百姓苦苦支撑。为什么发动百团大战，彭自述，一个重要的原因是敌步步压迫，根据地已缩小成来回拉锯的游击区，百姓要负担敌我两头的供应，已经无法生存。他奋起一战痛歼日伪，根据地重见明朗的天，老百姓又过上正常的日子。1942年北方大旱，紧邻的国统区河南饿殍遍野，山西根据地却无一人饿死。彭令机关每人每天节约二两粮，救济灾民。军队开荒种地，任务到人，就连军马也要下地。警卫员不忍心用他的马去拉犁，他说："我都要下地，我的马还能搞特殊？"春荒难熬，他命令部队不得与民争食，附近山上的野菜一苗不许动，部队度荒只可捋树叶、扒树皮。他带领战士筑坝引渠，为百姓浇地，又垒石架桥，方便百姓出行。1979年，"文革"刚结束不久，麻田村的一位老房东到北京看望当年曾住麻田的一个老干部，一见面就说："你还没死呀？"这位同志以为是说他"文革"大难不死，便答："活得好呢。"不想老房东大怒："我以为你们都死光了呢？"对方问："什么意思？"房东说："没有死光？老彭挨整时，你们怎么没有一个人出来说话！"

麻田人没有忘记彭总，中国的老百姓没有忘记彭总。是他在 1959 年的庐山会议上说出了大跃进带来的严重经济困难，说出了人民公社让百姓饿肚子，才被打成反党分子，从此就再也没有翻身。天人说："你是国防部长，这些经济上的事哪用你来管？"他说："我是改治局委员，不能不管百姓死活。"他一个军队的元帅，到基层视察时却总要到百姓家里掀掀缸盖，摸摸炕席，问问吃穿。1958 年，回家乡调查，听说有亩产万斤高产田，他不信，连夜打着手电到地里数秧苗。去看公共食堂，他用勺子在大锅里搅了一圈，一锅青菜汤，他说这食堂散了吧。就这样，他为民请命，丢掉了政治生命直至肉体生命。

秋凉如水，残阳如血。他颤抖的手臂好像就要托不动这个沉重的望远镜了。太行山和湘江相隔万里，他在遥望家乡，想亲人何时能团圆，也愿天下家庭都幸福。彭德怀政治上不顺，生活中也是一个苦命人，父母早亡，两个弟弟是最近的亲人。但是，1940 年 10 月，就在他正举镜望敌，指挥百团大战时，国民党发动二次反共高潮，血洗了他在湘潭的家，枪杀了他的两个弟弟，弟媳重伤，侄子们逃亡在外。他的结发妻子成了"匪属"，亡命他乡，后只好嫁人。1938 年，彭德怀与浦安修结婚，这对患难夫妻在炮火中不知几过生死关。1942 年 5 月的大扫荡是最危险的一次，麻田撤退，我后方机关被打散，损失惨重。左权副参谋长牺牲。溥安修死里逃生，彭在事后集合队伍，清点人数时才意外地发现她还活着。但就是这样的患难夫妻在 1959 年后的"反右倾"政治高压下，妻子却提出离婚。彭一人在孤苦中走完挨批斗、坐牢和病痛折磨的最后历程。彭无子女，格外爱怜两个弟弟留下的遗孤。1949 年，一进城他就把六个衣食无着的孩子全接到北京上学。6 月他在北京饭店开会，利用一个周末，把他们接来，这是他和侄儿们的第一次见面。警卫员要去订个房间，他说不要增加国家负担，就和孩子们在地毯上打地铺。一晚上他看着这六个苦水里泡大的孩子，一会儿摸摸这个的脑袋，一会儿又给那个掖掖被子。10年后，他庐山受难，为不使亲人受牵连，他断然不许孩子们再来看他。但侄儿们还是未能免祸，被下放、批斗、围攻，赶出北京。他那两任早已离异的妻子，也被无数次地批斗。他在吴家花园被软禁的日子，不但亲人被隔绝，就连老战友也不能再见面，一位老部下知道他每天要出来散步，便守在进出的路上，希望能远远看上一眼。为免株连，他发现后立即转身。"文革"前安排他到成都工作，他意外地知道老部下、志愿军副司令员邓华住在成都，便乘夜色去访，但走到楼下，犹豫再三，又折返回来。他不愿因自己再牵连任何人。他是一个最重亲朋感情的人，但在他身上，这种天赋之爱却被一而再，再而三地剥夺一空。

抗日战争的胜利是近代史上中华民族第一次洗却屈辱，扬眉吐气。国家民族摆脱了屈辱，作为八路军副总司令的彭德怀却在无尽的屈辱中受尽折磨。在"文革"蒙难的国家领导人中，彭德怀是最冤最苦的一个。虽然他像张闻天一样，同被打成反党分子，死后又都不许用真名，但张在晚年被发配外地，远离政治漩涡，还算平静；虽然他像刘少奇一样被百般折磨而死，但刘身后还有子女为其争公道；虽然他像周总理一样没有子女，但周还有一个同样德高望重的坚强的妻子陪伴终生。十帅之中，他是经历战争、战役、战斗最多的一个，也是挨自己人的批判、斗争和拳打脚踢最多的一个。生前他被比做海瑞来批判，其实他只有在耿直这一点上像海瑞，他更像岳飞、于谦、袁崇焕，是中国历史上功劳最大却下场最惨的一类功臣。

秋风夕阳中，我静静地伫望着这座彭德怀峰。中国大地上有无数的名山，名山里有无数象形的山峰。但怎么恰恰就在彭总曾冒着炮火手举望远镜指挥战斗的地方，长出了这样一座举镜远望的彭德怀峰？中国哲学崇尚天人合一。一个人，只要人民心里念叨他，在大自然中就总能找到他。太行山孕育了八路军，孕育了彭德怀这样的英雄。英雄替天行道，天地就来为英雄造像扬名。

彭总不死，他在望世界，望后人，他还在望穿秋水，求索人生。

（原载《国家人文历史》2015 年 12 月）

1948 红毛线，蓝毛线

政治者，天下之大事，人心之项背也。向来政治家之间的斗争就是天下之争，人心之争。孙中山说："天下为公。"一个政治家总是以他为公的程度，以他对社会付出的多少来换取人民的支持度，换取社会的承认度。有人得天下，有人失天下。中国从有纪年的公元前841年算起，不知有多少数得上名的君臣、政客，他们也讲操守，也讲牺牲，以换取人心，换取天下。唐太宗爱玩鹞子，魏征来见，忙捏在手里背在身后，话谈完了，鹞子也死在手中。王莽篡位前为表明不徇私情，甚至将自己的儿子处死。汪精卫年轻时也曾有行刺清廷大臣的壮举。人来人去，政权更替，这种戏演了几千年，但真正把私心减到最小最小，把公心推到最大最大的只有共产党和她的领袖们。当历史演进到20世纪40年代末，又将有一次政权大更替时，河北平山县西柏坡这个小山村，再次为我们提供了这个证明。

如今，在西柏坡村口立着五位伟人的塑像，他们是当时党的五大书记：毛泽东、刘少奇、周恩来、朱德、任弼时。五大领袖刚从村里走出来，正匆匆忙忙像是要到哪里去。这时中国革命已到了最关键的时候。曾经将中国的河山觊觎并蹂躏了达半个世纪之久的日寇终于心衰力竭，无可奈何地举手投降了，中国大地上突然又只剩下两大势力集团：毛泽东为首的共产党和蒋介石为首的国民党。20年前，蒋介石就"剿共"，现在日本人走了，蒋介石又重做这个梦，你看"东北剿共"、"华北剿共"，又到处扯起"剿"字旗，他想在北方重演一场当年在江西的戏。但这时，早已南北易位，时势相异。毛泽东从从容容地将五位书记一分为二，他说，我和恩来、弼时在陕北拖住胡宗南，少奇和朱老总可先到河北平山去组织一个工作班子。平山者，晋陕与北平间一块过河的踏石，此石一收天下之势已明矣。

虽然已经有人马数百万，土地数千里，就要开国进京了，但是当五大领袖住进这个小村时，并没有什么金银细软。他们和其他所有的干部一样只有一身灰布棉制服。刘少奇带着那只跟随了他多年的文件箱，那是一个如农家常用的小躺柜，粗粗笨笨，一盖上盖子就可以坐人。这箱子后来进了北京，在"文化大革命"抄家中，幸亏保姆在上面糊了一层花纸才为我们保存了这件文物。现在这小木箱又按原样放在少奇同志房间的右角，而左角则是一个只有二尺宽、齐膝高的小桌，这是当时从老乡家借来的。少奇同志就是伏在这个小桌上起草了《中国土地法大纲》。他写好"大纲"后，就去村口召开全国土改工作会。露天里搭了一个白布棚算是主席台，从各边区来的代表就搬些石头块子散坐在棚前。座中一位最年轻的代表，是毛泽东的长子毛岸英。这将是一次要把全国搅得天翻地覆，有里程碑意义的大会啊。会场没有沙发，没有麦克风，没有茶水，更没有热毛巾。这是一个真正的会议，一个舍弃了一切形式，只剩下内容，只剩下思想的会议。今天，当我们看这个小桌，这个会场时，才顿然悟到，开会本来只有一个目的，那就是工作，大家来到一起是为了接受新思想，通过交流碰撞产生新思想，其他都是多余的，都是附加上去的。可惜后来这种附加越来越多。这个朴素的会议讲出了中国农民一千多年来一直压在心里的一句话：平分土地。这话经太行山里的风一吹，便火星四溅，燃遍全国。而全国早已是布满了干柴，这是已堆了一千多年的干柴啊，从陈胜、吴广到洪秀全，这场火着了又熄，熄了又着，总没有着个透。现在终于大火熊熊，铺天盖地。土改极大地调动了农民的积极性。三大战役中民工支前参战就达886万人，800多万啊，相当于国民党的全部陆海空军。陈毅说淮海战役是农民用小推车推出来的。只平山县，土改后，王震同志振臂一呼："保卫胜利果实！"一次就参军1500人，组成著名的平山团，这个团一直打到新疆，现在还驻扎在阿克苏。解放战争实质上是十年土地革命的继续，是中国农民一千多年翻身闹革命的总胜利，而土改则是开启这股洪流的总闸门。但开启这个闸门的仪式竟是这样的平静，没有红绸金剪的剪彩，没有鼓乐，没有宴会，摆在我们面前的只是这个木柜，这张二尺小桌，和河滩里这一片曾作为会场的光秃秃的石头。

1948年5月，毛泽东和周恩来、任弼时在陕北转战一年，拖垮了胡宗南后也来到了这里。五位书记又重新会合了。毛泽东决定在这里摆两着棋。第一着是打三大战役。他在隔壁的院子里布置了一间作战室，国共两党已经斗了20年，他要在这里再最后斗一斗蒋介石。这是一间普通的农家房舍，大约不到30平方米，里面摆着三张大桌子。一张作战科用，一张情报科用，一张资料科用。大屋子里彻夜灯火通明（那时已开始有电灯，但又常离不开油灯）。来自全国各战场的电报汇集到这里，参谋们紧张地分析、研究、报告。讲解员说当时很难买到红蓝铅笔，为了节省使用，参谋们就用红毛线、蓝毛线在地图上标识敌我势态。虽然我们这时已在进行着百万大军的总决战了，但其实还穷得很呢。这时南京国防部的大楼里呢绒大桌，真皮沙发，咖啡香烟，他们也绝对想不到共产党会这样穷。其实到这时共产党还从来没有富过，尤其是党中央最不富。当年中央红军走到陕北时只剩万数人马，1000元钱，人均1毛钱。毛泽东只好向红二十五军去借，徐海东也没有想到中央会这么困难，忙从全军7500元的积蓄中抽出5000元。毛周留在陕北，晋察冀吃穿用都比陕北强。贺龙过河来看毛泽东，毛的警卫员看着贺老总警卫员身上的枪直眼馋。贺胡子也大吃一惊，他无论如何想不到中央机关会这么苦，赶快对警卫说："换一下。"共产党是穷惯了，党的最高层是穷惯了。不是他们爱穷，他们守一个原则，只要中国的老百姓还穷，党就耻于高过百姓；只要党还穷，第一线还穷，中央机关、党的领袖就绝不肯优于他们。这种生活的清贫，工作条件的清苦，清澈见底地表示着他们的一片心，这就是只有解放全人类才能最后解放自己。900年前封建名臣范仲淹就提出"先天下之忧而忧，后天下之乐而乐"，但真正实现了这句名言的只有共产党。现在毛泽东和他的参谋班子就是在这间最简陋的指挥部里和蒋介石斗法。这反倒生出一种神秘，就像武侠小说上写的，突然有一个貌不惊人的高手随便抽出一把扇子或者一根旱烟管就挑飞了对方手中的七星宝刀。作战室旁那个有一盘小石磨的小院子里，毛泽东在石磨旁抽烟、踱步，不分日夜地草拟电报。据统计，三大战役时毛泽东亲手写了190封电报，电报发出了，作战参谋们就在地图上用红毛线一圈一圈地去拴。先是拴住了沈阳，接着又套住了徐州、淮海，最后红毛线干脆套到了平津的脖子上。三大战役共歼敌154万。共产党的每个普通干部在延安大生产时就学会了纺毛线，想不到这粗糙的毛线今天派上了这样一个大用场。黄维在淮海战役被俘，改造出狱后坚持要来西柏坡看一看，当他看到这间简陋的作战室时，感慨唏嘘，连呼："蒋先生当败！蒋先生当败！"蒋介石怎么能不败呢？共产党克己为民，其公心弥盖天下，已经盖住并熔化了敌人的营垒，连蒋介石派来的谈判代表邵力子、张治中都服而不归了。

一着武棋下完，再下一着文棋。1949年3月5日，著名的七届二中全会在中央机关的一间大伙房里召开了。现在会议室里还保留着原来主席台上的样子。说是主席台，其实没有台，就是在伙房一头的墙上挂一面党旗，旗下摆一张长方桌，后面放一把旧藤椅。台两侧各有一张桌子是记录席。会场没有麦克风，更没有录音机。出席会议的共34名中央委员，19 名候补中央委员，毛主席坐在长桌后面，其余的人都坐在台下。台下也没有固定的椅子，开会时个人就从自己的家里或办公室带个凳子。会议开了 8 天，委员们仔细地讨论军事、政治、党务、政权接收等大事。轮到谁发言时就走到那张长桌旁面向大家站着讲话，讲完后又回到自己的凳子上。毛泽东亲自记录，不时插话。领袖与代表咫尺之近，寸许之间。

其实这已是老习惯了，许多人都见过一张照片，毛泽东在延安窑洞前站着作报告，黄土地上摆一个小凳子，凳子上放一只大茶缸子。大家在木凳前席地而坐，据说前排的人口渴了，就端起毛泽东的茶缸喝一口水。不但是党内，就是领袖和百姓也亲密无间。西柏坡坡下有水，有稻田，毛泽东是从小干惯了稻田活的，工作之余就挽起裤腿去和农民插秧。朱老总一脸敦厚，在村头背着手散步，常被误认为是下地回来的老乡。任弼时全家人睡的土炕上至今还放着一架纺车。五大领袖走过雪山草地，到过东洋西洋，统率千军万马，熟悉中国的经济，遍读经史子集和马恩列斯，有的还坐过国民党的大牢，他们知识渊如海，业绩高如山。但是他们却这样自自然然地融在革命队伍中，作为普普通通的一分子。伟人者，其思想、作风、境界、业绩已经自然地达到了一个高度，如日升高，如木参天，如水溢岸，你想让它降都降不下来，他当然不会再另外摆什么架子，装什么样子。

1949 年春的中国共产党，她的五大领袖，她的三十四名中央委员就这样平平静静地坐在北方小山村的这间旧伙房里决定着中国的命运，也决定着党在历史的转折关头该怎么办。住了 20 年山沟，现在要进城了，党没有忘记存在决定意识这条哲学的基本原理，没有忘记党员在改造客观世界的同时也要改造主观世界这个准则。在这间简陋的会议室里，共产党通过了自己的"陋室铭"。毛泽东说：要警惕"糖衣炮弹"，"夺取全国胜利，这只是万里长征走完了第一步"，"务必使同志们继续地保持谦虚、谨慎、不骄、不躁的作风，务必使同志们继续地保持艰苦奋斗的作风"。本来会议开始时主席台上并排挂着马恩列斯毛的像，到闭幕时就不这样挂了。会议过程中渐渐形成了一个共识，并通过五项决定：不以人名命名、不祝寿、中国同志不与马恩列斯并列、少拍巴掌、少敬酒。这真让人吃惊了，党的中央全会竟决定如此细小的事。战战兢兢，如履薄冰，其心之诚，其行之慎，天地可鉴。当年袁世凯筹备登基，光龙袍上的两颗龙眼珠就值 30 万大洋。而共产党为新共和国奠基却只借用了一间旧伙房。我们常说像真理一样朴素，只要道理是真的，裹着这道理的形式是不需多讲究的。那话是用镀金的话筒说出来的还是扯着嗓子喊出来的，关系并不大。真理不要过多的形式来打扮，不要端着架子来公布，它只要客观真实，只要朴素。清皇室册封嫔妃是用金页写成，每页就用 16 两黄金。可她们的名字有哪一个被后人记住了呢？红毛线、蓝毛线、二尺小桌、石头会场、小石磨、旧伙房，谁能想到在两个政权最后大决战的时刻，共产党就是祭起这些法宝，横扫江北，问鼎北平的。真是撒豆成兵，指木成阵，怎么打怎么顺了。其实那时使用什么都已无关紧要了，因为我们的心早已到了，任何一件普通东西上都附着我们的理想、信念和为人民服务的宗旨，心诚则灵，天下来归，传檄而定，望风披靡。而蒋政权人心已去，好比一株树，水分跑光了，叶子早已枯黄，不管谁来轻轻摇一下都会枝折叶落的。

当参观结束后，几乎每一个人都要到村口和五大领袖合影一张。五位书记昂首向前，似将远行。到哪里去？当年在村口毛泽东说了一句风趣的话：我们上京赶考去，要考好，不要做李自成。周恩来说，要及格，不要被退回来。

（原载《人民日报》1997 年 1 月 23 日）

1948 西柏坡赋

西柏坡乃冀中一普通山村。然其声沸海内,名传八方;瞻者益众,研者益广。天降大任,托国运于僻壤;小村何幸,成历史之拐点。

1948年春,中国北方大地正寒凝将消,阳气初升,国共两党还胜负未分。时毛泽东方战罢陕北,过黄河,进太行,一路西来;刘少奇正经略华北,闹土改,分田地,发动群众。中央五大书记,自一年前延安分手,重又际会于此,设立中国革命之最后一个农村指挥部,将要夺取大城市,问鼎北平。

是时也,日寇甫败,蒋介石心气正盛,仍欲圆"剿匪"旧梦。于是设指挥部于南京,乃六朝古都,纸醉金迷之城。共产党则选定这个山沟,穷乡僻壤,无名无姓之村。当是时,势虽必胜,党却还穷。战事紧,参谋竟无标图之笔,而以红蓝毛线推盘演兵;文电急,领袖苦无办公之所,只就炕桌马灯草拟电文。借得民房一室三桌,是为情报、作战、资料三部;假小院石碾一盘,以供毛、周、朱选将、发令、点兵。虽军情火急,院门吱呀,不废房东荷锄归;指挥若定,读罢战报,还听窗外磨面声。谈笑间,一战而取辽沈,二战而收淮海,三战而下平津。全国解放,大局已定。

当此乾坤逆转,将开国定都之时,中共高层却格外之冷静。一间大伙房里正在开党的中央全会,静悄悄,审时度势,析未来;言切切,防微杜渐，议党风。斯是陋室，无彩旗之张挂，无水茶之递送；甚而上无主席台之摆设，下无出席者之席尊。主持者唯一把旧藤椅，代表席即老乡家的几十个小柴凳。通过的决议却是不祝寿、不敬酒、不命名。其心之诚，直叫拒者降、望者归，大江南北，传檄而定；其风之严，令贪者收、贿者敛，军政上下，两袖清风。孟子言，先贤而后王；哲人曰：先忧而后乐；共产党人，未曾掌权，先受戒骄之洗礼；五大领袖，进京之前，相约不做李自成。

中国革命乃土地革命，政权之争实民心之争。仰观自陈胜吴广至太平天国，起起灭灭，热血空洒黄土旧，悲歌唱罢王朝新。只有共产党，地契旧约照天烧，彻底解放工与农。党无己利，人无私心，决心走出人亡政息周期率；言也为民，行也为民，载舟覆舟如履薄冰。西柏坡，一块丰碑，一面铜镜，一声警钟；二中全会，两个务必，两个预言，再三提醒。自古成由艰辛败由奢，谦则受益满招损。正西风烈，柏松翠，坡草青，精神在，长久存。

（原载《人民日报》2011 年 6 月 23 日）

二、庐山雾——29 年的云和月
(*1949—1978*)

1958 周恩来让座

去年 9 月里因事过广东新会。新会是梁启超的家乡，又是元灭宋，丞相陆秀夫背着小皇帝跳海的地方，过去为县，现在是江门市的一个区。我万没有想到在这样一个小地方竟有一个资料丰富的周恩来纪念馆。当地的人也很自豪，他们说，周恩来任总理时，政务缠身，能下到一个县连住 7 天，一生仅此一例。我心里明白，哪里是周恩来有闲，是政局错位，一个历史的小误会。

1956 年下半年，全国出现冒进的苗头。掌国家经济之舵的周恩来提出反冒进，毛泽东不悦，说"我是反反冒进"。1958 年 1 月南宁会议，3 月成都会议，周恩来都受到批评，并作检查。7 月 1 日至 7 日，他便选了一个县，广东新会县来做调查研究。其时周公心里正受着煎熬，正是伟人不幸，小县有幸，留下了这样一处纪念地。

周恩来此行所以选中新会，有一点小起因。当年 6 月 19 日《人民日报》报道新会农民周汉生用水稻与高粱杂交获得一种优良水稻新品种。周总理很重视，专门带了一位专家 6 月 30 日飞广州，又转来新会，在实验田旁，见到了这位农民。可以看出，那个时代生活条件还很差，乡干部和农民一律都是赤脚，总理的穿着也就比他们多了一双布鞋，只是衣服稍整洁一些。接待人员找了一把小竹椅、一个小方竹凳放在地头，本意让总理坐小竹椅，不想总理一到就坐在小凳上，把小椅子推给周汉生，还说你长年蹲田头，太辛苦。这就是周恩来的风格，尽量为他人着想，绝不摆什么架子。这张照片挂在展室的墙上，成了现在人们难以理解的场景。按现在的习惯，官大一级，见面让座，起行让路，等级分明。总理来到地头已属不易，怎么能在座位上尊卑颠倒呢？我立即联想到，已逝全国记协主席吴冷西也是新会人。一次，我当面听他讲过这样一件事，20 世纪 50 年代初，朝鲜工会代表团来访，总理接见并合影，他的座位本安排在前排正中。周恩来不肯，他要当时的全国总工会主席刘宁一与客人坐正中，他说你是正式主人，今天我是陪客，结果他真的坐在旁边，报上也就这样照发照片，那时大家觉得也很自然。我曾见过延安时期老同志的几幅合影，大家都随意或坐或站，有几次毛泽东都站在较偏的位置。无疑，毛泽东当时的地位是应该居首位的。现在我们看这些老照片，心里真说不清是陌生还是亲切。

座位这个东西是典型的物质与精神的结合。有把椅子，坐着好说话或办事，这是物质；坐上去，别有一种感觉，这是精神。坐椅子的人多了，就要排个次序，就有了等级。等级就是一种精神。等级不可没有，如军队指挥，无等级就无效率。但不可太严，太严了就成了障碍，心理障碍，工作障碍。正如列宁所说："真理很灵活，所以不会僵化；又很确定，所以人们才能为之奋斗。"现在我们对座次的设计是越来越精，越来越细，只僵化而不灵活了。不用说大会谁上主席台，台上又谁前谁后，有的单位开会，除分座次，还要专制一把稍大一点的椅子，供一把手坐。我又听过一个故事，一位新来的部长，很不习惯这种把他架在火上烤的坐法，每次到场自己先把这把大椅子撤去。但下次来时，大椅子又巍然矗立原地与他四目相对。他的务实作风拗不过笼罩四周的座次精神。

存在决定意识，在没有椅子坐时，当然没有座次。我看过西柏坡七届二中全会的会场。那是一间大伙房，没有座椅。34 个中央委员，19 个候补中央委员，随手从房东家带一个小板凳就开大会。难的是有了椅子后怎样办？这里有个公心、私心之分。以公心论坐，党内讲平等，是同志；党外讲服务、是公仆，何必争坐？何敢争坐？以私心论坐，则私心无尽，锱铢必较，事事都要争个高低。周恩来的一生是为公的一生，这从他位次变化中可以看出来。他早年就坐到党内的第二把交椅。长征开始时，党务、军务大事由最高三人团负责：博古、周恩来，还有一个外国人李德。遵义会议后他把军事指挥的椅子让给毛泽东，一、四方面军会师，为团结四方面军又把红军总政委的椅子让给张国焘。新中国成立后他又有两次让位。第一次是 1958 年 6 月，就是这次到新会调查之前，因为几次受到批评，周恩来就提出辞去总理职位，后来政治局不同意，算是让位未果。但后来经济困难立即证明周恩来的意见对，他又毫无怨言，以总理的身份来收拾这个烂摊子。第二次是让位给林彪当副统帅，后林彪自我爆炸，驾机出逃，周恩来把办公椅子搬到大会堂坐镇指挥，力挽狂澜，化险为夷。

大位无形，不管周恩来在历史上曾将位置让毛泽东、让张国焘，还是"文革"中让位于林彪，但在老百姓的心里他永远是国家的总管，是仅次于毛泽东的二把手。这个位置是永远也变不了的。后来的年轻人不理解，总爱问周恩来为什么要这样一让再让？我听说一位领导同志当面问过周恩来，他说，如果那样党就会分裂。他是仔细衡量过利害的。"文革"最困难的时期，他说过一句话，我不下地狱，谁下地狱。还是为公，为了国家利益。其实共产党无论全党还是党员本没有自己的私利。西安事变，抓蒋而不杀，反而还承认他的领袖地位，为抗日，为挽救民族危亡，这是最大的忍让。周恩来是代表党亲自到西安处理这件事的。无论对内对外，若让而能利天下，他都义无反顾。

那么，周恩来争过椅子没有？争过，在西安、在重庆、在南京与国民党长达 10 年的谈判就是在争椅子，为党争，为民争。新中国成立到周恩来去世凡 27 年，他主持外交，参加或指挥了所有重要的国际谈判，与美国人在朝鲜谈，在华沙谈。与苏联人谈，甚至在莫斯科与老大哥吵翻，拂袖而去。都是要为中国在国际上争一把交椅。而他自己却忙得坐不暖席。毛泽东出行用专列，周恩来出行几乎全坐飞机，不是飞机的椅子好坐是为省时，多一点时间去工作，去为民为国多争一点权利。最危险的一次是去开万隆会议，他的座机为特务所炸，幸亏他临时换机。而身边的工作人员总不会忘记周恩来的一个工作细节，每临大会，他要亲自到主席台或会场上看一下坐席，特别是党外民主人士的座位摆得是否合适。最后又不会忘记检查一下毛主席的座椅，摇一摇，稳不稳，再看看视线清不清。这就是周恩来。他心里有一个座次，孰重孰轻，何让何争，明白见底。

在看这个纪念馆时，我很庆幸 1958 年周恩来让位之未成，不然国家还要多一次悲剧。又想到"文革"中周恩来虽让位，林彪又不能久居，不是图位之人不想接，也不是接位之人不欲久坐，是他们不能承受这轻，不能承受周恩来的这轻轻一让；又不能承受这重，承受这国事民心之重。庄子说："先贤而后王"，从政者必得先有贤能之德、之力，才敢去接王位。王位是什么？就是一把办重要事情的椅子。历史上凡大让之人都有大公大仁之心，尧让天下于舜，舜让天下于禹，孙中山让总统位于袁世凯，华盛顿当了两届总统毅然让位，邓小平首开在位退休先例。他们都是大公大仁之人。我在新会看到的这两把小椅凳当然不是王者之椅，它实在太普通了，甚至在民间已很难找到。但纪念馆主人很珍重地对我说："这两把椅凳，我们刚从主人家里征集到，已作为重要文物收藏了。"我想，西柏坡会议上的那些小木凳散落民间，也不知有没有人收藏。人们现在更关注的是怎样去制新椅子。前不久，我到北京一家专门开重要会议的宾馆里就会，吃饭时，座椅庞然而厚重，颇有几分威严，椅子围桌而立，远望如一圈逶迤的长城。用餐者入座挪椅很不方便。我忍不住对经理说，餐厅之椅还是以轻便为好，何用这样隆重？她说这是专门请人设计的，一把就 2000 元。我说这种重椅只适合主席台上用，放在这里讲错了排场，又枉费了许多钱。但设计者恐怕另有考虑。

新会的一个小型纪念馆让我联想频频，悟到一个大道理。座位这个东西有实在的物质和虚拟的精神两方面的含义。如果只从实用考虑，能坐、舒适就行，大可不必争什么座次。如果从精神方面考虑，每个人在众人心里的位置是他德与能的总和，争与不争都是一样的。相反，愈争就愈见其私，位次更低；愈让就愈见其公，位次更高。这是做人的道理。

（原载《南方》2006 年第 11 期）

1958

带伤的重阳木

　　毛泽东有一首词，里面有一句："岁岁重阳，今又重阳。"2013 年，重阳节刚过，我就到湖南湘潭来看一棵树，树名重阳木。开始听到这个名字，我还以为是当地人的俗称。后来一查才知道这就是它的学名。大戟科，重阳木属。产自长江以南，根深树大，冠如伞盖，木质坚硬，抗风、抗污能力极强，常被乡民膜拜为"树神"。能以它为标志命名为一个属种，可见这是一种很正规、很典型的树。湘潭是毛泽东的家乡，也是彭德怀的家乡，我曾去过多次，而这次却是专门为了这棵树，为了这棵重阳木。

　　这棵重阳木长在湘潭县黄荆坪村外的一条河旁，河名流叶河，从上游的隐山流下来的。隐山是湖湘学派的发源地，南宋时胡安国在这里创办"碧泉书院"，后逐渐发展成一个著名学派，出了周敦颐、王船山、曾国藩、左宗棠等不少名人。现隐山范围内还有左宗棠故居、周敦颐的濂溪书堂等文化景点。这条河从山里流出，进入平原的人烟稠密地带后，就五里一渡，八里一桥，碧浪轻轻，水波映人。而每座桥旁都会有一两棵枝繁叶茂的大树，供人歇脚纳凉。我要找的这棵重阳木就在流叶桥旁，当地人叫它"元帅树"，和彭德怀元帅的一段逸事有关。

　　我们到达的时候已是午后，太阳西斜，远山在天边显出一个起伏的轮廓，深秋的田野上裸露着刚收割过的稻茬，垄间的秋菜在阳光下探出嫩绿的新叶。河边有农家新盖的屋舍，远处有冉冉的炊烟，四野茫茫，寥廓江天，目光所及，唯有这棵大树，十分高大，却又有一丝的孤独。这树出地之后，在两米多高处分为两股粗壮的主干，不即不离并行着一直向天空伸去，枝叶遮住了路边的半座楼房。由于岁月的侵蚀，树皮高低不平，树纹左右扭曲，如山川起伏，河流经地。我们想量一下它的周长，三个人走上前去伸开双臂，还是不能合拢。它伟岸的身躯有一种无可撼动的气势，而柔枝绿叶又披拂着，轻轻地垂下来，像是要亲吻大地。虽是深秋，树叶仍十分茂密，在斜阳中泛着粼粼的光。55 年前，一个人们永远不会忘记的故事就发生在这棵树下。

1958 年，那是共和国历史上的特殊年份，也是彭德怀心里最纠结不解的一年。还是在 1957 年底，彭就发现报上出现了一个新名词："大跃进"。他不以为然，说跃进是质变，就算产量增加也不能叫跃进呀。转过年，1958 年的 2 月 18 日，彭为《解放军报》写祝贺春节的稿子，就把秘书拟的"大跃进"全改成了"大发展"。而事有凑巧，同天《人民日报》发表毛泽东修改过的社论却在讲"促进生产大跃进"。也许从这时起，彭的头脑里就埋下了一粒疑问的种子。3 月，中央下发的正式文件说："这是一个社会主义的生产大跃进和文化大跃进的运动。"接着，中央在成都开会，毛泽东在会上的讲话意气风发、势如破竹。彭也被鼓舞得热血沸腾。5 月，北戴河会议通过《关于在农村建立人民公社的决议》，并要求各项工作大跃进，钢产量比上年要翻一番，彭也举手同意。会后的第二天，他即到东北视察，很为沿途的跃进气氛所感动。他向部队讲话说："过去唱'起来，饥寒交迫的奴隶'，中国人民几千年饿肚子，今年解决了。今年钢产量 1070 吨，明年 2500 吨，'一天等于 20 年'，我是最近才相信这番话的。"10 月，他到甘肃视察，看到盲目搞大公社致使农民杀羊、杀驴，生产资料遭破坏，公社食堂大量浪费粮食，社员却吃不饱，又心生疑虑。回到北京，部队里有人要求成立公社，要求实行供给制。他说："这不行，部队是战斗组织，怎么能搞公社？不要把过去的军事共产主义和未来'各尽所能，按需分配'的共产主义分配混为一谈。"12 月，中央在武汉召开八届六中全会，说当年粮食产量已超万亿斤，彭说怕没有这么多吧，被人批评保守。他就这样在痛苦与疑惑中度过了 1958 年。

武汉会议一结束，彭没有回京，便到湖南作调查，他想家乡人总是能给他说些真话。湖南省委书记周小舟陪同调查，他介绍说全省建起 5 万个土高炉，能生火的不到一半，能出铁的更少。而为了炼铁，群众家里的铁锅都被收缴，大量砍伐树木，甚至拆房子、卸门窗。彭德怀没有住招待所，住在彭家围子自己的旧房子里。当天晚上乡亲们挤满了一屋子，七嘴八舌说社情。他最关心粮食产量的真假，听说有个生产队亩产过千斤，他立即同干部打着手电步行数里到田边察看。他蹲下身子拔起一蔸稻子，仔细数秆、数粒。他说："你们看，禾蔸这么小，秆子这么瘦，能上千斤？我小时种田，一亩 500，就是好禾呢。"他听说公社铁厂炼出 640 吨铁，就去看现场，算细账，说为了这一点铁，动用了全社的劳力，稻谷烂在地里，还砍伐了山林，这不合算。他去看公社办的学校，这里也在搞军事化，从一年级开始就全部住校。寒冬季节，门窗没有玻璃，狮子大张口，冷风飕飕直往屋里灌。孩子们住上下层的大通铺，睡稻草，尿床，满屋臭气。食堂吃不饱，学生们面有菜色。他说："小学生军事化，化不得呀！没有妈妈照顾要生病的。快开笼放雀，都让他们回去吧。"当天学生们就都回了家，高兴得如遇大赦。彭总这次回乡住了两个晚上一个白天，看了农田、铁厂、学校、食堂、敬老院。他用筷子挑挑食堂的菜，没有油水。摸摸老人的床，没有褥子，眉头皱成了一团。他说："这怎么行，共产主义狂热症，不顾群众的死活。"那天，他从黄荆坪出来看见一群人正围着一棵大树，熙熙攘攘，原来又是在砍树。他走上前说："这么好的树，长成这个样子不容易啊。你们舍得砍掉它？让它留下来在这桥边给过路人遮点荫凉不好吗？"这时，大树的齐根处已被斧子砍进一道深沟，青色的树皮向外翻卷，木质部已被剁出一个深窝，雪白的木渣飞满一地。而在桥的另一头，一棵大槐树已被放倒。他心里一阵难受，像是在战场上，看到了流血倒地的士兵，紧绷着嘴一句话也不说，便默默地上了车，接着前去韶山考察人民公社。周小舟见状连忙吩咐干部停止砍树。这天是1958年12月17日。

这个彭老总护树的故事，我大约三年前就已听说，一直存在心里，这次才有缘到现场一看。这棵重阳木紧贴着石桥，桥边有一座房子，房主老人姓欧阳，当年他正在现场，讲述往事如在眼前。他印象最深的还是那句话：给老百姓留一点荫凉！我问那棵阻拦不及而被砍掉的古槐在什么位置，老人顺手往桥那边一指，桥外是路，路外是收割后的水田，一片空茫。我就去凭吊那座古桥，这是一座不知修于何年何月的老石桥，由于现代交通的发达，旁边早已另辟新路，它也被弃而不用，但石板仍还完好，桥正中留有一条独轮车辗出的深槽。石板经过无数脚步、车轮还有岁月的打磨，光滑得像一面镜子，在夕阳中静静地沉思着。车辙里、栏杆底下簇拥着刚飘落的秋叶，这桥仍在不停地收藏着新的记忆。

我蹲下身去，仔细察看树上当年留下的斧痕。这是一个方圆深浅都近一尺的树洞，可知那天彭总喝退刀斧时，这可怜的老树已被砍得有多深。我们知道，树木是通过表皮来输送营养和水分的，55年过去了，可以清晰地看到，树皮小心地裹护着树心，相濡以沫，一点一点地涂盖着木质上的斧痕，经年累月，这个洞在一圈一圈地缩小。现在虽已看不到裸露的伤口，但还是留下了一个凹陷着的碗口大的疤痕。疤痕呈一个圆窝形，这令我想起在气象预告图上常见的海上风暴旋动的窝槽，又像是一个旧社会穷人卖身时被强按的红手印，似有风声、哭喊、雷鸣回旋其中。55年的岁月也未能抚平它的伤痛。就像一只受伤的老虎，躲在山崖下独自舔着自己的伤口，这棵重阳木偎在石桥旁，靠树皮组织分泌的汁液，一滴一滴地填补着这个深可及骨的伤洞。我用手轻轻抚摸着洞口一圈圈干硬的树皮，摸着这些枯涩的皱褶，侧耳聆听着历史的回声。

彭德怀湘潭调查之后，又回京忙他的军务。但"大跃进"的狂热，遍地冒烟的土高炉，田野里无人收割的稻谷、棉花，公社大食堂没有油水的饭菜，一幕一幕，在他的脑子里总是挥之不去。转过年，就是1959 年，彭万没有想到这竟是他人生的转折之年，也是中国共产党命运的转折之年。其时"大跃进"、人民公社造成的经济困境已逐渐显露出来，这年 7 月，中央在庐山召开会议准备纠"左"，彭根据他的调查据实给毛泽东写了一封信。但毛泽东是不允许别人否定"大跃进"、人民公社的，于是就将彭并支持彭意见的黄克诚、张闻天、周小舟一起打成"彭、黄、张、周"反党集团。从此，在党内高层就很难听到不同意见了，直到发生"文革"大难。彭德怀生性刚正不阿，又极认真。他罢官后被安置在北京郊外一处荒废的院子里，就自己开荒、积肥、种地，要验证那些亩产千斤、万斤的神话。1961 年 12 月，他再次向毛泽东写信申请回乡调查。这又是一个寒冷的冬季，他回乡住了 56 天。经过 1958 年的大砍伐，家乡举目四望，已几乎看不到一棵树。他对陪同人员说："你看山是光秃秃的，和尚脑壳没有毛。我二十三四岁时避难回家种田，推脚子车（独轮车）沿湘河到湘潭，一路树荫，都不用戴草帽。再长成以前那样的山林，恐怕要 50 年、80 年也不成。现在农民盖房想找根木料都难。"他一共写了 5 个调查报告，其中有一个是专门在黄荆坪集市调查木料的价格。回京后，他给家乡寄来匹大箱子树种，嘱咐要想尽法子多种树。他念念不忘栽树、护树，是因为这树连着百姓的命根子啊。他虽是戎马一生，在炮火硝烟中滚爬，却是爱绿如命。抗日战争中，八路军总部设在山西武乡。山里人穷，春天以榆钱（榆树花）为食。彭就在总部门口栽了一棵榆树，现在已有参天之高，老乡呼之为"彭总榆"，成了永久的纪念。1949 年，他率大军进军西北，驻于陕西白水县之仓颉庙外。庙中有"二龙戏珠"古柏一株。炊事班做饭无柴就爬上树将那颗"珠子"割下来烧了火。彭严肃批评并当即亲笔书写命令一道："全体指战员均须切实保护文物古迹，严格禁止攀折树木，不得随意破坏。"现这命令还刻在树下的石头上。彭总不忘百姓，百姓也不忘彭总。他的冤案昭雪之后，这棵重阳木就被当地群众称为"元帅树"，年年祭奠，四时养护。我在树旁看到有农民刚砌好的一口井，上面也刻了"元帅井"三个字。而树下还有一块石碑，辨认字迹，是 1998 年有一个企业来领养这棵树，国家林业局还为此正式发了文，并作了档案记录。那年的树龄是 490 年，树高 22 米，胸径 1.2 米。又 15 年过去了，这树已过 500 大寿，更加高大壮实。彭总又回到了湘潭大地，回到了人民群众之中。

因为当年回乡调查是周小舟陪同，他在庐山上又支持彭的意见，也被罚同罪，归入反党。周也是湘潭人，他的故居离这棵重阳木只有二里地，我顺便又去拜谒。这是一座白墙黑瓦的小院，典型的湘中民居。周在这里度过了童年，后来到北方学习，参加革命，领导"一二·九"运动，极有才华。因为到延安汇报工作，被毛泽东看中，便留下当了一年的秘书。后又南下，直到任湖南省委书记。毛泽东本是十分欣赏他的，1956 年曾对他说："你已经不是小舟了，你成了承载几千万人的大船。"可惜他和彭德怀一样，也是为民请命不顾命的人。庐山会议后，他一下子从省委书记被贬为一个公社副书记。但他还是尽自己所能保护百姓。在那个非常时期，他的公社是最少饿肚子的。

看过这棵重阳木的当晚，我夜宿韶山，窗外就是毛泽东塑像广场，月光如水，"共产党最好，毛主席最亲"的老歌旋律在夜空中轻轻飘荡。我清理着白天的笔记和照片，很为毛泽东未能听取彭、周的逆耳忠言而遗憾。周曾是他的秘书，而彭从长征到抗美援朝，也是他很倚重的人，毛泽东曾有诗："谁敢横刀立马？唯我彭大将军"，但终因政见不合，自折手足。谁能想到三个曾经出生入死的战友、忠诚共事的同志、不出百里的老乡，在庐山上面对自己家乡的同一堆调查材料，却得出不同的结论。这真是一场悲剧。而直到 1965 年，毛泽东才重新起用彭，并说："也许真理在你那边。"但这一点友谊和真理的回光又很快被第二年开始的"文化大革命"的狂潮所吞灭。现在毛泽东、彭德怀、周小舟三人都早已作古。"岁岁重阳，今又重阳"，人们年复一年地讲述着重阳木的故事，三个战友和老乡却再也不能重聚。这棵重阳木却不管寒往暑来，风吹雨打，还在一圈一圈地画着自己的年轮。我想，随着岁月的流逝，中国大地上如果要寻找 58 年、59 年那段岁月的活着的记忆，就只有依靠这棵重阳木了，而且这记忆还在与日俱长，并随着尘埃的落定日见清晰，它是一部活着的史书。作为自然生命的树木却能为人类书写人文记录，这真是万物有灵，天人合一。它还会超出我们生命的十倍、百倍，继续书写下去。半个多世纪后，当人们再来树下凭吊时，也许那伤口已经平复，但总还会留下一个疤痕。树木无言，无论功过是非，它总是在默默地记录历史。正是：

元帅一怒为古树，喝断斧钺放生路。

忍看四野青烟起，农夫炼钢田禾枯。

谏书一封庐山去，烟云纱纱人不复。

唯留正气在人间，顶天立地重阳木。

（原载《人民日报》2014 年 1 月 22 日）

1959 二死其身的彭德怀

中国古代有一句为政格言："文死谏，武死战。"国家的稳定全赖文武官员各司其职，各守其责。神武之勇，战功卓著，名扬疆场者被尊为开国功臣、民族英雄，如韩信，如岳飞。敢说真话，为民请命，犯颜直谏者为诤谏之臣，如魏征，如海瑞。进入现代社会，讲民主，讲法制，但个人的政治操守仍然是从政者必不可少的素质。在共和国历史上兼武战之功、文谏之德于一身并惊天动地，彪炳史册的当数彭德怀。

无彭则少军威，有军必有先生

在十大元帅中，彭德怀是唯一一个参加过两次国内革命战争、抗日战争，在新中国成立后又和美国人打过仗的元帅。文天祥在《指南录后序》里，叙述他历经敌营，不知几死。彭德怀行伍出身，自平江起义、苏区反"围剿"、长征、抗日、解放战争、抗美，与死神擦边更是千回百次。井冈山失守，"石子要过刀，茅草要过火"，未死；长征始发，彭殿后，血染湘江，8万红军，死伤5万，未死；抗日，鬼子扫荡，围八路军总部，副参谋长左权牺牲，彭奋力突围，未死；转战陕北，彭身为一线指挥，以两万兵敌胡宗南28万，几临险境，未死；朝鲜战争，敌机空袭，大火吞噬志愿军指挥部，参谋毛岸英等遇难，彭未死。

毛泽东对他曾是极推崇和信任的。长征途中曾有诗赠彭："山高路远坑深，大军纵横驰奔，谁敢横刀立马，唯我彭大将军。"十大元帅中，毛除对罗荣桓有一首悼亡诗外，对部下赠诗直夸其功，这也是唯一一首了。抗日战争，彭任八路军副总司令，后期朱老总回延安，他实际在主持总部工作。解放战争初期，彭转战西北更是直接保卫党中央、毛主席。朝鲜战事起，高层领导意见不一，毛急召彭从西北回京，他坚决支持毛泽东出兵抗美，并受命出征。三次战役较量，打破了美军不可战胜的神话。杜鲁门总统事先没有通知朝战司令麦克阿瑟，就直接从广播里宣布将他撤职，可见其狼狈与恼怒之状。从平江起义到庐山会议，这时彭德怀的革命军旅生涯已 30 多年，他的功劳已不是按战斗、战役能计算清的，而是要用历史时期的垒砌来估量。蔡元培评价民国功臣黄兴说："无公则无民国，有史必有先生。"此句用于彭，"无彭则少军威，有军必有先生。"他不愧为国家的功臣、军队的光荣。

如果彭德怀到此打住，当他的元帅，当他的国防部长，可以善终，可以保官、保名、保一个安逸的日子。战争过去，天下太平，将军挂甲，享受尊荣，这是多么正常的事情。林彪不是就不接赴朝之命，养尊处优多年吗？但彭德怀不是这样的人。他是军人，更是人民的儿子。打仗只是他为国、为民尽忠的一部分。战争结束，忠心未了，人民又有疾苦，他还是要管，要争。

没有倒在枪炮下，却倒在一封谏书前

1959 年，新中国成立 10 周年。对战争驾轻就熟的共产党领袖们在经济建设上遇到了新问题，并发生了严重分歧。毛泽东心急，步子要快一些；周恩来从实际出发，觉得应降降温，提出反冒进。毛泽东说，你反冒进，我反"反冒进"，并多次批周。怎么估计当前的经济形势，下一步该怎么办？在这样的背景下，召开了庐山会议，会议之初，毛已接受一些反"左"意见，分歧已有一点小小的弥合。但彭德怀还是不放心。会前，他到农村做过认真的调查，亲眼见到人民公社、大食堂对农村生产力的破坏和对农民生活的干扰，而干部却不敢说真话。在小组会上他先后作了七次发言，直陈其弊。就是涉及毛泽东也不回避。他说："现在是个人决定，不建立集体威信，只建立个人威信，是很不正常的，是危险的。"在庐山176号别墅，那间阴沉沉的老石头房子里他夜不成眠，心急如焚。他知道毛泽东的脾气，他想当面谈谈自己的看法。他多么想，像延安时期那样，推开窑洞门叫一声"老毛"，就与毛泽东共商战事。或者像抗美援朝时期，形势紧急，他从朝鲜前线直回北京，一下飞机就直闯中南海，主席不在，又驱车直赴玉泉山，叫醒入睡的毛泽东。那次是解决了问题，但毛泽东也留下一句话："只有你彭德怀才敢搅了人家的觉。"现在彭德怀犹豫了，他先是想，最好面谈，踱步到了主席住处，但卫士说主席刚休息。他不敢再搅主席的觉，就回来在灯下展纸写了一封信。这真的是一封信，一封因公而呈私人的信，抬头处是"主席"，结尾处是"顺致敬礼！彭德怀"。连个标题也没有，不像文章。后人习惯把这封信称为"万言书"，其实它只有3700字。他没有想到，这封信成了他命运的转折点，全党也没有想到，因这封信党史而有了一大波折。这封信是党史、国史上的一个拐点，一块里程碑。

彭德怀是党内高级干部中第一个犯颜直谏、站出来说真话的人。随着历史的推进，人们才越来越明白，彭德怀当年所面对的绝不是一件具体的事情，而是一种制度，一种作风。当时毛泽东在党内威望极高，至少在一般人看来，他自主持全党工作以来还没有犯过任何错误。而彭德怀对毛所热心的大跃进、人民公社、公共食堂提出了非议，这需要极大的勇气。对毛泽东来说，接受意见也要有相当的雅量。梁漱溟在新中国成立初就农村问题与毛争论时就直言，我倒要看看你有没有这个雅量。毛对党外民主人士常有过人的雅量，这次对党内同志却没有做到。

彭与毛相处30多年，深知毛的脾气，他将个人的得失早已置之脑后。果然，会上，他被定为反党分子，会后被撤去国防部长之职，林彪渔翁得利。庐山上的会议开完，不久就是国庆，又恰逢十年大庆，按惯例彭德怀是该上天安门的，请柬也已送来。彭说我这个样子怎么上天安门，不去了。他叫秘书把元帅服找出来叠好，把所有的军功章找出来都交上去。秘书不忍，看着那些金灿灿的军功章说："留一个作纪念吧。"他说："一个不留，都交上去。"当年居里夫人得了诺贝尔奖后，把金质奖章送给小女儿在地上玩，那是一种对名利的淡泊；现在彭德怀把军功章全部上缴，这是一种莫名的心酸。没几天，他就搬出中南海到西郊挂甲屯当农夫去了。他在自己的院子里种了三分地，把粪尿都攒起来，使劲浇水施肥。他要揭破亩产万斤的神话。1961 年 11 月经请示毛同意后，他回乡调查了 36 天，写了五个，共十多万字的调研报告。涉及生产、工作、市场等，甚至包括一份长长的农贸市场价格报告，如：木料一根 2 元 5 角，青菜一斤 3~6 分。他固执、朴实，真是一个农民。他还是当年湘潭乌石寨的那个石伢子。夫人浦安修生气地说："你当你的国防部长，为什么要管经济上的事？"他说："我看到了就不能不管。"生性刚烈的毛泽东希望他能认个错，好给个台阶下。但更耿介的彭德怀就是不低头。有时候一个人的命运、成败也许就是性格注定。庐山会议结束，彭德怀被扣上"反党集团头子"的帽子，其身份与阶下囚也相距不远。当大家都准备下山时，会务处打了一个电话，说为首长准备了一批上等的庐山云雾茶，问要不要买几斤，还特意说这种茶街上买不到。彭大怒："街上买不到，为什么不拿到街上去卖？尽搞这些鬼名堂，市场能不紧张？"他还特别嘱咐秘书给接待处打一个电话："这是一种坏风气，以后不能再搞。"秘书提醒他，这种时候还是不要管这事吧。他无奈地说："看来我这脾气，一辈子也改不了。"假使彭总活到今天，看现在风气之腐败，又当如何？

被贬的日子里，他一次次地写信为自己辩护。写得长一点的有两次。一次是在 1962 年的 7000 人大会前，他正在湖南调查，听说中央要开会纠"左"，他高兴地说，赶快回京，给中央写了一封 8 万字的信。庐山会议已过去了 3 年，时间已证明他的正确，他觉得可以还他一个清白了。但就在这个会上他又被点名批了一通，他绝望了。"文革"期间，这位打败过日军、美军的战神被一群红卫兵娃娃玩弄于股掌，被当做囚犯关押、游街、侮辱。作为交代材料，他在狱中写了一份《自述》，那是一份长长的辩护词，细陈自己的历史，又是 8 万字。他是用在朝鲜停战协议上签字的那支派克笔写的，写在裁下来的《人民日报》的边条上。他给专案组一份，自己又抄了一份，这份珍贵的手稿几经周转，亲人们将它放入一个瓷罐，埋在乌石寨老屋的灶台下。直到"文革"结束才重见天日。那年，我到乌石寨去寻访彭总遗踪，印象最深的就是这个黑糊糊的灶台和堂屋里彭总回乡调查时接待乡亲们的几条简陋的长板凳。

他愤怒了，1967 年 4 月 1 日给主席写了最后一封信，没有下文。4 月 20 日他给周总理写了最后一封信，这次没有提一句个人的事，却说了另一件很具体的与己无关的小事。他在西南工作时看到工业石棉矿渣被随意堆在大渡河两岸，常年冲刷流失很是可惜。这是农民急缺的一种肥料，他说，这事有利于工农联盟，我们不能搞了工业忘了农民。又说这么点小事本不该打扰总理，但他不知该向谁去说。这时虽然他的身体也在受着痛苦的折磨，但他的心已经很平静，他自知已无活下去的可能，只是放心不下百姓。这是他对中央的最后一次建议。

毛泽东在庐山会议后对彭德怀的评价只有一次比较客观。那是 1965 年在彭德怀闲置 6 年后中央决定给他一点工作，派他到西南大三线去。临行前，毛泽东说："也许真理在你一边。"但这个很难得的转机又立即被"文化大革命"的洪水所淹没。彭德怀最终还是死于"文革"冤狱之中。"文死谏，武死战"，他这个功臣没有死于革命战争却死于"文化大革命"，没有倒在敌人的枪炮下，却倒在一封谏书前。

他二死其身，既经受住了"武死战"的考验，又通过了"文死谏"的测试

现在我们终于明白了"文死谏"的含义，它远比"武死战"要难。当一个将军在硝烟中勇敢地一冲时，他背负的代价就是一条命，以身报国，一死了之。敢将热血洒疆场，博得烈士英雄名。而当一个文臣坚持说真话，为民请命时，他身上却背负着更沉重的东西。第一，可能失宠，会丢掉前半生的政治积累，一世英名毁于一纸；第二，可能丢掉后半生的政治生命，许多未竟之业将成泡影；第三，可能丢掉性命。更可悲的是，武死，死于战场，死于敌人，举国同悲同悼，受人尊敬；文死，死于不同意见，死于自己人，黑白不清，他将要忍受长期的屈辱、折磨，并且身后落上一个冤名。这就加倍地考验一个人的忠诚。

彭德怀因为这封说真话的信，前半生功名全毁，任人批判谩骂为右倾、反党、叛国、阴谋家，扣在他背上的是一口何等沉重的黑锅？在监禁中他被病痛折磨得在地上打滚，欲死不能。而现在我们看到的哨兵关押记录竟是这样的文字："我看这个老家伙有点装模作样"、"这个老东西从报上点他名后就很少看报"。这就是当时一个普通士兵对这个开国老帅的态度。可知他当时的处境，其所受之辱更甚于韩信钻胯。而许多旧友亲朋，早已不敢与他往来，就连妻子也已提出与他离婚。庐山会议后，全国有300万人被打为"右倾机会主义分子"。一纸薄薄的谏书怎承载得这样的压力？其时其境，揪斗可死，游街可死，逼供可死，加反党名可死，诬叛国罪可死。"文革"中有多少老干部不堪其辱而寻死自杀啊。但是，彭德怀忍过来了，他要"留取丹心照汗青"，他相信历史会给他一个清白。他在庐山上对毛泽东说过："我一不会反党，二不会自杀。"就这样，经30年的革命战争生涯后，他又有15年的时间被批

判、赋闲、挨斗、监禁,然后含冤而去。他是 1974 年 11 月去世的,骨灰被化名"王川",送往成都一普通陵园。当时周恩来已在病中,特嘱此骨灰盒要妥善保存,经常检查,不得移位换架。直到 4 年后的 1978 年才得以平反。当骨灰撤离成都从陵园到机场,人们才明真相,泣不成声。专机落地前在北京上空环绕三圈,以慰忠臣之心。

中国古代,君即国。所以传统的忠臣就是忠君。但"君"和"国"毕竟还有不同。就是在古代,真正的忠臣也是:为民不为君,忧国不惜命。朗朗吐真言,荡荡无私心。既然为"臣",当然是领导集团的一员,上有"君"下有民。他要处理好的第一个难题就是对领导负责还是对人民负责。当出现矛盾时,唯民则忠,唯君则奸。"社稷为重君为轻",真正的忠臣,并不是"忠君",而是忠于国家、民族、人民。像海瑞那样,宁愿坚持真理,冒犯皇帝去坐牢。而彭德怀在毛泽东号召学海瑞后,真的在案头常摆着一本线装本《海瑞集》。第二个难题是敢不敢报真情,提中肯的意见,说逆耳的话。所谓犯颜直谏,就是实事求是,纠正上面的错误,准备承担"犯上"的最坏后果。这是对为臣者的政治考验和人格考试。"谏"文化成了中国传统政治文化中一个特有的内容。披阅中国历史,我们会发现一串长长的冒死也说真话的忠臣名单:比干被剖心、屈原投江、魏征让唐太宗动了杀心、海瑞被打入死牢、林则徐被充军新疆……他们都是"不说真话毋宁死"的硬汉子。现在这个名单上又添了一个彭德怀。

彭德怀爱领袖更爱真理,珍惜自己的生命,更珍惜国家的前途。他浴血奋战 30 年,不知几死,经受住了"武死战"的考验。庐山会议 30 天的争论和其后 15 年的折磨,他又不知几死,通过了"文死谏"的测试。他是一位为人民、为国家二死其身的忠臣。

人民永远记住了庐山上的那场争论,记住了彭德怀。

(为纪念彭德怀诞辰 110 周年作,原载《中华儿女》2008 年第 6 期)

假如毛泽东去骑马

一

毛泽东智慧超群，胆识过人，一生无论军事、政治都有出其不意的惊人之笔，让人玩味无穷。但有一笔更为惊人，只是惜未能实现。

1959 年 4 月 5 日在上海召开的中共八届七中全会上，毛说："如有可能，我就游黄河、游长江。从黄河口子沿河而上，搞一班人，地质学家、生物学家、文学家，只准骑马，不准坐卡车，更不准坐火车，一天走 60 里，骑马 30 里，走路 30 里，骑骑走走，一路往昆仑山去。然后到猪八戒去过的那个通天河，从长江上游，沿江而下，从金沙江到崇明岛。国内国际的形势，我还可以搞，带个电台，比如，从黄河入海口走到郑州，走了一个半月，要开会了我就开会，开了会我又从郑州出发，搞它四五年就可以完成任务。我很想学明朝的徐霞客。"

1960 年，毛的专列过济南，他对上车看他的舒同、杨得志说："我就是想骑马沿着两条河走，一条黄河，一条长江。如果你们赞成，帮我准备一匹马。"1961 年 3 月 23 日毛在广州说："在下一次会议或者什么时候，我要做点典型调查，才能交账。我很想恢复骑马的制度，不坐火车，不坐汽车，想跑两条江。从黄河的河口，沿河而上，到它的发源地，然后跨过山去，到扬子江的发源地，顺流而下。不要多少时间，有三年时间就可以横过去，顶多五年。"1962年，他的一个秘书调往陕西，他说："你先打个前站，我随后骑马就去。"1972年，毛大病一场，刚好一点，他就说："看来，我去黄河还是有希望的。"可见他对两河之行向往的热切。

自从看到这几则史料，我就常想，要是毛泽东真的实现了骑马走江河，该是什么样子？

这个计划本已确定下来，大约准备1965年春成行。1964年夏天从骑兵部队调来的警卫人员也开始在北戴河训练。也已为毛泽东准备了一匹个头不太大的白马，很巧合，他转战陕北时骑的也是一匹白马。整个夏天，毛的运动就是两项，游泳和骑马。

但是，1964年8月5日，突发"北部湾事件"，美国入侵越南。6日晨，毛遗憾地说："要打仗了，我的行动得重新考虑。黄河这次是去不成了。"

这实在是太遗憾了，是一个国家的遗憾、民族的遗憾，中国历史失去了一次改写的机会。按毛的计划是走三到五年，就算四年吧，两河归来，已是1969年，那个对国家民族损毁至重的"文化大革命"至少可以推迟发生，甚至避免。试想一个最高领袖深入民间四年，将会有多少新东西涌入他的脑海，又该有什么新的政策出台，党史、国史将会有一个什么样的新版本？一个伟大的诗人，用双脚丈量祖国的河山，"目既往还，心亦吐纳"，又该有多少气势磅礴的诗作？

我们再看一下1965年的形势，那是新中国成立后最好的年份。正是成绩已有不少，教训也有一些，党又一次走在将更加成熟的十字路口。当时我们已犯过的几个大错误是：1957年的反右；1958年的大跃进、人民公社；1959年的反右倾；1959年到1961年的三年困难。这时全党已经开始心平气和地看问题。在1962年的7000人大会上，中央承认了"三分天灾，七分人祸"的错误，毛泽东也做了自我批评。形势已有了明显好转。原子弹爆炸，全国学大寨、学大庆、学雷锋、学焦裕禄，国力增强，民心向上。但是从深层来看，对这些错误的根源还没有从思想上彻底解决。就像遵义会议时，从行动上和组织上已停止了"左"倾的错误，但真正从思想和路线上解决问题，还得等到延安整风。急病先治标，症退再治本。当时党和国家正是"症"初退而"本"待治之时。毛泽东就在这样的背景下深入基层调查研究，骑马走两河的。

二

我们设想着，当毛泽东骑马走江河时，对他触动最深的是中国农业的落后和农村发展的缓慢。

毛是农民的儿子，他和农民天然地血脉相通。他最初的秋收起义，十年的土地革命是为农民翻身。他穿草鞋，住窑洞，穿补丁衣服，大口吃茶叶叶子，拣食掉在桌子上的米粒，爬在水缸盖上指挥大战役，在延安时还和战士一块开荒，在西柏坡时还下田插秧，还有包括江青看不惯的大口吃红烧肉、吃辣椒，他简直就是一个农民，一个读了书，当了领袖的农民。毛泽东一生的思维从没有离开过农民。只不过命运逼得他新中国成立前大部分时间研究战争；新中国成立后，又急于振兴工业，以至于 1953 年发生了与梁漱溟的争吵，被梁误以为忘了农民。他 1958 年发起的大跃进、人民公社运动也是为了农业的尽快翻身，有点空想，有点急躁，被彭德怀说成"小资产阶级狂热性"。那一句话真的刺伤了他的心，但没有人怀疑他不是为了农民。

他打马上路了，行行走走，一个半月后到达郑州。因为是马队，不能进城住宾馆，便找一个依岸傍河的村庄宿营，架好电台，摊开文件、书籍。一如战争时期那样，有亲热的房东打水、烧炕，有调皮的儿童跑前跑后，饭后他就挑灯读书、办公。但我猜想毛这天在郑州的黄河边肯定度过了一个不眠之夜。

河南这个地方是当年人民公社运动的发祥地。这里诞生了全国第一个人民公社——信阳地区遂平县的"嵖岈山卫星人民公社"。1958 年 8 月 6 日晚，他到郑州，7 日晨就急着听汇报，当他看到《嵖岈山卫星人民公社试行章程》时，如获至宝，连说："这是个好东西！"便喜而携去，接着又去视察山东，8 月底就在北戴河主持政治局扩大会议，正式通过了《关于建立农村人民公社问题的决议》。公社遍行全国，河南首其功，信阳首其功。但是全国第一个饿死人的"信阳事件"也是发生在这里，成了三年困难时期的一个标志性事件。刘少奇说，饿死人是要上史书的啊。毛不得不在 1960 年 10 月 23 日到 26 日专门听取信阳事件的汇报，全国急刹车，实行"调整、巩固、充实、提高"的方针，才渡过难关。

这次毛沿途一路走来，看到了许多 1958 年大跃进留下的半截子工程，虽经调整后，农村情况大有好转，但社员还是出工不出力。房东悄悄地对他说"人哄地皮，地哄肚皮"。这使他不得不思考大跃进和人民公社这种形式对农村生产力到底是起了解放作用还是破坏作用。为什么农民对土地的热情反倒下降了呢？想解放战争时期，边打仗边土改，农民一分到地就参军、支前，热情何等的高。

离开郑州之后，毛溯流而上，他很急切地想知道 1960 年完工的大工程三门峡水库现在怎么样了。这工程当时是何等地激动人心啊。诗人贺敬之的《三门峡梳妆台》曾传唱全国。"展我治黄河万里图，先扎黄河腰中带——责令李白改诗句：黄河之水手中来！银河星光落天下，清水清风走东海。"这些句子直到现在我还能背得出，那真是一个充满着革命浪漫主义的时代。毛很想看看这万年的黄河，是不是已"清水清风走东海"。很想看看他日思夜想的黄河现在变成什么样子。他立马高坡，极目一望时，这里却不是他想象中的高原明镜，而是一片湿地，但见水雾茫茫，芦花荡荡。原本想借这座水库拦腰一斩，根治黄河水害，但是才过几年就已沙淤库满，下游未得其利，上游反受其害，关中平原和西安市的安全受到威胁。他眉头一皱，问黄河上游每年来沙多少，随行专家答："16 亿吨。"又问："现库内已淤沙多少？"答："50 亿吨。"这就是再修十个水库也不够它淤填的啊。当初上上下下热情高涨，又相信苏联专家的话，并没有精细地测算和科学地论证，就匆匆上马。看来建设和打仗一样，也是要知己知彼啊。不，它比战争还要复杂，战场上可立见胜负，而一项大的经济建设决策，牵涉的面更广，显示出结果的周期更长。

毛打马下山，一路无言。他想起了一个人，就是黄炎培的儿子黄万里，水利专家，清华大学教授。当年三门峡工程上马上下叫好，只有一人坚决反对，这就是黄万里。1955 年 4 月周恩来主持 70 多人的专家论证会，会开了 7 天，他一人舌战群儒，大呼：不是怎么建坝，而是三门峡根本就不宜建坝！下游水清，上游必灾啊。果然，大坝建成第二年，上游就受灾农田 80 万亩。黄的意见没人听，他就写了一首小词，内有"春寒料峭，雨声凄切，静悄悄，微言绝"句。1957 年 6 月 19 日的《人民日报》第六版登出了这首词，黄一夜之间就成了大右派。毛泽东记起自己说过的一句话，"真理有时在少数人手中"。不觉长叹了一口气。

我猜想毛这次重到西北，亲见水土流失，一定会让他重新考虑中国农业发展的大计。新中国成立后毛大多走江南，再没有到过黄河以西。但他阅读了大量史书，无时不在作着西行考察的准备。1958 年在成都会议上山西省委书记陶鲁笳向他汇报引黄济晋的雄心壮志，他说："你这算什么雄心壮志，你们查一下《汉书》，那时就有人建议从包头引黄河过北京东注入海。当时水大，汉武帝还能坐楼船在汾河上航行呢，现在水都干了，我们愧对晋民啊。"20 世纪 80 年代，赵紫阳任总理时到山西视察，山西领导又重提引黄之事，当时我以记者身份在场，听到赵又转述毛的这番话。大约 1958 年成都会议毛、陶对话时，赵亦在场。多年来，我们愧对的岂止是晋民，陕、甘、宁之民也都很愧对啊。这块中国西北角的红色根据地，当年曾支撑了中共领导的全民抗战，支持了解放战争的胜利。但是自新中国成立以后就再也摆不脱黄风、黄沙、黄水的蹂躏。晋陕之间的这一段黄河，毛泽东曾经两次东渡。第一次是 1936 年由绥德过河东征抗日，留下了那首著名的《沁园春·雪》，第二次是由吴堡过河到临县，向西柏坡进发，定都北京。当时因木船太小，跟他多年的那匹老白马只好留在河西。他登上东岸，回望滔滔黄水，激动地讲了那名言："你可以藐视一切，但不能藐视黄河。"据他的护士长回忆，毛进城后至少 9 次谈起黄河，他说，"这条河与我共过患难"，"每次看黄河回来心里就不好受"，"我们欠了黄河的情"，"我是个到了黄河也不死心的人"。

这次毛重访旧地，我猜想米脂县杨家沟是一定要去的。1947 年 11 月 22 日到 1948 年 3 月 21 日他一直住在这里，这是他转战陕北期间住得最长的一个村子，并在这里召开了有里程碑意义的准备打倒蒋介石，建立新中国的"十二月会议"。但现在这里还是沟深路窄，仅容一马，道路泥泞，一如 20 年前。农民的住房，还没有一间能赶上过去村里地主的老房子。而当年毛的指挥部，整个党中央机关就借住在杨家沟一家马姓地主的宅院里，他就是在这里胜利指挥了全国的战略大转折啊。我去看过，这处院子就是现在也十分完好，村里仍无其他民房所能出其右。这次毛重回杨家沟还住在当年他的那组三孔相连的窑洞里，心中感慨良多。当年撤出延安，被胡宗南追得行无定所，但借得窑洞一孔，弹指一挥，就横扫蒋家百万兵。现在定都北京已十多年了，手握政权，却还不能一扫穷和困，给民饱与暖。可怜 20 年前边区月仍照今时放羊人。发展迟缓的原因到底何在？

　　向最基层的普通人学习，是毛一向所提倡的。调查研究成了毛政治品德和工作方法中最鲜明的一条。斯诺在他的《西行漫记》里曾写到对毛的第一印象是："毛泽东光着头在街上走，一边和两个年轻的农民谈话，一边认真地在做手势。"毛曾说："当年是一个监狱的小吏让我知道了旧中国的监狱如何黑暗。"毛在 1931—1933 年曾认真作过农村调查，1941 年又将其结集出版，他在《农村调查》序言里写道："实际工作者须随时去了解变化着的情况，这是任何国家共产党也不能依靠别人预备的。所以，一切实际工作者必须向下作调查。"那时他十分注意倾听基层呼声。有一个很有名的故事，延安一个农民，天打雷霹死了他的毛驴，就说："何不霹死毛泽东？"边区保卫部门要以反革命罪逮捕这个农民。毛说，他这样说必有他的理由。一问是边区农民负担太重。毛就让减税。所以，当时边区地域虽小，生活虽苦，但领袖胸如海，百姓口无忌，上下一条心，共产党终得天下。

　　这次，毛一路或骑马或步行又重新回到百姓中间，所见所闻，隐隐感到民间积怨不少。他想起 1945 年在延安与黄炎培的"窑洞对"谈话，那时虽还未得天下，但黄已问到他将来怎样治天下。他说："只要坚持民主，让老百姓监督政府，政权就能永葆活力。"想到让人民监督，毛忽然忆起一个人，此人就是陕西省户县农民杨伟名。杨是一普通农民，在村里任大队会计，他关心政治，以一点私塾的文化底子，苦学好读，"处江湖之远则忧其君"。在 1962 年他曾向中央写万言书，系统分析农村形势，提出许多尖锐而又中肯的意见。如允许单干；敞开自由市场；不要急于过渡，再坚持一段新民主主义；要防止报喜不报忧等。现在看来，这些话全部被不幸言中。这篇文章的题目叫《一叶知秋》，意即，从分析陕西情况即可知全国农村形势之危。其忠谏之情溢于言表。当时毛正热心于大跃进、人民公社，这些意见当然听不进去，便愤而批曰："什么一叶知秋，是一叶知冬。"其时，党内也早有一部分同志看到了危机，并提出了对策，比较有名的就是邓小平的"白猫黑猫"论。这篇文章在 1962 年的北戴河会议上被毛点名批评。从此，逆耳忠言渐少，继而鸦雀无声。邓小平推说耳聋再不主动问政，陈云则经常称病住院。而黄河之滨这个朴素的农民思想家杨伟名则被大会批小会斗，后在"文革"中自杀。（2002 年，陕西曾开研讨会纪念杨伟名，并为他出版文集。2005 年，我曾访其故居，秋风小院在，柿树叶正红。这是后话）。这次毛重走黄河，又到陕西，看到当年的许多问题依旧没有结果，就想起这个躬耕于关中的奇才，便着人把他接来，作彻夜之谈。毛像当年向小狱吏请教狱情，在延安街头光着头向农民恭问政情一样，向这个农民思想家问计于国是。这是 20 世纪 60 年代中共领袖与一位普通农民的对话。不是《三国演义》里卧龙冈的"隆中对"，也不是 1945年延安的"窑洞对"，而是在黄河边的某一孔窑洞里的"河边对"。杨伟名一定侃侃而谈，细算生产队的家底，纵论国家大势。毛会暗暗点头，想起他自己常说的"群众是真正的英雄，而我们自己则往往是幼稚可笑的"，又想起 1948 年为佳县县委题的字"站在最大多数劳动人民一面"。当时他转战到这里，部队要打佳县，仗要打三天，需 12 万斤粮，但粮食早让胡宗南抢掠一空。他问佳县县长张俊贤有没有办法。张说："把全县坚壁的粮挖出来，够部队吃上一天；把全县地里未成熟的玉米、谷子收割了，还可吃一天；剩下的一天，把全县的羊和驴都杀了！"战斗打响，群众拉着粮、驴、羊支前，自己吃树枝、树皮。战后很长时间，这个县见不到驴和羊。那时候，政府和百姓，真是鱼水难分啊。看来这些年离群众是远了一点。（毛是性情中人，他或许还会当场邀杨到中央哪个政策研究部门去工作，就像后面要谈到的，他听完就三峡问题的御前辩论后，当场邀李锐做他的秘书。况杨本来就一直是西北局的特聘编外政策研究员。而以杨的性格则会说，臣本布衣，只求尽心，不求闻达，还是躬耕关中，位卑不敢忘国，不时为政府上达一点实情）。送走客人，他点燃一支烟，仰卧土炕，看着窑洞穹顶厚厚的黄土，想起自己1945年在延安说过的那句话："我们共产党人好比种子，人民好比土地。我们到了一个地方，就要同那里的人民结合起来，在人民中间生根、开花。"现在早已生根开花，但却要不忘其土啊。

　　总之，还不等走完黄河全程，在晋、陕、宁、甘一线，毛的心情就沉重复杂起来。在这里，当年的他曾是"六盘山上高峰，红旗漫卷西风"；"原驰蜡象，欲与天公试比高"。可现在毛无论如何也高兴不起来，他立马河边，面对滔滔黄水，透过阵阵风沙，看远处那沟沟坡坡、梁梁峁峁、塄塄畔畔上俯身拉犁，弯腰点豆，背柴放羊，原始耕作的农民，不禁有一点心酸。大跃进、人民公社运动这样轰轰烈烈，怎么就没能解放出更多的生产力，改善农民的生活，改变他们的境遇呢？

　　毛继续沿黄河前行，北上河套，南取宁夏，绕了一个大弯后西到兰州。在这里向北沿祁连山麓就是通往新疆的河西走廊，向南沿黄河就将进入上游的青海、四川。他决定在兰州休整一周。这兰州以西是历代流放钦犯和谪贬官员的地方。他想起林则徐虎门销烟之后就是经过这里而贬往新疆的。毛泽东出行，电台、文件、书籍三件宝，常读之书和沿途相关之书总要带足。现在韶山的"毛泽东遗物馆"里存有他出行的书箱，足有一米见方。林则徐是他敬仰的人物，长夜难眠，他便命秘书找出林的《云左山房诗钞》挑灯夜读，卷中有不少是林则徐在河南奉旨治完黄河后又一路继续戴罪西行，过兰州，出玉门的诗作，多抒发他的报国热情和记述西部的山川边情。林诗豪放而深沉，毛性刚烈而浪漫，把卷在手，戈壁古道长无尽，窗外黄河鸣有声。此时，两个伟人跨越时空，颇多共鸣。毛有抄录名人诗作练字的习惯，他读得兴起，便披衣下床，展纸挥毫，抄录了林的一首《出嘉峪关感赋》：

东西尉侯①往来通，博望星槎笑凿空。

塞下传箛歌敕勒，楼头倚剑接崆峒。

长城饮马寒宵月，古戍盘雕大漠风。

除是卢龙山海险，东南谁比此关雄！

这幅书法，借原诗的气势，浓墨酣情，神采飞扬，经放大后至今仍高高挂在人民大会堂甘肃厅的东墙上。书罢林诗毛推窗北望，想这次只能按原计划溯黄河而上，祁连山、嘉峪关一线是去不了啦，不觉有几分惆怅。新疆是他的胞弟毛泽民牺牲的地方。那个方向还有两件事让他心有所动。一是当年西路军在这里全军覆没，徐向前只身讨饭走回延安，这是我军军史上的极悲惨的一页。二是 1957 年反右之后一大批右派发配西部，王震的兵团就安排了不少人，这其中就有诗人艾青等不少文化人。现时已十年，这些人中似可起用一些，以示宽慰。他在这里休整一周，接见了一些仍流散在河西走廊的老红军，听取了右派改造工作的汇报，嘱咐地方上调研后就这两件事提出相应的政策上报。

离开兰州，毛一行逆黄河而上，又经月余到达青、甘、川三省交界处的黄河第一弯。他登上南岸四川阿坝境内的一座小山，正是晚霞压山，残阳如血，但见黄河北来，蜿蜒九曲，明灭倏忽，如一道闪电划过高原，不禁诗兴大发，随即吟道：

九曲黄河第一弯，长河落日此处圆。

从来豪气看西北，涛声依旧五千年。

他想，我们一定要对得起黄河，对得起黄河儿女。

这里已近黄河源头，海拔4000 米以上，他们放慢速度，缓缓而行，数十天后终于翻过巴颜喀拉山，到达长江的源头大通河，这便进入长江流域。

三

接下来，毛泽东走长江与走黄河的心境不同。在黄河流域，主要是勾起了他对战争岁月的回忆和对老区人民的感念，深感现在民生建设不尽如人意，得赶快发展经济。而走长江一线更多的是政治反思，是关于在这里曾发生过的许多极"左"错误的思考。

顺沱沱河、通天河而下，入金沙江，便进入贵州、四川界。这里是中央部署的大三线基地。毛泽东不愧为伟大的战略家，他从战争中走来，总担心天下不稳，国家遭殃。在原子弹研制成功后，他又力主在长江、黄河的上游，建设一个可以支持原子战争的大三线基地。他还把自己的老战友、新冤家彭德怀派到基地。毛彭关系，可以说是合不来又离不开。历史上许多关系到党的命运和毛的威信的大战、硬战，都是彭帮毛来打。最关键的有三次：红军长征出发过湘江、解放战争时的转战陕北和新中国刚成立时的朝鲜战争。尤其是出兵朝鲜，中央议而不决，彭从西北赶回，投了支持毛的关键一票，而在林彪不愿挂帅出征的情况下，彭又挺身而出，实现了毛的战略。但是自从进城之后，毛彭之间渐渐生分。战争时期，大家都称毛为"老毛"，进了北京，渐渐改称"主席"。有一天彭突然发现中南海里，只有他一人还在叫"老毛"，便很不好意思，也悄悄改口。这最后一位称"老毛"的角色由彭来扮演，从中也可以看出他们的交往之深和彭性格的纯真率直。但1959年在庐山上，两个战友终于翻脸。其时毛正醉心于大跃进、人民公社，雄心勃勃，自以为找到了迈向共产主义的好办法。彭却发现农村公共食堂里农民吃不饱，老百姓在饿肚子，大跃进破坏了生产力。"谷撒地，禾叶枯，青壮炼钢去，收禾童与姑，来年日子怎么过"，他要为民鼓与呼。这场争论其实是空想与实事求是之争。结果是彭被打为右倾机会主义，并又扩大为"彭、黄、张、周"反党集团，全国大反右倾，株连500

多万人。后来黄克诚说："这件事对我国历史的发展影响巨大深远，从此党内失去了敢言之士，而迁就逢迎之风日盛。"但是，直到下山时毛还说，我要写一篇大文章《人民公社万岁》，向全世界宣布中国的成就。并已让《人民日报》和新华社为他准备材料。但还不到年底，农村就败相渐露，这篇文章也就胎死腹中。1965 年 9 月，毛对彭说："也许真理在你那边。"便派他到三线来工作。

未想，两位生死之交的战友，庐山翻脸，北京一别，今日相会却在金沙江畔，在这个 30 年前长征经过的地方，多少话真不知从哪里说起。明月夜，青灯旁，白头搔更短，往事情却长。毛泽东盖世英雄，向来敢翻脸也敢认错。他在延安整风时对被"抢救运动"中错整的人脱帽道歉；1959 年感谢陈云、周恩来在经济工作方面的冷静，说"家贫思贤妻，国难识英雄"；1962 年在 7000 人大会上对大跃进的错误的认错。现在毛经三年来的沿河考察，深入民间，所见所闻，许多争论已为历史所印证。他也许会说一声："老彭，看来是你对了！"

行自四川境内，毛还会想起另一个人，即他的秘书田家英。庐山会议前，毛提倡调查研究，便派身边的人下去了解情况，田家英被派到四川。田回京后给他带去一份，农民吃不饱，农业衰退的实情报告，他心有不悦。加之四川省委投毛之好又反告田一状，田在庐山上也受到了批评，从此就再不受信任（"文革"一起，田即自杀，这是后话）。这时他一定会想起田家英为他拟的那篇很著名的中共八大开幕词："虚心使人进步，骄傲使人落后"，不觉怅然若失。看来自己过去确实是有点好大喜功，下面也就报喜不报忧，以致造成许多失误。长夜静思，山风阵阵，江水隆隆。他推窗望月，金沙水拍云崖暖，惊忆往事心犹寒。

新中国成立后毛出京工作，少在北方，多在南方，所以许多作出重要决策的，在党史上有里程碑意义的会议多在长江一线。如 1958 年 3 月毛坚持大跃进，周恩来、陈云被迫作检讨的成都会议；4 月再次确立了大跃进思路的武汉会议；1959 年 4 月检讨大跃进的上海会议（就是在这次会上，他第一次提出骑马走两河）；1959 年 7 月批右倾的庐山会议；1961 年纠正左的错误的第二次庐山会议等。总的来讲，这些会议上都是毛说了算，反面意见听得很少。

但有一次毛是认真听了不同意见，并听了进去。这就是关于建三峡水库的争论。自孙中山时，就有修三峡的设想，毛也曾畅想"高峡出平湖"，但到底是否可行，毛十分慎重。1958 年 1 月他曾在南宁组织了后来被称为"御前辩论"的两派大对决，也就在这次他很欣赏反对派李锐，当场点名要李做他的秘书。毛曾在 1958 年 3 月 29 日自重庆上船，仔细考察了长江三峡，至 4 月 1 日到武汉上岸。他对修三峡一直持慎重态度，他说："最后下决心准备修建及何时修建，要待各个方面的准备工作基本完成之后，才能作出决定。"这次毛骑马从陆路过三峡一定会联想到那个当年轻易上马，现已沙淤库满的三门峡水库。幸亏当时听了不同意见，三峡才成为大跃进中唯一没有头脑发热，轻易上马的大工程。现在想来都有点后怕。看来科学来不得半点虚假（24 年后，1992 年 4 月七届全国人大五次会议通过兴建三峡工程的决议。在这个长过程中因为有反对意见，才有无数次的反复论证，人们说三峡工程上马，反对派的功劳比支持派还大。这是后话）。

毛从四川入湖北，过宜昌到武汉。这次因是带着马队出行，当然不住上次毛住过的东湖宾馆，他们选一依山靠水之处安营扎寨，这倒有了一点饮马长江的味道。毛不禁想起他 1956 年在这里的诗作："才饮长沙水，又食武昌鱼，万里长江横渡，极目楚天舒。不管风吹浪打，胜似闲庭信步，今日得宽余。"又想起 1958 年 4 月在这里召开的武汉会议，在鼓动大跃进的同时，毛给那些很兴奋的省委书记们也泼了一点冷水。但全党的狂热已被鼓动起来，想再压下去已不容易。他想，那时的心态要是"不管风吹浪打，胜似闲庭信步"，再从容一点，继续给他们降降温，后果也许会好一点。

离开湖北进入江西不久就到庐山。这庐山堪称是中国现代政治史上的一个坐标点。1886年英国传教士李德立在这里首先买地盖房，开发庐山。从1928年到1947年，前后20年，蒋介石在这里指挥"剿共"、抗日。1927年，瞿秋白在这里起草"八一"起义提纲。1937年卢沟桥枪声骤响，正在山上举办的国民党庐山军官训练团提前结业，直接奔赴抗日前线。1948年蒋介石败退大陆，泪别庐山。蒋离去十年后，1959年毛第一次登上庐山，住在蒋介石和宋美龄住过的"美庐"别墅，看见工人正要凿掉"美庐"二字，忙上前制止，说这是历史。就是这一次在山上召开了给党留下巨大伤痛的庐山会议。1961年，毛欲补前会之错，又上山召开第二次庐山会议。他借用《礼记》里的一句话："未有先学养子而后嫁者也"，痛感革命事业不可能有人先给你准备好成熟的经验。这一次毛在山上说，他此生有三愿：一是下放，搞一年工业，一年农业，半年商业；二是骑马走一次长江、黄河；三是写一本书，把自己的缺点、错误统统写入，让世人评说。他认为自己好坏七、三开就满足了。1970年毛又三上庐山召开九届二中全会，敲山震虎，与林彪已初显裂痕。还有一件事少有人知，蒋介石去台多年，自知反攻无望，愿意谈判回归。1965年7月已初步达成六项协议，其中有一条：蒋回大陆后所选的"汤沐之地"（封地）就是庐山。惜"文革"一起，此事告吹。

到了庐山，毛的两河之行已完成四分之三。他决定在这里休整数日，一上山便放马林间，让小白马也去自由自在地轻松几日。他还住"美庐"，饭后乘着月色散步在牯岭小街上，不远处就是当年庐山会议时彭德怀、黄克诚合住的176号别墅，往西30米是张闻天的别墅，再远处是周小舟的别墅。毛忆想那次论争，虽然剑拔弩张，却也热忱感人，人家讲的都是真话。他自己也实在有点盛气压人。现在人去楼空，这些石头房子，门窗紧闭，苔痕满墙，好一种历史的空茫。如果当时这庐山之争也能像三峡之争一样，允许发表一点不同意见，后果也不会这样。后来虽有 1961 年二次庐山会议的补救之举，但今天想来，他心中还是有一种隐隐的自责。回到美庐，刚点燃一支烟，一抬头看见墙上挂着 1959 年他一上庐山时的那首豪迈诗作："一山飞峙大江边，跃上葱茏四百旋。冷眼向洋看世界，热风吹雨洒江天。云横九派浮黄鹤，浪下三吴起白烟。陶令不知何处去，桃花源里可耕田？"他在自己的这幅放大的手迹前伫立良久，光阴似箭，不觉就是十年啊。他沉思片刻口中轻轻吟道：

> 安得倚天转斗柄，挽回银河洗旧怨。
> 二十年来是与非，重来笔底化新篇。

这诗，虽是自责，却橡笔墨海，隐隐雷鸣，仍不失雄霸之气。他抽完一支烟，又翻检了一下当日收到的电报、文件，办了一会儿公，便用铅笔将这首诗抄在一张便笺上，题为《三上庐山》，放入上衣口袋，准备明天在马背上再仔细推敲，然后就上床歇息。（毛二上庐山时也写有诗，就是那首为江青所拍的仙人洞题照。）毛泽东下山后，一路过安徽，下江苏，走扬子江、黄浦江，直往长江的出海口上海市而去。

两河之行结束，大约是 1969 年的 9 月，正是国庆 29 周年的前夕。毛泽东将中央政治局的委员们召集到上海，开了一次扩大的中央工作会议，通过了三项决议。一是今后一段时间内要重点抓一下经济建设，暂不搞什么政治运动（这比后来 1978 年年底十一届三中全会通过的党的中心工作的转移早 9 年）；二是转变党的作风，特别戒假话、空话，加强调查研究和党内民主（这是 1942 年延安整风之后的又一次的全党思想大提高）；三是总结教训，对前几年的一些重大问题统一认识（这比

1981年十一届六中全会通过的《关于建国以来党的若干历史问题的决议》早12年）。三个决议通过，局面一新，当然也就没有什么"文化大革命"，没有彭德怀等一批老干部的损失，也没有田家英等一批中年精英的夭折。如果再奢望一点，还可能通过一个关于党的领导干部退休的决议（这比1982年中央《关于建立老干部退休制度的决定》早13年）。因为到这年年底毛就满76岁，两河之行，四年岁月，一万里路云和月，风餐露宿，鞍马劳顿。他一定感到身体和精力大不比当年长征之时，毕竟年龄不饶人。而沿途考察接谈，视事阅人，发现无数基层干部，有经验，有知识，朝气向上，正堪大任。这几个决议通过，全党欢呼，全民振奋。国家、民族又出现新的机遇。真如这样，历史何幸，国家何幸，民族何幸！

可惜时光不能倒流，历史不能重演。

四

2009年10月1日，新中国成立60周年，万民同庆，举国欢腾。时我在天安门阅兵庆典的观礼台上，手机响了，收到这样一条信息：

中国医学科学院成功克隆毛泽东，各项生理指标处于其50岁水平。新闻发布后引起强烈反响。奥巴马立即声明：美国在三天之内废除《与台湾关系法》，并撤走在亚洲的一切军事力量。日本首相于当天下令炸毁靖国神社，承认钓鱼岛是中国领土。国内24小时县级以上干部退缴赃款980万亿；全国股市一片红；房价下跌60%；13亿中国人民再次唱起了：东方红，太阳升，中国出了个毛泽东。祝大家节日快乐！

这是一个善意的调侃，红色的幽默，也包含着一种社会思考，一种对过去美好一面的怀念和对现在腐败一面的批判。过节了，而且不是一般的节庆，是共和国的生日，60 岁的生日啊！人们忘不了开国领袖。他老人家要是还在多好啊，这天安门城楼本来就是他当年宣布中华人民共和国成立的地方。虽然他老人家后期搞"文革"也曾犯有大错，但前期对民族确有大功，所以人们总希望他还能一如前期那样的英明。这善良的愿望，反映了人们对那个美好时代的怀念，对未竟之业的遗憾。如果斗柄能够倒转，如果历史能够重写，如果那次骑马走两河能够成行，如果老人家在 20 世纪 60 年代能反思自己的错误，晚年不犯或少犯错误，这该多好。这一切当然都不可能，我们也知道这永不可能。但是后人想一想还不行吗？这样的假想，是对历史的复盘，也是对再后之人的提醒。历史不能重复，但是可以思考，在思考中寻找教训，捕捉规律，再创造新的历史。一个没有英雄的民族是悲哀的民族；一个犯了错误而又不知反思的民族是更悲哀的民族；一个学会在失败中思考的民族才是真正了不起的民族。不要忘了，正是"文革"浩劫之后的大思考才成就了今天的复兴。

毛泽东是一本我们永远读不完的书。

注：①尉侯，汉代设在西域的官。博望，张骞，通西域，封博望侯。浮槎，神话中来往于海上或天上的木筏。崆峒，甘肃东部的名山。卢龙，长城东部古要塞，在河北喜峰口。山海，山海关。这首诗的大意是：自从张骞凿通遥远的西域之路后，东西古道上的官员就往来不断。笳歌声中，我倚剑遥望，嘉峪关连绵直接崆峒山。长城下将士乘着月色去饮马，戍楼上苍鹰在盘旋。除了卢龙、山海两关，在这以东还有何处能比得上雄伟的嘉峪关！

参考书籍、文章：

《毛泽东传》　中央文献研究室编　文献出版社 2003 年 12 月版

《毛泽东诗词集》　中央文献出版社 1996 年 9 月版

《毛泽东戎马生涯》　秦焰著　河南人民出版社 1993 年 10 月版

《中国共产党 80 年》　中央档案馆编　中国档案出版社 2001 年 5 月版

《彭德怀自述》　人民出版社 1981 年 12 月版

《一个真正的人——彭德怀》　人民出版社 1994 年 10 月版

《庐山会议实录》　李锐著　河南人民出版社 1999 年 1 月第三版

《解放战争》　王树增著　人民文学出版社 2009 年版

《林则徐诗选注》　周轩著　新疆大学出版社 1997 年 4 月版

《到庐山看老别墅》　方方著　湖北美术出版社 2001 年 10 月版

《一叶知秋——杨伟名文存》　社会科学文献出版社 2004 年 2 月版

《陈晋：我很想学徐霞客》　《党的文献》2006 年第 3 期

（原载《学习时报》2010 年 4 月 26 日，5 月 10 日、17 日、24 日）

1971 一座小院和一条小路

　　作为伟人的邓小平，一生不知住过多少宅院宾馆，但这个小院最珍贵，这是"文化大革命"中他突然被打倒、被管制时住的地方。作为伟人的邓小平，一生辗转南北，不知走过多少路，这条小路最宝贵，这是他从中央总书记、国务院副总理任上突然被安排到一个县里当钳工时，上班走的路。在小平同志去世后两个月，我有缘到江西新建县拜谒这座小院和轻踏这条小路。

　　这是一座大约有六七百平方米的院子。原本是一所军校校长的住宅，"文化大革命"中军校停办，1969 年 10 月小平同志在中南海被软禁 3 年之后和卓琳还有他的养母又被转到江西，三个平均年龄近七十岁的老人守着这座孤楼小院。仿佛是一场梦，他从中南海的红墙内，从总书记的高位上被甩到了这里，开始过一个普通百姓的生活，不，比普通百姓还要低一等的生活。他没有自由，要受监视，要被强制劳动。我以崇敬之心，轻轻地踏进院门，现在单看这座院子，应该说是一处不错的地方。楼前两棵桂花树簇拥着浓绿的枝叶，似有一层浮动的暗香，地上的草坪透出油油的新绿。人去楼空，二层的窗户静静地垂着窗帘，储存着一段珍贵的历史。整个院子庄严肃穆，甚至还有几分高贵。但是当我绕行到楼后时，心就不由一阵紧缩，只见在青草秀木之间斜立着一个发黑的柴棚和一个破旧的鸡窝，稍远处还有一块菜地，这一下子破坏了小院的秀丽与平静，将军楼也无法昂起它高贵的头。小院的主人曾经是受到了一种怎样的屈辱啊。当时 3 个老人中 65 岁的邓小平成了唯一的壮劳力，因此劈柴烧火之类的粗活就落在他的身上。他曾经是指挥过淮海战役的直接统帅啊，当年巨手一挥收敌 65 万，接着又挥师过江，再收半壁河山。可是现在，他这双手只能在烟熏火燎的煤炉旁劈柴，只能弯下腰去，到鸡窝里去收那只还微微发热的鸡蛋，到菜地里去泼一瓢大粪，好收获几苗青菜，聊补菜金的不足。要知道，这时他早已停发工资，只有少许生活费。就这样还得节余一些，捎给那一双在乡下插队的小儿女。这不亚于韩信的胯下之辱，但是他忍住了。士可杀而不可辱，名重于命固然可贵，但仍然是为一己之名。士之明大义者，命与名外更有责，是以责为重，名为轻，命又次之。有责未尽时，命不可轻抛，名不敢虚求。司马迁所谓："耻辱者，勇之决也。"自古能担大辱而成大事者是为真士，大智大勇，真情真理。人生有苦就有乐，有得意就有落魄。共产党人既然自许只有解放全人类才能最后解放自己，就忍得人间所有的苦，受得世上所有的气。共产党从诞生那一天起就开始受挤压，受煎熬。有时一个国家都难逃国耻，何况一个人呢？世事沧桑不由己，唯有静观待变时。

一年后，他的长子、"文化大革命"中被迫害致残的邓朴方也送到这里。多么壮实的儿子啊，现在却只能躺在床上了。他替他翻身，背他到外面去晒太阳。他将澡盆里倒满热水，为儿子一把一把地搓澡。热气和着泪水一起模糊了老父的双眼，水滴顺着颤抖的手指轻轻滑落，父爱在指间轻轻地流淌，隐痛却在他的心间阵阵发作。这时他抚着的不只是儿子摔坏的脊梁，他摸到了国家民族的伤口，他心痛欲绝，老泪纵横。我们刚刚站立不久的国家，我们正如日之升的党，突然遭此拦腰一击，其伤何重，元气何存啊！后来邓小平说，"文化大革命"是他一生最痛苦的时刻。痛苦也能产生灵感，伟人的痛苦是和国家的命运连在一起的。作家的灵感能产生一部作品，伟人的灵感却可以产生一个时代。小平在这种痛苦的灵感中看到了历史又到了一个拐弯处。我在院子里漫步，在楼上楼下寻觅，觉得身前身后总有一双忧郁的眼睛。二楼的书橱里，至今还摆着小平同志研读过的《列宁全集》。楼前楼后的草坪，早已让他踩出一道浅痕，每晚饭后他就这样一圈一圈地踱步，他在思索，在等待。他戎马一生，奔波一生，从未在一个地方闲处过一年以上。现在却虎落平川，闲踏青草，暗落泪花。如今沿着这一圈踩倒的草痕已经铺了方砖，后人踏上小径可以细细体味一位伟人落难时的心情。我轻轻踏着砖路行走，前面总像有一个敦实的身影。"居庙堂之高则忧其民，处江湖之远则忧其君"，贬臣无己身，唯有忧国心。当年屈原在汨罗江边大概就是这个样子。现在，赣江边又出现一个痛苦的灵魂。

但上面绝不会满足于就让小平在这座院子里种菜、喂鸡、散步，也不能让他有太多的时间去遐想。按照当时的逻辑，"走资派"的改造，是重新到劳动中去还原。小平又被安排到住地附近的一个农机厂去劳动。开始，工厂想让他去洗零件，活轻，但人老了，腿蹲不下去；想让他去看图纸，眼又花了太费神。这时小平自己提出去当钳工，工厂不可理解。不想，几天下来，老师傅伸出大拇指说："想不到，你这活够四级水平。"小平脸上静静的没有任何表情。他的报国之心，他的治国水平，该是几级水平呢？这时全国所有报纸上的大标题称他是中国二号"走资派"（但是奇怪，"文化大革命"后查遍所有的党内外文件，却找不到任何一个对他处分的决定）。金戈铁马东流水，治国安邦付西风。现在他只剩下了钳工这个老手艺了。钳工就是青少年时到法国勤工俭学时学的那个工种，时隔半个世纪，恍兮，惚兮，历史竟绕了这么大一个圈子。工厂照顾小平年迈，就在墙上开了一个口子，这样他就可以抄近路上班，大约走 20 分钟。当时撕开墙的人绝没有想到，这一举措竟为我们留下一件重要文物，现在这条路已被当地人称为"小平小路"。工厂和住地之间有浅沟、农田，"小平小路"蜿蜒其间，青青的草丛中袒露出一条红土飘带。我从工厂围墙（现已改成砖墙）的小门里钻出来，放眼这条小路，禁不住一阵激动。这是一条再普通不过的乡间小路，我还是在儿时，就在这种路上摘酸枣、抓蚂蚱，看着父辈们背着牛腰粗的柴草，腰弯如弓，在路上来去。路上走过牧归的羊群，羊群荡起尘土，模糊了天边如血的夕阳。中国乡间有多少条这样的路啊。有 3 年时间，小平每天要在这条小路上走两趟。他前后跟着两个负监视之责的士兵，他不能随便和士兵说话，而且也无法诉说自己的心曲。他低头走路时只有默想，想自己过去走的路，想以后将要走的路，他肚里已经装了太多太多的东西，他有许多许多的想法。他是与中国现代史、与中国共产党史同步的人。五四运动爆发那年，他 15 岁就考入留法预备学校，中国共产党成立的第二年，他就在法国加入少年共产党。以后到苏联学习，回国领导百色起义，参加长征、太行抗日、淮海决战、成立新中国，当总书记、副总理。党和国家走过的每一步，都有他的脚印。但是他想走的路，并没有全部能走成；相反，还因此而受打击，被贬抑。他像一只带头羊，有时刚想领群羊走一条捷径，背后却突然飞来一块石头，砸在后脖颈上，他一惊，只好作罢，再低头走老路。第一次是 1933 年，"左"倾的临时中央搞军事冒险主义，他说这不行，挨了一石头，从省委宣传部长任上一下被贬到边区一个村里去开荒。第二次是 1962 年，"大跃进"、公社化严重破坏了农村生产力，他说这不行，要让群众自己选择生产方式，不管白猫黑猫，抓住老鼠就是好猫。结果又挨了一石头，这次他倒没有被贬职，只是挨了批评，当然他的建议也没有被接受。第三次就是"文化大革命"了，他不能同意林彪、江青一伙胡来，就被彻底贬了下来，贬到了江西老区，他第一次就曾被贬的地方，也是他当年开始长征的地方。历史又转了一个圈，他重新踏到了这块红土地。

　　这里地处郊县，还算安静。但是报纸、广播还有串联的人群不断传递着全国的躁动。到处是大字报的海洋，到处在喊"砸烂党委闹革命"，在喊"宁要社会主义的草，不要资本主义的苗"。疯了，全国都疯了。这条路再走下去，国将不国，党将不党了啊。难道我们从江西苏区走出去的路，从南到北长征万里，又从北到南铁流千里，现在却要走向断崖，走入死胡同了吗？他在想着历史开的这个玩笑。他在小路上走着细细地捋着党的七大、八大、九大，我们到底出了什么问题？曾作为国家领导人，一位惯常思考大事的伟人，他的办公桌没有了，会议室没有了，文件没有了，用来思考和加工思想的机器全被打碎了，现在只剩下这条他自己踩出来的小路。他每天循环往复走在这条远离京都的小路上，来时 20 分钟，去时还是 20 分钟。秋风乍起，衰草连天，田园将芜。他一定想到了当年被发配到西伯利亚的列宁。海天寂寂，列宁在湖畔的那间草棚里反复就俄国革命的理论问题作着痛苦的思考，写成了《俄国社会民主党人的任务》，提出了一个著名的原理："没有革命的理论就不会有革命的运动。"那么，我们现在正遵从着一个什么样的理论呢？他一定也想到了当年的毛泽东，也是在江西，毛泽东被"左"倾的党中央排挤之后，静心思考写作了《中国的红色政权为什么能够存在》。那是从这红土地的石隙沙缝间汲取养分而成长起来的思想之苗啊。实践出理论，但是实践需要总结，需要拉开一定的距离进行观察和反思。就像一个画家挥笔作画时，常常要退后两步，重新审视一番，才能把握自己的作品一样，革命家有时要离开运动的旋涡，才能看清自己事业的脉络。他从 15 岁起就寻找社会主义，从法国到苏联，再到江西苏区，直到后来掌了权，自己动手搞社会主义，搞合作化、大跃进、公社化，还有这"文化大革命"。现在离开了运动本身，又由领袖降成了平民，他突然问自己到底什么是社会主义？中国需要什么样的社会主义？整整 3 年，小平就在这条路上来来回回地思索，他脑子里闪过一个题目，渐渐有了一个轮廓。就像毛泽东当年设计一个有中国特色的武装斗争道路一样，他在构思一个有中国特色的社会主义。这思想种子的发芽破土，是在 10 年后党的十二大上，他终于发出一声振聋发聩的呼喊："走自己的道路，建设有中国特色的社会主义，这就是我们总结长期历史经验得出的基本结论。"伟人落难和常人受困是不一样的。常人者急衣食之缺，号饥寒之苦；而伟人却默穷兴衰之理，暗运回天之力。所谓西伯拘而演《周易》，孔子厄而作《春秋》，屈原赋《骚》，孙子论《兵》，置己身于度外，担国家于肩上，不名一文，甚至生死未卜，仍忧天下。整整 3 年时间，小平种他的菜，喂他的鸡，在乡间小路上日出而作，日入而息。但是世纪的大潮在他的胸中，风起云涌，湍流激荡，如长江在峡，如黄河在壶，正在觅一条出路，正要撞开一个口子。可是他的脸上静静的，一如这春风中的田园。只有那双眼睛透着忧郁，透着明亮。

1971 年 11 月的一天，当他又这样带着沉重的思考步入车间，正准备摇动台钳时，厂领导突然通知大家到礼堂去集合。军代表宣布一份文件：林彪仓皇出逃，自我爆炸。全场都惊呆了，空气像凝固了一样。小平脸上没有表情，只是努力侧起耳朵。军代表破例请他坐到前面来，下班时又允许他将文件借回家中。当晚人们看到小院二楼上那间房里的灯光，一直亮到很晚。一年多后小平同志奉召回京。江西新建县就永远留下了这座静静的院子和这条红土小路。而这之后中国又开始了新的长征，走出了一条改革开放、令全世界震惊的大道。

（原载《人民文学》1997 年第 10 期）

1976 一个伟人生命的价值

前不久我参观了周恩来同志纪念展览。

展览就设在天安门广场的东侧，大会堂对面的历史博物馆里。它举办以来虽已有两年的时间，但两年来参观的人从第一天起就云集门外，直到现在并不稍减。展品从总理学生时期在天津、北京搞"五四"运动开始到他为革命事业战斗到最后一息，大概有上万件吧。这些文物忠实地记录了周总理的一生，它一件件、一幅幅，静静地展示在人们的面前，默默地安慰着千千万万颗怀念的心。

总理功高盖天，这是人人称颂的，但是他到底有多少业绩却无法数清。展品中有一本《警厅拘留记》，书已旧得发黄，并已有一些剥损。这是周恩来同志"五四"时期因领导天津"觉悟社"的斗争而被捕后，在监狱里编写的。它真实地记录了周总理在中国革命的启蒙时期就勇敢坚定地冲杀在斗争的最前线。新中国成立后有人在旧书摊上发现了这本书，就去请示总理，他却坚决不同意收购。还有一份总理亲自修改过的"八一"起义提纲。把"周恩来同志为首的前敌委员会"一句中，"为首的"后面加上了"党的"二字。还有凡提到周恩来同志时，后面都改成了等同志或具体列出了朱德、贺龙、叶挺等同志。我不禁想起，当年八一电影制片厂的同志几次提出要拍"八一"起义的片子，总理都不批准，几次要为总理拍点资料镜头又都被拒绝。要不是总理伟大的谦虚，今天这个展览大厅里不知还会有多少珍贵的文物。

总理日理万机，昼夜操劳，这也是人所共知的，但这其中更深一层的艰辛，人们却极少知道。展品中有一个奇怪的小炕桌，四条细腿，桌面微斜，四围加边，这竟是总理批阅文件的办公桌子。原来，总理的工作是无时无处的。他极累时就靠在椅子上，倚在床上批阅文件。这时就往往在腿上垫几本书或一块三合板。后来邓颖超同志就亲自设计了这个小炕桌。总理住进医院后又在病床上用它来处理纷繁的政务。那些日子，我们从报上看到总理在医院里接见外宾，又哪能想到即使这时他还在用这个小炕桌顽强地工作呢？展墙上有这样一份文件，是1975年3月1日凌晨，新华社发"二·二八"起义27周年的消息送请总理批示的。总理在重病中立即作了详细批示，并让迅速送当时主管报纸的姚文元。而这时姚文元却早已呼呼大睡了。就在这同一文件上，姚的办公室人员批着："姚已休息，不阅了。"我看着这炕桌、这文件、这文件上不同的批语，心里有说不出的滋味。这时江青到总理住的医院里大嚼西瓜，寻事胡闹的场面，王洪文在总理输液时，非要叫总理接电话的镜头又一一浮现在我的眼前。鲁迅先生说过，他是腹背受敌进行"韧"的战斗。总理，您的晚年何尝不是这样呢？

总理，八亿人民的总理，手握重权，而又那样平易近人，艰苦朴素，竟是使人无法想象的。展览柜里有这样一张收据："今收到高振朴（周总理）粮票肆两，人民币二角伍分。"后"二角伍分"又改为"三角"。原来是"文化大革命"中总理到一个学校去，就在学生食堂里就餐。炊事员特意为他做了一碗汤，他见同学们没有，就让同学们喝，自己却倒了一碗开水。饭后又让工作人员交了粮票、菜金。他见收据上没有汤钱就又让再补了五分。这一张普通的收条，实实在在地说明，一个伟大的人物又是这样的普通。还有一件睡衣，是总理1951年做的，一直穿到逝世。说明牌上写着原来是白底蓝格的绒布。但我瞪大眼睛，怎么看也是雪白的纱布。啊，原来的蓝色哪里去了？原来的线绒哪里去了？总理忧国忧民，白天日理万机，晚上辗侧难眠，20 多年的岁月啊，那颜色和线绒哪能不被磨掉呢？啊，伟大的人物，非凡的才能，清贫的生活。总理，古今中外，哪里去寻您这样的伟人呢？

展览的最后一部分有一个橱窗，里面陈列着三件文物。一件是总理生前终日佩戴的"为人民服务"的毛主席像章，红底金字光彩照人；一件是总理办公用的台历，正翻在 1976 年 1 月 8 日；一件是总理生前带的手表，这是一块极普通的"上海"表，尼龙表带已磨破多处，并少了一截，时针正指着 9 时 58 分。这是一个晴天炸响了霹雳的时刻，是一个至今还勾起人们心头创痛的时刻！我不禁热泪滚满了两颊。总理，您的巨手翻过了多少页裹着硝烟、浸满汗水的日历，您的心脏和着人民的脉搏跳过了近一个世纪。您立志救国不怕坐牢；您领导上海工人起义、南昌起义，不避炮火；您在重庆、南京深入虎穴不畏放焰；直到您重病在身后又一再嘱咐医务人员："一定要把我的病情随时如实地告诉我，因为还有许多工作要作个交代。"啊，您是随时准备为人民献身的——终于您把一切都献出来了。

我步出展览大厅，总感到刚看完的不是一个人的生平展览，好像是读了一本书，上了一堂课，有许多哲理，许多问题，还在脑中萦回、思索。我踏着天安门广场上的方砖，信步走着。突然想到《三国演义》里的一个故事，说诸葛亮死后还从容击退了魏兵的一次进攻。事情的真伪且不必考，但它反映了人们对贤能人的死去是感到多么遗憾。而这样的事情却在 20 世纪 70 年代，在这个广场，在英雄碑下，真正地发生了。总理离开我们后的第一个清明节，那时不是敌兵压境，而是乌云压城。但是人民却不畏强暴，聚集在这里，用鲜花、黑纱、诗词做武器，向"四人帮"猛烈开火，那种民心鼎沸，飞檄讨贼的场面是中国历史上空前未有的。是谁在指挥呢？没有任何一个人，只是由于人民对总理的爱，对"四人帮"的恨，是总理对人民的恩泽组织起这场空前的示威。我们是不信人的肉体死后还会有什么灵魂的，但是我们却坚信一个伟人的思想将会永存。总理，在他的心脏停止跳动之后，还在确确实实地发挥着领袖的作用，还在指挥人民去继续战斗，完成那未竟之业，还在推动着历史前进。

这就是一个伟人的生命的价值，无穷无尽的，无法估量的价值。

（1978年写，原载《只求新去处》，作家出版社1993年版）

大无大有周恩来

1976

　　今年是周恩来诞辰百年，他离开我们已经 22 年。但是他的身影却时时在我们身边，至今，许多人仍是一提总理双泪流，一谈国事就念总理。陆放翁诗："何方可化身千亿，一树梅前一放翁。"是什么办法化作总理身千亿，人人面前有总理呢？难道世界上真的有什么灵魂的永恒？伟人之魂竟是可以这样地充盈天地、浸润万物吗？就像老僧悟禅，就如朱子格物，自从 1976 年 1 月国丧以来，我就常穷思默想这个费解的难题。20 多年了，终于有一天我悟出了一个道理：总理这时时处处的"有"，原来是因为他那许许多多的"无"，那些最不该，最让人想不到、受不了的"无"啊。

　　总理的惊人之"无"有六。

　　一是死不留灰。

　　周恩来是中国历史上第一个提出死后不留骨灰的人。总理去世的时候，正是中国政治风云变幻的日子，林彪集团被粉碎不久，"四人帮"集团正自鸣得意，中国上空乌云压城，百姓肚里愁肠千结。1976 年新年刚过，一个寒冷的早晨突然广播里传出了哀乐。人们噙着泪水，对着电视一遍遍地看着那个简陋的遗体告别仪式，突然江青那副可憎的面孔出现了，她居然不脱帽鞠躬，许多电视机旁都发出了怒吼：江青脱掉帽子！过了几天，报上又公布了总理遗体到八宝山火化的消息，并且遵总理遗嘱不留骨灰。许多人都不相信这个事实，一定是江青这个臭婆娘又在搞什么阴谋。直到多少年后，我们才清楚，这确实是总理遗愿。1月15日下午追悼会结束后，邓颖超就把家属召集到一起，说总理在十几年前就与她约定死后不留骨灰。灰入大地，可以肥田。当晚，邓颖超找来总理生前党小组的几个成员帮忙，一架农用飞机在如磐的夜色中冷清地起飞，飞临天津这个总理少年时代生活和最早投身革命的地方，又沿着渤海湾飞临黄河入海口，将那一捧银白的灰粉化入海空，也许就是这一撒，总理的魂魄就永远充满人间，贯通天地。

但人们还是不能接受这一事实。多少年后还是有人提问，难道总理的骨灰就真的一点也没有留下吗？中国人和世界上大多数民族都习惯修墓土葬，这对生者来说，可以寄托哀思，对死者来说则希望还能长留人间。多少年来，越有权的人就越下力气去做这件事。中国的十三陵，印度的泰姬陵，埃及的金字塔，还有一些埋葬神父的大教堂，我都看过。共产党人是无神论者，又以解放全人类为己任，当然不会为自己的身后事去费许多神。所以一解放，毛泽东就带头签名死后火葬，以节约耕地，但彻底如周恩来这样连骨灰都不留的却还是第一人。你看一座八宝山上，不就是存灰为记吗？历史上有多少名人，死后即使无尸，人们也要为他修一个衣冠冢。老舍先生的追悼会上，骨灰盒里放的是一副眼镜，一支钢笔。纪念死者总得有个念物，有个引子啊。

没有灰，当然也谈不上埋灰之处，也就没有碑和墓，欲哭无泪，欲祭无碑，魂兮何在，无限相思寄何处？中外文学史上有许多名篇都是碑文、墓志和在名人墓前的凭吊之作，有许多还发挥出炽热的情和永恒的理。如韩愈为柳宗元写的墓志痛呼："士穷乃见节义"，如杜甫在诸葛亮祠中所叹："出师未捷身先死，长使英雄泪满襟"，都成了千古名言。明代张溥著名的《五人墓碑记》"扼腕墓道，发其志士之悲"简直就是一篇正义对邪恶的宣言。就是空前伟大如马克思这样的人，死后也有一块墓地，恩格斯在他墓前的演说也选入马恩文选，成了国际共运的重要文献。马克思的形象也因这篇文章更加辉煌。为伟人修墓立碑已成中国文化的传统，中国百姓的习惯，你看明山秀水间，市井乡村里，还有那些州县府志的字里行间，有多少知名的、不知名的古人墓、碑、庙、祠、铭、志，怎么偏偏轮到总理，这个前代所有的名人加起来都不足抵其人格伟大的人，就连一个我们可以为之扼腕、叹息、流泪的地方也没有呢？于是人们难免生出一丝丝的猜测，有的说是总理英明，见"四人帮"猖狂，政局反复，不愿身后有伍子胥鞭尸之事；有的说是总理节俭，不愿为自己的身后事再破费国家钱财。但我想，他主要的就是要求一个干净。生时鞠躬尽瘁，死后不留麻烦。他是一个只讲奉献，献完转身就走的人，不求什么纪念的回报和香火的馈飨。也许隐隐还有另一层意思。以他共产主义者的无私和中国传统文化的"忠君"，他更不愿在身后出现什么"僭越"式的悼念，或因此又生出一些政治上的尴尬。果然，地球上第一个为周恩来修纪念碑的，并不是在中国，而是在日本。第一个纪念馆也不是建在北京，而是在他的家乡。日本的纪念碑是一块天然的石头，上面刻着他留学日本时的那首《雨中岚山》。1994 年我去日本时曾专门到樱花丛中去寻找过这块诗碑。我双手抚石，西望长安，不觉泪水涟涟。回天无力，斯人长逝已是天大的遗憾，而在国内又无墓可寻，叫人又是一种怎样的惆怅？一个曾叫世界天翻地覆的英雄，一个为民族留下了一个共和国的总理，却连一点骨灰也没有留下，这强烈的反差，让人一想，心里就有如坠落千丈似的空茫。

总理的二无是生而无后。

中国人习惯续家谱，重出身，爱攀名人之后也重名人之后。刘备明明是个编席卖履的小贩，却攀了个皇族之后，被尊为皇叔，诸葛亮和关、张、赵、马、黄等一批文臣武将，就捧着这块招牌，居然三分天下。一般人有后无后还是个人和家族的事，名人无后却成了国人的遗憾。不孝有三，无后为大。纪念古人也有三：故居、墓地、后人，后人为大。虽然后人不能尽续其先人的功德才智，但对世人来说，有一条血缘的根传下来，总比无声的遗物更惹人怀旧。人们尊其后，说到底还是尊其本人。这是一种纪念，一种传扬。对越是功高德重为民族作出牺牲的逝者，人们就越尊重他们的后代，好像只有这样才能表达对他们的感激，赎回生者的遗憾。总理并不脱俗，总理不寡情。我在他的绍兴祖居，亲眼见过抗战时期他和邓颖超回乡动员抗日时，恭恭敬敬地续写在家谱上的名字。总理在白区经常做的一件事，就是搜求烈士遗孤，安排抚养。他常说，不这样我怎么对得起他们的父母？他在延安时亲自安排将瞿秋白、蔡和森、苏兆征、张太雷、赵世炎、王若飞等烈士子女送到苏联好生教育、看护，并亲自到苏联与斯大林谈判，达成了一个谁也想不到的协议：这批子弟在苏联只求学，不上前线（而苏联国际儿童院中其他国家的子弟，有 21 名牺牲在战争前线）。这恐怕是当时世界上两个最大的人物达成的一个最小的协议。总理何等苦心，他是要为烈士存孤续后啊。20 世纪六七十年代，中日民间友好往来，日本著名女运动员松崎君代，多次受到总理接见。当总理知道她婚后无子时，便关切地留她在京治病，并说有了孩子可要告诉一声啊。1976 年总理去世，她悲呼道："周先生，我们已经有了孩子，但还没有来得及告诉您！"确实子孙的繁衍是人类最实际的需要，是人最基本的情感。但是天何不公，轮到总理却偏偏无后，这怎么能不使人遗憾呢？是残酷的地下斗争和战争夺去邓颖超同志腹中的婴儿，以后又摧残了她的健康。但是以总理之权、之位、之才和他的倾倒多少女性的风采，何愁不能再建家室，传宗接代呢？这在解放初党的中高级干部中不乏其人，并几乎成风。但总理没有。他以倾国之权而坚守平民之德。后来有一个厚脸皮的女人写过一本书，称她自己就是总理的私生女，这当然经不起档案资料的核验。举国一阵哗然之后，如风吹黄叶落，复又秋阳红。但人们在愤怒之余心里仍然隐隐存着一丝的惆怅。特别是眼见和总理同代人的子女，或又子女的子女，不少都官居高位名显于世，不禁又要黯然神伤。中国人的传统文化是求全求美的，如总理这样的伟人该是英雄美人、父英子雄、家运绵长的啊。然而，这一切都没有。这怎么能不在国人心中凿下一个空洞呢？人们的习惯思维如列车疾驶，负着浓浓的希望，却一下子冲出轨道，跌入了一个无底的深渊。

总理的三无是官而不显。

千百年来，官和权是连在一起的。在某些人看来，官就是显赫的地位，就是特殊的享受，就是人上人，就是福中福。官和民成了一个对立的概念，也有了一种对立的形象。但周恩来作为一国总理则只求不显。在外交、公务场合他是官，而在生活中，在内心深处，他是一个最低标准甚至不够标准的平民。他是中国有史以来第一个平民宰相，是世界上最平民化的总理。一次他出国访问，内衣破了送到我驻外使馆去缝洗。大使夫人抱着这一团衣服时，泪水盈眶，她怒指着工作人员道："原来你们就这样照顾总理啊！这是一个大国总理的衣服吗？"总理的衬衣多处打过补丁，领子和袖口已换过几次，一件毛巾睡衣本来白底蓝格，但早已磨得像一件纱衣。后来我见过这件睡衣，瞪大眼睛也找不出原来的纹路。这样寒酸的行头，当然不敢示人，更不敢示外国人。所以总理出国总带一只特殊的箱子，不管住多高级的宾馆，每天起床，先由我方人员将这套行头收入箱内锁好，才许宾馆服务生进去整理房间。人家一直以为这是一个最高机密的文件箱呢。这专用箱里锁着一个平民的灵魂。而当总理在国内办公时就不必这样遮挡"家丑"了，他一坐到桌旁，就套上一副蓝布袖套，那样子就像一个坐在包装台前的女工。许多政府工作报告，国务院文件和震惊世界的声明，都是在这蓝袖套下写出的啊。只有总理的贴身人员才知道他的生活实在太不像个总理。总理一入城就在中南海西花厅办公，一直住了 25 年。这是座老平房，又湿又暗，工作人员多次请示总理，总理都不准维修。终于有一次，工作人员趁总理外出时将房子小修了一下，于是《周恩来年谱》便有了这一段记载：1960年3月6日，总理回京，发现房已维修，当晚即离去暂住钓鱼台，要求将房内的旧家具（含旧窗帘）全部换回来，否则就不回去住。工作人员只得从命。一次，总理在杭州出差，临上飞机时地方上送了一筐南方的时鲜蔬菜，到京时被他发现，就严厉批评了工作人员，并命令折价寄钱去。一次，总理在洛阳视察，见到一册碑帖，问秘书身上带钱没有，见没带钱，就摇摇头走了。总理从小随伯父求学，伯父的坟迁移，他不能回去，先派弟弟去，临行前又改派侄儿去，为的是尽量不惊动地方。一国总理啊，他理天下事，管天下财，住一室，食一蔬，用一物，办一事算得了什么？多少年来，在人们的脑子里，做官就是显耀。你看，封建社会的官帽，不是乌纱便是红顶，官员出行，或鸣锣开道，或静街回避，不就是要一个"显"字吗？这种显耀或为显示权力，或为显示财富，总之是要显出高人一等。古人一考上进士，就要鸣锣报喜，一考上状元就要骑马披红走街，一当上官就要回乡到父老面前转一圈。所谓衣锦还乡，为的就是显一显。刘邦做了皇帝后，曾痛痛快快地回乡显示过一回，元散曲名篇《高祖还乡》即挖苦此事。你看那排场："红漆了叉，银铮了斧，甜瓜苦瓜黄金镀，明晃晃马镫枪尖上挑，白雪雪鹅毛扇上铺。这几个乔人物，拿着些不曾见的器杖，穿着些大作怪的衣服。"西晋时有个石崇官做到个荆州刺史，与皇帝司马炎的舅舅王恺斗富。他平时生活，"丝竹尽当时之精，庖膳穷水陆之珍"。招待客人，以锦围步幛五十里，以蜡烧柴做饭，王恺自叹不如。现在这种显弄之举更有新招，比座位，比上镜头，比好房，比好车，比架子。一次一位县级小官到我办公室，身披呢子大衣，刚握完手突然后面蹿上一小童，双手托举一张名片。原来这是他的跟班，连递名片也要秘书代劳，这个架子设计之精，我万没有想到。刚说几句话又抽出"大哥大"手机，向千里之外的穷乡僻壤报告他现已到京，正在某某办公室，连我也被他编入了显耀自己的广告词。我不知他在地方上有多大政绩，为百姓办了多少实事，看这架子心里只有说不出的苦和酸。想总理有权不私，有名不显，权倾一国，两袖清风，这种近似残酷的反差随着岁月的增加，倒叫人更加不安和不忍了。

总理的四无是党而不私。

列宁讲：人是分为阶级的，阶级是由政党来领导的，政党是由领袖来主持的。大概有人类就有党，除政党外还有朋党、乡党等小党。毛泽东就提到过党外有党，党内有派。同好者为党，同利者为党，在私有制的基础上，结党为了营私，党成了求权、求荣、求利的工具。项羽、刘邦为楚汉两党，汉党胜，建刘汉王朝，三国演义就是曹、孙、刘三党演义。朱元璋结党扯旗，他的对立面除元政权这个执政党外，还有张士诚、陈友谅各在野党，结果朱党胜而建朱明王朝。只有共产党成立以后才宣布，它是专门为解放全人类而做牺牲的党，除了人民利益，国家民族利益，党无私利，党员个人无私求。无数如白求恩、张思德、雷锋、焦裕禄这样的基层党员，都做到了入党无私，在党无私。但是当身处要位甚至领袖之位，权握一国之财，而要私无一点，利无一分，却是最难最难的。权用于私，权大一分就私大一丈，失之毫厘谬以千里，做无私的战士易，做无私的官难，做无私的大官更难。像总理这样军政大权在握的人，权力的砝码已经可以使他左偏则个人为党所用，右偏则党为个人所私，或可为党员，或可为党阀了。王明、张国焘不都成了党阀吗？而总理的可贵正在党而不私。

1974 年，康生被查出癌症住院治疗。周恩来这时也有绝症在身，还是拖着病体常去看他。康一辈子与总理不合，总理每次一出病房他就在背后骂。工作人员告诉总理，说既然这样您何必去看他。但总理笑一笑，还是去。这种以德报怨，顾全大局，委曲求全的事，在他一生中举不胜举。周总理同胞兄弟三人，他是老大，老二早逝，他与三弟恩寿感情笃深。恩寿新中国成立前经商，为我党提供过不少经费。新中国成立后安排工作到内务部，总理指示职务要安排得尽量低些，因为他是我弟弟。后恩寿有胃病，不能正常上班，总理又指示要办退休，不上班就不能领国家工资。曾山部长执行得慢了些，总理又严厉地批评说："你不办，我就要给你处分了。""文革"中总理尽全力保护救助干部。一次范长江的夫人沈谱（著名民主人士沈钧儒之女）找到总理的侄女周秉德，希望能向总理转交一封信，救救长江。周秉德是沈钧儒长孙之媳，沈谱是她丈夫的亲姑姑。范长江是我党新闻事业的开拓者，又是沈老的女婿，总理还是他的入党介绍人。以这样深的背景，周秉德却不敢接这封信，因为总理有一条家规：任何家人不得参与公事。

如果说总理要借党的力量谋大私、闹独立、闹分裂、篡权的话，他比任何人都有更多的机会，更好的条件。但是他恰恰以自己坚定的党性和人格的凝聚力，消除了党内的多次摩擦和四次大的分裂危机。50年来他是党内须臾不可缺少的凝固剂。第一次是红军长征时，这时周恩来身兼五职，是中央三人团（博古、李德、周恩来）成员之一；中央政治局常委、书记处书记、军委副主席、红军总政委。在遵义会议上，只有他才有资格去和博古、李德争吵，把毛泽东请了回来。王明派对党的干扰基本排除了（彻底排除要到延安整风以后），红一、四方面军会师后又冒出个张国焘。张兵力远胜中央红军，是个实力派。有枪就要权，不给权就翻脸，党和红军又面临一次分裂。这时周恩来主动将自己担任的红军总政委让给了张国焘。红军总算统一，得以顺利北进，扎根陕北。第二次是"大跃进"和三年困难时期。1957年年底，冒进情绪明显抬头，周恩来、刘少奇、陈云等提出反冒进，毛泽东大怒，说不是冒进，是跃进，并多次让周恩来检讨，甚至说到党的分裂。周恩来立即站出将责任全部揽在自己身上，几乎逢会就检讨，甚至提出辞职。目的只有一个，就是保住党的团结，保住一批如陈云、刘少奇等有正确经济思想的干部，留得青山在，为党渡危机。而在他修订规划时，又小心地坚持原则，实事求是。他藏而不露地将"十五年赶上英国"，改为"十年或者更多的一点时间"，加了九个字。将"在今后十年或者更短的时间内实现全国农业发展纲要"一句删去"或者更短的时间内"八个字，不要小看这一加一减八九个字，果然，一年以后，经济凋敝，毛泽东说：国难思良将，家贫思贤妻，搞经济还得靠恩来、陈云，多亏恩来给我们留下三年余地。第三次是"文革"中，林彪骗取了毛主席的信任。这时作为二把手的周恩来再次让出了自己的位置。他这个当年黄埔军校的政治部主任，毕恭毕敬地向他当年的学生，现在的副统帅请示汇报，在天安门城楼上、在大会堂等公众场合为之领坐引路。林彪的威望，或者就以他当时的投机表现、身体状况，总理自然知道他是不配接这个班的，但主席同意了，党的代表大会通过了，他只有服从。果然，九大之后只有两年多，林彪自我爆炸，总理连夜坐镇大会堂，弹指一挥，将其余党一网打尽，为国为党再定乾坤。让也总理，争也总理，一屈一伸又弥合了一次分裂。第四次，林彪事件之后总理威信已到绝高之境，但"四人帮"的篡权阴谋也到了剑拔弩张的境地。这时已经不是拯救党的分裂，而是拯救党的危亡了，总理自知身染绝症，一病难起，于是他在抓紧寻找接班人，寻找可以接替他与"四人帮"抗衡的人物，他找到了邓小平。1974 年 12 月，他不顾危病在身飞到韶山与毛泽东商量邓小平的任职。小平一出山，双方就展开拉锯战，这时总理躺在医院里，就像诸葛亮当年卧病军帐之中，仍侧耳静听着帐外的金戈铁马声。"四人帮"唯一忌惮的就是周恩来还在世。当时主席病重，全党全国的安危系于周恩来一身，他生命延缓一分钟，党的统一就能维持一分钟。他躺在床上，像手中没有了弹药的战士，只能以重病之躯扑上去堵枪眼了。癌症折磨得他消瘦、发烧，常处在如针刺刀割般的疼痛中，后来连大剂量的镇痛、麻醉药都不起作用。但是他忍着，他知道多坚持一分钟，党的希望就多一分。因为人民正在觉醒，叶帅他们正在组织反击。他已到弥留之际，当他清醒过来时，对身边的人员说："你去给中央打一个电话，中央让我活几天，我就活几天！"就这样一直撑到 1976 年 1 月 8 日。当时消息还未正式公布，但群众一看医院内外的动静就猜出大事不好。这天总理的保健医生外出办事，一个熟人拦住问："是不是总理出事了，真的吗？"他不敢回答，稍一迟疑，对方转身就走，边走边哭，终于放声大哭起来。9 个月后，百姓心中的这股怨气，一举掀翻了"四人帮"。总理在死后又一次救了党。

宋代欧阳修写过一篇著名的《朋党论》，指出有两种朋党，一种是小人之朋，"所好者禄利，所贪者财货"；一种是君子之朋，"所守者道义，所行者忠信，所惜者名节"。而只有君子之朋才能万众一心。"周武王之臣，三千人为一大朋"，以周公为首。这就是周灭商的道理。周恩来在重庆时就被人称周公，直到晚年，他立党为公，功同周公的形象更加鲜明。"周公吐哺，天下归心。"周公只不过是"一饭三吐哺"，而我们的总理在病榻上还心忧国事，"一次输液三拔针"啊。如此忧国，如此竭诚，怎么能不天下归心呢？

总理的五无是劳而无怨。

周总理是中国革命的第一受苦人。上海工人起义，"八一"起义，万里长征，三大战役，这种真刀真枪的事他干；地下特科斗争，国统区长驻虎穴，这种生死度外的事他干；新中国成立后政治工作、经济工作、文化工作，这种大管家的烦人杂事他干；"文化大革命"中上下周旋，这种在夹缝中委曲求全的事他干。他人生的最后一些年头，直到临终，身上一直佩着的一块徽章，是"为人民服务"。如果计算工作量，他真正是党内之最。周恩来是 1974 年 6 月 1 日住进医院的，据资料统计，1 至 5 月共 139 天，他每天工作 12 至 14 小时有 9 天；14 至 18 小时有 74 天；

19 至 23 小时有 38 天；连续 24 小时有 5 天。只有 13 天工作在 12 小时
之内。而从 3 月中旬到 5 月底，两个半月，除日常工作外，他又参加中
央会议 21 次，外事活动 54 次，其他会议和谈话 57 次。他像一头牛，
只知道负重，没完没了地受苦，有时还要受气。1934 年，因为王明的
"左"倾路线和洋顾问李德的指挥之误，红军丢了苏区，血染湘江，长
征北上。这时周恩来是军事三人团成员之一，他既要负失败之责，又要
说服博古恢复毛泽东的指挥权，惶惶然，就如《打金枝》中的皇后，
劝了金枝，回过头来又劝驸马。1938 年，他右臂受伤，两次治疗不愈，
只好远走苏联。医生说为了彻底治好，治疗时间就要长一些。他却说时
局危急，不能长离国内，只短住了 6 个月。最后还是落下个臂伸不直的
残疾。而林彪也是治病，也是这个时局，却在苏联从 1938 年住到了
1941 年。"文化大革命"中，周恩来成了救火队长，他像老母鸡以双翅
护雏，防老鹰叼食一样尽其所能保护干部。红卫兵要揪斗陈毅，周恩来
苦苦说服无效，最后震怒道：我就站在大会堂门口，看你们从我身上踩
过去！这时国家已经瘫痪，全国除少数造反派许多人都成了逍遥派，而
周恩来始终是一个苦撑派，一个苦命人。他像扛着城门的力士，放不
下，走不开。每天无休止地接见，无休止地调解。饭都来不及吃，服务
员只好在茶杯里调一点面糊。"文革"中干部一层层地被打倒。他周围
的战友，副总理、政治局委员已被打倒一大片，连国家主席刘少奇都被
打倒了，但偏偏留下了他一个。他连这种"休息"的机会也得不到啊。
全国到处点火，留一个周恩来东奔西跑去救火，这真是命运的捉弄。他
坦然一笑说："我不下地狱，谁下地狱？"大厦将倾，只留下一根大柱。
这柱子已经被压得吱吱响，已经出现裂纹，但他还是咬牙苦撑。由于他
的自我牺牲，他的厚道宽容，他的任劳任怨，革命的每一个重要关头，
每一次进退两难，都离不开他。许多时候他都左右逢源，稳定时局，但
许多时候，他又只能被人们作为平衡的棋子，或者替罪的羔羊。历史上

向来是一朝天子一朝臣，共产党的领导人换了多少，却人人要用周恩来。他的过人才干害了他，他的任劳任怨的品质害了他，多苦、多难、多累、多险的活，都由他去顶。

1957年年底，我国经济出现急功近利的苗头，周恩来提出反冒进。毛泽东大怒，连续开会发脾气。1958年1月初杭州会议，毛说：你脱离了各省、各部。1月中旬南宁会议，毛说："你不是反冒进吗？我是反反冒进的。"这时柯庆施写了一篇升虚火的文章，毛说："恩来，你是总理，这篇文章你写得出来吗？"8月成都会议，周恩来检查，毛还不满意，表示仍然要作为一个犯错误的例子再议。从成都回京后，一个静静的夜晚，西花厅夜凉如水，周恩来把秘书叫来说，"我要给主席写份检查，我讲一句，你记一句。"但是他枯对孤灯，常常五六分钟说不出一个字。冒进造成的险情已经四处露头，在对下与对上、报国与"忠君"之间，他陷入了深深的矛盾，深深的痛苦。他对领袖的服从与忠诚绝不是封建式的愚忠。他是基于领袖是党的核心、是党统一的标志这一原则和毛主席的威信这一事实，从唯物史观和党性标准出发来严格要求自己的。为了大局，在前几次会上他已把反冒进的责任全揽在自己身上，现在还要怎样深挖呢？而这深探游走的笔刃又怎样才能做到既解剖自己又不伤实情，不伤国事大局呢？天亮时，秘书终于整理成一篇文字，其中加了这样一句："我与主席多年风雨同舟，朝夕与共，还是跟不上主席的思想。"恩来指着"风雨同舟，朝夕与共"八个字说，怎么能这样提呢？你太不懂党史。说时眼眶里已泪水盈盈了。秘书不知总理苦，为文犹用昨日辞。几天后，他在八大二次会议上作完检讨，并委婉地请求辞职。结论是不许辞。哀莫大于心死，苦莫大于心苦，但痛苦更在于心虽苦极又没有死。周恩来对国、对民、对领袖都痴心不死啊，于是他只有负起那让常人看来无论如何也负不动的委屈。

总理的六无是去不留言。

　　1976 年元旦前后，总理已经到了弥留之际。这时中央领导对总理病情已是一日一问，邓颖超同志每日必到病房陪坐。可惜总理将去之时正是中央领导核心中鱼龙混杂、忠奸共处之际。奸佞之徒江青、王洪文常假惺惺地慰问却又暗藏杀机。这时忠节老臣中还没有被打倒的只有叶剑英了。叶帅与总理自黄埔时期便患难与共，又共同经历过党史上许多是非曲直。眼见总理已是一日三厥，气若游丝，而"四人帮"又乘危乱国，叶帅心乱如麻，老泪纵横。一日，他取来一叠白纸，对病房值班人员说，总理一生顾全大局，严守机密，肚子里装着很多东西，死前肯定有话要说，你们要随时记下。但总理去世后，值班人员交到叶帅手里的仍然是一叠白纸。

　　当真是总理肚中无话吗？当然不是，在会场上，在向领袖汇报时，在对"四人帮"斗争时，在与同志谈心时，该说的都说过了，他觉得不该说的，平时不多说一字，现在并不因为要撒手而去就可以不负责任，随心所欲。总理的办公室和卧室同处一栋，邓颖超同志是他一生的革命知己，又同是中央高干，但总理工作上的事邓颖超自动回避，总理也不与她多讲一字。总理办公室有三把钥匙，他一把，秘书一把，警卫一把，邓颖超没有，她要进办公室必须先敲门。周总理把自己一劈两半。一半是公家的人，党的人，一半是他自己。他也有家私，也有个人丰富的内心世界，但是这两部分泾渭分明，绝不相混。周恩来与邓颖超的爱可谓至纯至诚，但也不敢因私犯公。他们两人，丈夫的心可以全部掏给妻子，但绝不能搭上公家的一点东西；反过来妻子对丈夫可以是十二分的关心，但绝不能关心到公事里去。总理与邓大姐这对权高德重的伴侣堪称是正确处理家事国事的楷模。诗言志，为说心里话而写。总理年轻时还有诗作，现在东瀛岛的诗碑上就刻着他那首著名的《雨中岚山》。皖南事变骤起，他愤怒地以诗惩敌："千古奇冤，江南一叶，同室操戈，相煎何急。"但解放后，他除了公文报告，却很少有诗。当真他的内心情感之门关闭了吗？没有。工作人员回忆，总理工作之余也写诗，用毛笔写在信笺上，反复改。但写好后又撕成碎片，碎碎的，投入纸篓，宛如一群梦中的蝴蝶。除了工作，除了按照党的决定和纪律所做的事，他不愿再表白什么，留下什么。瞿秋白在临终前留下一篇《多余的话》将一个真实的我剖析得淋漓尽致，然后昂然就义，舍身成仁。坦白是一种崇高。周恩来在临终前只留下一叠白纸。"菩提本无树，明镜亦非台"，本来就无我，我复何言哉？不必再说，又是一种崇高。

周恩来的六个"大无"，说到底是一个无私。公私之分古来有之，但真正的大公无私自共产党始。1998年是周恩来诞辰100周年，也是划时代的《共产党宣言》发表150周年。是这个《宣言》公开提出要消灭私有制，要求每个党员只有解放全人类才能最后解放自己。我敢大胆说一句，150年来，实践《宣言》精神，将公私关系处理得这样彻底、完美，达到如此绝妙之境者，周恩来是第一人。因为即使如马克思、恩格斯、列宁也没有他这样长期处于手握党权、政权的诱惑和身处各种矛盾的煎熬。总理在甩脱自我，真正实现"大无"的同时却得到了别人没有的"大有"。有大智、大勇、大才和大貌——那种倾城倾国，倾倒联合国的风貌，特别是他的大爱大德。

他爱心博大，覆盖国家、人民和整个世界。你看他大至处理国际关系，小至处理人际关系无不充满浓浓的、厚厚的爱心。美国领导集团和中国人民、中国共产党曾是积怨如山的，但是战争结束后，1954年周恩来第一次与美国代表团在日内瓦见面时就发出友好的表示，虽然美国国务卿杜勒斯拒绝了，或者是不敢接受，但周恩来还是满脸的宽厚与自信，就是这种宽厚与自信，终于吸引尼克松在我们新中国成立21年后，横跨太平洋到中国来与周恩来握手。国共两党是曾有血海深仇的，蒋介石曾以巨额大洋悬赏要周恩来的头。当西安事变发生时，蒋介石已成阶下囚，国人皆曰可杀，连曾经向蒋介石右倾过的陈独秀都高兴地连呼打酒来，蒋介石必死无疑。但是周恩来却带了 10 个人，进到刀枪如林的西安城去与蒋介石握手。周恩来长期代表中共与国民党谈判，在重庆、在南京、在北平。到最后，这些敌方代表竟为他的魅力所吸引，投向了中共。只有团长张治中说，别人可以留下，从手续上讲他应回去复命。周却坚决挽留，说西安事变已对不起一位姓张的朋友（张学良），这次不能重演悲剧，并立即通过地下党将张的家属也接到了北平。他的爱心征服了多少人，温暖了多少人，甚至连敌人也不得不叹服。宋美龄连问蒋介石，为什么我们就没有这样的人。美方与他长期打交道后，甚至后悔当初不该去扶植蒋介石。至于他对人民的爱，革命队伍内同志的爱，更是如雨润田，如土载物般地浑厚深沉。曾任党的总书记、犯过"左"倾路线错误的博古，可以说是经周恩来亲手"颠覆"下台的，但后来他们相处得很好，在重庆，博古成了周的得力助手。甚至像陈独秀这样曾给党造成血的损失，当他对自己的错误已有认识，并有回党的表示时，周恩来立即着手接洽此事，可惜未能谈成。恩格斯在马克思墓前讲话说："他可能有过许多敌人，但未必有一个私敌。"这话用来评价周恩来最合适不过。当周恩来去世时，无论东方西方，同声悲泣，整个地球都载不动这许多遗憾，许多愁。

　　他的大德，再造了党，再造了共和国，并且将一个共产主义者的无私和儒家传统的仁义忠信糅合成一种新的美德，为中华文明提供了新的典范。如果说毛泽东是中国共产党和中华人民共和国的缔造者，周恩来则是党和国家的养护人。他硬是让各方面的压力，各种矛盾将自己压成了粉，挤成了油，润滑着党和共和国这架机器，维持着它的正常运行。50 年来他亲手托起党的两任领袖，又拯救过共和国的三次危机。遵义会议他扶起了毛泽东，"文革"后期他托出邓小平。作为两代领袖，毛邓之功彪炳史册，而周恩来却静静地化做了那六个"无"。新中国成立后他首治战争创伤，国家复苏；二治"大跃进"灾难，国又中兴；三抗林彪、江青集团，铲除妖孽。而他在举国狂庆的前夜却先悄悄地走了，走时连一点骨灰也没有留。

　　周恩来为什么这样地感人至深，感人至久呢？正是这"六无"，"六有"，在人们心中撞击、翻搅和掀动着大起大落、大跌大荡的波浪。他的博爱与大德拯救、温暖和护佑了太多太多的人。自古以来，爱民之官受人爱。诸葛亮治蜀27年，而武侯祠香火不断1500年。陈毅游武侯祠道："孔明反胜昭烈（刘备）其何故也，余意孔明治蜀留有遗爱。"遗爱愈厚，念之愈切。平日常人相处尚投桃报李，有恩必报，而一个伟人再造了国家，复兴了民族，润泽了百姓，后人又怎能轻易地淡忘了他呢？我们是唯物论者，但我心里总觉得大概有一天还是会有人来要为总理修一座庙。庙是神的殿堂，神是后人在所有的前人中筛选出来的模范，比若忠义如关公，爱民如诸葛亮。周总理无论在自身修养和治国理政方面，功德、才智、得民心等都很像诸葛亮。诸葛亮教子很严，他那篇有名的《诫子书》，教子"非淡泊无以明志，非宁静无以致远"。他勤俭持家，上书后主说，自己家有桑树800棵，薄田15顷，供给一家人的生活，馀再无积蓄。这两件事都常为史家称道。呜呼，总理何如？他没有后，当然也没有什么教子格言；他没有遗产，去世时，家属各分到几件补丁衣服作纪念；他没有祠，没有墓，连灰都不知落在何方。他不立言，没有一篇《出师表》可以传世。他越是这样地没有，后人就越感念他的遗爱，那一个个没有也就越像一条条鞭子抽在人们的心上。鲁迅说，悲剧是把人生有价值的东西撕裂给人看。是命运从总理身上一条条地撕去许多本该属于他的东西，同时也在撕裂后人的心肺肝肠。那是永远无法弥补的遗憾，这遗憾又加倍转化为深深的思念。渐渐22年过去了，思念又转化为人们更深的思考，于是总理的人格力量在浓缩，在定格，在突现。而人格的力量一旦形成便是超时空的。不独总理，所有历史上的伟人，中国的司马迁、文天祥，外国的马克思、列宁，我们又何曾见过呢？爱因斯坦先生将一座物理大山凿穿而得出一个哲学结论：当速度等于光速时，时间就停止；当质量足够大时，它周围的空间就弯曲。那么，我们为什么不可以再提出一个"人格相对论"呢？当人格的力量达到一定强度时，它就会迅如光速而追附万物，穹庐空间而护佑生灵。我们与伟人当然就既无时间之差又无空间之别了。

这就是生命的哲学。

周恩来还会伴我们到永远。

（2008 年 1 月 8 日完稿，首发《中华散文》2008 年第 3 期）

张闻天：一个尘封垢埋却愈见光辉的灵魂

从来的纪念都是史实的盘点与灵魂的再现。

中国共产党建党 90 周年了。这是一个欢庆的日子，也是一个缅怀先辈的日子。我们当然不会忘记毛泽东、邓小平这两位使国家独立富强的伟人；我们不该忘记那些在对敌斗争中英勇牺牲却未能见到胜利的战士和领袖；同时我们还不能忘记那些因为我们自己的错误，在党内斗争中受到伤害甚至失去生命的同志和领导人。一项大事业的成功，从来都是由经验和教训两个方面组成；一个政党的正确思想也从来是在克服错误的过程中产生的。恩格斯说，一个苹果切掉一半就不是苹果。一个90 年的大党，如果没有犯错并纠错的故事，就不可能走到今天。当我们今天庆祝 90 年的辉煌时，怎能忘记那些为纠正党的错误付出代价，甚至献出生命的人。

这其中的一个代表人物就是张闻天。

一把钥匙解党史

张闻天曾是中国共产党的总书记。1964 年 4 月 16 日，毛泽东说，在他之前中共有五朝书记：陈独秀、瞿秋白、向忠发（实际工作是李立三）、博古、张闻天。毛泽东称张闻天是"明君"，并开玩笑叫张的夫人刘英为"娘娘"（毛还是长征时为张、刘二人牵得姻缘的"红娘")。1935 年 1 月遵义会议后，张接替博古做总书记，真正是"受任于败军之际，奉命于危难之间"。算到 1938 年共产国际明确支持毛为首领，张任总书记是 4 年；算到 1943 年 3 月中央政治局正式推定毛为主席，在组织上完成交替，张任总书记是 8 年。无论 4 年还是 8 年，张领导的"第五朝"班子是中共和中华民族命运的重要转折期。因为中共从 1921 年建党到 1949 年取得政权总共才 28 年。

现在回头看，张在第五任总书记任上干了三件影响中国历史的大事：一是把毛泽东扶上了领袖的位置，成就了一个伟人；二是正确处理西安事变，抓住了这个千载难逢的机会实现了第二次国共合作，共产党得到了难得的喘息之机，并日渐壮大；三是经过艰苦工作实现了国内战争向民族抗日战争的转变，共产党取得了敌后抗战领导权，获得民心，从此步步得势，直至取得政权。

张闻天与毛泽东都有强烈的革命理想和牺牲精神，但两人的出身、经历、知识结构和性格都差异很大。

毛泽东与张闻天（洛甫）曾有一段合作的蜜月，即 1935 年遵义会议后到 1943 年延安整风前。这也正是前面所说张为党建树三大功劳的时期。据何方先生考证，1935 年 10 月红军长征到达陕北，到 1938 年 9 月六中全会，两人联名（多署"洛、毛"）发出的电报就有 286 件。这时期他们以民族利益为重，小心合作，互相尊重。如西安事变一出，毛主张"审蒋"，张主张和平处理，毛随即同意；红军到陕北后到底向哪个方向发展，张要向北，毛要东渡，后来张又同意了毛的意见，并率领中央机关随军"御驾亲征"。向来历史上"明君"与"能臣"的合作都是国家的大幸，会出现政治局面的上升期，张、毛合作的这一段蜜月期也正是全党政治局面的上升期。

张闻天性格温和，作风谦虚，决不恋权。他任总书记后曾有三次提出让位。第一次是遵义会议后党需要派一个人到上海去恢复白区工作，这当然很危险,他说"我去"。中央不同意,结果派了陈云。第二次是张国焘搞分裂,向中央要权,为了党的团结,张说"把我的总书记让给他",毛说不可,结果是周恩来让出了红军总政委一职。第三次就是1938年的六中全会,会前王稼祥明确传达了共产国际支持毛为领袖的意见,张就立即要把总书记的位子让给毛。因为其时王明还在与毛争权,毛的绝对权威也未确立,还需要张来顶这个书记,毛就说这次先不议这个问题。

忍辱负重 20 年

1945年日本投降后,张作为政治局委员要求去东北开辟工作(就像当年要求到上海开辟工作一样)。他先后任两个小省省委书记,这样使用显然有谪贬之意,但张不在乎,只要有工作干就行。

早在晋西北、陕北调查时,张就对经济工作产生了极大的兴趣。这回有了自己的政权,他急切地想去为人民实地探索一条发展经济,翻身富裕的路子。而勤于思考,热心研究新问题,又几乎是张的天赋之性。1936年12月"西安事变"后,他和战友们成功地促成了从国内战争向民族战争的转变,这次他也渴望着党能完成从战争向建设的转变。他热心地指导农村合作社,指出不能急,先"合作供销",再"合作生产"。合作社一定要分红,不能增加收入叫什么合作社? 新中国将要成立,他总结出未来的6种经济形式,甚至提出中外合资。这些思想大都被吸收到毛泽东七届二中全会的报告中。东北时期是他工作最舒心的时光。

但是好景不长,1951年又调他任驻苏联大使,这显然有外放之意。因为一个政治局委员任驻外大使,这是明显的高职低配。他向陈云表示,希望回国改行去做经济工作。当时周恩来兼外长工作太忙,上面同意周的建议调他回来任常务副部长,但外事活动又不让他多出头。1956年党的八大,他以一个从事外交工作的政治局候补委员要作一个外交方面的发言，不许。虽然远离权力中心，但作为旁观者，张闻天在许多大事上表现得惊人的冷静。1957年反右，他在外交部尽力抵制，保护了一批人。1958年大跃进，全国处在一种燥热之中，浮夸风四起。他虽不管经济，却力排众议，到处批评蛮干，在政治局会议上大胆发言。1958年8月北戴河会议是个标志，提出钢铁产量翻一番，全国建人民公社，运动一哄而上。10月他在东北考察，见土高炉遍地开花，就对地方领导说这样不行。回京一看，他自己的外交部大院也垒起了小高炉。他说这是胡来，要求立即下马。

张闻天在党内给人留下的形象是犯过错误，不能用，可有可无。对张来说，这20年来给多少权，干多少活，相忍为党，尽力为国，只要能工作就行。但他又是一个勤于思考的人，整日在基层调查研究，接触工农群众，工作亲力亲为，又有扎实的理论基础，自然会有许多想法。无论怎样地看他、待他，为党、为国、为民、为真理，他还是要说实话的。庐山上的一场争论已经不可避免。

一鸣惊破庐山雾

1959年6月中旬张闻天刚动了一个手术，7月2日中央开庐山会议，他本可不去，但看到议题是"总结经验，纠正错误"，他决定去。这时彭德怀刚出访8国回来，很累，不准备上山，张力劝彭去，说当此总结经验，纠正错误之时，不可不去，哪怕听一听也好。不想这一劝竟给俩人惹下终身大祸。

1959年，新中国刚成立十年，共产党的干部还保留着不少战争思维，勇往直前，不计代价，不许泄气，不许动摇军心。还有一些人则是一味摇旗呐喊，如上海的柯庆施、张春桥等。

这期间彭德怀因为一封批评"大跃进"和"人民公社化运动"中错误的信件，一石激起千层浪，会议转向大批右倾。这也反映了当时全党对经济建设的规律还不熟悉。

张闻天早就有话要说，不吐不快，32开的白纸，用圆珠笔写了四五张，又用红笔圈圈点点。田家英听说他要发言，忙电话告之，"大炼钢铁"的事千万不要再说。他放下电话沉吟片刻，对秘书说："不去管它！"胡乔木也感到山雨欲来，21日晨打来电话，劝他这个时候还是不说为好，一定要说也少讲缺点。张表示：吾意已决。21日下午，张带着这几天熬夜写就的发言提纲，从177别墅向华东组的会场走去。又一颗炸弹将在庐山爆炸。

与彭德怀的信不同，张的发言除讲事实外，更注重找原因，并从经济学和哲学的高度析事说理。针对会上不让说缺点，怕泄气的说法，他说缺点要讲透，才能接受教训；泄掉虚气，实气才能上升。总结教训不能只说缺乏经验就算完，这样下一次还会犯错误，而是要从观点、方法、作风上找原因。如"刮共产风"，就要从所有制和按劳分配上找原因。他说好大喜功也可以，但主客观一定要一致；政治挂帅也行，但一定要按经济规律办事。坏事可以变好事，是指接受教训，坏事本身并不是好事，我们要尽量不办坏事。他特别讲到党风，说不要听不得不同意见。最后，他提到最敏感的彭总的信。明知这时毛已表态，彭正处在墙倒众人推的境地，但他还是泰然支持，并为之辩护、澄清。

他发言的华东组，组长是柯庆施。张在柯主持的小组发言，可谓虎穴掏子，引来四围怒目相向，他的发言不断被打断，会场气氛如箭在弦。张却泰然处之，紧扣主旨，娓娓道来。他知道这是力挽狂澜的最后一搏了，就像当年在扭转危局的遵义会议上一样，一切都置之度外。遇有干扰，他如若不闻，再重复一下自己的观点，继续讲下去，条分缕析，一字一顿，像一个远行者一步一步执着地走向既定的目标。20年来，他官越当越小，问题却看得越来越透。那些热闹的大跃进场面，那些空想的理论，在他看来是一件皇帝的新衣，是百姓和国家的灾难，总得有人来捅破。

他足足讲了三个小时，整个下午就他一人发言。稿子整理出来有8000 多字。

毛泽东大为震怒。两天后的 7 月 23 日，毛作了一个疾言厉色的发言，全场为之一惊，鸦雀无声，整个庐山都在发抖。散会时人人低头看路，默无一言，只闻挪步出门之声。8 月 2 日毛又召集所有的中央委员上山（林彪说是搬来救兵），工作会议变成了中央全会（八届八中全会）。这天毛在会上点了张闻天的名，说他旧病复发。当天又给张写成一信并印发全会，满纸皆为批评、质问。

7 月 23 日和 8 月 2 日的讲话，还有这封信让张大为震惊。他本是拼将忠心来直谏，又据实说理论短长的。想当此上下头脑发热之际，掏尽脏腑，倾平生所学，平时所研，为党开一个药方。事前田家英、胡乔木曾劝他不要说话时，他也不是没有考虑过，再三思量后，曾手抚讲稿对秘书说："比较成熟，估计要能驳倒这个讲话也难。"但毛的讲话和信给张定了调子："军事俱乐部"、"文武合璧，相得益彰"、"反党集团"。会议立即一呼百应，展开对他的批判，并又翻起他的老账，说什么历史上忽左忽右，一贯摇摆。就这样他成了"彭黄张周"反党集团的副帅。

为了党的团结，张闻天顾全大局违心地检查，并交了一份一万字的检查稿。但是还是通不过，9 日那天他从会场出来，一言不发，要了一辆车子，直开到山顶的望江亭，西望山下江汉茫茫，四野苍苍，乱云飞渡，残阳如血。他心急如焚，欲哭无泪。

他几次求见毛，拒而不见。会议结束，8 月 18 日张闻天下山，回到北京。

留得光辉在人间

庐山一别，张与毛竟成永诀。

1960 年春，张大病初愈，便写信给毛，希望给一点工作，不理。他找邓小平，邓说可研究一点国际问题。又找刘少奇，刘说还是搞经济吧，最好不要去碰中苏关系。他就明白了，自己还不脱"里通外国"的嫌疑。他去找管经济的李富春，李说正缺你这样的人，三天后却又表示不敢使用。后来中组部让他到经济研究所去当一个特约研究员，他立即回家把书房里的英文、俄文版的外交问题书籍一推而去，全部换成经济学书刊，并开始重读《资本论》。1962 年七千人大会前后，全国形势好不容易出现一个亮点，中央开始检讨 1958 年以来的失误，毛、刘在会上都有自我批评。张很高兴，在南方调查后向中央报送了《关于集市贸易等问题的一些意见》。没想到这又被指为翻案风，立即被取消参加中央会议和阅读一切文件的权利，送交专案组审查。到"文革"一起，他这个曾经的总书记又受到当年农民游街斗地主式的凌辱。他经常是早晨穿戴整齐，怀揣月票，挤上公共汽车，准时到指定地点去接受批斗。下午，他的妻子刘英，一起从长征走过来的老战友，门依黄昏，提心吊胆，盼他能平安回来。他有冠心病，在挨斗时已不知几次犯病，仅靠一片硝酸甘油挺过来。只 1968 年七、八、九三个月就被批斗十六七场。他还被强迫作伪证，以迫害忠良。遇有这种情况他都严词拒绝，牺牲自己保护干部。他以一个有罪之身为陈云、陆定一等辩诬。特别是康生和"四人帮"想借"61 人叛徒案"打倒刘少奇，他就挺身而出，以时任总书记的身份一再为刘证明和辩护。士穷而节见，他已经穷到身被欺，名被辱，命难保的程度，却不变其节，不改其志。他将列宁的一句话写在台历上，作为自己的座右铭："为了能够分析和考察各个不同的情况，应该在肩膀上长着自己的脑袋。"

1969 年 10 月 18 日，他被化名"张普"流放到广东肇庆。肇庆五年是他生命的末期，也是他思想的光辉顶点。软禁张闻天的这个小山坡叫"牛冈"，比牛棚大一点，但仍不得自由。他像一个摔跤手，被人摔倒了又扔到台下，但他并不急着爬起来，他暂时也无力起身，就索性让自己安静一会儿，躺在那里看着天上的流云，探究着更深一层的道理。

每当夜深人静，繁星在空，他披衣揽卷，细味此生。他会想起在苏联红色教授学院时的学习，想起在长征路上与毛泽东一同反思五次反围剿的失利，想起庐山上的那一场争吵。毛泽东比他大七岁，他们都垂垂老矣，但是直到现在还没有吵出个结果，而国家却日复一日地政治混乱，经济崩溃。是党的路线出了毛病，还是庐山上他说的那些问题，今犹更甚。归纳起来就是三点：一是滥用阶级斗争，国无宁日，人无宁日，无休无止；二是不尊重经济规律，狂想蛮干；三是个人崇拜，缺乏民主。他将这些想法，点点所得，写成文章。这些文字已是红叶经秋，寒菊着霜，字字血，声声泪了。

张闻天接受七千人大会后的教训，潜心写作，秘而不露。眼见"文革"之乱了无时日，他便请侄儿将文稿手抄了三份，然后将原稿销毁。这些文章只有作为"藏书"藏之后世了。这批珍贵的抄件，后经刘英呈王震才得以保存下来，学界称之为《肇庆文稿》。

多少年后当我们打开这部《文稿》时，顿觉光芒四射，英气逼人，仿佛是一个预言家在路边为后人埋下的一张纸条。我们不得不惊叹，在那样狂热混乱的年代里，作者竟能如此冷静大胆地直刺要害。只需看一下这些文章的标题，就知道他是在怎样努力拨开时代的迷雾：《人民群众是主人》、《论社会主义和共产主义》、《无产阶级专政下的政治和经济》。我们不妨再打开书本，听一听他在 40 年前发出的振聋发聩的声音：生产力是决定因素，离开发展生产力去改革生产关系是空洞可笑的。社会主义与共产主义是不同的阶段，不要急着跨进共产主义。阶级斗争就是各阶级为自己阶级的物质利益的斗争，不能改善人民的生活，共产主义就是画饼充饥。共产党执政后最危险的错误是脱离群众……他的这些话从理论上解剖了新中国成立以来反右派、大跃进、反右倾、"文革"等运动的错误，是在为党开药方、动手术。

1974年2月经周恩来干预，张闻天恢复了组织生活。10月他给毛写信说自己已是风烛残年，希望能回京居住治病。毛批示："到北京住，恐不合适，可另换一地方居住。"张欲回老家上海，不许，1975年8月被安置到无锡。越明年，1976年7月1日，在党的55周年生日这一天，这个五朝总书记就默默地客死他乡（这一年中共去世四位元老，1月：周恩来；7月：张闻天、朱德；9月：毛泽东）。他临死前遗嘱，将解冻的存款和补发的工资上交党费。这时距打倒"四人帮"只剩三个月。上面指示：不开追悼会，骨灰存当地，火化时不许用真名字。妻子刘英送的花圈上只好写着："送给老张同志"。火化后骨灰又不让存入骨灰堂，而放在一储物间里。

他去世后三个月"四人帮"倒台，三年后中央为他开追悼会平反昭雪。邓小平致悼词曰："作风正派，顾全大局，光明磊落，敢于斗争。"1985年，他诞辰85周年之际《张闻天选集》出版，1990年他诞辰90周年之际四卷本110万字的《张闻天文集》出版。到2010年他诞辰110年之际，史学界、思想界掀起一股张闻天热，许多研究专著出版。

还汝洁白漫天雪

2011年元旦，我为寻找张闻天的旧踪专门上了一次庐山。刚住下，我就提出要去看一下他1959年庐山会议时住的177号别墅。主人说，已拆除。我说那就到原址凭吊一下吧。改造过的房子是一座崭新的二层楼，已经完全找不到旧日的影子。里面正住着一位省里的领导，我说是来看看张闻天的旧居，他一脸茫然。我不觉心中一凉，连当地的高干都不关心这些，难道他真的已经在人们的记忆里消失？

第二天一觉醒来，好一场大雪，一夜无声，满山皆白。要下山了，我想再最后看一眼 177 号别墅。这时才发现，从我住的 173 号别墅顺坡而下，就是毛泽东 1970 年上山时住的 175 号别墅，再往下就是 1959 年彭德怀住的 176 号和张闻天住的 177 号。三个曾在这里吵架的巨人，原来是这样地相傍为邻啊。1970 年毛泽东曾在 175 住了 23 天，每日出入其间，抬头不见低头见，睹"屋"思人，难道就没有想起彭德怀和张闻天？现在是冬天，本就游人稀少，这时天还早，177 号就更显得冷清。新楼的山墙上镶着重建时一位领导人题的两个字："秀庐"。我却想为这栋房子命名为"冷庐"或"静庐"。这里曾住过一个冷静、清醒的思想家。当 1959 年庐山会议上的多数人还在头脑发热时，张闻天就在这座房子里写了一篇极冷静的文章，一篇专治极"左"病的要言妙道，这是一篇现代版的《七发》。我在院子里徘徊，楼前空地上几棵孤松独起，青枝如臂，正静静地迎着漫天而下的雪花。我在心底哦吟着这样的句子：

凭子吊子，惆怅我怀。寻子访子，旧居不再。飘飘洒洒，雪从天来。抚其辱痕，还汝洁白。水打山崖，风过林海。斯人远去，魂兮归来！

我转身下山，一头扑入飞雪的怀抱里，也迈进了 2011 年的门槛。这一年正是中国共产党建党 90 周年，张闻天诞辰 111 年。

（原载《北京文学》2011 年第 5 期）

特利尔的幽灵

1978

《共产党宣言》的第一句话就是："一个幽灵，共产主义的幽灵，在欧洲游荡。"我不知道德文的原意，中文翻译时为什么用了这个词。中国人的习惯，幽灵者，幽远神秘，缥缈不定，威力无穷。看不见，摸不着，似有似无，信又不信，几分敬重里掺着几分恐惧，冥冥中看不清底细，却又摆不脱对它的依赖。大概这就是幽灵。

或许就是这幽灵的魅力，我一到德国就急着去看马克思的故居。马克思出生在德国西南部的特利尔小城。那天匆匆赶到时已近黄昏，我们在一条小巷里找到了一座灰色的小楼，在清静的街道上，在鳞次栉比的住宅区，这是一处很不引人注意的房舍。落日的余晖正为它撒上一层淡淡的金黄。我推门进去，正面一个小小的柜台，陈列着说明书、纪念品，门庭很小，窗明几净，散发出一种家庭式的温馨。最引人注目的是墙上的一张马克思像，不是照片，也不是绘画，而是一部用《共产党宣言》的文字组成的肖像。连绵不断的英文字母排成长长的线，勾勒出马克思的形象，我们所熟悉的大胡子，宽额头和那深邃的目光。我在这张特殊的肖像前默站了好大一会儿。一个人能用自己驰名世界的著作来标志和勾勒自己的形象，这真是难得的殊荣。

故居的小楼共分三层，环形，中间有一个小小的天井。一层原是马克思父亲从事律师职业时的办公室，现在做了参观的接待室。二层是马克思出生的地方，现在陈列着各种资料，介绍马克思的生活情况和当时国际共运的背景。三层陈列马克思的著作。其实，马克思出生后在这里只住了一年半，他父亲 1818 年 4 月租下这座房子，5 月 5 日马克思出生，第二年 10 月全家便搬走了。马克思对此地可以说毫无记忆，他以后也许再没有来过。但是后人记住了它。1904 年，这座房子被特利尔一位社会民主党人确认为就是马克思的出生地，党组织多次想买下它，限于财力，未能如愿。到 1928 年才用 10 万金马克从私人手中买下并进行修复，计划在 1931 年 5 月 5 日开放。但接着政治形势恶化，希特勒上台，1933 年 5 月，房子被没收，并做了法西斯地方组织的党部。直至第二次世界大战结束，社会民主党才重新收回了这座房子，1947 年 5 月 5 日终于第一次开放。

世事沧桑，从马克思 1818 年在这座房子里出生到现在已过了 170 年，这期间世界变化之大，超过了这之前的 1700 年。但是世界仍然在马克思的脑海里运行。陈列馆里有一张当年马克思投身工人运动和为研究学问四处奔波的路线图，一条条细线在欧洲大地来回穿凌，织成一张密网。英国伦敦是细线交会最集中的地方。我目光移驻在这个点上，自然想到那个著名的故事，马克思在大英博物馆读书、写作，时间长了脚下的地板给蹭出了一条浅沟。就像少林寺地砖上留下了武僧的脚窝一样，不管是文功还是武功，都是要下工夫的。马克思从一开始就把整个地球，把地球上的经济形态、生产关系、科学技术、人的思维，及这个世界上的哲学等，全部做了他的研究对象。他要为世界究出个道理，理出个头绪。他是如阿基米德或者像中国的老子那样的哲人。他看到了工人阶级的贫困，但他绝不只是想改变一时一地工人的境况。他不是像欧文那样去搞一个具体的慈善实验，就是巴黎公社，他一于始也不同意。他是要从根本上给这个乱糟糟的世界求一个解法。这座楼里保存最多的资料是马克思的各种手稿和著作的版本。我们最熟悉的当然是《共产党宣言》和《资本论》了。这里有最珍贵的《共产党宣言》第一版。

在这之前还没有哪一本书能这样明确地告诉人们换一种活法，能在全世界范围内掀起一场持续百年而不衰的运动。我们只要看一看这橱窗里所陈列的从1848年首次出版以来，各地层出不穷的《宣言》版本，就知道它的生命力。它怎样为世界所接受，又怎样推动着世界。据统计，《宣言》共出版过70多种文字的1000多种版本。它传到中国是1920年，由陈望道先生译出第一个中文本。从此起起落落经历了2000年农民起义的神州大地卷起了一种崭新的风暴，共产主义的风暴。那些在油灯下捧读了麻纸本《宣言》的泥腿子，他们再不准备打倒皇帝做皇帝，而是头戴斗笠，肩扛梭镖，高喊着"全世界无产者联合起来"，呼啸着冲过山林原野。三楼的第22展室是专门收藏和展出《资本论》的。最珍贵的版本是《资本论》第一卷的平装本。《资本论》是一本最彻底地教人认识社会的巨著，全书160万字，马克思为它耗费了40年的心血，为了写作，前后研究书籍达1500种。在这之前谁也没有像他这样讲清资本和劳动的关系。恩格斯在马克思的墓前说，马克思一生有两大发现：一是发现物质生产是精神活动的基础；二是发现了资本主义的生产规律。这本书不只是教人认清剥削，消灭剥削，它还教人认识生产力和生产关系，组织经济，发展经济。甚至它的光焰逼得资本家也不得不学《资本论》，不得不承认劳资对立，设法缓和矛盾。《资本论》是一个海，人类社会的全部知识，经过了在历史河床上的长途奔流，又经过了在各种学科山林间的吸收过滤，最后都汇到了马克思的脑海里来，汇到了这本大书里来。我看着这些发黄的卷了边的著作，和各种文字的密密麻麻的手稿，看着墙上大段的书摘，还有规格大小不一，出版时间、地点不同的各种版本，一种神圣的感觉爬上心头。我仿佛是从大海里游上来，长途跋涉，溯流而上来到青藏高原，来到了长江、大河的源头，这时水流不多，一条条亮晶晶的水线划过亘古高原，清流漫淌，纯净透明，整个世界静悄悄的，头上是举手可触的蓝天白云。夕阳从天井里折射进来，给室内镀上了一层灿烂的金黄。

150 年前马克思宣布了"共产主义幽灵"的出现，欧洲一切反动势力真是茫茫然，吓得手忙脚乱。150 年后，当我站在特利尔这座小房子里时，西方人已经不怕马克思了，这窗户外面就是资本主义世界。这个世界完整地保存了这座房子，还在它的旁边开辟了马克思纪念图书馆。在对马克思主义的幽灵经过了那个"神圣的围剿"后，现在已不得不承认它的存在，并认真地从中汲取着养分。1983 年马克思逝世 100 周年时，当时的西德曾专门发行 832 万枚铸有马克思头像的硬币，其中 35 万枚专供收藏。而在此前，西德马克上只铸历届总统的头像。联邦政府国务秘书就此事在议会答辩说："马克思的政治观点在西方虽有争论，但他无疑是一位重要的学者，应该受到人民的尊敬。"牛津大学希腊文教授休·劳力埃德琼斯说："现有的大量文献，包括一部分很有价值的，都是在马克思主义的基础上产生的。不仅在历史、政治、经济和社会各门学科中，而且在美学和文学批评领域中，马克思主义都是每个有常识的读者必须与之打交道的一种学说。"他们就像一位输在对方剑下的武士，恭手垂剑，平心静气地讨教技艺。

从留言簿上看，来这里参观最多的是中国人。马克思主义于中国有太多太多的悲欢。这个幽灵在中国一登陆，旧中国的一切反动势力立即学着欧洲的样子"对这个幽灵进行神圣的围剿"。就是共产党内，在经历了十月革命一声炮响送来马克思主义的一霎兴奋之后，接着便有无穷的磨难。这个幽灵一入国门，围绕着怎样接纳它、运用它，便开始了痛苦的争论。幽灵是万灵之药，是看不见的，是来自遥远欧洲的提示，是冥冥中的规定，是马克思的在天之灵。中国这个封建文化深厚，崇神拜上，习惯一统的国度，总是喜欢有一个权威来简化行动的程序，省却思考的痛苦。中国历次农民起义总要先托出一个神来。陈胜、吴广起义托狐仙传话，刘邦起义假斩蛇树威，直到洪秀全创拜上帝会自称上帝的代言人。总之，要从幽冥之处借来一个威严的声音，才好统一行动。于是传播共产主义幽灵的书一到中国，便立即有了革命的"本本主义"，这种借天上的声音来指导地上的革命所造成的悲剧，择其大者有两次。一次是土地革命时期，王明的"左"倾路线，导致根据地和红军损失殆尽。是毛泽东摒弃了洋本本，包括摒弃了共产国际派来的那个马克思的老乡，军事指挥官李德，而只用其神，只用其魂。他不要德国的、欧洲的外壳，他用中国语言，甚至还带点湖南口音大声说：打得赢就打，打不赢就走，农村包围城市。一下就讲清了中国革命的战略问题。幽灵才真的显灵了，革命重又"六盘山上高峰，红旗漫卷西风"。第二次是新中国成立后，对生产关系的错误估计导致了大跃进、公社化对生产力的破坏，直至全面崩溃的"文化大革命"。是邓小平再次摒弃了洋本本，他再一次甩开强加给共产主义幽灵的沉重的外壳，用中国语言，甚至还有点四川口音说了一声：不管白猫黑猫，抓住老鼠就是好猫。并大胆问了一句"什么是社会主义?"一下子就使中国这个老大社会主义跳出了共产主义的狂想，跳出了红色纯正的封闭。

当我们这几年逐渐追上了发展着的世界时，回头一看，不禁一身冷汗、一阵后怕，马克思当年批评大清帝国说：一个人口几乎占人类三分之一的大帝国，不顾时势，安于现状，人为地隔绝于世，并因此竭力以天朝尽善尽美的幻想自欺。这样一个帝国注定最后要在一场殊死的决斗中被打垮。如果我们还是那样封闭下去，将要重蹈大清帝国的覆辙。

读了几十年马克思的书，走了几十年曲曲折折的路，难得有缘，来到马克思最初降临人间的地方，观看这些最早出现在人世的福音珍本。但这时我已不像当年在课堂里捧读时那样，面前一片空白。心中的思考犹如眼前这些藏书一样的沉重。我注视着墙上用《宣言》文字组成的马克思肖像，他像佛光中的佛祖一样，忽然清晰，又忽然模糊。一会儿浮现出来的是马克思的形象，他的宽额头大胡子，一会儿人不见了，只是一行行的字母，字里行间是百年工运的洪流和席卷全球的商业大潮。我想，我们还是不了解马克思，许多年来我们对他若即若离，似懂非懂。这几年，我们也曾急切地追问：资本主义为什么腐而不朽、打而不倒呢？这个幽灵为什么不灵了呢？但是就在这个房间里，打开这尘封色褪的书稿，马克思老人早在1859年就指出：无论哪一个社会形态，在它所容纳的全部生产力发挥出来以前，是绝不会灭亡的。而新的更高的生产关系，在它的物质存在条件在旧社会的胞胎里成熟以前，是绝不会出现的。过去我们也曾认真地对照马克思的书，计算过雇几个工人就算是资本主义，数过农民家养几只鸡，就算是资本主义。但是我们又忽略了，仍然在这些书稿里，马克思面对人们急切地询问他社会主义的步骤时说：现在提出这个问题是虚无缥缈的。恩格斯说得更明白：我们不打算把什么最终规律强加给人类。关于未来社会组织方面的详细情况和预定看法吗？您在我这里连它们的影子也找不到。马克思是一个伟大的思想家，而我们却硬要把他降低为一个行动家。共产主义既然是一个"幽灵"，就高深莫测，它是一种思想而不是一个方案。可是我们急于对号入座、急于过渡，硬要马克思给我们说下个长短，强捉住幽灵要显灵。现在回想我们的心急和天真实在让人脸红，这就像一个刚会走路说话的毛孩子嚷嚷着说："我要成家娶媳妇。"马克思老人慈祥地摸着他的头说："孩子，你先得吃饭，先得长大。"到一个半世纪后，中国共产党在北京召开十五大，认真地总结20世纪以来的经验教训，指出党绝不能提什么超越现阶段的任务和政策，社会主义初级阶段的历史进程至少需要100年。这就是历史唯物主义。中国俗话讲：日久见人心。心者思想也。常人之心，年月可现；哲人之心，世纪方知。马克思实在是太高深博大了，在过去的岁月里，无论是东方的还是西方的学者，无论是资本主义的还是社会主义的实践者，其实都才刚刚从皮毛上理解了他的一小部分，便就立即或好或恶地注入感情，生吞活剥地付诸行动。他们经过许多跌跌撞撞、磕磕碰碰之后，再又来到他的肖像前，他的故居、他的墓旁、他的著作里重新认识马克思。

从故居出来，天已擦黑。特利尔很小，只有 10 万人口，却是德国一个古老的城市。街上灯火辉煌，我们找了一家很有现代味道的旅馆，便匆匆住下了。如今我从东半球飞到西半球，就像唐僧非得要到释迦牟尼的老家去一趟不可，跋涉万里，终于还了这个愿。我带着圣地给我的兴奋和沉思慢慢进入梦乡。第二天早晨一醒来，满屋阳光。推开窗户，惊奇地发现街对面竟是一座古罗马的城堡、一座完整的城门和向两边少许延展的残墙，距今已 2400 年。城堡全由桌子大小的石块砌成，石面长满绿苔，石缝间也已长出了手臂粗的小树。就像一位已经石化了的罗马老人，好一派幽远的苍凉，我感觉到了历史的灵魂。而越过城堡的垛口向南望去，还有一座尖顶的古教堂，据说也已 1400 年。沉重的红墙，窄窄的窗口，里面安置着主的灵魂。城堡和教堂只隔几条街，历史却跋涉了 1000 年，到它再走进我们住的这座旅馆，又用了 500 年。咫尺方寸地，岁月两千年啊。我注视着这个宁静的历史的港湾，不禁想到，凡先驱者的思想，总是要留给我们一段长时间的理解和等待。就在离特利尔不远的乌尔姆还诞生了德国的另一个大哲人爱因斯坦，他的相对论发表之初，据说全欧洲只有 8 个人懂，到 40 年后第一颗原子弹爆炸，人们才信服了他。而就是现在许多人对其深奥也还是似懂非懂。我又想起一件事。也是马克思的老乡，天文学家开普勒经过 16 年的呕心沥血，终于发现了行星运行规律，他欣喜若狂，在实验笔记上大书道：大事告成，书已写出，可能当代就有人读它，也可能后世才有人读它，甚至可能要等一个世纪才有读者，就像上帝等了 6000 年才有信奉者一样，这我就管不着了。

思想家只管想，具体该怎么做，是我们这些后人的事。既然是灵魂，它就该有不同的躯壳，它就会有永远的生命。

（1997 年 3 月草于特利尔，载《光明日报》1997 年 10 月 18 日）

1978 追寻那遥远的美丽

快 20 年了，总有一个强烈的向往，到青海去一趟。这不只是因为小学地理上就学到的柴达木、青海湖的神秘，也不只是因为近年来西北开发的热闹。另有一个埋藏于心底的秘密，是因为一首歌。那首《在那遥远的地方》，还有它的作者，像一个幽灵似的王洛宾。

大概是上天有意折磨，我几乎走遍了神州的每一个省、每一处名山大川，就是青海远不可及，机不可得。直到去年，才有缘去朝圣。当汽车翻过日月山口的一霎间，我像一条终于跳过龙门的鲤鱼。山下是一马平川，绿草如茵，起起伏伏地一直漫到天边，我不由想起了"天似穹庐，笼盖四野"的古老民歌。远处有一汪明亮的水，那就是青海湖，是配来映照这蓝天白云的镜子。

这里的草不像新疆的草场那样高大茂密，也不像内蒙古的草场那样在风沙中透出顽强，它细密而柔软，蜷伏在地上，如毯如毡，将大地包裹得密密实实，不见黄沙不见土，除了水就是浓浓的绿。而这绿底子上又不时钻出一束束金色的柴胡和白绒绒的香茅草，远望金银相错，如繁星在空。这真是金银一般的草场。当年 26 岁的王洛宾云游到这里，只因那个 17 岁的卓玛姑娘用鞭子轻轻地抽了他一下，含羞拍马远去，他就痴望着天边那一团火苗似的红裙，脑际闪过一个美丽的旋律——在那遥远的地方。

　　卓玛确有其人，是一个牧主的女儿，当时王洛宾在草原上采风，无意间捕捉到这个美丽的倩影，这情影绕心三日，挥之不去，终于幻化成一首美丽的歌，就永远定格在世界文化史上。试想，王洛宾生活在大都市北平，走过全国许多地方，天下何处无美人，何独于此生灵感？是这绿油油的草，草地上的金花银花，草香花香，还有这湖水、这牧歌、这山风、这牛羊，万种风物万般情全在美人一鞭中。卓玛一辈子也没有想到她那轻轻的一鞭会抽出一首世界名曲。

　　当后人听着这首歌时，总想为它注释一个具体的爱情故事，殊不知这里不但没有具体的爱，就是在作者的实际生活中也没有找到过歌唱中的甜蜜。王洛宾好像生来就赋有一种使命，总是去追寻美丽。美丽的旋律，美丽的女人，还有美丽的情感。王洛宾是美令智昏，乐令智昏，他认为生活甚至生命就是美丽的音乐。他一入社会就直取美的内核，而不知这核外还有许多坚硬的甚至丑陋的外壳。所以他一生屡屡受挫，直到1982年69岁时，才正式平反，恢复正常人的生活，1992年79岁时，中央电视台首次向社会介绍他的作品。这时，全社会才知道那许多传唱了半个世纪的名曲原来都是出自这个白胡子老头。国内许多媒体，还有中国香港、新加坡纷纷为他举办各种晚会。我曾看过一次盛大的演出，在名曲《掀起你的盖头来》的伴奏下，两位漂亮的姑娘牵着一位遮着红盖头的"新娘"慢慢踱到舞台中央，她们突然揭去"新娘"的盖头，水银灯下站着一个老人，精神矍铄，满面红光。他那把特别醒目的胡须银白如雪，而手里捏着的盖头殷红似血。全场响起有节奏的掌声。人们唱着他的歌，许多观众的眼眶里已噙满泪花。这时，离他的生命终点只剩下两三年的时间了。

　　王洛宾的生命是以歌为主线的，信仰、工作，甚至生活中的衣食住行都成了歌的附属，就像一棵树干上的柔枝绿叶。1937年，他到西北，这本是一次采风，但他被那里的民歌所迷住，就留下不走了。他在马步芳和共产党的军队里都服过役，为马步芳写过歌，也为王震将军的词配过曲。他只知音乐而不知其余。甚至他已成了一名解放军的军人，却忽发奇想要回北京，就不辞而别。正当他在北京的课堂上兴奋地教学生唱歌时，西北来人将这个开小差的逃兵捉拿归案。我们现在读这段史料真叫人哭笑不得，甚至在劳改服刑时他宁可用维持生命的一个小窝头，去换取人家唱一曲民间小调。他也曾灰心过，有一次他仰望厚墙上的铁窗，抛上一根绳，挽成一个黑洞似的套圈，就要通向另一个世界时，一声悠扬的牧歌，轻轻地飘过铁窗，他分明看到了铁窗外的白云红日，嗅到了原野上湿润的草香。他终于没有舍得钻进那个死亡隧道，三两下扯掉了死神递过来的接引之绳。音乐，民间音乐才真正是他生命的守护神。我们至今不知道这是哪一位牧人的哪一首无名的歌，这也是一根"卓玛的鞭子"，又一回轻轻地抽在了王洛宾的心上。这一鞭，为我们抽回来一只会唱歌的老山羊，一位伟大的音乐家。

为了寻找那种遥远的感觉，我们进入金银滩后选了一块最典型的草场，大家席地而坐，在初秋的艳阳中享受这草与花的温软。不知为什么，一坐到这草毯上，就人人想唱歌。我说，只许唱民歌，要原汁原味的。当地的同志说，那就只有唱情歌。青海的《花儿》简直就是一座民歌库，分许多"令"（曲牌），但内容几乎清一色歌唱爱情。一人当即唱道：

　　尕（gǎ）妹送哥石头坡，
　　石头坡上石头多。
　　不小心拐了妹的脚，
　　这么大的冤枉对谁说。
　　这是少女心中的甜蜜。又一人唱道：
　　黄河沿上牛吃水，

牛影子倒在水里。

我端起饭碗想起你,

面条捞不到嘴里。

这是阿哥对尕妹急不可奈的思念。又一人唱道:

菜花儿黄了,

风吹到山那边去了。

这两天把你想死了,

不知道你到哪儿去了。

黄河里的水干了,

河里的鱼娃见了。

不见的阿哥又见了,

心里的疙瘩又散了。

一个多情少女正为爱情所折磨,忽而愁云满面,忽而眉开眼笑。

秦时明月汉时关。卓玛的草原,卓玛的牛羊,卓玛的歌声就在我的眼前。现在我才明白,我像王洛宾一样鬼使神差般来到这里,是这遥远的地方仍然保存着的清纯和美丽。64年前,王洛宾发现了它,64年后,它仍然这样保存完好,像一块闪着荧光不停放射着能量的元素;像一座巍然耸立,为大地输送着溶溶乳汁的雪山。青海湖边向来是传说中仙乐缈缈,西王母仙居的地方,现在看来这传说其实是人们对这块圣洁大地的歌颂和留恋,就像西方人心中的香格里拉。

我耳听笔录,尽情地享受着这一份纯真。

我们盘坐草地,手持鲜花,遥对湖山,放浪形骸,击节高唱,不觉红日压山。当我记了一本子,灌了满脑子,准备踏上归途时,突然想到一个问题,怎么这么多歌声里倾诉的全是一种急切的盼望、憧憬,甚至是望而不得的忧伤，为什么就没有一首来歌唱爱情结果之后的甜蜜呢？

晚上青海湖边淅淅沥沥下起当年的第一场秋雨。我独卧旅舍，静对孤灯，仔细地翻阅着有关王洛宾的资料，咀嚼着他甜蜜的歌和他那并不甜蜜的爱。

闯入王洛宾一生的有 4 个女人。第一位是他最初的恋人罗珊，两人都是洋学生。一开始，他们从北平出来，卿卿我我、甜甜蜜蜜，但一经风雨就时聚时散，若即若离，最终没能结合。王洛宾承认她很美，但又感到抓不住，或者不愿抓牢。他成家后，剪掉了贴在日记本上的罗珊的玉照，但随即又写上"缺难补"3 个字，可想他心中是怎样的剪不断、理还乱。直到 1946 年王洛宾已是儿女满堂，还为罗珊写了一首歌：

你是我黑夜的太阳，
永远看不到你的光亮。
偶尔有些微光呃，
也是我自己的想象。

你是我梦中的海棠，
永远吻不到我的唇上。
偶尔有些微香呃，
也是我自己的想象。

你是我自杀的刺刀，
永远插不进我的胸膛，
偶尔有些微疼呃，
也是我自己的想象。

你是我灵魂的翅膀，

永远飘不到天上。

偶尔有些微风呃，

也是我自己的想象。

　　意大利名曲《我的太阳》中的那位女郎是一个灿烂的太阳，而王洛宾的这个太阳却朦朦胧胧只是偶尔有些微光，有时又变成了梦中的海棠。留在心中的只是飘忽不定，彩色肥皂泡似的想象。

　　第二位便是那个轻轻抽了他一鞭的卓玛，他们相处只有三天，王洛宾就为她写了那首著名的歌。回眸一笑甜彻心，瞬间美好成永远。卓玛不但是他的太阳，还是他的月亮。她那粉红的笑脸好像红太阳，她那美丽动人的眼睛好像晚上明媚的月亮。为了那"一鞭情"，他甚至愿意变做一只小羊，永远跟在她的身旁。但是也只跟了三天，此情此景就成了遥远的回忆。

　　第三位是他的正式妻子，比他小 16 岁的黄静，结婚后 6 年就不幸去世。

　　第四位，是他晚年出名后，前来寻找他的台湾女作家三毛。三毛的性格是有点执著和癫狂的。他们相处了一段时间后三毛突然离去，当时在社会上曾引起一阵轰动、一阵猜测。我们现在看到的是王洛宾在三毛去世之后为她写的一首歌《等待》：

你曾在橄榄树下等待又等待，

我在遥远的地方徘徊再徘徊。

人生本是一场迷藏的梦，

为把遗憾赎回来，

每当月圆时，

我对着那橄榄树独自膜拜。

你永远不再来，我永远在等待，

越等待，我心中越爱。

4 个人中，只有黄静与他实实在在的结合，但他却偏偏为 3 个遥远处的人儿各写了一首动情的歌。

第二天我们驰车续行。雨还在下，飘飘洒洒，若有若无，草地被洗得油光嫩绿。我透过车窗看远处的草原全然是一个童话世界。雨雾中不时闪出一条条金色的飘带，那是黄花盛开的油菜；一方方红的积木，那是牧民的新居；还有许多白色的大蘑菇，那是毡房。这一切都被洇浸得如水彩、如倒影、如童年记忆中的炊烟、如黄昏古寺里的钟声。我一次次地抬头远望，一次次地捕捉那似有似无的蜃楼。脑际又隐隐闪过五彩的鲜花，美妙的歌声还有卓玛的羊群。

我突然想到这自然世界和人的内心世界在审美上是多么相通。你看遥远的东西是美丽的，因为长距离为人们留下了想象的空间，如悠悠的远山，如沉沉的夜空；朦胧的东西是美丽的，因为它舍去了事物粗糙的外形而抽象出一个美的轮廓，如月光下的凤尾竹，如灯影中的美人；短暂的东西是美丽的，因为它只截取最美的一瞬，如盛开的鲜花，如偶然的邂逅；逝去的东西也是美丽的，因为它留给我们永不能再的惆怅，也就有了永远的回味，如童年欢乐，如初恋的心跳，如破灭的理想。王洛宾真不愧为音乐大师，对于天地间和人心深处的美丽，"提笔撮其神，一曲皆留住"。他偶至一个遥远的地方轻轻哼出一首歌，一下子就幻化成一个叫我们永远无法逃脱的光环，美似穹庐，直到永远。

（原载《美文》2002 年第 5 期）

1978 大渡河上三首歌

泸定县，因红军长征飞夺泸定桥而名扬天下，在县城边为纪念红军长征飞夺泸定桥，建一纪念公园，园内有一"四歌亭"。亭内立一四面体石碑，碑的三面各刻有一首歌，连词带谱。这三首歌说出来都是赫赫有名。第一首是《歌唱二郎山》，第二首是《英雄们战胜了大渡河》，第三首是《康定情歌》。三首歌都发祥在大渡河两边，大渡河不但因红军夺桥而有威武之名，亦因这三首歌而大有文名。四歌亭名"四歌"，实际只有"三歌"，还空一面碑虚席以待。当地负责人说，如果有谁还能写出可与这三首比肩的作品，我们就把它刻在那面空碑上。这三首歌中，《康定情歌》是民歌，其余两首都是音乐老前辈时乐濛作曲的，回京后我即托人找到时乐濛老先生并登门拜访，受了一次音乐启蒙教育。

音乐不说具体事，只表现一种情绪———
《歌唱二郎山》原本唱的是大别山

当我在北三环外的一处部队干休所见到时乐濛时，老先生偶感小疾，坐着轮椅，还是坚持接待我这个奇怪的不速之客。外面的音乐世界好热闹，流行歌、摇滚乐，歌手前面唱，美女后面跳，歌星台上站，台下的观众就举手来回摇。而曾为一个时代写下许多名曲，曾任中国音乐家协会主席的老人，却静静地坐在这个光线略显不足的旧房里，坐在这把轮椅上，有几分孤独、几分落寞。我们一起开始了对湮没往事的钩沉。

"二呀么二郎山，高呀高万丈……羊肠小道那难行走，康藏交通被它挡。"这是一首 20 世纪五六十年代非常流行的歌。但是我万没想到，一坐下来老人就说，其实这首歌原本是写大别山的，是从歌唱大别山移植过来的。原来的歌词是："大呀大别山，红军到了家。大别山，从此就是人民的家。"1952 年 7 月要搞第一届全军文艺会演。5 月西南军区为筹备会演节目，将时乐濛从川东军区调到贺龙、邓小平领导的西南军区，任战斗文工团团长，抓创作。他发现独唱歌曲《千里跃进大别山》很受战士欢迎。二野是从大别山过来的，山东、河南子弟多，由时乐濛作曲的这首歌本就用了河南梆子风格，每次到筑路工地演出都要连连谢幕。当时筑路部队正大战二郎山，歌手孙蘸白建议重新填词，就拿它进京参赛。于是由洛水填了现在的这个词。先是在筑路工地上演唱，进京调演又一炮打响，连谢幕 4 次下不了台，第二天就在北京传唱起来。贺龙高兴得不得了。很快又流行全国，家喻户晓。再后又带到朝鲜慰问志愿军，传遍朝鲜战场。朝鲜来华演出的文工团都唱这首歌。20 世纪 50 年代，我们一个文化代表团到英国演出，一位观众提出要听《歌唱二郎山》，演员大奇，一问才知道，这位英国老兵曾是朝鲜战场的战俘。他在俘房营里学会了这首歌，而且终生难忘。

谈到这首歌由唱大别山改编为唱二郎山，时乐濛先生说，音乐不表现具体事物，只表现情绪，当工人在扛麻袋或拉纤时，就只"嘿呦，嘿呦"比有具体的词还丰富、还鼓劲。

现在二郎山隧道已经通车。过去遇有雪雨，七八天翻不过去的山，那天我们十几分钟就通过了。隧道口前立有一块红色岩石，石面上刻着这首《歌唱二郎山》。这是筑路大军的纪念碑，也是新中国音乐史上的一块丰碑。时乐濛先生还不知道这件事，我将此事告诉他时，他坐在轮椅里，脸上漾出幸福的笑容。

艺术创作主要靠多方面长时间的生活积累
《英雄们战胜了大渡河》，作者没有去过大渡河

　　大约在上小学的时候我就听到过一首雄壮豪迈的歌《英雄们战胜了大渡河》，开头的歌词至今还能记起。那天沿着大渡河驱车赶路，我忽然想起这首歌，就问地方上陪同的老郭，他一听就激动，我们就一同哼起了开头一段："万里风雪盖高原哪，大渡河水浪滔天。"就是有了这个契机，老郭才说，县里有一个红军飞夺泸定桥纪念公园，公园里有一个四歌亭。于是又特意绕路去看了那个四歌亭。

　　《英雄们战胜了大渡河》刻在亭内四方碑的面东一侧，五线谱并词，魏风词，罗宗贤、时乐濛曲。这是一首气势很大的合唱领唱，近半个世纪在我脑海里一直大浪滔天，乐声如潮。这次读碑才发现歌词很简单，就四段："万里风雪盖高原，大渡河水浪滔天，进军的道路被它挡；当年红军爬铁索，大渡河上英雄多，坚决战胜大渡河；你看那汽车千百辆，一辆一辆排成行……藏胞支援了牛皮船；同志们，加油干，快把物资往上搬。"这词反映了那个时代简明朴素的文风，也证实了时乐濛先生说的音乐主要是一种情绪，而不在具体内容。

　　访问中我极想知道这首歌的创作过程，不想时老先生又言出惊人："我到现在也没有去过大渡河。"时老说，当时接到参加调演的任务后我们考虑到在舞蹈方面还有几个能拿出手的，如《军民打青稞》、《筑路舞》等，音乐方面却没有有分量的节目，当时全国就两件大事，一是抗美援朝，一是解放西藏。大渡河成了进军西藏的大障碍，筑路任务十分突出。当年红军过大渡河是和阶级敌人斗，现在是和恶劣的自然条件斗。于是决定写一个7分钟的合唱，这在当时已是大型节目。再下去体验生活已来不及，只剩一个月了，就从生活积累中汲取。时老说，周

总理说过嘛，文艺创作是长期积累偶尔为之。我没有到过大渡河，但我随军征战，到过黄河、长江、湘江等大江河，有生活。当时部队文艺生活很活跃，战士筑路中写了许多墙报、快板、枪杆诗，这是我们创作的又一主要来源。我们很快就写好，排好。这个节目全军会演得了二等奖。

在那次全军会演上，时乐濛一个人有 3 首曲子得奖，被授予中国人民解放军作曲家。后来又创作了大合唱《三套黄牛一套马》，120 人的合唱团，一直唱到"文革"开始。

一团凄美的谜——《康定情歌》的作者是谁？

泸定四歌亭里的三首歌，前两首词曲作者都明明白白刻在碑上，唯《康定情歌》没有作者。现在我们都说它是一首民歌，但记谱、整理者又是谁？应该有一个人，就像王洛宾整理新疆民歌那样。

我提出这个问题，老郭更来了精神。老郭是地委宣传部副部长，曾在报社工作过，遍采当地风土掌故。他说，这首名曲的收集者叫吴文季。

吴文季是福建泉州惠安人。抗战时期在重庆上学，学音乐，当时国民党在甘孜有一支准备出征缅甸的部队，他被调来任文化教员，主要是教歌。康定地处通往西南的咽喉地带，内地物资经此流往西藏、印度，日军侵华期间曾是仅次于上海、天津的第三口岸，藏汉文化交流多，音乐积淀多。吴文季在军旅中事情不多，就常到寨子里，到集市上，到骡马会上收集民歌。《康定情歌》就是这样收集到的。歌中唱的跑马山，我原以为是如兴安岭、祁连山一样连绵的大山，原来就是康定城里的一个小山包，站在街上就能望见山顶，当年藏汉民在山头斜坡上跑马取乐。可以想见那时货物满街，骡马满山，藏汉杂处，山歌互答的情景。吴文季在康定的短暂服役结束后，回重庆，抗战胜利后又回南京继续学音乐。1947 年南京音乐学院举办师生联欢会，他将这首歌拿出来，请江定仙老师配器，首次由武正谦老师演唱。1948 年，女高音歌唱家喻宜萱，将这首歌带到巴黎，《康定情歌》开始走向世界。不幸的是吴文季以后的生活道路十分坎坷。解放后他调到总政文工团，任男高音领唱，曾领唱过《英雄们战胜了大渡河》。听到这个说法我很兴奋，大渡河的三首歌相互间真的有扯不断的缘分，前两首和时乐濛有关，后两首又和吴文季有关，三首歌梗相连、枝相缠。

但是好景不长，解放后肃反，吴文季因为在国民党部队的那一段历史问题被取消了领唱资格，后来又被下放到家乡泉州的文工团。"文化大革命"中吴文季背着历史问题又遭批斗，他一直是孤身一人，最后病死在惠安的一个破庙里。"文革"结束后，上面决定为他平反，但遍查档案，却没有一份正式处分决定。泉州文化局为他重新修墓立碑，碑上刻着"他终生为自由而歌唱"。老郭说他还专门代表康定父老到墓上献过一束花。我听后想到另一句碑文也许更合适："他终生为爱情而歌唱，却没有得到过爱。"

采访过这三首歌的故事，我总想看四歌亭里还空着的那一面无歌的碑，我希望能出现一首新歌，最好还能与这三首歌脉相通、枝相连。就像芭蕾舞《天鹅湖》里那著名的四小天鹅舞有一种连环叠加的美。但我又想，就这样空着也许更好，生活和艺术完美是永远也追寻不到的，但我们又永远地追寻着。

（原载《人民日报》2005 年 1 月 29 日）

马列公园赋

与颐和园只一路之隔，还有一座园子，也极大、极美，且又极静。论风景，在北京西郊也是一个数得上的去处。她的正式名字叫中共中央党校，但这严肃的称谓并不能掩盖它美丽的容颜。我从心里叫它马列公园。

说是公园，是因为它有山、有水、有湖，有亭、有桥、有榭，但最多的是花、草、树。这里的花从春到秋是相连不断的。春寒未尽时便有迎春，灰褐的枝条上还未及吐叶，就先缀上一串黄黄的花瓣。还有玉兰，干硬的枝干还没有被春风吹软，便爆出了一个拳头大的花朵。让人想到那接力赛中跑第一棒的运动员，人还未到便急着将棒伸出，就抢这一刹那的春光，好个春的使者。接着是紫牡丹、红芍药，丰腴的木楼、恬静的桂花，直到秋霜已降，白色的玉簪花才用它那细嗅又无的寒香一收全年的色味。花之外便是草，一色碧绿铺满除却房和路的各处。草地上有树：杨可参天，柳拂人面，松柏、银杏、古槐及核桃、柿子等果木，或随路延伸，或依山起伏，或在湖畔水达成林。总之是一片绿海的波涛，翻腾着一直溢到园子的外面。

这绿色波涛间屹立着两座岛，就是门前的主楼和广场前的礼堂。主楼是用一色青石起座，直上七层，石条又故意不打磨平整，粗犷凝重，像一个巨人敞露出结实的胸膛和坦荡的襟怀。顶层却用黄色琉璃制成柱檐，夕阳中与对面万寿山上的佛香阁交相辉映。这是一座极富民族特色的建筑，城堡式的厚重，宝塔式的庄严，殿宇式的高朗，两侧的附属建筑又是曲折而成廊式的天井。礼堂则一色黄砖，中高三层，两翼平展，全用拱顶，敞亮大方。这是全校上课和集会的中心。主楼与礼堂外便是散布于园中各处的楼，都不高，大多三层，就更被埋在绿阴之中，像是海面上时隐时现的礁岩。楼中间的路其实是看不见的，你只要找到一行白杨、一行垂柳，或一行白蜡、一行银杏，你便知道这下面必藏着一条路了。

到这里学习的人都来自紧张的第一线，难得有这样一个环境对过去作一番反思。因此，在园子里散步便是最好的享受。四周繁花压枝，绿柳拂面，鸟雀并不怕人，在枝头和草坪上自由地嬉戏。这恬静使人舒坦、使人松弛，人们的思维得到了一种充分的回旋余地。每当我在园子里，头发触着轻柔的柳丝，或仰面感慨白杨的伟岸时，我就想起，我们曾经有过那么一个时候，将树砍了，锅砸了去炼钢；"左"得多么可笑！那是新中国成立后我们摔的第一个大跟头啊。第二个当然是"文化大革命"了。我默默地徘徊在主楼下，抚摸着那凹凸不平的青色石面，这个屹立的巨人曾经历了多少风和雨！至今两侧漂亮的墙面上还依稀可见"文革"标语的痕迹。那是一个除红色以外什么都不要的时代啊，连自然界的绿树花草都要砍光拔尽的。我们这些人都是从那个红海洋中走出来的，痛定思痛，现在终于走到这一片绿阴中来了。

文武之道一张一弛，大动之后必有大静。革命需要刀枪剑火，需要流血流汗，但更需要理论，更需要思考。只有1848年的欧洲革命而没有大英博物馆里被马克思的双脚磨下的沟痕，便没有马克思主义；只有太行山上呼啸的大刀、江南新四军的枪声，而没有延安窑洞里的整风学习，便没有中国革命的胜利。革命离不开思考，思考离不开安静，安静不能没有绿阴。美术家早有定义：红是暖色，是亢奋，是激烈，是胜利；绿是冷色，是沉着，是冷静，是思考。所以这处园子里的绿绝不是一般公园的柳浪闻莺，供情人掩身，供儿童嬉戏。它已超出物而有了理的含义。相对于火热，它表现为冷静；相对于喧闹，它表现为沉思。春天，当大地还没有酥软自己冻僵的身子，园子里的垂柳便在河边、楼旁似有似无地描出一条条绿线，指示着理想，预告着生机。夏日，暑热蒸腾，沿着几条主要的路，白杨挺起伟岸的身躯，筑起一道道绿墙，如墨如黛，这时你在树下漫步会感到沉稳坚实。但最耐人寻味的是松柏的绿了。当秋阳中落叶树只剩下一片静劲的疏枝时，油松、雪松、龙柏、冷杉等便一起收紧它们的针叶，仿佛将这园子里四季的绿色都收在它们身上，在秋的萧疏与冬的料峭中显出一种刚毅的气质。特别是主楼后面广场上的那一片翠柏，更有一种庄严的肃穆笼着它那深深的凝绿。如果说绿色是生命的结晶，这片翠柏简直是思维的凝聚。它们盘地而起，每一棵都如塔如钟，贮满沉思，然后又渐渐收拢枝叶，束成一长矛似的尖顶，带着一种神圣的启示直向云天刺去。欧洲著名的哥特式教堂便是以它特有的尖顶把人的思想引向天界，我不知那建筑师是否受过这种树的启发，只是我一到树下时便真的做着天上之想了。我想到马克思的在天之灵，可知道他的伟大理论在中国的成功？可知道这理论与实际结合的艰苦与不易？这时隔着树林，透过这层肃穆的绿，再看主楼那庄严的青，更感到路虽漫漫兮，我们终将胜利。

多么美丽的园子啊，一片圣洁的绿海里藏着一块红色的理论阵地，这大约正是辩证的统一。一个人经过几天的劳累，尚且希望到公园的绿椅上小憩一会儿，何况我们一个伟大的党呢？它风尘仆仆，领导全国人民进行一程又一程的长征，是该有一处浓荫能让它和它的儿女们歇歇脚、擦把汗，想想来路，再计划一下前程。马列公园，你该有这么多的鲜花、这么多的绿。

（原载《光明日报》1986 年 3 月 30 日）

三、红手印——37 年的探与求

(*1979—2016*)

1978　印在黄土地上的红手印

余生也晚,农村土改没有赶上,合作化还依稀有记。但轰轰烈烈的大跃进、人民公社、"四清"运动、"农业学大寨"运动,及打倒"四人帮"后改革开放,农民再度翻身、发财致富、起楼盖房,这些都身临其境。加之我从小生长在农村,后来当记者又泡在农村,农村之事,农民之心,自以为还是知之甚详,与他们千丝万缕,相惜相通。但有一件事叫我大出所料,触目惊心。就是安徽凤阳小岗村的 18 户农民,曾经因为要包干种田,竟冒坐牢之罪来盟誓按印。他们的要求不过是一要吃饭,二要劳动,争取用自己的劳动成果喂饱自己的肚子,难道这也犯法?许多事情真是繁而亦简,简而却繁。说不准哪一个线头就能牵出一卷千尺彩练。

我第一次知道这件事是邓小平同志去世的 1997 年。现代出版社出了一本《邓小平与现代中国》，讲到小平同志首先肯定了中国农民创造的这种新型的生产关系，他说："凤阳花鼓中唱的那个凤阳县，绝大多数搞了大包干，也是一年翻身，改变面貌。"书中收录了那张字据：我们分田到户，不再向国家伸手要粮，并上缴公粮，这样做杀头坐牢也甘心。18 个红手印赫然在目，深刺我心。去年，全国纪念改革开放 20 年，安徽出版了一本新书，名为《起点》，洋洋 25 万言，是专门研究新时期农村改革的，就将小岗之事定为这场改革的起点。我如饥似渴细读一遍，10 月底便专门到小岗村去作访问。

小岗名岗，其实是一片平原，正处江淮之间，自古水旱灾害交替，百姓苦不堪言。但今日小岗已是大道朝天，新村一片。我努力想找回当年贫穷凋敝的影子，穿过迎街的新房，左拐右拐，终于找到两间残留的泥草房。我弯腰进去，一位老奶奶正在灶前烧火做饭，地上是大堆的花生藤蔓，上面还有一些未摘尽的籽粒。我蹲下身与老人聊天，顺便摘一粒花生剥开送到嘴里，说："还没摘尽哩，烧掉多可惜。"老人说："东西多了，瘪一点的就不要了，还不够工夫钱呢。"原来，这是一间炊房，她家早盖了新房，隔壁一个大院子，砖墙红瓦，院里有一大块菜地，十几株树，还停着一台拖拉机。进房里一看，更让我吃了一惊，一辆摩托车明光锃亮，依墙而立。地上空啤酒瓶随意插置，堆满一箱。而墙角的麻袋已快堆到房梁。我捏一捏，是花生，再捏一袋，是大米。富了，农民已富得流油了，已从那个噩梦中醒过来了。我想找当年 18 户人秘密开会盟誓签字的那间旧房子，可惜早已拆掉了。这间旧房也是因为老人恋旧，舍不得拆，侥幸留了下来。我说千万要留下一两间，这是文物啊。我知道那张按有 18 个红手印的纸片已被中国革命博物馆收藏。说了一会儿话，我拉着老人在草棚前照了一张相。

参观完旧房，我还想找一两个参加过盟誓夜会的旧人，可惜也很难找齐了，只找到一位叫严金昌的，就在他家的新房大厅里扯开家常。八仙桌上是一大盆花生，还有茶和烟。我脑子里还是转着那个老问题：包干种地，难道就像造反闹革命一样严重吗？满屋人有参加过当年签字的老农，有陪我来的县委干部，有当年的乡干部和驻村工作队员，大家七嘴八舌痛说往事。严金昌说："你不知道，那时我们有多穷。一年打的粮只够吃3个月，一过10月，人们就出去讨饭。上面年年都派工作队，每家住一人，就这样地里还是不打粮。"我听着想起《起点》书中的一个情节：打倒"四人帮"后，万里到安徽走马上任，他下乡问贫，推开一个草棚子，见灶前草堆里坐着一个老人和两个姑娘，万里和她们拉话，她们总是不起身，说了一会儿话，村干部劝万里走，原来她们没有裤子穿，正埋在灶前草堆里取暖。这位新书记立即心酸难忍，泪流如麻。他长叹一声："我们何以对得住老区的父老乡亲。"我说，有这种事吗？他们说，毫不夸张，那时一家人一床被，大姑娘没裤子穿是常有的事。严金昌说："那时，一说分田就是复辟资本主义，要坐牢的，可是当年穷得已经只剩下一个死了，只想分开干一季算一季，吃一口算一口，死也是个饱肚子。干部坐牢，我们送饭，他们的孩子我们供养到18岁。"我不觉凛然打了一个寒噤，我这个自认为了解农村的人，真不知道那些年"大寨红花遍地开"的时候，却有不少地方已经走到这个绝境。大家听着，沉浸到20多年前茅屋油灯，风卷柴门，那个庄严神圣的时刻。新房大厅里静悄悄的，唯闻记者笔录的沙沙声和谁偶尔捏碎一粒花生壳的清脆响声。烟火明灭，香烟缭绕。我急切地问："结果呢？"严金昌一下子激动地站起来，其他人也都轰然齐说："结果，当年产粮13万，相当于5年产量的总和；油料三万五，相当于20年产量的总和；并且3年来第一次向国家交公粮。"这后来，却是公社、县里来批资本主义单干风，左批右压，撤职、扣化肥、扣种子，但是小岗人死也不后退，铁心包到底。能有什么比饿肚子更可怕的呢？一旦找到了一条能救人活命的办法，又怎么肯丢掉呢！

正当农民和他们的顶头上司相持不下时，1979 年，邓小平登上了黄山之巅，他对万里说："不要拘泥于形式，要千方百计，先让农民富起来！"小平同志的这句话，宣布了一个新时代的到来。风从黄山来，雷起江淮地。它的意义不亚于 30 年前，毛泽东同志在天安门城楼振臂高呼"中国人民从此站起来了"。它标志着成熟的共产党人已经开始摆脱"姓社姓资"的字面纠缠，甩脱空想，要一心发展生产力。中国老百姓要一心过日子了。

从村里出来，我们一伙人心里沉甸甸、热乎乎的。窗外，秋风送着稻香，收获后的田野里露出诚实的土黄。远处绿树间闪过一排排新房的屋顶。我想，那些年是政府不想让老百姓吃饱吗？不是，它每年又发贷款，又发救济，又派工作队，像小岗村，甚至一家派驻一人，还一块儿劳动，但是农民并不感激，反而盟誓画押、搞地下活动。政府要是个血肉之躯，一定要捶胸跺脚，痛心疾首。"知我者谓我心忧，不知我者谓我何求！"政府何求呢？确实没有。那几年我正在北方一个县里工作，县政府住的是平房土院，全县只有一辆老式吉普车，干部穿补丁衣服，一身泥，一身水。冬日下乡，和农民一起挖土平地，大风吹得帽檐朝后，人张不开嘴。政府和它的工作人员确实没有一点私心，没有什么贪欲。但是我们"忧心"太多，那时，常年下乡指导，半夜半夜地开会，同吃、同住、同劳动，同规划，培养典型，讲阶级斗争，搞大批判，割资本主义尾巴。我们恨不能手把手地教农民种地，苦口婆心地对农民讲共同富裕、讲美丽纯洁的社会主义。就像家长替子女包办前程，自以为设计了一套最好的方案，处处指点，又时时督促，但是孩子并不感激，感到的只有痛苦、压抑，于是就逃学、就离家、就反抗。

在回县城的路上，有人建议我们就近去看一下朱元璋的皇城。我们一行中正好有一位地方志专家。汽车穿过收割后的田野，沿乡间土路前行，专家遥指远处的人家，说那边正是皇宫大殿的旧址，我们现已走在皇城的东西大道上了。我惊叹这城之大。他说："共 24 条街，108 坊，是北京故宫的 1.5 倍。"原来朱元璋 1368 年在南京登基，这之前的 1362 年，他先是决定定都在自己的家乡，共调集了 100 万民工，花了 6 年时间完成。朱元璋虽贵为皇帝，但总还脱不了农民出身，他不但要衣锦还乡，还要把皇城修在家门口。但这城修好之后却没有使用。后人猜测是有谋士提醒，此地处江淮之间，无险可守，不宜建都。朱皇帝随手一挥，也就作罢。但这一挥之间就是百万人 6 年的血汗啊。现在我们登上城南一座残留的城门，城砖上还清晰可见当年烧砖匠人的名字。远处衰草连天，旧时城郭依稀可辨，而近处，那沉重的明砖黄瓦已垒上谁家的猪圈短墙。有几处城墙已经塌成土堆，我小心地躲开荆棘枣刺在土堆上觅路，心想，这就是那方埋有百万民工的 600 多年前的黄土吗？

从皇城出来，我们又去看了朱元璋当年出家的龙兴寺和发家后为其父修的陵。朱从小家贫，曾讨饭，如我们前面谈到的小岗农民一样。一年大水，全家父母兄嫂四人皆亡，只剩元璋小儿，孑然一人，家里真是穷得死无葬身之地。一户人家舍他一块乱石岗，一捆高粱秆，三道草绳埋了亲人，他便去寺上当小和尚。当和尚也是讨饭，不过换了说法叫"化缘"。化缘 4 年，天下大乱，郭子兴起兵，他就摔掉僧钵去当兵，时年 19 岁。当时也不过是为求个肚饱，想不到这一去倒走上了登基称帝的金光大道。我们现在看到的龙兴寺早已不是当年收留乞儿元璋的小庙，气宇轩昂，金碧辉煌。到朱家坟上一看，也不是那个高粱秆葬人的乱坟岗了。朱一称帝，就重修寺庙，加高祖坟。至今陵前还矗立着石人石兽 32 对。朱的父亲，这个老农民，600 多年来在地下一定非常困惑。地面上施工的斧凿声、祭祀的喧闹声、仪仗的车马声，吵得他心烦难眠。他一定想，我现在一个人何用睡这么大的百亩坟场，哪用得了供桌上如山如峦的酒肉，要是当初能给我一分耕地，每天能吃上一个窝头，也就赛如神仙。

确实，历来农民最基本的要求就是能有一块种谷打粮的土地，这是农民的根，活命之根，是农民的保护神。小时候，我清楚地记得，每个村口都有一个土地庙，每家窑洞旁的墙上还要专挖出一个小神龛供土地爷。龛两侧每年春节要换一副对联："土能生万物，地可载山川。"他们的一切都靠这块黄土啊！所以千百年来，"耕者有其田"一直是农民革命的目标。朱元璋一当皇帝就迁两万余户豪强离乡入京，逼他们让出土地；又鼓励农民认耕荒地，并承认其所有权。到洪武二十四年，全国耕地比洪武元年增加一倍，社会大大稳定。土地问题向来是维系民心、维系国家安危的基础，要不，为什么在皇宫旁还要用五色土建一个社稷坛呢？皇权至上，但对土地的膜拜哪一朝也不敢稍有疏忽。当农民有土地时就自给自足；没有土地时，就四方游走，卖力换饭；无处卖力就讨饭；连饭也讨不下去，便要铤而走险了。可以说，这几个阶段小岗农民都经历过了。当年盟誓画押的盟主，生产队副队长严俊昌，三个孩子，秋后全家外出，老婆孩子讨饭，他五尺汉子，实在张不开口，就到工地上找苦活儿干。冬天将至，没活儿了，他又携妇将雏回村。秋风吹，黄叶落，明年路在何处呢？他一咬牙，夜深人静，邀集穷兄弟共盟山誓，那种悲壮的气氛真有点像当年陈胜吴广："与其饿死，不如造反死。"但是与那些历史故事有本质的不同，这时小岗农民一还有土地，二没有贫富分化。可是农民为什么会这样不满呢？用当时一位省委领导同志的话说："农民虽然有土地，但对土地已经失去了热情。"农民被公社这根绳子捆在土地上，出工不出力，"头遍哨子探头看，二遍哨子慢慢晃"。他们讨厌这许多的设计与摆布，讨厌这种不切实际的生产关系。就像一个姑娘被捆起来，嫁给某一个男人，尽管是个好男人，还是过不下去。马克思讲，人是社会关系的总和。当然包括他所处的生产关系。

人不能超越这种关系，就像鱼不能跳出水域求一种新的生活方式。历史上也曾有不少聪明人做过这种超越关系的试验，但都一一失败。有英国欧文、法国傅立叶的空想社会主义试验，有苏联的集体农庄试验，在中国曾有洪秀全的《天朝田亩制度》，还有我们的人民公社试验。大约革命者一掌权之后都有一种急切的跃进心理，都急着要设计一个前所未有的、美丽无比的理想世界，并为这目标的实现设计出许多具体步骤。根据凤阳县老县委书记王昌太所藏一大摞笔记本所载，我们从合作化到人民公社就用过 400 多种记工办法。你想农民怎么能受得了这种摆布呢？他们感到很不自在。祖祖辈辈赖以生存的黄土地，亲亲热热、如爹如娘的黄土地，能载山川、养人畜、生万物的黄土地，现在怎么变得这样冰凉，这样别扭？

许多书上都一遍又一遍讲着这样的故事：游子离乡前总要在身上带把土，华侨一归国门先伏身吻一下脚下的土。黄土是母亲，是永远亲不够、忘不了、放不下的啊。但是现在，凤阳农民面对这大片的土地，这属于自己的土地却怎么也提不起心劲儿。书中记载，有老少父子两人干脆逃离这块大地，在深山里自耕自食，反而丰衣足食，向国家交余粮。金寨县金桥大队地处深山之中，1962 年就私自实行包产到户，直到 1980 年全省推广承包制时，才发现这个世外桃源丰衣足食，已经 18 年了。事实上在小岗之前，安徽就先后有三次"包产"高潮。1957 年称"包产到户"，1959 年称"五包六定"，1961 年称"责任田"。但三次都是肚子一饿就试行，肚子稍饱就停止。因为我们总觉得这样做是资本主义。但是这一次不一样，这一次中国出了邓小平，他在黄山之巅，果敢地一声拍板，宣布了农村生产关系的革命。到 1980 年 10 月，实行了 22 年的人民公社制度终于取消。恩格斯在马克思墓前说，要是没有马克思，经济学和社会主义不知还要在黑暗中摸索多少年。今天，当我重返凤阳大地时，深切地感到，要是没有小平同志，我们的农村改革又不知还要再推迟多少年。

　　车子离开皇城和朱家祖陵，沿着柏油大道在这 20 世纪末的秋风中疾驰。我脑子里总是闪过那 18 个红手印，它忽而叠印在皇城的断墙上，忽而在西风古陵前的石人石马上，一会儿又落在小岗村崭新的院落旁。在中国史书上和文学作品中，手印的使用大概是穷人的专利。富人有石刻、玉制甚至金制的名章可用，皇帝则用最大的传国玉玺。只有穷人，穷到一贫如洗，穷得只剩下干活儿卖力的十指和指头肚上的手印。像杨白劳卖喜儿被强按手印一样，穷人的手印总是做着无奈的挣扎或最后的抗争。在 20 世纪 70 年代末，凤阳这个曾经出了一个农民皇帝的地方，18 条汉子，捋臂挽袖，伸出 18 个手指，把它深深地印在这片黄土地上，然后相约"苟富贵，毋相忘"。这是中国农民发起的改革，是中国农村的二次革命，革掉那些不合理的体制，革掉束缚生产力的生产关系。

　　这是一次人民对政府的批评，农民伸出他们的泥手在我们的失误之处重重地按了一记。我们虔诚地接受了这一记指责。就像当年毛泽东同志在延安听了农民一句尖刻的批评，宽厚地减去公粮 4 万担。现在我们面对这张血红的手印，自省自责，一下松去农民身上"左"的生产关系之绑。我们这个民族历来有下面犯颜直谏、上面从善如流的好传统。在中国农村这一个"包"字的三起三落中，大至中央彭德怀、邓小平、邓子恢等同志，小到县委书记、公社干部等都有中肯的意见，都有长长的谏书。《起点》一书中就收有数篇，最长的达一万言。但最有力的却是这张印有 18 个红手印的巴掌大的纸片。古有文谏、武谏，甚至血谏，这是"土谏"。凤阳农民怀抱一块黄土，包定这块黄土，苦呈一种治国兴邦之策。我又想起了 1945 年，黄炎培在延安与毛泽东同志那段著名的对话。黄说，一个政权怎么永葆活力？毛说，靠群众，靠民主。其言至真。只有共产党才是真心想为老百姓办事，有错就改；而一旦我们解开了束缚生产力发展的种种锁链，停止了在空想社会主义大海中的穷过渡，就立即如有神助，到达了胜利的彼岸。你看小岗不是一年超过5年、20年吗？你看中国广大城乡这改革开放的20多年不是天翻地覆了吗？我们的党、我们的政权又焕发了活力。

晚上回到了省城，吃饭时省委的同志悄悄地说："过几天江泽民总书记要来视察小岗村。"果然，几天后报上公布了这个消息。江泽民同志代表党中央庄严地宣布，土地承包再延长30年。

凤阳，真是一个中国农村问题的实验室和博物馆。

（原载《人民文学》1988年第5期）

1979 邓小平认错

一个时代的转型和国家的进步，是以其领袖的思想转变为标志的。当我们欢呼中国改革开放 30 多年的成就时，不能不追溯到 30 多年前的一个思想细节。

1978 年 10 月邓小平访问新加坡。而这之前中国在极"左"时期一直称新加坡为"美帝国主义的走狗"。当邓小平吃惊地看到新加坡的成就时，他承认对方实行的对外开放、引进外资的方针是对的。当谈到中国的对外方针时，李光耀说，中国必须停止革命输出。邓小平停顿片刻后突然问："你要我怎么做？"这倒让李吃了一惊。他就大胆地说："停止马共和印尼共在华南的电台广播，停止对游击队的支持。"李光耀后来回忆："我从未见过一位共产党领袖，在现实面前会愿意放弃一己之见，甚至还问我要他怎么做。尽管邓小平当时已 74 岁，但当他面对不愉快的现实时，他还是随时准备改变自己的想法。"

这次新加坡之行，邓小平以他惊人的谦虚代表中国共产党和政府承认并改正了两个错误：一是改变保守自闭，对外开放，引进外资；二是接受建议，不再搞革命输出，大大改善了中国的对外关系。这是多么难能可贵的自我批评精神啊。

人孰能无错？但并不是人人都能事后认错。普通人认错难，有光环笼罩和鲜花托举的伟人、名人认错就更难。但也正是这一点考验出一个人的品格与能力。纵观历史，名人，喜功、贪功的多，自责、担责的少。像邓小平这样，大功不自喜，大德不掩错，是真伟人。平时，我们看一个人的成功，总是说他发现了什么，创造了什么？其实同样重要的另一面是他承认了什么，改正了什么？当一个人承认并改正了前一个错误时，就为他的下一个创造准备了条件，铺平了道路。而当一个伟人这样做时，他就为国家民族的复兴铺平了道路。延安时期搞抢救运动，伤害了革命同志，毛泽东亲自到会道歉，脱帽鞠躬。1958 年犯了大跃进错误，第二年在庐山会议上毛泽东认错说："去年犯了错误，每个人都有责任，首先是我。"当然，这次认错不彻底也为以后的"文革"留下祸根。"文革"之后，小平主政，总结历史教训，他没有委错于人，而是代毛泽东认错，说："讲错误，不应该只讲毛泽东同志。大跃进，毛泽东同志头脑发热，我们不发热？在这些问题上要公正。中央犯错误，不是一个人负责，是集体负责。"后来他又多次讲到，不争论，团结一致向前看。是这种谦虚的实事求是的科学态度，保证了大转折时期的平稳过渡。一个领袖的英明，包括他的智慧、魄力，也包括他的谦虚、诚实。一个民族的幸福不只是有领袖带领他们取得了什么成就，更是带领他们绕开了什么灾难。领袖一念，国家十年，伟人多一点谦虚，国家就少一次失误，多一次复兴的机会。

认错是痛苦的，一个伟人面向全体人民和全世界认错，更要经受巨大的心灵痛苦。党犯了错误，总得有人出来担其责，重启新航：一个时代的失误，总得有人来画个句号，另开新篇。这不是喜气洋洋的剪彩，是痛定思痛，发愤图强的誓言。只有那些敢于担起世纪责任的人，才会有超时代的思考；只有那些出以公心为民造福的人，才能不图虚名，面对现实，实事求是。当我们今天沉浸在改革开放的喜悦中时，请不要忘记当年一代伟人痛苦的思考和艰难的抉择。

（原载《党建》2008 年第 10 期）

1978

谁敢极言

　　我们平常讲到一个问题的重要，或者为引起重视，就说"极言之……"如何，如何。可见人们的思维习惯是要听要害之点，不愿听不痛不痒的套话。

　　我们现在纪念改革开放 30 周年，不能忘记小平同志在 1980 年 1 月的一段著名讲话："近 30 年来，经过几次波折，始终没有把我们的工作重点转到社会主义建设这方面来……现在要横下心来，除了爆发大规模战争外，就要始终如一地、贯彻始终地搞这件事，一切围绕着这件事，不受任何干扰……扭着不放，'顽固'一点，毫不动摇。"当时为强调不受干扰，他还说了一句话："我要买两吨棉花，把耳朵塞起来。"你看，横下心、不受干扰、始终如一、顽固一点、买两吨棉花，何等坚决，这就是"极言"，抓住问题的要点，以极其鲜明的态度，表达自己的意见。我们回首 30 年的大发展、大成功，不能不佩服邓小平这段话的精辟。什么叫振聋发聩，什么叫挽狂澜于既倒，什么叫力排众议，此言之谓也。

　　就像名医号脉、扎针，政治家、思想家之评事论政也是号脉扎针，不过取的是思想之穴，号的是时代之脉。回顾 28 年前邓小平这段话，又使我们想起马克思也有一句"极言之"的话，讲的更彻底："无论哪个旧的社会形态，在它的所容纳的全部生产力发挥出来以前，是绝不会灭亡的；而新的更高的生产关系，在它的物质存在条件在旧社会的胎胞里成熟以前，是绝不会出现的。""无论、绝不"，其口气之坚决，不容半点商榷。实践是检验真理的唯一标准，小平那段话，经30年的检验足见其真，而马克思的这一段话已过去一百多年，我们是在栽了几个跟斗，吃了许多亏后才深刻理解的。

能极言，敢极言，除了深刻的洞察力，还要有坚持己见的勇气。自信自己是站在真理一边。彭德怀在庐山遭批判后6年不认输，1965年毛泽东给他分配工作时说："也许真理在你一边。"近读到一则史料。当年袁世凯要复辟称帝，大造舆论。梁启超毅然站出来写文章反对，其中有一段可谓极言，掷地有声："由此行之，就令全国四万万人中，三万万九千九百九十九万九千九百九十九人赞成，而梁某一人断不能赞成也。"当年马寅初因为提倡节制生育受到批判，他也是这种勇敢："老夫年过八十，明知寡不敌众，自当单身匹马，出来应战，直到战死为止。绝不向专以压制、不以理说服的那种批判者投降。"

极言，是指极准确、极深刻、极彻底，绝不是我们平时说的意气用事，故走极端。逞一时之快绝不算什么英雄。敢极言之人恰恰是深思熟虑，敢当大事、能为大事之人。中英香港遗留问题是个难题。1982年9月英国首相撒切尔夫人来华想再拖延交还香港。外交谈判一般是讲究方式、方法，甚至用语还要圆滑一点。但邓小平却以一席直白的铁板钉钉、力不可撼的极言，敲定了香港回归的大局。他说："主权问题是一个不可讨论的问题。""如果中国在1997年，也就是中华人民共和国成立48年后还不把香港收回，任何一个中国领导人和政府都不能向中国人民交代。如果不收回，就意味着中国政府是晚清政府，中国领导人是李鸿章！"就是这段态度极为明确的表态，让号称"铁娘子"的首相一时头晕，走出大会堂时竟失态跌了一跤。当时有我一部长失言，说香港回归后可不驻军，邓说，无知，立即将其撤职。极言的后面必有极坚决之立场和行动为证。就是当年梁启超讲了那段极言之后就与他的学生蔡锷联络，策划起兵反袁了。

"极"是什么？是极点，是思想的最深处，问题的最关键点。观察事物要能找到那个点，写文章要能说出那个点。福楼拜说："写一个动作，就要找到唯一的动词，写一件物体，要找到唯一的名词。"中国古代叫"推敲"。这是在语言层面求准确，而进一步求思想层次的准确，就是要找到那个问题的唯一的关节点，也就是极点、拐点。这样的文章才有个性，才有深度，才是一把开启人思想的钥匙，是一座照路的灯塔。

古今文章无不在追求两个极点：一是形式美的极点：字、词、音韵、格律、结构，如"落霞与孤鹜齐飞"之类；二是思想的极点，一言成名彪炳千古。我们还可举出一些著名的例子。如毛泽东在 1930 年革命低潮时讲的"中国革命高潮快要到来，绝不是如有些人所谓'有到来之可能'那样完全没有行动意义、可望而不可即的一种空东西。它是立于高山之巅远看东方已见光芒四射喷薄欲出的一轮朝日，它是躁动于母腹中的一个婴儿。"还有林则徐那封关于禁烟的著名奏折：鸦片不禁几十年后将无可以御敌之兵，无可以充饷之银。若鸦片一日不禁，本大臣一日不回，誓与此事相始终。还有当年左宗棠在湖南初露头角，遭人构陷，险掉脑袋。大臣潘祖荫等上书也有一句极言"天下不可一日无湖南，湖南不可一日无左宗棠"，救了一个历史功臣。这一句话也成了名言。凡在历史上站得住的极言都成了思想的里程碑。可惜我们现在报章上的套话太多，有思想光芒的极言难得一见。这是学风文风不振的表现，极言之，将是民族思想的萎缩，令人担忧。

我劝天公重抖擞，不拘一格降文章。

（原载《北京日报》2008 年 6 月 30 日）

1980 桑氏老人

"文化大革命"留下不少冤案。1980年我当记者时曾受命调查过这样一件。

山西蒲县为吕梁山南端一极偏僻小县。县城南有一座柏山，遍生松柏，森森然如仙境鬼蜮。山上有一庙为《封神演义》里黄飞虎的行宫，曰东岳大帝庙。庙下有一阎罗殿，殿内泥塑展示阴曹地府中的诸般惨烈之状，为国内少数保存的地下阎罗殿。凑巧冤案就发生在这里。被牵连受害者共200多人，为首的是一县委书记，已被迫自杀。但出面斗争最激烈者却是一名孤身老人桑保珍。桑原为志愿军战士，转业后回县，在县委当炊事员，后又上山看庙。他被无故逮捕，但极坚强。每晚残阳压山，晚霞血照之时，他便双手把定铁窗，向全城大呼："桑保珍现在开始喊冤……"蒲县县城极小，一条街不过二三百米长，人少房稀，他一声呼喊声震半街屋瓦。这时大家就说："桑保珍喊冤电台又开始广播了。"家家屏气凝神，小小山城唯闻铁窗吼声，其声如困兽之嚎，十分疾人。当局不得已，将其释放，他一获释即进京告状。进不了中南海，就跑到西单电报大楼向中央发了一份1200字的电报。回县后，当局恨其告状，又抓他进牢，他复日日喊冤，并拒不剃须理发，铁窗夕照，其威严之状更如一头笼内猛狮。后由于上面的干预，当局要释放他，劝他先理个发，他拒之曰："留个纪念，让世人看看这场冤枉。"我上山之时，老人终因折磨既久，身心交瘁，已躺在医院里，但神志清楚，听说来了记者，十分高兴。可惜他已不能说话，只以手指心，表示其志已遂。

此案假判错定当然是坏事，但大小牵连 200 余人，其中有知识有地位的也不少，然而愤然出头力争力抗者竟是一看庙的孤身老人。县委书记被迫自杀亦当同情。若以其智、其势愤而反击，效果当更在老人孤斗之上，然却悄然自遁黄泉。呜呼，人之于世，诚搏一气也，气壮则身存事成，气馁则人亡事败。所以文天祥身系大狱之中仍赋《正气歌》。

壮哉，桑氏老人。

（原载《没有新闻的角落》，书海出版社 1990 年版）

1982 一个农民养猪专家的故事

去年 4 月的一天，山西省忻县温村公社的院子里进来一位黑脸膛、戴着近视眼镜的社员。他一见到公社书记王金龙同志就说："我请求当大队养猪场的场长，到年底保证上缴利润 3700 元。我找大队，大队不同意，这才来请公社给我做主。"

王金龙书记问明，这是大王大队的社员岳安林。大王猪场已连续亏损了 11 年。书记说："安林，你就有这么大的把握？"岳安林说："多出的钱全部交队里，短下的钱全由我一人包赔！"说着掏出一个 5000 元的存折，啪的一声压在桌子上："大不过是这么多，甘愿立下军令状。"王金龙真正被感动了。他说："我们的队干部都要像你这样的干劲，什么都好办了！你干吧，如果真的完不成指标，公社替你担一半罚款。"最后大队和岳安林签订了合同，在人员、饲料等固定的条件下，猪场一年向队里上缴利润 3700 元，若不足此数，每 100 元罚工 40 个；如果超过，每 100 元奖工 15 个。

合同签了，县、社领导和社员群众都替他捏着一把汗。岳安林却胸有成竹。上任第一天，他把猪场的 5 人召集到一起约法三章：一、实行联产计酬，每增肉 30 斤，记一个工，超者奖，不足者罚；二、民主治场，全场 6 个人，每人一天，轮流任值日场长，人人都得听从指挥；三、8 小时工作制，剩余时间，读书学习，定时进行业务考试。80 分以上者奖，60分以下者罚。

约法之后，他把负责育肉猪的饲养员叫来，给了他一张纸。只见上面写着："玉米粉50斤，豆饼15斤，鱼粉3斤，食盐半斤，硫酸铜、碳酸钙各半斤……"原来是一张饲料配方。他说："你照这去做，一两不许变动，猪不长肉你来找我；不接配方，完不成指标由你负责。"接着他又把母猪饲养员叫来，给了另一张配方。又对化验、保管等一一做了吩咐。

这岳安林办猪场可真与众不同，他不是忙着去垒墙出圈，却首先搞什么杂交、猪群整顿、同期发情等。猪场原有52头母猪，有不少是10年以上的老猪，早已不能产仔，甚至行走不动，终日卧着晒太阳，每天是白白消耗许多精饲料。他过去多次提议淘汰掉，可是原老场长说："这些猪生儿育女有功劳，走不动了也要养着。"现在他一朝掌权就立即杀掉了24头，甩掉了一群"包袱"。他又很快补进了一批品种优良的精壮小猪，活蹦乱跳，顿时猪场一派生机。

他的8小时工作制实行没两天，就有两个饲养员来找他说："你这个活儿我们干不了。"他说："好，你们两人的工作全交给我，你们跟着我看上一天。"只见他先把猪按品种用途、吃食习惯分了槽，又把料一次配好，装在平车上，按路线投料。这个猪吃着，那个猪喂着，井井有条，不多走一步冤枉路，不浪费一分钟，全部工作干完，只用了6个小时。这两个饲养员看了一天，目瞪口呆。晚上，他把大家叫到一起，掏出华罗庚教授编的《统筹法话本》，在纸上画了一张"饲养统筹图"，说："你们看，这样安排活儿路，从加料到喂完，一个全过程就可以省出3个小时。"

岳安林今年37岁，1961年从学校返乡后就苦钻养猪技术。这些年来，他戴着一顶"地富子女"的帽子，常挨批斗打骂，备受凌辱。可是这个有志者竟自学了两国外语，阅读了大量国内外资料，在全国性刊物上发表了论文，被邀请出席全国养猪会议，受聘到大学、中专课堂上讲课，却总不得在队里一显身手。这次破釜沉舟才争得一个机会。别的猪场，除了料房，就是猪圈。他这里却还有化验室，有暖箱、天平、量杯、试管，有供水管道，太阳能暖圈。别的猪场常是满地粪土、柴草，他这里却打扫得干干净净，当院的墙上刷着一块大黑板，上面是密密麻麻的饲料配方公式，试题标准答案。场里职工和外省、外县来这里代培的学员，常在黑板前讨论问题，这里简直是一所养猪学校。

人们持着各种各样的议论，单等着年底看结果。结果呢，这年年底，他们6个人共育成上市肥猪104头，平均每人生产猪肉3201斤，出栏率达到123%。这个数字高出全国平均出栏率一倍多。用料与产肉的比例为3：1。最后一结算，全场盈余11860元，比合同规定超出8000多元。按合同岳安林应得奖励工11000多个，可是他却把大家召集在一起，总结完一年的工作后说："成绩是靠大家的劳动取得的，这些奖励工部分给大家。我这样干的目的，只是想通过实践证明一下：科学技术加上科学管理，集体猪场就不会赔钱，就能办好！"最后他只领了530个工，是全场工人中最低的报酬。他说："作为一个场长，理应这样。"

（原载《光明日报》1980年11月14日）

1983 "今年的共产党最好"

　　1983 年，我在山西农村采访，听到农民夸奖党的政策说："今年的共产党最好！"这句话乍一听好像逻辑不通，但细想之下却深刻之极，20 年来一直响在我的耳边，总觉得有咀嚼不完的道理。

　　农民的这句话就是用"时间"这把尺子，以"年"为计，一段一段地来衡量我们的工作。我们时刻不要忘记身后有一双百姓明亮的眼睛，要关心他们的痛痒，感知他们的呼吸。我们党的宗旨是为人民服务。毛泽东说：一个人做一件好事并不难，难的是一辈子做好事。人且如此，何况一个党呢？中国共产党为人民谋利益已有 80 年，80 年来虽然我们尽力想把事情办好，但由于各种原因，有时办得好些，有时差些。办得好，群众则喜，就支持就拥护；办得不好，群众就忧虑就反对。这也是水可载舟，亦可覆舟的道理。

　　1983 年前后，是中国农村最值得怀念的时刻。当时全国推行了"大包干"政策，生产力得到极大解放，农民欢天喜地。但矛盾总是旧的解决新的又来。近几年农民增收幅度不高，今年两会结束时，记者问朱镕基总理，您最头痛的是什么？总理答：是农业问题，是农民减负增收的问题。应该说，现在的农业状况比 1983 年时好多了，但水涨船高，形势逼人。城市改革加快，城乡差距拉大，我国加入世贸组织后，农业将经受更大的冲击，面临更严峻的形势。改革如逆水行舟，不进则退。

近年世界上几个百年老党接连垮台，它们也都曾辉煌一时，都曾"最好"过，但又都因不能保持"最好"而被无情地甩出历史跑道。

农民说："今年的共产党最好"，这是对我们的工作，对我们的服务态度的动态测评。20 年来我们虽然曾取得了许多的"最好"，但离百姓的要求总有差距。既然为官就要常怀忧心，郑板桥有诗云："衙斋卧听萧萧竹，疑是民间疾苦声。"共产党人铁肩担天下，自然更怀有百倍的忧心。我们也知道事物是在波浪式前进，事情不可能年年都遂人意，但是"最好"却是我们全心全意为人民服务的追求。唯有如履薄冰，时时自责，年年俱进。如果每年都能听到群众说一句"今年的工作最好"，心里就会安稳一点。

（原载《走近政治》，党建读物出版社 2003 年版）

2001　三十年的草原　四十年的歌

　　内蒙古歌手在民族宫大剧院演出了一场"蒙古族长调歌曲演唱会"，主题是保护草原，遏制沙化。大幕未启，节目单发下来，上面赫然印着一位老歌手的名字：哈扎布。我心中猛然一惊，他真的还在世！

　　我没有见过哈扎布，也没有听过他的歌。记住这个名字是因为叶圣陶老的一首诗《听蒙古族歌手哈扎布歌唱》。1968 年我大学毕业分配到内蒙古工作，一到当地先搜集资料，有一本名人游内蒙古的诗文集，其中有叶老这首诗。开头两句就印象极深，至今仍能背出："他的歌韵味醇厚/像新茶，像陈酒。/他的歌节奏自然/像松风，像溪流。"我读这诗已是 30 多年前，这 30 多年间再未听说过哈扎布的名字，更没有想到今天还能听到他的歌。

　　因为是呼唤保护环境、恢复生态，晚会的气氛略有点压抑。老歌手是最后出台的，主持人说他今年整 80 岁。他着一件红底暗花蒙古袍，腰束宽带，满脸沧桑，一身凝重。年轻歌手们一字排开拱列两旁。他唱的歌名叫《苍老的大雁》，嗓音略带喑哑，是典型的蒙古族长调。闭上眼睛，一种天荒地老、苍苍茫茫的情绪袭上我心。过去内蒙古闻名海内外，是因它美丽的草原、美丽的歌声。我 30 年前在那里当记者，曾在草原上驰过马，躺在草窝里仰望蓝天白云，静听那远处飘来的，不是为了演唱而唱的歌。当时一些传唱全国的著名歌词现在还能记得。"鞭儿击碎了晨雾，羊儿低吻着草香。"那时无论如何也不会想到，这种美丽几十年后就要消失。近几年沙尘暴频起草原，直捣北京。去年，北京一家大报曾发表了一整版今昔对比的照片，并配通栏大标题："昔日风吹草低见牛羊，今天老鼠跑过见脊梁"。今晚，我闭目听歌，不觉泪涌眼眶。新茶陈酒味不再，松涛无声水不流。当年叶老因歌而起的意境已不复存在，剧场一片清寂。我仿佛看见一只苍老的大雁，在蓝天下黄沙上一圈圈地盘旋，在追忆着什么，寻找着什么。坐在我身后的是一位至今仍在草原上当记者的同志，他悄悄地说了一句："心里堵得慌。"

晚会后回到家里彻夜难眠，我起身找到 30 多年前的笔记本，叶老的诗还赫然其上：

> 他的歌韵味醇厚，
> 像新茶，像陈酒。
> 他的歌节奏自然，
> 像松风，像溪流。
> 每个字都落在人心坎上，
> 叫人默默颔首，
> 高一点低一点就不成，
> 快一点慢一点也不就，
> 唯有他那样恰好刚够，
> 才叫人心醉神怡，尽情享受。
>
> 语言不通又有什么关系，
> 但听歌声就能知情会意。
> 无边的草原在歌声中涌现，
> 草嫩花鲜，仿佛嗅到芳春气息，

静静的牧群这儿是，那儿也是，
共进美餐，昂头舔舌心欢喜。
跨马的健儿在歌声中飞跑，
独坐的姑娘在歌声中支颐，
健儿姑娘虽然远别离，
你心我心情如一，
海枯石烂勿相忘，
誓愿在天鸟比翼，在地枝连理。
这些个永远新鲜的歌啊，
真够你回肠荡气。

他的歌韵味醇厚，
像新茶，像陈酒。
他的歌节奏自然，
像松风，像溪流。
莫说绕梁，简直绕心头。
更何有我，我让歌占有。
弦停歌歇绒幕垂，
竟没想到为他拍手。

　　当年叶老虽听不懂蒙语，但他真切地听到了其中的草嫩花鲜，静静的牧群，还有回肠荡气的爱情。我查了一下叶老写诗的日期：1961 年 9月，距今正好 40 年。我抄这诗也过了 30 年。三四十年来，当我们惊喜地看着城市里的水泥森林疯长时，却没想到草原正在被剥去绿色的衣裳，无冬无夏，羞辱地裸露在寒风与烈日中。

　　没有绿色哪有生命？没有生命哪有爱情？没有爱情哪有歌声？若叶

老在世，再听一遍哈扎布的歌，又会为我们写一首怎样深沉的诗？归来吧，我心中的草原，还有叶老心中的那一首歌。

（原载《人民日报》2001 年 12 月 13 日）

2003 平塘藏字石记

　　10月底因事过贵州黔南，甫坐未定，当地领导就急切地说，我们这里出了一件奇事。平塘县有一巨石落地，中裂为二，裂面处凸现"中国共产党"五字。我说，世上哪有这等巧事？对方说，凡初听者都不信，人家还讽刺我们说，莫不是穷疯了，编此奇事诓人，因此我们特请专家进行了鉴定。

　　第二天，我即驱车平塘，出县城后又蜿蜒起伏疾驰60多公里，折入一谷地，忽山清水秀，绿风荡荡，原来已进入掌布河谷。沿谷地深入数里，弃车步行至一村，名"桃坡村"。村口矗立一巨木，是一棵有500年树龄的枫香树。前不久，于夜深人静时，此树轰然倒裂，现留10多米高的树桩，3人不能合抱，桩上又发新枝。而倒地的树干压折一棵老银杏后横卧于路，如壮牛猛虎，气势逼人。树枝已被削去，粗者如腰，细者如臂，散落于路下田中竟占地一亩。未见奇石先见老树，邈邈古风，幽谷中来。

　　绕过古木，是石砌小路。路旁有宽深一米的水渠，水清见底，水中草蔓飘舞如带，石子莹润如玉。我自少年时代一别三晋名泉晋祠之水，就再未见过这样清澈透亮的山泉。不觉心头一紧，才意识到大自然库藏的珍品真是越来越少。沿这条清水古道缓缓而上，过一滩，名浪马滩，碧水平泻，乱石如奔马。过一泉，名长寿泉，因乡人常饮此水多高寿而名。两岸陡崖如壁，竹木披拂，藤缠草覆，绿云扑地。渐行至河谷中段，隔水相望，对岸悬崖下有两棵十多米高的大树，树阴中隐隐有物，导游以手相指说那里即藏字石。要观石，先得过一吊桥。桥迎壁飞架而去，人一过桥即与悬崖撞个满怀。我不由举首仰望，壁立如削，峰起如剑，云行高空，风吼谷底，忽觉人之渺小。桥左有一对巨石，即藏字石。从现场看，此石从石壁上坠落而下后分为两半，相距可容两人，两石各长 7 米有余，高近 3 米，重 100 余吨。右石裂面清晰可见"中国共产党"五个横排大字，字体匀称方整。每字近一尺见方。笔画直挺，凸起于石面，如人工浮雕。在这行字的前后还有一些凸出的蛛丝马迹，不成文字。我大惊大奇，实在不敢接受这个现实。天工虽巧，怎能巧到这般？虽然我们也常在石壁上发现些白云苍狗，如人如兽，如画如图，但那也只限于象形的比附。今天突然有巨石能写字，会说话，铁画银钩，颜体笔法，且言政治术语，叫人怎么能相信，怎么敢相信？

但是，面对这块一分为二，内藏五字的石头我们又不能不信。经地质专家组鉴定，该石是从山体上剥落下来无疑。现离地 15 米处的石壁上还有坠石下落后留下的凹槽。而山体、巨石及石上的字体，主要化学成分都一致，说明它们曾共生共存，浑然一体。字体也没有人工雕琢、塑造、粘贴的痕迹。这字的成因则是由海绵、腕足类等生物形成化石，偶然组成这五个大字。巨石坠落时，受力不均，沿字的节理处剖裂开来。据测算，石之生成距今已两亿八千万年，而坠落于地也已有五百年，在长年的风雨侵蚀中，化石硬度稍高，就更凸显于石面。过去于两石间长期堆秸秆树枝，石旁又有两株大树遮掩，从没有引起人的注意。今春，为推广景区风景，当地举办一次摄影活动，村支书张国富在清扫此地时无意中发现这石上的五个大字。石中藏字的消息遂即传开。

看过奇石，我又大体浏览了一下周边的风景。由奇石处上行有藤竹峡，因遍生藤竹得名。此种珍稀植物我还是第一次见到，其细如丝，其柔如藤，却属竹科，缘壁附崖，牵挂缠绕，两岸数里如金丝织就，一片灿烂。有抱石崖，崖面均匀生出圆形石卵，如鱼眼鼓突，如恐龙遗蛋，有足球之大，共 366 颗。当地人说此石 30 年一熟，会自然拱破石壁，接续而生。其余路边风景都十分可人，如光硬的石壁上会钻出无根之松，郁郁葱葱；滩里巨石上无土无沙，却杂树成林；水中的群鱼细小如豆，会逐人腿而吻，称"吻人鱼"，都为别处之少见。掌布河流域本就风景奇特，早在 7 年前就已辟为旅游开发区，今发现藏字石更锦上添花。自然中有奇巧之事本也有科学之理。因为任何事物都可以看做无数个点的排列组合，大自然在无限的时空中总能组合出最理想的图案。今石上这几个字只是一巧而已。也许某年于某石中还会发现别的字迹。著名科普作家阿西莫夫说过："如果把一只猫放在一架打字机上，只要给它足够的时间，也能打出一部莎士比亚。"而这种万年、亿年才有一遇的巧事竟幸临平塘县这个布依村寨。这是天赐旅游良机，助民致富。村民已借天成的"中国共产党"五字增设了红色旅游主题，于石旁空地立十六面石碑，简述中共一大至十六大的梗概。

这石两亿年前天生而成，500 年前自然坠地，其时村口一株枫香树又破土而出，而在今年，忽一日树断枝裂，石中藏字也惊现人间，这一连串巧合莫非天意？离开村口时，我又细端古树，怅然有思。地方同志见状问有何建议，我说有两条。一者，此卧地断木是天赐史书，叫我们牢记过去。可剖光断面，展其年轮，呈于游人。并可标出哪一轮是五百年前，哪一轮是 1840 年、是 1921 年、是 1949 年，直至树断字现之年的 2003 年，当更显厚重，更有新意。二者，天降"中国共产党"五个大字，是要我们自警自策，与时俱进，当地党政部门一定更要爱民忧民，年有新政。不止让百姓感到石上"中国共产党"之奇，更要感到身边的中国共产党之亲。这样才不负天之祥瑞，民之殷情。

（原载《当代贵州》2004 年第 1 期）

2004 广安真理宝鼎记

2004 年是邓小平诞辰 100 周年。家乡广安有感于小平于国功大、于民恩深,遂略修旧居,以供凭吊;又新铸宝鼎,是为纪念。鼎为青铜所铸,传统式样,圆形、三足,周身饰以夔龙、扉棱之图,高 10 米,重 41.8 吨。庄若苍岩,稳如泰山,立于渠江之畔,城东高岸之地,仰对青天,俯视大江。

想当年,正当"五四"潮起,马列初兴,时代变革,风起云涌,16 岁的邓小平胸怀寻求真理之大志,肩负救国救民的理想,就是从现宝鼎脚下的渡口出发,毅然告别家乡,买舟东下,经渠江,入嘉陵,假长江,东出太平洋,漂泊月余抵达法国,勤工俭学求教于异邦,又转而东行,研习马列取经于苏俄。后应召回国,先受命南下领导"百色起义";又东赴江西,追随毛泽东创建红色政权。之后北上长征,立马太行,逐鹿中原,决胜淮海,挥师渡江,问鼎金陵,直至横扫西南,底定江山,功莫大焉。遇"文革"罹难,再困于江西。后得复出,绵里藏针,勇斗四凶;举重若轻,收拾残局。高举解放思想、实事求是的大旗,率领全国人民开始了改革开放的新长征。从此党纲重振,国运再兴,河山生辉,百姓安康。神州上下,举国同赞:翻身不忘毛主席,致富感谢邓小平。

向来铸鼎如同立碑,是为醒世记事;铭文胜于碑文,更求标高证远。广安真理宝鼎是为纪念邓小平自 16 岁起投身社会寻求真理，特别是他后期总结"文革"教训，坚持真理标准，开创中国特色社会主义。鼎正面之铭为"解放思想"，背面之铭为"实事求是"，座基刻着小平的另一句名言："发展才是硬道理"。而面江之整壁石墙则书有小平南方谈话全文。古人云，一言九鼎。小平这几句话兴邦定国，安土乐民；其理灼灼，其效隆隆。铸之于鼎，足可前证国史，后启来人。

宝鼎之下，渠江滚滚，千船竞发，波起潮涌。想风流人物，时势英雄，自古力挽狂澜，中兴大业，能有几人？中国共产党自 1921 年创立，为人民幸福，为民族昌盛，奋斗牺牲凡二十八年。然新中国成立之后路更长，行更难。试承包、变体制，走走停停几回摸索；跃进潮、"文革"浪，起起落落多少风云。其间探求殊多，争论殊多，教训殊多。更一度思想僵化，如履薄冰。是小平 1978 年领导了真理标准大讨论，披沙见金，拨乱反正；1992 年又巡视南方，再破陈规，急促发展。从此敞开国门看世界，大胆改革走市场。我古老中华重又跟上时代步伐，崛起民族之林。

宝鼎之侧，巷陌深深。故里情怀，桑绿荷红。千窗洞开忆往事，石板小路寻旧影。树高千丈不离土，伟人永在百姓中。想古往今来，有多少人物，起于垄亩，败于庙堂。唯共产党人，种子土地，永让于民。邓小平说："我是中国人民的儿子。"其言何真，其情何深。"文革"后复出，小平已年届 70，他说，我还能工作 20 年，不是做官，是要干事。他别无所求，说只要国家发展了，我当一个富裕国家的公民就行。其先忧后乐何等胸襟！古人有云：半部《论语》治天下。"白猫黑猫"，小平只用一句民间俗语就笑谈真理，运转乾坤。他真正是想亦百姓，做亦百姓，言亦百姓。百姓何能忘小平？曾记否，三落三起民心在，"小平您好"动京城。今日，鼎下渠江流日夜，故里年年柳色新。

大哉宝鼎，真理之鼎。未知世界，艰难探寻。长夜早起，哲人先行。读铭思理，不忘小平。

大哉宝鼎，伟人之魂。巍巍山岳，涛涛江声。华夏大地，故里春风。依鼎怀人，难忘小平。

大哉宝鼎，万民之情。鼎之沉沉，民心所凝。天地不老，岁月留痕。人民儿子，永远小平。

（原载《人民日报》2004年8月21日）

在蒋巷村的共产主义猜想

2010

　　参观了全国文明村常熟蒋巷村后突然想到这个题目。

　　共产主义是什么样子？谁也没有见过，到现在还是想象中事情，十分遥远和渺茫。它是马克思在 160 多年前根据社会发展规律推演出的一种理想社会。但是先知先觉的知识分子相信它，受苦的劳动人民相信它。于是就建党，名共产党；就开展全世界的社会主义——共产主义运动，叫国际共运，用实践去求证它、逼近它。一干就是一二百年。在这一二百年间，理论家不断地给出理论模型，就像哥白尼、爱因斯坦们不断地求证宇宙；而劳动者，那些实践着的人们，则依其时其地的背景，也不断想象和制作出各种社会模型。于是共产主义就有各种各样的版本。余生也晚，以我的所经所见大约有两种。一是解放前后，这在反映当时生活的电影上还能看到，战士们在坑道里抱着枪幻想，或者刚分了土地的农民蹲在犁沟里憧憬，共产主义是"楼上楼下，电灯电话"、"点灯不用油，耕地不用牛"。主要反映人身解放了的劳动者物质上的要求。是最初级、最朴实的"解放版"共产主义。二是"人民公社"版。追求"一大二公"，农民吃食堂，不要自留地，不许养鸡，连同劳动者本身也都"归公"，甚至每个人的思想里也不许有私人空间。第一个版本，要求不高，很快就达到了；第二个版本则是一场黄粱梦，经大跃进、人民公社和"文化大革命"后破碎了。而这次我却看到了一个与前两个不同的比较接近马克思的想法的版本，我把它叫做"中国乡村版"。

我们过去对共产主义的理解有这样几点：生产资料公有、产品丰富、觉悟提高、道德高尚、贫富差别小等等。但是对人的自由讲得很少。恩格斯在去世前两年，有记者问能不能用一句话概括你和马克思的理想，他答曰就是《共产党宣言》里的那句话："……将是这样一个联合体，在那里，每个人的自由发展是一切人的自由发展的条件。"马克思也有一句话："自由的人就是共产主义者。"恩格斯更具体地说："我们的目的是要建立社会主义制度，这种制度将给所有的人提供健康而有益的工作，给所有的人提供充足的物质生活和闲暇的时间，给所有的人提供真正的充分的自由。"他这里特别强调"所有的人"都能得到这三点：有工作、有物质享受、有精神自由。当然，自由的前提是物质丰富，但丰富之后怎么办？或者说鱼和熊掌怎样兼顾，这就是我要说的这个新版本。

蒋巷村不大，186 户，1700 亩地，800 口人。40 年前这里曾是一块低洼闭塞的蛮荒之地，血吸虫病流行，地不产粮，人不饱腹。当时的村支书常德盛提出："天不能改，地一定要换。"现在已换成工业园、粮田园、蔬果园、居住园、旅游公园，"五园"交错的新家园。村展览室的墙上贴着一张历年人均收入统计表。20 世纪 60 年代 118 元，70 年代 316 元，去年 21600 元，这还不包括各种补贴和福利收入。

按照恩格斯说的那三条，我们来看看这个现实中的版本。

先说人人有"健康有益的工作"。全村工作分为工业、农业、服务业，正好是经济学家们说的第一、第二、第三产业。原则是"工业向园区集中，农田向能手集中，居民向社区集中"。各人可根据自己的条件和爱好选择职业。全村 1000 多亩地集中由 16 个种粮大户来种，其余大部分劳力进了工厂。而且都是"健康有益"的工作。村里 10 年前就主动关闭了一个很赚钱的化工厂，现生态极好，林木荫道，绿水绕村，鸟语花香。还设有一个大气监测站，每日除报气象，还报大气质量。

再看第二条，"充足的物质生活"。每户一栋别墅，早已超过"楼上楼下，电灯电话"的理想。村里有商店、图书馆、博物馆、农民剧院，一应俱全。有趣的是村民俗博物馆的墙上抄着辛弃疾的一首词："茅檐低小，溪上青青草。醉里吴音相媚好，白发谁家翁媪。大儿锄豆溪东，中儿正织鸡笼；最喜小儿无赖，溪头卧剥莲蓬。"这是中国农民几千年的文化背景，心理背景。他们是在这个背景下绘现代图画。现已人均年收入两万多，中学以下全免费。大学生年补3000元，研究生年补5000元。老人，55岁开始每月补300到600元，他们说这是"按劳分配加按老分配"。身患重病者，月补400元。

最难能可贵的是第三条"给所有的人提供真正的充分的自由"。前面所述各人可自选工作已不必说，且以养老一项，就可见他们怎样努力创造自由的状态。中国已渐入老龄社会，养老成为一个令人头痛的社会问题。难在怎样既保证老人生活舒服，又精神自由。而中国农村婆媳矛盾更是一道传统难题，新老"代沟"又是难抚平的伤痕。蒋巷村却有办法。全村55岁以上老人200个，按说各家都有别墅，住房宽裕，足可养老。但村里又另盖200套老人公寓。平房庭院式，花木葱茏，阳光明媚。分单身居和夫妻居两种，面积不同。室内橱、卫、寝、厅，一应俱全。老人如愿与子女合住，则住；不愿即可搬来公寓自住。免去了许多因"代沟"所引起的习惯不合与情感摩擦。又因就是在本村，子女近在咫尺，照顾亦便，分而不裂，和而不同，亲情不减。距离产生美感。我执意要看一两户老人公寓。都窗明几净，闲适自得。他们在院中树下或干一点轻活儿，或聚而闲谈。王凤英老人已79岁，正抱着两岁的曾孙在门前晒太阳。旁边晾着一筐箩新碾的米粉，雪白细腻，散发出微微的清香。近处翠竹摇曳，紫薇吐蕾，茶花艳艳，远处大田里菜花金黄，一直黄到天边。就是桃花源中人也不过这样。不是说小康的住房标准是每家要有两套住宅吗？盖此情景也。

村里的生活设计还有许多尊重人性自由的细节，如虽粮菜供应充足方便，但还是给每家半分自留地。不为吃用，只为满足农民世世代代的精神寄托。菜园里老人弄苗，童子追蝶，吴侬软语。村里设早市区，买卖自由，交换方便。我去时，已收市，门面街道收拾得干干净净，都有专人管理。书记常德盛解释说，也不只为物资交流，主要是让村民有一个交往、说话的地方，要的就是一个和谐。村外有人在修渠，这是外来的打工者。果园里几个老人正在剪枝，老常说，他们本有养老费，可不干活儿，但如想干，也还再给工资，是轻活儿，可干可不干的。我立即想起一句话，到了共产主义劳动就成了人的第一需要。

蒋巷村的现状当然不是共产主义，那样说我们这些人太低能了。但它肯定是人们追求理想征途上的一小步。既然是理想就有一定的虚幻性，在等待人们用实践去逼近。马克思和恩格斯生前最怕他们的书给人定了框框，就声明说：我们不打算把最终规律强加给人类。恩格斯说，关于未来社会组织的情况，你在我这里，连影子也找不到（马恩书里确实找不到蒋巷村社会组织的影子）。正因马恩这样唯物，这样辩证，为我们预留了理想空间，人们才会去寻找各种版本。事实上从《共产党宣言》发表那一天起，无论领袖还是群众，理论还是实践，都在摸索寻找。列宁说，共产主义是苏维埃加电气化，这也是一种版本，和"点灯不用油"有一点相似。改革开放，国门打开，有人考察发达国家，说这就是我想象中的共产主义，是从物质文明的角度看，也是一种版本。近年来还有人研究北欧版本。当然，蒋巷村物质条件比起世界上和国内的发达地区还差得很远很远，但它和自己比是大大进步了，更贵在它能于自身的物质基础上对"自由人联合体"的含义进行积极探求，这就了不起，这也是一个版本，中国乡村特色的共产主义版本。或者只算是一个版本的幼芽，再小点，一个细胞，一点基因。但它有一种新版的味道。版本多了并不怕，事实上也不会清一色。这应了邓小平说的那句话，摸着石头过河。

毛泽东说："马克思主义一定要向前发展，要随着实践的发展而发展，不能停滞不前。"邓小平说："我们多次重申，要坚持马克思主义，坚持社会主义道路。但是，马克思主义必须是同中国实际相结合的马克思主义，社会主义必须是切合中国实际的有中国特色的社会主义。"从陈望道翻译了《共产党宣言》的第一个中译本起，到毛泽东在延安整风，发表《改造我们的学习》，中国共产党人一直锲而不舍地致力于马克思主义中国化。从对大跃进、"文化大革命"运动（那也曾是一种版本）的反思，到邓小平讲"老祖宗不能丢"，提出中国特色社会主义，中国共产党的领袖和亿万群众一直用实践去求证主义。也许将来的求证所得与马克思的书相去甚远，这也没什么，马克思主义本来就是开放的科学。

从蒋巷村我读出了一点哲学和科学社会主义的意义。

写完这篇文章猛想到就快 5 月 5 日了，也算是对马克思诞辰 192 周年的一点纪念。

（原载《党建》2010 年第 8 期）

2010 乌粱素海——带伤的美丽

假如让你欣赏一位带伤流血的美人，那是一种怎样的尴尬。40 年后，当我重回内蒙古乌粱素海时，遇到的就是这种难堪。

乌粱素海在内蒙古河套地区东边的乌拉山下。40 年前我大学刚毕业时曾在这里当记者。叫"海"，实际上是一个湖，当地人称湖为海子，乌粱素海是"红柳海"的意思。红柳是当地的一种耐沙、耐碱的野生灌木。单听这名字，就有几分原生态的味道。而且这"海"确实很大，历史上最大时有 1200 多平方公里，是地球上同纬度的最大淡水湖。那时我还没有见过真正的大海，每当车行湖边，但见烟水茫茫，霞光潋滟。翠绿的芦苇，在岸边小心地勾起一道绿线，微风吹过，这绿线就起伏着舞动开去，如一首天堂里的乐曲。湖里的水鸟，鸥、鹭、鸭、雁、雀等就竞相起舞，或掠过水波，或猛扎水中，浪花轻溅，像有一只无形的手在弹拨着水面。而水中的鱼儿好像急不可耐，等不到水鸟来抓它，就自动倏地一下跳出水面，闪过一个个白点，像是五线谱上跳动的音符。这时走在湖边，心头会突然涌起那已忘却多时的优美文章，什么"落霞与孤鹜齐飞，秋水共长天一色"、什么"沙鸥咸集，锦鳞游泳，岸止汀兰，郁郁葱葱"。我就明白从来不是好文章写出了真美景，而是真美景成就了好文章。乌粱素海就是这样一篇写在北国大地上的锦绣文章。每当船行湖上时，我最喜欢看深不可测的碧绿碧绿的水面，看船尾激起的雪白浪花，还有贴着船帮游戏的鲤鱼。而黄昏降临，远处的乌拉山就会勾出一条暗黑色的曲线，如油画上见过的奔突的海岸，当时我真觉得这就是大海了。

那时，"文革"还未结束，市场上物质供应还比较匮乏，城里人一年也尝不到几次肉，但这海子边的人吃鱼就如吃米饭一样平常。赶上冬天凿开冰洞捕鱼，鱼闻声而来，密聚不散，插进一根木杆都不会倒。那个岁月时兴开"学习毛主席著作讲用会"，有一次我们整理材料，在河套各县从西向东采访，很辛苦，伙食也没有什么油水。乌梁素海是最后一站，还有好几天，大家就盼望着到那里去解馋。到达的当晚，我们果然吃到了鱼，而这种吃法，为我平生第一次所见。每人一大碗堆得冒尖的大鱼块，就像村里人捧着大碗蹲在大门口吃饭一样，这给我留下永久的记忆，当时的鱼才五分钱一斤。以后走南闯北，阅历虽多，但无论是在我国南方的鱼米之乡或国外以海产为主的国家，再也没有碰到过这种吃法，再也没有过这样的享受。那时，每当外地人一来到河套，主人就说："去看看我们的乌梁素海！"眼里放着亮光，脸上掩饰不住的骄傲。

这次我们真的又来看乌梁素海了，是水务部门的特别邀请，但不是为看海的美丽，而是来参加会诊的，来看它的伤口。

七月的阳光一片灿烂，我们乘一条小船驶入湖面，为了能更有效地翻动历史的篇章，主人还请了一些已退休的老"海民"，与我们同游同忆。船中间的小桌上摆着河套西瓜、葵花子，还有油炸的小鱼，只有寸许来长。主人说，实在对不起，现在海子里最大的鱼，也不过如此了。我顿觉心情沉重。坐在我对面的王家祥，原乌梁素海渔场的工会主席。他说："那时打鱼，是用麻绳结的大眼网。三斤以下的都不要，开着 70 吨的三桅大帆船进海子，一网 10 万斤，最多时年产 500 万吨。打上鱼就用这湖水直接煮，那才叫鲜呢。现在，这水你喝一口准拉肚子。"（不知是否为验证他的话，当天下午，我们一行中就有俩人拉肚子，而不能正常采访了)。当年的兵团知青、退休干部于秉义说,20世纪70年代时,这里随便打一处井,7米深,就自动往上喷水。水务公司的秦董事长在一旁补充:"到20世纪90年代已是30米深才能见水;到2007年,要120米才见水,15年水位下降了90米,年均6米。"

海上泛轻舟,本来是轻松惬意的事,可是今天我们却无论如何也轻松不起来。这应了李清照的那句词:"只恐双溪舴艋舟,载不动许多愁。"我们今天坐的船真的由过去的70吨三桅大船退化成像一只蚱蜢似的舴艋小舟。河套灌区是我国三大自流灌区之一。黄河自宁夏一入内蒙古境,便开始滋润这800里土地。经过总干、干、分干、支、斗、农、毛七级灌水渠道,流入田间,又再依次经总排干、排干等七级排水沟,将水退到乌梁素海,在这里沉淀缓冲后,再退入黄河。所以,这海子是河套平原的"肾",首先起储水排水的作用。同时,又是河套的"肺",它云蒸雾霭,吐纳水气,调节气候。所以才有800里平原的旱涝保收,才有和北面乌拉山著名的国家级森林保护区的美景。但是,近几十年来人口增加,工厂增多,农田里化肥农药增施,而进入湖中的水量却急剧减少,水质下滑。你想,排进湖里的这些水是什么水啊?就是将800里平原浇了一遍的脏水。河套农田每年施用农药1500吨,化肥50万吨,进入乌梁素海的工业及生活污水3500万吨,这些都要流到湖里来啊。所以,当地人说,乌梁素海已经由河套平原的"肾"和"肺",退化为一个"尿盆子"了。这话虽然难听,但很形象,也很警人。

在船舱里坐着,听大家叙往事,说今昔,虽清风拂面,还是拂不去心头的一怀愁绪,我便到后甲板散步。只见偌大的湖面上,用竹竿标出二三十米宽的一条水道,我们的这个"舴艋"小舟只能在两竿之间小心地穿行。原来,湖面的水深已由当年的平均40米,降为不足一米,要行船,就只好单挖一条行船沟。我再看船尾翻起的浪,已不是雪白的浪花，而是黄中带黑，像一条刚翻起的犁沟。半腐半活的水草，如一团团乱麻在水面上荡来荡去，再也找不见往日的碧绿，更不用说什么清澈见鱼了。乌海难道真的应了它的名字，成了乌黑的海、污浊的海？只有芦苇地发疯似的长，重重叠叠，吞噬着水面。主管农水的李市长说，这不是好现象，典型的水质富营养化，草盛无鱼，恶性循环。

现在如果你不知内情，远眺水面，芦苇还是一样的绿，天空还是一样的蓝，水鸟还是一样的飞，猛一看好像无多变化。可有谁知道这乌梁素海内心的伤痛，她是林黛玉，两颊微红，弱不禁风，已经是一个病美人了，是在强装笑颜，强支病体迎远客。我举目望去，远处的岸边有些红绿房子，泊了些小游船，在兜揽游客。船边地摊上叫卖着油炸小鱼，船上高声放着流行歌曲。不知为什么，我一下想起那句古诗："商女不知亡国恨，隔江犹唱后庭花。"

中午饭就在岸边的招待所里吃。俗话说，无酒不成席，而在内蒙古还要加上一句"无歌不成宴"。乐声响起，第一支歌就是：《美丽的乌梁素海》。歌手是一位漂亮的蒙族姑娘，旋律婉转，琴声悠扬，只是听不清歌词。歌罢，我请歌手重新念一遍歌词，她顿时有几分不自然。李市长出来解围说："不好意思，这还是当年的旧歌词，和现在的实景已经远不相符了。"我说"不怕，我们随便听听。"她就念道："乌梁素海美，美就美在乌梁素海的水。滩头芦苇密，水中鱼儿肥，点点白帆伴渔歌，水鸟空中飞。夜来泛舟苇塘荡，胜游漓江水，暖风吹绿一湖水，船入迷津人忘归。"

刚才人们还沉静在美丽的旋律中，她这一念倒像戳破了一层华丽的包装：现在水何绿？鱼何肥？帆何见？怎比漓江水？顿时满场陷入片刻的沉默与尴尬，主客皆停箸歇杯，一时无言。客中只有我一人是当年从这里走出去的，40 年后重返旧地，算是亦客亦主。便连忙打破沉默说："是有点找不到这歌词里的影子了。这次回来我发现，40 年来在这块土地上已消失了不少东西。老李、老秦你们还记得三白瓜吗？白籽、白皮、白瓤，吃一口，上下唇就让蜜糊住了；还有冬瓜，有枕头大，专门放到冬天等过年时吃，用手轻轻一拍，都能看到里面蜜汁的流动；糜子米，当年河套人的主食米，煮粥一层油，香飘口水流。现在都一去不回了。"我这几句解嘲的话，又引来主人一阵唏嘘。他们说，都是化肥、农药、人多惹的祸。

乌梁素海啊，过去多么绰约多姿、健康美丽，而现在这样的苍老，这样的伤痕累累。但就是这样的病体，它还在承担着难以想象的重负：每年要给黄河补充 1.3 亿方的下游水；给天空补充 3.6 亿方的气候调节水；给大地补充 6 千万方的地下水。可是它自己补进来的只有 4 亿立方溶进了化肥、农药、盐碱的排灌水。入不敷出，强它所难啊！它得的是疲劳综合征，是在以疲弱之躯勉强地支撑危局，为人们尽最后的一丝气力。李市长说，如不紧急施救，它将在数十年内如罗布泊那样彻底干涸。现在设想的办法是，在黄河上引一专用水开渠，于春天凌汛期水有多余时，给它补水输血。大家听得频频点头，都忘了吃饭。正说着，主人忽觉不妥，忙说："不要这样沉重，办法总会有的，饭还是要吃，歌还是要唱的。"于是，乐声又轻轻响起。歌声中又见青山、绿水、帆白、鱼肥。

受伤的乌梁素海，我们祈祷着你快一点康复，快一点找回昨日的美丽。

（原载《人民日报》2010 年 8 月 18 日）

2011 山还是那座山

　　也许是因为我的姓氏里有一个木字，或者我命中本来就缺木，反正我是发疯地爱树。只要听说哪里有一棵奇一点的树，就千方百计地去看，去摸，去抱。十年前南下到宁波出差，返回时在机场听说当地有一棵特大的树，树身中空，人民公社时生产队在里面养了两头牛。惜未能谋面。过了两年我终于找到一个机会再到宁波，一下飞机不进城，就直去拜树。虽然又过了几十年，树洞里淤了不少土，但亦然老干如铁，青枝绿叶。村民在树洞里摆了一张八仙桌，大大方方地请我们喝了一壶茶。去年北上到内蒙古出差，见宾馆院里有一棵不知名的树，枝头吊着指肚大小的楞形果实，甚奇。问之，曰丝棉树，秋后，果实会炸开，垂下丝绦万千条，属卫茅科。就不顾体面，用房间里的水果刀，十指并用，"偷挖"了两棵。惹得一路同行的人和机场的安检、空姐不断地拷问。苍天不负有心人，这两棵他乡客居然生根发芽在京城，单等来年此情绵绵寄相思了。

　　我这样爱树，是因为曾经很少见到树。我大学一毕业就分配到内蒙古，守着乌兰布和沙漠，吃不尽的黄土，看不完的黄沙。外出采访，要是走路，得帽檐朝后；要是坐车，风沙起时得停车让过风头。这时车子就像掉进黄汤海里，人像坐在潜艇里，透过车窗看黄浪从两边滚滚涌过。那时最想看到的是一点绿，一棵树。我坐火车过河西走廊，一个白天，一个晚上，又一个白天，还是没有一棵树。我在河套的黄河湾子里护过林，那是什么"林"啊，只有拇指粗，每年春天绿，冬天死。晋西北倒是有大片的杨树林，那是永远长不大的"老头树"。不但野外缺树，城里也少树。近二十年城市建设提速，房挤树，路挤树，人挤树。一次我走在昆明街上，因为扩路砍光了树，主人还说："我们这里山好水好，四季如春。"我不顾礼貌，脱口而出："山好水好，就是官不好，为什么不栽树？"回来后我在《人民日报》发了一篇短文《好山好水更求好官》。什么样的官才算好官？起码有一条，要栽树。

因为爱树，就关心和同情栽树的人。最让我激动的一次采访是在雁北，一位81岁的老人带着棺材进山，15年绿了几座山。真有点《三国演义》上庞德抬着棺材战关羽，或者左宗棠抬着棺材去收复新疆的味道。最得意也最伤心的一次采访是写一个劳模，那稿子还得了全国新闻奖。但几年后他儿子来找我，说父亲进了班房。原因是他栽了很多树，只用了几棵树就犯法。这是什么法？难怪没有人栽树。有人说按统计数字，我们栽的树已经绕地球几圈了，但还是不见树。

终于在2006年春天，我望见了一大片新绿。不是在山上，也不是在平原。说来好笑，是在报社夜班平台上的电稿堆里。福建记者蔡小伟来稿说，那里全省都已把山分给了农民，老百姓种树积极性大增。我如获至宝，或者说是终于找到一根救命的稻草。莫谓书生空议论，稻草也能当金箍棒用。我要借这篇文章浇我胸中的块垒。立即制了一个大标题：《山定权，树定根，人定心，福建全省推行林权制度改革》，立发头条。我又想到马克思的一句话："人们为之奋斗的一切，都同他们的利益有关"。就把这话拉来当大旗，配了一篇评论：《栽者有其权，百姓得其利》。签发完稿子，我重重地吐了一口气，一口压了几十年的气。半个月后福建省林业厅厅长黄建兴来京开会，他一住下就来报社，要请我吃饭。这之前我们并不认识。我问他怎么这样热心林权改革。他讲了一个故事。2001 年福建有七万农民因建水库失地闹事，他时任省政府秘书长，到一线去处置此事。却发现有一个村子很平静，没有一人参与闹事，便问何故。支书说："我们前几年就分了山林，每人每年收入 4000 元，还会闹吗？"福建八山一水一分田，山稳民就稳。他当即说，如果我当林业厅长，就先给农民分山。不想，一语成谶，三个月后他被任为省林业厅长。他农民出身，当过生产队长，深知农民对土地的感情，一朝权在手，便把令来行。在全省积极实验林改，福建成了全国林改第一省，也是森林覆盖率最高的省。他林改有方，从厅长任上下来后又被任命为国家林业局林改领导小组副组长。林改就是土改，是一场藏于绿叶下的红色革命。

可能还是命中脱不去与树的缘分，我退出新闻一线后又被安排到农委工作，就急切地想去看一下当年曾经纸上谈兵的林改如何。今年正月十五刚过，年味还在，就踏上去福建的路。

如果说福建是全国林改第一省，永安就是全国林改第一县（县级市）。这里动手早，出经验多，是国家和省两级林改试验点。8 年来已接待参观者 26000 人，市委书记江兴禄开玩笑说："我陪客喝的酒，累计也有一吨多。"我发现凡成一件大事，其中必有一些中坚和先锋，黄建兴是一个，江兴禄也是一个。他在县委书记任上已经 15 年，参与了林改的全过程，还编了一本亟有实践兼学术价值的书。这天他陪我走访了中国林改第一村洪田村，其地位类似于中国承包第一村的安徽小岗村。但村里的建设比小岗村气派多了。村民全住进了两家一楼的别墅。幼儿园、小学、热闹的街道、店面，仿佛进了县城。走进展览馆，迎面是一座群体雕塑，几个胖手胝足的汉子正拧眉锁眼，在灯下议论着什么。说明牌上只有一句话："今晚不议出个名堂，谁也不许回家！"说的是 1998 年 5 月 27 日那晚，全村开会讨论山林到底是分还是不分。已是后半夜了还没有个结果，村支书邓文山就拍着桌子喊出了这句话，然后从笔记本上撕下一页纸，裁成26条，同意还是不同意，每家立字为证。这很悲壮，像当年小岗村干部为分地按红手印准备去坐牢。我脑海里一下闪过了水泊梁山、绿林、赤眉。我找到邓文山，想不到却是个文静的汉子，看来事逼人为，不到绝路不破釜。这一逼倒逼出一条新路。墙上贴着一张1997—2009年全村经济发展统计表：村财政由15.3万元增到63万元；人均林业收入由313元增至3931元；电话由25部增至662部；机动车从无到有375台；电脑从无到有81台……这些财富都是农民在分到手的山上种出来的。

从洪田出来，江兴禄带我们去看一座竹山。春雨绵绵，千竹滴翠。竹子这东西实在是人见人爱，且不说它的用途，你看一眼都舒服。它年年发笋，当年成林，一劳永逸。新竹碧绿如玉，每拔一节就留一条白线，微风吹过，林子就白绿相间，翩翩起舞，好一幅水墨写意。老江招呼人去找这片山的主人，一会儿竹林子里就钻出一个汉子，眼大身瘦，戴斗笠，系腰带，蹬雨靴，肩扛一把细嘴镢头，仿佛是封神榜上的人物。他叫杨国松，名下分得126亩竹林，已经营10多年。斜风细雨里我和他算起这几年的收入。竹子在文人眼里是清供之物，在农民眼里可是摇钱树。他说，冬挖冬笋，春挖春笋，林间还有药材。冬笋贵，每斤5到8元，春笋5毛，一亩地可产三四千斤竹笋。每亩竹子280根，每根卖30元。林改前他家年收入5万元，去年已增到20万，家里还供着两个大学生。我们说着走着，江书记脚下一软，说声"有货"，便去摘老杨肩上的镢头，原来他踩着一棵冬笋。多年的媳妇熬成婆，他这个多年的书记熬成"农"，对这山里的一草一木都有情。只见他蹲下身子，用镢头拨开落叶，围着笋尖小心清土，就像考古队员发现一件宝物，最后一把拉起一棵大冬笋，足有一斤半。大家就提着这笋照相，说中午有好菜吃了，就像抓到一条大鱼。

我们说着走着，转过一面坡，眼前一亮。竹林下的红土地上仰躺着一座大青石碑，足有十多米宽，上书三行大字："山定权，树定根，人定心"，落款是甲申年春月。碑多直立，像这样大的碑仰躺于地还不多见。这是乡民为纪念林权改革而立。他们说这样设计，上可对天，下可对地，民心可鉴。我问老江，林改前后永安的集体林地每亩增值了多少，他答：从 300 元已增到现在的 5 千到 6 千元，长了 20 倍。又问老黄全省如何，他说："从 300 元增到 3000 多元，10 倍。福建有集体林一亿亩，全国 27 亿亩，你算一算，这一项改革增了多少财富，富了多少农民？这还不说生态效应和民心效应。"

我久久地注视着那块石碑，党中央机关报的头条标题变成碑文立在竹林里，这就是党心民意。又觉得"甲申"这个字好眼熟，噢，想起了，上一个甲申年郭沫若曾写了一篇《甲申三百年祭》，毛泽东很推崇的。那是反思明末一场农民运动的失败。从那时到如今，又过了六个甲子，360 年。中国农民经过了太平天国革命、辛亥革命、两次土地革命，改革开放以后的土地承包、林改，终于真正成了土地的主人。

百年岁月，万里河山，山还是那座山，只是换了人间。

（原载《人民日报》2011 年 3 月 11 日）

2013 韶山毛泽东图书馆记

到韶山参加一个纪念毛泽东诞辰 120 周年的活动，意外地发现在离毛故居不远处的山坡上，有一座毛泽东图书馆。为伟人、名人建纪念图书馆，在国外几成风气，美国每个退休总统都有一座，中国却极少见。关于毛的这座图书馆也未能建在北京等大都市，而是在他家乡的小山冲里。我很好奇，便进去一看。

图书馆不大，实用面积只有 680 平米，也就是一个高干或有钱人家的别墅。这里只收三类书，一是毛写的书，各种选集、文集、单行本；二是毛看过和评点过的书；三是写毛的书，即各种研究毛泽东的书。馆的功能以收藏、陈列为主，兼有一点借阅，游人可免费参观。但因知道的人不多，来者廖廖，那天我去时馆内十分清静。

一般无论博物馆、图书馆都有自己的镇馆之宝，我问接待我的刘馆长："能不能看看你们的宝贝？"他自己先戴上一副薄薄的白手套，又递给我一副，然后让管理员捧出一个盒子，打开，是一本蓝皮黄纸的书，小 32 开本，约有一寸之厚。他说："这就是我们的镇馆之宝，是已知的历史上出版的第一本《毛泽东选集》。"1942 年，延安整风时党中央成立了宣传教育委员会，毛泽东是主任，王稼祥是副主任。整风过后，为了推动干部的学习，晋察冀边区请示中央宣教委会后决定编一本《毛泽东选集》。这个任务交给了时任《晋察冀日报》社长的邓拓。邓是党内的才子，是一个好学习，好收藏，好研究问题又很有政治眼光的知识分子。他平时犹好收集毛泽东的讲话、文章。边区党委 1944 年 1 月下文件，邓三个月后就编出了这本书。现在我们看到版权页上写着，编印：晋察冀日报；发行：晋察冀新华书店；定价：三百元（边币）；一九四四年五月初版。我俯下身子仔细观察这件宝物，虽然手上也戴着一双白手套却不敢去翻它一下，生怕碰碎那已经被岁月浸泡了 70 年的薄纸。全书分为五卷，实际上是一本五卷本《毛选》合订本。解放后正式出版《毛选》合订本是文化革命后期的事，当时是四卷合订。我记的刚看到这种合订装帧时，有一种莫名的兴奋。想不到在抗日的漫天烽火中就曾诞生过《毛选》合订本，而且还是五卷。看着这本小书，你会明白什么是思想的力量，什么是领袖的魅力。而书籍就是在收集思想，收藏历史。以当时的条件，毛泽东的文章不可能收齐，比如《湖南农民运动考察报告》就只收了前两个部分。这本集子主要来源于邓拓个人的剪报资料。当时纸张奇缺，从书的封口上可以看出，纸质和色度都不一致。印装也有失误，如 124 页后就找不到 125 页。但它却有一个惊人的装帧—蓝色缎面精装。这是从地主老财家找来缎被面用手工制作的，这样的精装本只做了 10 本。我们现在看到的这个本子是三年前图书馆花了 30 万元从河北一个收藏者手里买来的。现在社会上还流传着另一本，品相比这还好一点，缎面上的一朵暗花正好在封面的中心，拍卖价已经出到 160 万元，主人还不肯出手。《毛选》的编辑出版贡献最大者有两人：一个是邓拓，在战火中编了第一本《毛选》；一个是田家英，精心保存了毛的许多手稿，是解放后《毛选》编辑的第一主力。可惜这两人在文革中都死于非命。

在珍品室还有这样几件藏品。一件是解放前国统区正申书局出版的小册子，封面书名为《孙中山先生论地方自治》，打开后里面却是毛泽东的文章选编。这是为了躲避国民党的检查。还有一本《六大以前》，落款是"中共中央书记处印，1942"。当时为配合整风，中央编了《六大以前》、《六大以后》、《两条路线》等几本书。因为是作为高干学习之用，印数很少，又赶上胡宗南进攻延安，撤离时大都销毁了，所以流传极少。这本《六大以前》现在全国仅存两本。

馆内收藏的各种毛泽东著作版本约2000多种，1949年以前的有700种。其中还有一些珍品。如1945年7月我江南根据地在芦苇荡里用芦苇制纸印刷出版的《毛选》，有陆定一曾签名收藏的中共晋察冀中央局1947年3月编的《毛泽东选集》1—6卷，等等。最特别的是一种手抄本《毛选》。抄者大都是书法爱好者，且对毛泽东有特别的敬仰之情，做这件事时怀有一种僧人抄经式的虔诚。一位河北沧州的退休干部用行书在宣纸上手抄了全部《毛选》4卷，每个字如小核桃之大，然后手工装裱成本48册，在1998年12月26日毛生日那天，他亲自将书送到韶山。还有一个手抄本更为奇特，也是毛笔宣纸手抄4卷本，但一色蝇头小楷，每个字与《毛选》里的铅字一样大，每一页无论页码、标点、版式、字数都与原书相同。抄完后也手工装订成一套《毛选》4卷。这简直是一件巧夺天工，以手工而夺现代机器印刷之工的稀世艺术珍品。这些手抄本都曾有人出天价收藏，但作者只捐赠这里，分文不取。

毛泽东一生酷爱读书。也许是一种巧合，他在中南海办公的地方就名菊香书屋。读书是毛泽东生活的一部分，生命的一部分。他平时睡一张大木板床，半张床上却堆满了书。他在延安时说："如果我能再活10年，我就要读9年零359天书。"直到去世前7小时他还在阅读，真正是伴书食，伴书眠，伴书工作，伴书而终。毛去世后从菊香书屋清出9万多册书。这些书上有他大量的批注手迹，都一起移送中央档案馆了。而那张与书共眠的大木床则被乡亲们请回了韶山，现保存在离图书馆不远的毛泽东遗物馆。毛晚年视力不好，阅读困难，他就用自己的稿费印了一批大字本的书，共 119 种。开始用三号、二号字印，后来视力再减退，干脆用标题字来印了。可想他当时想要读书的急迫之情和捧读之苦。毛的读书习惯是看一遍画一个圈，有的书上竟画了 24 个圈。他一生读过多少书，已经无法统计，从英文版的《共产党宣言》到《红楼梦》，甚至还有《安徒生童话》等，古今中外无所不包。九万册书啊，这是一个伟人为自己筑起的一座蜿蜒逶迤的知识长城。单凭这一点，毛也该赢。当然他最喜欢读的还是中国的史书，现馆内收有一套线装本《毛泽东评点 24 史》复制本。

馆藏书中最多的还是第三类，即后人研究毛泽东的书，大约有 3 万多种。这些书研究他的生平、思想、战例、战法、著作、讲话、家事、家谱、生活习惯，等等。有身边工作人员的回忆，有长期追随他的将军、书记、部长的追述，有学者的研讨，还有近年兴起的借毛的思想对经商、处世、治学的研究等等。毛去世已近 40 年，人们对他研究的热情并不稍减。这个研究经历了一个把他从神坛上请下来，又融入尘俗的微妙过程。真是"才下眉头，又上心头"，没有办法，历史抹不去毛泽东。毛走过了一个时代，创造了一个时代，也代表了一个时代。那个时代的人物事件，边边角角，时时处处，都折射着他的影子。在书架的长阵间浏览，你会看到许多这样的书名《毛泽东与周恩来》、《毛泽东与蒋介石》、《毛泽东与斯大林》，还有《毛泽东与佛教》、《毛泽东与戏曲》，直到《毛泽东与南阳》、《毛泽东与城南庄》等等，从大到小，从近到远，一草一木都无不与之相关。这真是一个毛泽东时代，普天之下的每一根神经都连着这一个中枢。这时突然你会明白什么是领袖。领袖就是他的思想、意志、魅力摆在那里，你不得不随他前行，而他离开这个世界后却仍然定格在历史上。

从图书馆出来我又重游了毛的故居。真不敢想象，就是从这几间小土房子里走出了这样一位巨人。故居旁是毛 8 岁时开始上的第一个私塾—南岸私塾。他 8 年换了 7 个私塾，总是不停地发问。小山冲已经放不下他，他便到长沙求学，到北京大学工作，去见李大钊，见蔡元培。从南岸私塾到毛泽东图书馆，一个伟人就这样走过了一条读书之路。这两处的空间距离只有一里地，而时间跨度是 80 年。80 年的读书、思考、奋斗造就了一个伟人。而 80 年的血与火，情与泪，功与过又全部留在他的书里，藏在山坡上的这座图书馆中。

（原载《人民日报》2013 年 12 月 25 日）

2016　让幸福覆盖所有的人

　　寒冬季节，在内蒙古鄂尔多斯伊金霍洛旗草原上的一户牧民家里做客，室外冰天雪地，屋内温暖如春。210 平方米的砖房，光洁的瓷砖地面，和城里人一样的卫生间，一样的家用电器。要知道，牧民的生活方式是分散、游动，这样羊才有草吃，但却苦了牧羊人。怎么让他们赶上现代文明，享受改革开放成果，是一个比其他地方更棘手的难题。

　　内蒙古自治区响亮地提出，不管多远的农牧民村，要实现 10 个全覆盖：危房改造，安全饮水，修路，通电，通网络，改造校舍、卫生室、文化室，办超市连锁，养老医疗低保。贫困有各种原因，所以中央提出要对症下药，精准扶贫。但不管哪种扶贫都和基础设施、公共服务有关。工欲善其事，必先利其器。公共设施，国之大器，民生之大器，扶贫之大器。先解决了基础公共设施之后同时精准扶贫，就如虎添翼。

　　在东胜区一个叫折家梁的村子里，我看到另一个典型，全村因"杀猪菜"这一特色，带动了旅游致富。我说，乡僻路远有谁来吃？村主任说，有了网络覆盖，就不分远近。说着他掏出手机，让我看在网上订的客户，已经排到十多天以后。如果还有十分偏远的户难覆盖怎么办？市委书记白玉刚坚定地说，那就搬出来。近年来他们已扶贫搬迁了 6600 户，1.7 万人。

　　贫困是世界性的难题，也是中国现代化进程中的难题。原因之一是发展不平衡，各地、各家、各人条件差异。新中国成立后，为了解决贫困问题想了许多办法，国人印象最深的是艰苦奋斗，穷棒子精神，如大寨、红旗渠这样的典型。内蒙古也曾有自己的牧区大寨乌审召，主要强调自力更生，这种精神当然需要，永远需要，但时代发展了，国力强大了，解决贫困问题，就要从国家战略入手通盘解决，从基础设施入手，从根本上解决。国家，国家，举国一家，无论贫富。以一国，一省、区、市之财力、行政力来补上这个短板并非难事。

过去，人民为国家利益舍"小家"为"大家"的事情不少，战争中保家卫国，大型工程中的移民搬迁，都可歌可泣，催人泪下。现在国力强盛了，当然要反哺民生，这就是为什么习近平总书记再三强调，"在扶贫的路上，不能落下一个贫困家庭，丢下一个贫困群众。"无论茫茫草原、雪域高原还是深山老林，多么偏远、多么艰苦的地方，都要无一遗漏。

恩格斯谈到理想社会时特别强调"所有的人"，他说："我们的目的是要建立社会主义制度，这种制度将给所有的人提供健康而有益的工作，给所有的人提供充裕的物质生活和闲暇时间，给所有的人提供真正的充分的自由。"

扶贫，我们的目的是要让幸福覆盖所有的人。

（原载《人民日报》2016年2月15日）

第二部分

心中有所思

一、为 官 为 政

官不扰民民自富

一日，与京城几位领导相聚，谈及农村工作，有地方来的同志说：官不扰民民自富。此言极是。内中有分管农业者接道："我们常说要增加农民收入，试想哪一次农民告状是来向你要高收入的？都是不堪其扰来要安静的。"这使我想起去年电视上公开批评的一件事，某乡强迫农民种烟叶，村头墙上赫然写着大标语："净化种植"。并组织工作队将农田里已长出的玉米、豆苗等拔掉。采访镜头下，几个农民跪在田垄间，以手捧苗，愤然拍地，潸然泪下。记者问乡干部为什么这么做，答曰：烟叶能卖钱。能不能卖出钱，应让农民自己去算账，再说都种烟叶又吃什么？这样发展下去，恐怕就要干预村民每日三顿饭怎么吃了。也许那时又会有个堂皇的理由：这样吃有营养。

官者，保境、安民，维护社会发展之用也。民心唯求安居乐业，犹草木唯求生态平衡。封山育林，草木自长；民不受扰，其业自旺。汉代政治家贾谊曰："天下牧民之道，务在安之而已。"其理两千年未变，可惜不少人，一日为官其情也虚，其心也躁，抓耳挠腮，指手画脚，总想干点什么，以逞其能，以示其绩，便以民为戏了。殊不知，民可保、可导、可安，唯一的是不可扰，不敢扰；企图靠扰民弄出点热闹来升官的，其乌纱帽迟早是要掉的。

（原载《走近政治》，党建读物出版社 2003 年版）

有感于干部不会说话

在一个干部座谈会上，主持人一再提醒与会者讲实例，讲自己的理解和认识，但一天下来仍是千篇一律，个个如社论，如文件。结果弄得听者呆坐，记者叫苦。现在不少干部学历挺高，职级不小，却为何不会说话了呢？

细细观察有三种不会说话：

一是离了稿子不会说。不少干部一张口，就是拿稿来！这有点像封建官吏一起身就高喊：备轿。于是就养了一批写手，类似轿夫。讲话必要稿子，甚至主持会议的几句开场白、结束语，包括感谢、鼓掌之类的话也要白纸黑字，打印工整，名曰"主持词"。我不知道再这样发展下去，请客宴宾是不也要备下"请饭词"，与菜单同步印制置于桌面，每菜一句，直到"再见，慢走。"

讲话不是不能用稿，重要的场合不仅必须用稿，而且还要反复讨论三改其稿。但是，如果没有稿就不能讲话，这已不是说话的能力问题，而是讲者的为政资格问题，就如同一个学生不敢接受闭卷考试一样。

二是交流性的话不会说。常见一些讲话者，一念到底，一说到底，听者反应如何、会场效果如何全然不管，讲完了话，就算完成了任务。讲话是一种交流，在会场上讲话虽不能如朋友聊天那般一来一往，但总要看看听者的眼神专注不专注，会场气氛集中不集中。现在科学已发展到人机对话，人机交流，连电脑都能感知人的情绪，根据人的要求应变。而我们一些干部反倒成了落伍的机器，许多会开得不生动，讲话不引人，就是因为讲者缺乏这种随机应对的本事，而这本是一个常人最普通的本能。成语"对牛弹琴"，就是讽刺不看对象，不求效果。人家来开会，听你讲，总是带着问题来，想解决问题。对这些不管不顾，只能说明讲话人或是官僚主义应付差事；或是不具备分析问题的能力和应变的智慧。就像一个人去浇花，却哗啦啦地把水倒在花盆外面，还自鸣得意。如果考察干部，只看这一条，就能看出他的工作态度及是否具有工作智慧。

三是举例说明不会说，这说明他没有干多少实事。人总是在用思想指导行动，干部指导工作除了有思想，还要有典型，这叫有虚有实。但许多干部在讲话时却只虚不实，你让他举例说明，他做不到，即使做了，也例不证理，驴唇不对马嘴。他平时本来就少调查研究，心中没有典型，没有自己切身体验和真正自己悟出的道理，从来没有完成过一个理论——实践——理论的全过程。中央文件传到省，省到县，县到乡，等到向上汇报时，又乡到县，县到省，省到中央，嘴上说的还是文件上的话，走了一趟高架路，过了一回开桥。一个不会用自己亲历亲为的事例来说明问题的人，在思维上必然没有从感性到理性的转换功能，在工作上也绝对不会有什么新创造。

让他离开稿子就不会说，向他提个问题也不会说，请他举个例子就更不会了，他还会说什么话呢？就剩下官话、套话、虚话、假话，工作成了演戏，念台词、走过场。而他在家里与老婆孩子说话，或者提着东西去跑官送礼时，这三种话肯定都讲得很流利。

（原载《人民日报》2002 年 4 月 1 日）

好山好水更求好官

在南方某城出差，这里是有名的花城，太阳城。雨水充沛，真是插根扁担都成林。但是几条主要街道的两边就是没有树。水泥马路接着水泥楼房，噪声中灰蒙蒙、冷冰冰的。导游兴奋地说此地如何山好水好，风景迷人。我沉重地应曰："好山好水就是缺个好官，举手之劳，甚至动口之劳就可满城绿阴，可惜没有。"自然风光好，只能说明是上天所赐，城市风光却要靠当家人，靠这个市的官员组织市民去干。官者，管也，管什么？管百姓的生活，生活条件的创造，生活环境的管理。就是一个公务员，管理员。大者管好一省一市，小者管好一城一乡，民居乐，官心安。我还亲闻一事，西北某省，气候恶劣，常年干旱。人们盼雨望眼欲穿。一日突降小雨，省委书记推门而出，在省委大院里兴奋地大喊："下雨了！下雨了！"其忧民喜雨之情殷然跃然。为几滴雨而狂呼高喊，像一个当大官的形象吗？然唯此才足以见其真，百姓的冷暖他是真想、真管，真正是个管事的官。可惜，这个好官没有遇上好山好水，英雄无用武之地；也可惜把南方那样好的山水给了一个不干活的官。若以此省官易彼市而为长，他一定会拼命地栽树，让百姓出门走路，室内推窗都生活在绿阴中，不是树之荫，是官之荫。若以彼市长易此省而为官，他该想，当初那么好的条件，我为什么就没有去好好干呢？

（原载《京华时报》2002 年 4 月 15 日）

房高不要超过树高

偶读杂志，看到一篇文章，说的是我代表团到印度洋岛国塞舌尔访问，见当地有一规定：房高不得超过树高。我方人员奇之，问诸当地人，答曰：此岛本荒凉，经树木慢慢滋生方得以有生态改善，有雨水、有阴凉及各种植物，气候适宜，生态平衡，人们乐居其间。还说，因为他们是岛国，生存空间狭小，一旦生态变坏人便无处可逃，所以特别小心翼翼地求之于树，依赖于天。

读罢此文，掩卷良久。天是太大太远了，说实际点，这天就是树。人生活在地球上第一离不开的是水和氧，而这两者都得力于树，树可造氧这是人人皆知的。记得 20 年前我就看过一则报道，说一棵大树靠着它的根系和树冠，一昼夜可以调节 4 吨水，吸纳、蒸发循环不已。我们生活在地球上，就像睡觉盖着一层棉被，这棉被就是水和氧，而制造调节水和氧的就是绿树。一个人如果大冬天赤条条地被扔到室外会是什么样子？地球上没有了树，人的难堪大致如此。小时在村里听故事，说项羽力气大，能抓着头发将自身提离地面，孩童无知，很是惊奇而向往。后来学了物理才知道那是不可能的。我们也曾犯过这种傻，以为不必借助生态，人们想干什么就干什么，想要什么就有什么，想怎么活就怎么活。最典型的是 1958 年的大跃进，我们抓着头发，想把自己提离地面。现在才明白，这不可能。

这几年砍树之风是基本刹住了，西北地区也大搞退耕还林。但是在城里却拼命地盖高楼，楼房和树比赛着往高长，在人为因素下，树当然比不过楼。于是满城都是证明人的伟大的水泥纪念碑。30 多年前，在北京上学，四合院的墙头不时伸出一株枣树或柿子树，那时真是住在树阴下，走在绿荫里。城市当然要发展，也不能总是四合院。我们仔细观察过，一棵大树可长到六七层楼高，欧洲许多城市的房高也多是六七层。我们却非要高过树，挤走树才甘心。每次我登香山，远眺京城插着的一座座水泥楼，灰蒙蒙一大片，总让人联想到一片墓碑之林。在和树比高低的竞赛中，我们迟早要葬送自己。

（原载《人民日报》2002 年 4 月 16 日）

大干部要戒小私

　　干部是公家的人，是公务员，是为国家办事，不能有私。大贪大贿自有党纪国法管着，这里且说一说百姓眼中最无奈却又最鄙视的小私小弊。

　　公和私是两回事。人皆有私，正如人皆有爱，人皆有好，并不奇怪，但是私戏不能在公家舞台上演。就如任何人都可以在自己家的浴室一丝不挂地沐浴，可以在自己家与内人共枕，这些都不犯法，都合情合理，无可指责。但如果有人把此事演到大街上、舞台上，那将是怎样地难堪，发神经，怎样地不可理喻。这样的事当然不可能发生，因为内外有别，人人皆知。

　　但许多事，换一种形式，便泾渭难分。我们有一部分干部就在干这种有违常理的事。有一位领导对办公室主任说："请给我的司机分一套住房。"主任为难地说："有规定，要打分排队，张榜公布。"领导说："其他我不管，先给他分。"还有一位领导对下属单位说："为什么不先解决我老婆的职称？"下属面有难色，说评委不投票。他说："那我不管，你去办！"我曾目睹此一幕。某干部带团出国，各团员及送行人员早在机场恭候，他却姗姗来迟，且妻、儿、孙等前呼后拥。这位领导视众人如无物，一不问团员是否到齐，二不问手续办得怎样，三不向送行者嘱咐公事，而是与老婆卿卿我我、说不完的家事，又抱起孙子亲不够的脸蛋。时间一到，披衣出关。众人脸上僵僵地挂着笑，心里凉凉地叹着气，好容易才看完这出"十八相送"。他们就这样穿着一件"公字牌”的皇帝新衣，大裹其私，大摇大摆地在众目睽睽下登台走步、发指令、做演说，全然不知群众在怎么看，怎么说。这是最失“人格”、失“干部”、“领导”之格和“公务员”之格的。北宋名臣富弼出使辽国，一走就是数月。有人捎来家书，富曰：“徒乱人心。”不拆书信，直接放在灯上烧掉，全身心处理公务。一个封建官吏都懂得身在公位，执行公务，百分之百地勤政，不敢有一丝懈怠，更别说借权谋私了。而我们现在一些干公事的人却在公台上大唱私戏，私不当羞，私不觉耻。这样人格一丢，就一丑遮百俊，一丑压百能，就被人看扁了。就永无一点可用、可敬、可言之处了。任你率有多少下级民众，你都是在白眼中行走，在唾沫中度日，何功之有，何荣之有，何地可立。可惜，许多身居要位者在这一点上，常没有一点自知之明、知私之明。

（原载《京华时报》2002 年 4 月 24 日）

地震教我们怎样说话

"5·12"汶川大地震后，国内外只有一个呼声：抗震救灾。过去常不绝于耳的几种声音：如老百姓对政府的批评，西方媒体对我们的挑剔，社会上的谣言和猜测，统统没有了。大地这一发威，把舆论都震住了。

舆论是比军事的、经济的、物质的等一切硬实力还难对付的软实力。俗话说众口难调，各人有各人的看法；又百口莫辩，任你怎样解释，人家总是不信。但有一样东西可以对付，这就是事实。学会用事实说话，用重要的事实说话，用真诚的口吻说话。抗震救灾，检验了我们的经济实力、组织能力，也检验了我们的说话能力、把握舆论的能力。

大道无形，强不言兵，最好的说话方式是不必再说。过去群众对政府的工作有意见，如腐败、效率等。这次收到地震消息时，总理还在外地回京的路上，立即掉转车头直奔机场，就在飞机上发表抗灾动员。4个小时后，已落地在废墟中指挥救灾。当日就近调帐篷5000顶，10天后又在全国再增调90万顶。救援队水、陆、空并进，3天内，来自数千里外不同方向的，挂着北京、广州、青岛、沈阳等不同牌子的白色救护车，已按划定分工出现在灾区各县、各镇。这时百姓还有什么话说，无论是灾民，还是全体国民，只有一句话：政府效率高，政府想着百姓。什么是政治？国家、民族的全体大事就是政治，这几天救灾是最大的事，就是政治。儒家的思想"民为邦本"，孙中山说政治是管理众人之事，毛主席说"站在最大多数人一边"，不管是哪一个时代的政府，能给老百姓办事的政府就是好政府。这是人类长期积累的共同的政治文明。此时此刻，我们的政府就是最好的政府，最得人心的政府。全国人民高高举起的双手既是对灾区的支援也是在对政府的致敬。哪里还会有什么牢骚？

信息公开是现代政治文明的表现。最好的工作形式就是无形式，这次救灾工作及其报道，最大的特点就是透明。地震突发后，相关部门每天都召开新闻发布会，电视台 24 小时滚动报道，各媒体都有记者深入到灾区的每一个角落和后方的每一条生产线、运输线实时播报。一时，人们的脑子里只有两个概念，一是灾难，百年不遇的大难；二是救灾，一刻不停地救灾。事实的透明带来思想的统一。这场救灾检验出了我们的两个进步，一是政治进步，政府坦诚，没有什么可保密的，欢迎监督，每一笔资金、一项物资都可跟踪调查。二是科技进步，通信、电话、网络提供了全程、全方位的服务和监督。或捐赠救灾、寻找震后亲友；或监督举报都可。在一次记者招待会上，记者问及有救灾帐篷流向市面，怎么解释。民政部立即答，应查办。谣言止于信息公开。这样，小道消息还有什么市场？我们要感谢在地震前不到半个月出台的《中华人民共和国政府信息公开条例》。虽然这比美国 1976 年出台的《阳光下的政府法》晚了 30 多年，但我们还是追上了世界政治文明，百年不遇的大地震就遇上了这个刚刚出台 10 多天的法规，这也是天意。

过去西方媒体最喜欢做的文章就是中国的人权。我们常对他们说，最大的人权是生存权，也许他们没有什么体会。当温总理在废墟上大喊：第一是救人！当连续 3 天，全国都为死难者下半旗志哀时，全世界都看到了中国政府是怎样尊重生命。而近来在西方，无论是政府、国会还是媒体都一片声地称赞中国政府的救灾行动。谣言止于透明，偏见化于诚恳。当年朱镕基访问美国，示威者围着他下榻的宾馆闹人权，朱第二天讲话说，你们急什么，我们自己的事，我是总理，我比你们还急。

温家宝总理访问美国，耐心地解释，中国有自己的国情，什么事一乘13亿太多，一除13亿又不够。这都是诚恳的态度。这次抗震救灾我们向全世界再次显示了这种诚恳。就在一个月前，西方还有人借藏独说人权，地震后却出奇地平静。诚恳再加事实，总会理解，总能沟通。

毛泽东同志说，战争是洗涤剂。灾难也是洗涤剂，这次地震帮我们洗掉了许多旧方法、旧作风。让我们的工作特别是宣传工作大进了一步。我们不敢说以后有多好，但遇到困难时，听到批评时，我们就想一想这次地震。就像过去常说的想一想战争，想一想长征。

（原载《人民日报》2008 年 6 月 30 日）

我们顶住了一场破坏性考验

　　某种工业产品出厂前有一种严格的质量检测——破坏性试验。将一辆新汽车，开足马力撞向山崖，看看它还能有多少完好度。

　　这次"5·12"汶川大地震也是把共和国之车逼向悬崖，是一次破坏性大试验。试政府、试军队、试国力、试民心。在这之前，也曾有过一次试验，1976年唐山大地震。时在"文革"，百事可哀，但我们还是挟新中国成立近30年的国力，度过了一劫，并随之乘势变革，迎来一个新时期。现在进入新时期已30年，上天又落下了这重重的一锤。

　　迎对灾难，政府首当其冲。平时百姓安居乐业，不觉有政府在，甚至还小有怨言，骂几句政府。今大地一抖，民众突然在废墟的折光中发现了自己的政府。你看，救人、治疗、安置、防疫、重建，救生命于废墟，安民心于惊惧，纹丝不乱，瞬间河清海晏。原来，政府一直在暗中全面佑护着人民。

　　这猝然一震，桥塌了，路断了，党、政府和人民的联系却更坚强。

　　要知国家的承受力，先看军队的抵抗力。"5·12"大地一震，军队霎时化做一把利剑劈开钢筋水泥废墟，那些在黑暗中与死神厮守了数日的同胞，睁开眼看到的第一张面孔就是军人，怎能不从心里喊一声"亲人"。但是为将这一丝阳光带入黑暗，战士新发的军靴，3天就磨破了底。10多天不能洗澡、换衣，连续苦战，肩破了，手肿了，裆烂了，却没有一人吭气。震后诸事稍定，炊事班上街买肉，摊主坚决不收钱，战士苦苦解释，身后不知谁又往他衣袋塞了一颗热鸡蛋。没有办法，部队只好命令战士：救灾穿军衣，上街办事穿便衣。

地震本想毁我家园，没想到，家园后面有长城，军民关系一下子提升到新中国成立以来最好的时期。

弱国无外交，救灾实际上是和大自然办外交。上帝要看看我们到底有多少实力。地震刚过水患又起。同在四川，1786年康定大地震，房倒死430人，而堰塞湖决口，水淹死伤10多万人。上帝还不知道这现时中国早已不是200年前长辫子，短马褂的中国。我们一手按住地震，一手捂住湖水。卫星遥感，专家会诊，直升机轻轻一吊，就把几十台大型机械，1000多人送到了这亘古荒山之巅，迅即挖开一条导流渠。而下游，24小时之内平静地完成了20万人的大转移。

对一国之破坏，最狠的是连续打击，让你没有还手之力。但这倒逼得我们亮出了家底，连老百姓都悲中有喜，我们的库里原来还有这么多好东西。

民为邦本，汶川地震在向我们挑战民心。但是它没有想到，在电台播出消息的那一刻，全国13亿双眼睛就一起转向汶川，13亿双手立即托起一片爱的森林。上帝本想在我们的渡船上敲一个洞，但他甚至还没有来得及抽回锤柄，这13亿同舟之人，就一下扑上去，补住了漏洞。中央电视台的赈灾晚会几小时就捐款15亿，救人战役还未完，申请领养孤儿的电话就打爆了民政部门。这时在废墟堆上刚救出一个3岁的小男孩，左臂已经骨折，当解放军医生对他进行紧急处理后，他竟在担架上半仰起身子，说声"谢谢叔叔！"并用缠着纱布的右手敬了一个礼。"生子当如孙仲谋"，好一粒我中华民族的种子！而此时在离灾区最远省会城市哈尔滨，正举行一场"一个人的婚礼"。原来新郎是一个直升机驾驶员，就在婚礼的前一天突然接到命令到前线救灾。有情岂在朝朝暮暮，报国只争此时此刻。于是婚礼照常举行，不同的是，礼钱全部捐给灾区。我们这个民族的传统，向来是天下兴亡匹夫有责，大义弥天，精忠报国。

地震本想震碎我们一点什么，但它没有想到，就像原子反应，碎了一个外壳，倒释放出更大的能量。

凡人类历史上破坏力最大的一是战争，二是天灾。我们这个民族，经受过无数次的外族入侵，也经受过无数次的天灾，也曾有过长期的屈辱。但自从 1949 年之后，无论是战争还是天灾，就再没有能把我们征服过。

（原载《人民日报》2008 年 6 月 10 日）

假奶粉拷问真道德

食品卫生出了一件大事,有人将化学物质三聚氰胺掺入牛奶,只为提高检测指标,卖个好价,却危及到人命。成千上万吃了有毒奶粉的婴幼儿发病,并有死亡。全国为之震动。此事看似质检不严,实为道德崩溃。

民以食为天,人命关天。天都敢欺,命都敢害,还有什么不敢为之?我们说以德治国,如果这样的道德行世,则人将不人,国将不国,社会将不社会,更谈不上和谐、安定。作案人何来此胆?一是利令智昏,只要能满足一点私利,就敢昧良心,敢害人命。二是愚不知法,窃喜于小利之得,不知法网难逃,正所谓无知者无畏。总之,是人的思想出了问题,不是奶粉质量,是人的质量,人的道德质量,社会管理质量。而且这种事情屡有发生,已不是一次两次。

五月份"汶川大地震"让我们见证人性中真诚无私的一面,这9月份的奶粉事件,让我们看到了人性中自私虚伪的一面。鲁迅一生以极大的勇气和精力与民族的劣根性作斗争,看来,此事还远没有完结。奶粉掺假的背后是社会上假风盛行,久而久之,司空见惯,见怪不怪。

记得20世纪五六十年代,如果一个人说了一句假话,被人点破,羞得恨不能立即跳楼。如果发现别人有假,也必勇于揭露,愤而斥之。社会道德之失真,从"文革"始后愈演愈烈。到现在,社会上公然卖假证件、假发票,出假票据。你若要报销,售货员主动问你怎样开票,会计帮你合法入账。大家都在阳光下运作,脸不红,心不跳。谁还怕人说有假？谁还觉得是造假？所以朱镕基任总理时，一次为某会计学院题词，愤而题曰："不做假账。"可见做假账都已成了会计经常的业务。以图财害命，责之造假的奶农、药商，可也；而假风蔓延，则要拷问全社会的道德，拷问官员的管理教化示范之责。政治是什么，孙中山说是管理众人之事，我们说是管理国家大事，是为民办事。商场之假与官场之假深有其缘。治商须问政，正人先正己。

现在官场造假成风，虚伪成规。开会排座次，发言念稿子，写公文套框子，发表文章编句子，应付视察摆场子。就是内部开个会，正常接待上司，一发言，也要先说一句"尊敬的某某领导"，如旧时臣子喊"吾皇万岁"，天天演戏，乐此不疲。干部一提拔，先学会应酬，摆架子，装样子，哪有什么如履薄冰，先忧后乐之心；下级见上级，专拣好听的顺耳的话说，哪有什么逆耳忠言，实事求是。本来一个社会的安定是百姓老老实实做人，官员勤勤恳恳办事，现在官员只顾演戏，不做真人，怎么能教化百姓办真事？假不为错，伪不觉耻，官无个性，商无诚信，是社会安定和发展之大患。毒奶粉事发，冰山一角。

改革开放，让我们懂得了"商品经济不可逾越"，而商品交换必须有诚信，我们现在亟须补上这一课。改革开放还让我们懂得政治文明要讲民主。在这方面，中国封建社会长，遗毒甚多。专制和集权需要伪装、造假，而民主政治则要透明，要监督，要务实。我们也要补上这一课。无论是政治道德还是商业道德，都要从诚实做起。道德是法律的基础，德不行则法不立，法不立则国难治。而一个社会道德的教化普及，大莫过于先立制度，保障民主，有效监督。然后才能官员勤勉，政风朴实，上行下效，人人自律，自然河清海晏，夜不闭户，路不拾遗。

愿从假奶粉事件中反思治国大义。

（原载《北京日报》2008 年 10 月 20 日）

警惕学习的异化

　　近读《中国档案报》编辑出版的一本《解读尘封档案》，其中详细记录了"文革"中《毛主席语录》的编写过程，思考良多。1960 年 9 月，林彪接替彭德怀任国防部长，提出军队要掀起学毛著高潮，并说训练、生产都不能冲击学习。1961 年 4 月又提出"毛主席有许多警句，要把它背下来"，《解放军报》要登语录。于是军报开始在头版登语录。1965 年 8 月 1 日，64 开本《毛主席语录》发行，每个战士一本。地方上起而效仿，1964 年 5 月到 1965 年 8 月，军队为地方代印《语录》1200 余万册。1966 年 12 月 17 日，全国各报发表林彪署名的《〈毛主席语录〉再版前言》。到"文革"中，《语录》已正式由新华书店发行，全国绝大多数省市都按人口印刷，几乎人手一册。1971 年"9·13"事件发生，《语录》热戛然而止。

　　应该说，当年的《语录》热，对普及毛泽东思想作用很大。我们这一代人的政治常识也是那个时候垫的底。但万事不可太过，过则走向反面。学习本是一种自觉的探求，冷静的辨别，科学的实践。求不得轰轰烈烈，更不能搞成运动。既成运动，便来如潮涨，去如潮落，就躲不开涨潮时的盲目和退潮时的寂寞。寂寞之后当然应该有思考。

　　原来，任何事物，除内容之外还有形式。形式这种东西有自身的价值，便总想脱离内容，闹出点动静来展示自己的独立。如诗词，人们发明了格律，它是形式，但是诗词的一部分，于是就有人以为只要按格律填上字就是写诗作词。生活中许多人就这样求于形式，止于形式，因为这比内容要容易掌握。于是就本末倒置，就异化变味，生出许多有违初衷的事。如吃饭，当七碟八碗，桌上有鲜花，眼前有乐舞时，那早已不是为吃；如时装，当它变成了舞台上模特身上的奇装异服时，那也早已不是为穿了。而一个事物每当形式完全俘获了内容时，它也就走到了尽头，不会再有生命力。形式愈完备，愈烦琐，生命就愈僵化，愈近停止。八股文是这样，"文革"中手捧语录"早请示、晚汇报"也是这样。过去，我们不知经过了多少学习运动，现在不少地方也在这"学习化"，那"学习化"，口号喊得震天响，什么领导动员、讲演比赛、有奖问答、开卷考试、辅导验收，不一而足。公款买的学习用书，发了一筐又一筐。学习已经被异化为一种形象工程或应酬行为。

近日纪念改革开放30周年，重读邓小平视察南方时关于读书与学习的一段谈话。他说："学习马列要精，要管用的。长篇的东西是少数搞专业的人读的，群众怎么读？要求读大本子，那是形式主义，办不到……我们改革开放的成功，不是靠本本，而是靠实践，靠实事求是……我读的书不多，就是一条，相信毛主席的实事求是。"据家人回忆，小平确实没有读完《资本论》，但《列宁全集》是仔细读完了的，那是他在江西落难的时候，在那个被软禁的小院里，小楼上的灯光彻夜不熄，他在结合读书思考执政党如何治国的问题。据身边的人讲，小平在视察工作时总是多问少说，静静地听；在读书时，不勾画，不批注，静静地想。他是最不爱虚张声势，弄出点什么动静的人。在南方谈话中他还说："你们查一查，我们三中全会以来所做的决定，哪一条是从马列主义的书上抄下来的？没有。但是你再查一查，我们哪一条是违反马列主义、毛泽东思想的？没有。"

当年林彪硬把学习毛主席著作这件好事异化成狂热的个人崇拜，而他自己乘机篡权。而邓小平却因坚持实事求是遭毛主席一批再批，到主席去世前一年还在"批邓反击右倾翻案风"。但主席去世后，邓却力主搞一个《关于建国以来若干重大历史问题的决议》，并指出决议的关键是要肯定毛泽东思想和毛主席的历史地位，如果这一点做不到宁可不搞。诚如他说的"我就是相信毛主席的实事求是"。这是真读书，真学马列毛泽东思想。有小平倡导的这种学习精神，我们才有今天的好局面。

（原载《新湘评论》2009 年第 4 期，《新华文摘》2009 年第 5 期）

碑不自立　名由人传

——碑之辨

报载某县领导每率领群众完成一件工程，即立碑以记，并亲拟碑文，余长我短，明记公事，暗留私名。一时群言纷纷，石碑虽起，口碑却降。由是想到碑的本意，诚略为一辨。

碑者从石从卑，取坚用谦。本意是以坚石刻要事，以期久远，所以立碑之时总是思之又思，酌之再酌，心也惴惴，手也颤颤，不知后人作何评点。何敢草率，何敢张扬。就是在盛行立碑的封建时代，当事人也要庭议公论，焚香沐浴，毕恭毕敬。当年新中国成立，中国人民政治协商会议为纪念近百年来无数为国捐躯的英烈，特决定于天安门广场立人民英雄纪念碑一座，并议请周恩来总理亲题碑文。周受命之后，诚惶诚恐，闭门三日，重练书法，抄写数遍，才完成现在碑上的这通文字，但他却坚辞不敢题名落款。至今，国人多不知此详。呜呼，昔以一开国总理在先烈面前如此自谦，今一县之长在父老面前这样张狂，同为碑石该作何感？

碑者背也。一背，指书之事已背我们而去，属事后之论。碑，最早是古人在下棺之时立于墓坑两侧的系绳引棺之石。后来就顺便将死者的事迹刻于其上，到汉以后才逐渐演变为专门的记事之碑。可见其本意是盖棺论定，后而书之。二背，指所言为他人，他事，是背对背，不是面对面，更不是自说自。现在某些地方官却忙于为自己树形象，工程甫定，碑身即起，水泥未干，墨色已干，行匆匆，急慌慌，如赶早集。争立石碑之外，又有争出书者，争登报者，争出镜者。唐代书法家颜真卿有"争座位帖"，这些人更争几行之多，几秒之长，为己树碑不厌其烦。唐时白居易知杭州，为民修堤，后人感其功，立碑曰白堤；宋时苏东坡又知杭州，再修一堤，后人又念其功，立碑曰苏堤。假如当年白居易、苏东坡都自磨一石曰白曰苏立之湖畔，也许早已被埋于污泥。当年大寨大修农田而名扬全国，老英雄贾进才一生打石，垒坝无数，满手老茧如铁锈石斑。别人说，老贾，大寨该给你立一座碑，老人说："要碑做啥？这满沟的石坝不就是碑？"试想，如果老贾也像我们这位县长一样心贪，往每块坝石上刻一个贾字，那参观者该恶心成什么样？当然，事实不是这样，所以如今大寨展览馆里这位老英雄的形象依旧灿烂。

历史老人很怪，有自鸣得意者，他就捂住他的嘴；有桃李不言者，他就扬他的德。从来碑不自立，名由人传。我们现在提倡科学发展观，要有正确的政绩观，奉劝有立碑嗜好者戒。

（原载《人民日报》2004年4月9日）

用其力还是用其心

康熙时黄河泛滥，经年不治，工程上马后又众说纷纭，意见不一。治河老臣靳辅在黄河上滚了十几年，因与皇上看法不一被贬。后事实证明他的意见正确，又召他回来。他上书说："我已 70 岁，心有余而力不足了，还是请皇上另选他人吧。"康熙说："我知道你老了，我是用你的心，不用你的力。"黄河于是得治。类似的故事还有一个。1949 年，新中国刚成立，我们没有海军。1.8 万公里海岸线，无一船一舰。毛泽东召长征老将、12 兵团兼湖南军区司令员萧劲光，要他任海军司令，组建海军。萧急了，说："我是个旱鸭子，哪懂海军。这辈子总共坐过五六次船，每次都晕得不敢动，怎么当海军司令？"主席说："就看上你这个旱鸭子。"结果在他主持下，创建了一支强大的海军。毛主席很满意，说："有萧劲光在，海军司令不易人。"他成了世界上任职最长的海军司令。

这让我们思考一个问题，用人是用其力，还是用其心？其力，当然要考虑，但前提是他的心。即他的思想、品德、意志。思想是管方向的，做什么，怎样做。品德是操守，要能把握住自己，处理好公与私、个人与事业的关系。意志是坚持力、毅力、攻坚能力。人才学研究表明，人与人之间的能力相差不多，成功与否常在意志方面。靳辅以 70 岁暮年之身，萧劲光以外行之人，结果都不负重托，卓有建树，是心在起作用。

古人有阅人之术，就是观察人。曾国藩就自信通此道。有时一个人的好坏，并不要多么复杂的考察。可管中窥豹，一叶知秋。很奇怪，近年来落马的一些干部，群众早有议论，其恶行丑闻，就是做邻居也要退避三舍的，却照升、照用。最近公布处理的一位副地市级干部，做县委书记时写了一本他与本县名人的书，好借机出名。封面上他挺胸叉腰，雄视河山。十几个"名人"如指甲盖大的头像，环衬在他的身后。他到中央党校学习，用"换头术"假造了一张中央领导给他发毕业证的照片，到处吹嘘。又有中央领导来当地视察，他本不在现场，又如法炮制一张与领导人的合影。其父母过生日，用公款大摆宴席，请剧团唱戏。他最后翻船是因为查出贪污数百万。但如果没有这些经济问题呢？这种瞒天过海、欺世盗名的做派，就是拿一般的阅人术，一看也知是个坏人，倒退一百多年，曾国藩也不敢用他。这种人格在封建社会、资本主义社会，在国外也是嗤之以鼻的。但在出事前，此人还又提了一级。

用其心，用什么？用其公心，忧国忧民，不以权谋私；用其诚心，不弄虚作假、招摇撞骗；用其忠心，负责敬业、恪尽职守。这用不着多么复杂的考察，稍一了解，或谈一次话，就能阅其大概。正如一张粗劣的假币，一看就知，用不着再上什么验钞机。人格的高下，是放之四海，求之古今都一样的。君子、小人，忠臣、奸相，清官、污吏，早有定格。我们现在只要回到最低门槛，把住其心就行，也就是老百姓说的良心。有了这个良心，力不足，可以勤补拙，以诚撼天。没有这个良心，力有余，则正好以权谋私，以能售奸。用人还是用心为上。

（原载《人民日报》2008 年 10 月 10 日）

"要"字牌言论

十多年前，我写过一篇"哇"字版通讯，是批评通讯写作的华而不实。这几年看稿多了，又发现一种"要"字牌言论。这种言论，几乎是把文件拆分成段，要这，要那，要读者去照办执行。结构也简单，一"要"到底，有时一篇能数出十多个"要"字。"哇"字版通讯，透出一种"嗲"气、"浮"气，有做作之态；"要"字牌则不用装模作样，是直截了当的横气、霸气，一股强迫命令之气。

报纸和读者的关系是一种自愿结合的我登你看、我说你听的组合。并表现为一种自愿的市场供求，读者自由地购买或订阅报纸。这中间没有任何的上下隶属、行政约束。一个报纸好看不好看，有没有读者，全靠两样东西：一、有没有事实信息，这主要靠消息、通讯来传递；二、有没有思想内容，这主要靠言论表达。思想这个东西很怪，至少有两个特点：一是吃软不吃硬。一个人接受外来的思想时它只表现为理解、接受，而不是盲从。用"要"的方式来命令只会激起逆反和厌弃。就像男女结婚只能通过自由恋爱而不能逼婚。报纸的力量是一种"软实力"不是行政硬实力。它应具有一种让人心悦诚服、自愿接受服从的思想魅力。二是必须有个性，用个性去表现共性。世界上的基本道理无论是政治、哲学、科学还是马克思主义原理，最基本的就那么几条，但是为什么又还有那么多的人天天在讲，那么多的书、报刊在阐述？原来这讲解、阐述的过程是在思考，而不是在重复，是加进了个性的创造。比如我们宣传中央的一个政策，自然就加进了当地的实例、群众的实践、干部的体会、作者的理解，还包括不同于文件原文的新的语言表达等。这些个性创造一方面进一步强化、升华了共性原理；另一方面因个性特点让读者对原理感知得更具体，更易接受。如果去掉个性的东西，只把文件拆成几段，多加了几个"要"字，说好听一点是传声筒，不好听是抄袭，因为这里并没有作者的新创造。就像搬来一堆砖头，硬说自己盖了一所房子；送人一斤面粉，就说我是送你一块面包。写作常被称为"创作"，关键就在一个"创"字。创者，突破、新生也。你比原来的文件到底新了一点什么？是新例证、新理解，还是新表达？为了强调言论写作的个性，我们可否用一个笨办法，提出这样一个最低的"四有"标准：每篇文章里有一个属于自己悟到的新观点（从中可看出你对原理的理解）；有一个自己精心挑选的例子（这证明你已能理论结合实际）；有一个贴近的比喻（这考验你是否吃透了原理，能深入浅出）；有与文件不同的语言。这个办法是比较笨，要求也比较低，但只要上这个线，你就可摆脱"要"字这根带子的捆绑。

道理虽这样讲，可为什么报刊上"要"字版言论还是这么多呢？细分一下，这种言论的作者有两类人，一是编辑记者，原因只有一个"懒"字，应付了事，或许他在写稿时心里就在说，反正也没多少人看。自己对这文章便没有兴趣。二是一些官员，坏在一个"权"字。平时"硬实力"用惯了，行政思维，言出成令，现在把千百万读者也当成了他发号施令的对象。不管是源于"懒"还是源于"权"，都是既不尊重读者，也不尊重自己的劳动，这言论当然也就成了一件摆设。试想一个作家、画家或音乐家，敢这样随意去写文、作画、作曲吗？真这样去作，能被人接受而流传开吗？个性是一切作品的生命。有一个误解，以为理论没有个性，其实理论和艺术同样需要个性，而且除形式外，比艺术更多一份思想的个性。

（原载《人民日报》2006 年 9 月 10 日）

一把跪着接过的钥匙

报载北京市盖好第一批专供低收入家庭使用的廉价住房，业主代表感激万分，在接钥匙时向领导下跪。报纸以赞赏的口吻报道此事，大标题是《北京首个限价房项目瑞旗家园交用，市委书记、市长发钥匙，入住廉租房业主跪谢》，并配有下跪的大幅图片。这条消息刊发在 7 月 1 日，党的 88 岁生日当天，显然是一项计划好的"送温暖"活动。消息一见报即议论纷纷。

自从 1944 年毛泽东同志发表《为人民服务》以来，全心全意地为人民服务，已经是中国共产党人上下一致的信念。老一代革命家和无数普通的前辈党员、干部都为我们作出了榜样。干部为人民办事是应该的，很自然、平常，没有什么可自诩、自豪、自矜、自炫的。功高如邓小平，他仍说："我是中国人民的儿子。"共产党立党为公，绝无一点私利，也绝不要什么回报，包括什么报恩、答谢。今天，我们只不过用纳税人的钱为老百姓盖了几间房，就心安理得地接受人民的跪谢，这成何体统？报上登的是一把跪着接过的新房钥匙，而这恰是我们解开执政理念的一把思想钥匙。

下跪人与受跪人之间是什么关系？是下对上、晚辈对长辈、奴才对主人、受施者对恩人。所以有子女跪父母、学生跪老师、仆人跪主人，而从没有反过来跪的。即使这样也是封建遗风，民主社会任怎样地感激、崇敬，有话尽管说，也是不必下跪的。21 世纪的今天，忽然冒出一幕小民下跪的镜头，并登之于报，能不让人大呼怪哉？这镜头里透出的显然是民在下，官在上；民为子女，官为父母；民为受恩者，官为施恩者。这一跪就是人格问题、道德问题、政治问题。跪者不自爱，受者不警觉，时代大倒退。自辛亥革命推翻封建体制已98年，马上就要一个世纪，封建残余还如此顽固，正应了孙中山那句话："革命尚未成功，同志仍需努力"。问题是我们从建党那一刻起，不，从建党前"五四"时期的思想准备阶段算起，就高举民主、平等的大旗，以后为此又不知付出了多少牺牲。现在掌权既久，怎么倒淡忘了初衷？我们不是常说自己是公仆，是人民的儿子吗？假如父母向你下跪，那是什么滋味？

突发之事最见真感情、真水平。大典上的这件事，是考验我们执政理念的试金石。虽然报上说领导赶快去扶下跪的群众，但我怀疑其内心仍有一种以恩人自居，受人一跪的窃喜。要不，为什么不当场严厉批评，坚决制止，并不许登报呢？当年彭德怀保卫延安，转战陕北，屡建奇功，一次开庆功大会，彭一进会场，看到主席台上挂着他的头像，便勃然大怒，说："还不快把那张像给我撕下来？"这是真谦虚，动真情。如果这件事能像当年彭总那样处理，坚决制止，并仔细讲清道理，岂不传为美谈？如果报纸报道出来，是多么生动的一场立党为公，执政为民的现场教育课？说不定还是一条得奖的好新闻。

我还想如果毛泽东在世碰到这件事，他一定又要写一篇新版的《为人民服务》。大意是：我们共产党的干部是彻底为人民利益工作的。我们为了一个伟大的目标，已经走了88年，走过了新中国成立，走过了改革开放。我们为人民办了许多好事，但是还不够，还要办得更多一些。因为胜利人民会感谢我们，但我们千万不可骄傲。今天，我们只不过人民盖了几间房子，发了一把钥匙，就弄得百姓来向我们下跪，这值得我们深思。这说明我们还没有真正弄懂党和人民的关系。只有这个问题解决好了，我们的事业才有希望。

（原载人民网2009年7月7日，《遵义》2009年第8期）

没有被荣誉宠坏的人

　　申纪兰恐怕是还健在并活跃于政坛的新中国最老资格的农业劳动模范了。她是新中国成立前在根据地就和李顺达一起带领农民搞互助生产而出名的，是比陈永贵还早一届的明星级劳模。她又是至今唯一从第一届连任至第十一届的全国人大代表。她不愧为共和国成长的历史见证人。

　　我和申纪兰同志相识已几十年，在十一届人民代表大会上我们又有缘编在一个团，不由忆起了她的几件小事。

　　1974年，我从内蒙古调回山西省委工作。妻子调山西省妇联机关。申纪兰同志以其声望时任省妇联主任，但大部分时间仍在基层，并不驻机关办公。当时"文革"还未结束，各方面很不正规。我们由外地调来，第一件头痛的事就是没有住房，孩子又小，四处奔波、借住，十分狼狈。老申知道了这件事，找到妻子说："小宋，我这个主任关心干部不够，让你们为难。不要费劲了，你们小两口和孩子就住在我的办公室吧。反正那房子长年空着，也是浪费。"说着拿出了钥匙。我们再困难、再不懂规矩，也不敢接这把钥匙呀。但心里一直热乎乎的，多年以后还常常记起。

　　还有一件事。当年申纪兰参加各种会议活动较多，机关常要代她填表，其时她从省到县已兼有多个职务，有各种头衔，但她每次都要叮嘱工作人员："前面那些填不填都行，村支部书记这个职务一定不要落下。"她是一个不忘本的人，常说，劳动模范离开了劳动还算什么模范。

　　虽相识多年，我却一直无缘到她的西沟村一看，直到去年春天终于有了一次机会。西沟，真是深山大沟，前沟后沟沟套沟。老申已是78岁的人了，领着我翻梁下沟如履平地。她先领我看西沟发展史的源头，解放前李顺达逃荒来这里住的沟底破窑，又看一条条治好的沟。现在满山都是郁郁葱葱的树林，村里依山而建的层层窑洞，比城里鳞次栉比的水泥楼房更赏心悦目。我奇怪这大山里的交通之便，不管哪条沟，车子都可进可出。原来这里也有老申的功劳。过去山区多年通不了路，老乡头年买个猪娃抱着上山，第二年长成大肥猪，却抬不下山。山货运不出，看病难，上学难。作为人民代表，申纪兰对这种关乎民生的现状很是揪心，2001年她在全国人代会上正式提案，请政府关注山区交通建设。时任交通部长的张春贤同志立即率人到太行山区调查部署修路。政府亦相应拨款。现在山区已村村通公路、通班车。这通车之便还带来另一情况，常有外省市的村民慕名到西沟来，向人民代表申纪兰反映本地的民情和积案，老申都认真听取。就在刚才她陪我走下一层层窑洞的台阶时，还有一个从东北远道来的中年妇女拦住她说话。

从西沟回来，我一直在想一个问题。什么是人民代表，就是要代表人民说话；而要能代表人民说话，先得自己不脱离人民，永葆一个普通劳动者的本色。以申纪兰的资历，从一届代表当到十一届代表，已是全国名人，多年的名人。就是任何一个文体明星也未有她这样在媒体上占据的时间长。上到中央下到省市，她不知曾结识过多少领导，多少大人物。她也有机会高就他职。但她从没有什么非分之想，从没有借机为自己办一件私事。两个孩子也是靠自己的能力做平民百姓。爱因斯坦说居里夫人是欧洲唯一一个没有被荣誉宠坏的名人。申纪兰顶着名人的光环已半个多世纪，却没有一点名人的架子。她确实以代表的身份为人民办了不少事，有的还是很不一般的大事，但她从来不说，也不让媒体宣传。这正是她最让人敬重的地方。

（原载人民网 2008 年 3 月 2 日）

说说干部的才艺展示

现在干部的文化基础水涨船高，大学本科已是起码的门槛，硕研、博研比比皆是。不像解放初的工农干部，胖手胼足，只会闷头工作。于是除工作之外便有了"才艺展示"。

胡长清人人皆知，是新时期第一个因贪污而处死刑的省部级高官。他的才艺是书法。据说他在监狱里还对牢头说："你善待我，我出去后给你写幅字。"可惜笔未落纸，头已落地。还有一位地方官，治民无方，治地发生群体事件，他处理不下，化装逃出。但却会弹钢琴，他常会客的宾馆里放着一架专用琴，每当酒酣之时部下就会巧妙地暗示：我们领导还会弹琴呢。客人就赶快知趣地说：真的吗？愿闻其妙。他就半推半就，走上琴台，展示一番才艺。

多才多艺没有错，关键是分清主次，才当其用。大凡一个稍有文化、中等智力的人，身上总会有数种甚至数十种以上的才，这不足为奇。据说人身上的 23 对染色体，只有一对管起码的体力智力，其余 22 对管不同的才，人人有才，人皆多才。君不见随便一个民间二人转演员，从要手绢到吹唢呐，都能在台上玩他一个眼花缭乱。但他真要成名却不容易，一是要有一个专门的才；二是这才还得是别人没有的绝才。这就难了，这里有个角色分工问题，也有人生态度问题。如果唱旦角的不攻旦功，而旁骛丑功，则"旦不成而丑不就"，为老实人、聪明人所不为。政治舞台与演艺舞台其理同一。

干部的主要角色是什么？是理政。孙中山说政治是管理众人之事，毛泽东说是为人民服务。首先你要有行政能力。心忧天下，心系百姓，把握大势，拆难解困，猝然临之而不惊，捧之宠之而不喜。老老实实把该管的事管好，勤勤恳恳为百姓谋一点福，如果还能有一点创造，比如有一点新政，那就更好。正如朱镕基答记者问所说，希望是个清官，干一点实事。我们常爱在官员前加"父母"二字，称父母官，暂不说其是否准确，但这却有强调责任的一面。父母者，首先解决子女的衣食等事。如果一家父母每天拿不回粮米，进门就只会给孩子唱歌，子女也实在乐不起来，要这等父母何用？其实无论是百姓还是上级，直到中央，对干部并没有什么过多要求。干部考核表上也没有"才艺展示"这一项。但是为什么有些干部喜欢频频展示其才艺呢？原来花拳绣腿比真功夫既好看又省力。

才艺对政治家有没有用？有用，但那是锦上添花。有一点，更见其彩，没有也不影响为官做人。毛泽东诗词写得好，中国人为有这样的领袖自豪；邓小平不写诗，仍不失为伟人，人们照样尊敬他。政坛上的人物的才气可分为四种：一是有政治之才又兼有艺术之才；二是只有政治之才；三是只有艺术之才，投错了胎，误入政途，如宋徽宗、李后主；四是既无政治之才又无艺术之才，阴差阳错，戴上了官帽。不管哪一类，既入政坛，就要一心务政。共产党的第一代领袖无不多才，周恩来年轻时就演话剧，张闻天写小说，海军司令萧劲光还拉得一手好二胡，但从没有听说他们"露一手"。官者管也，管好老百姓的事，同时也管好自己。有才艺可以，但不必频频展示，不要本末倒置，否则适得其反。宋徽宗好字画，李后主好诗词，明朝还有一个木匠皇帝熹宗朱由校，这些业余才艺反倒促使他们更快的人亡政息。共产党员早期重要干部顾顺章会两下魔术，执行秘密任务途中，过汉口码头禁不住上台露了一手，结果暴露身份，被捕叛变。凡热心于小技小艺者，其心必浮，难有大成，亦难托大任。足为之戒。

（原载《当代贵州》2010 年第 1 期）

官员答记者问的14个"不要"

因为长期从事新闻工作，经常采访官员和参加各种官员举办的记者招待会，总觉得我们官员答记者问的水平还待大大提高。这首先是一个认识问题、态度问题，然后才是技巧问题。答记者问是现代政治的一种运作手段，是政治文明的一部分，是主动提供信息、沟通意愿、争取民心、获得支持和改进工作的重要途径。切不可有应付、对抗的心理。以低标准来要求，起码需做到14个"不要"。

1. 不要作报告。答记者问是有问才答，不问不答。虽有时也可借题发挥，但不可太多。常见的毛病是不管人家问什么，只管念自己事先准备好的稿子，作了一个小报告。甚至是故意占住时间，怕人多问。

2. 不要抖家底。一些地方官，不管回答什么，总要不厌其烦地将自己所辖地的土地、人口、物产、产值，甚至山川、历史、气候，全都抖落一遍。这些并不能见报，也无人关心。

3. 不要居高临下。答记者问就是答客问。对客人要尊重、客气。和气生财，谦虚生威。

4. 不要环顾左右而言他。这样不礼貌，人家觉得你心不诚。相反，答问时你最好始终看着对方的眼睛，人和人的交流主要靠语言，而无言的交流主要靠眼睛。语言加眼睛，诚恳而生动。

5. 不要以不变应万变。不要用外交辞令，这样给人"滑"的感觉，自以为得计，其实有损形象，吃大亏。

6. 不要有对抗心理。所提问题有时可能尖锐，但不必介意，不要立即摆出一副防范、抵抗状，这样问答将无法进行。

7. 不要念稿子。凡问答都是即时的，试想，你与亲人、朋友谈话，或者你年轻时谈恋爱是否也先有一份稿子？有稿，就有其心不诚，其人无能之嫌。

8. 不要上专业课。答记者问就是通过媒体普及你的思想，你的观点。你讲得又专又深就等于白说。钱学森要求大学毕业生交两篇论文，一篇专业论文，一篇科普文章。真懂是能深入浅出。官员也要有两种本事，一是起草文件、写工作报告；二是动员群众，包括回答记者问题。

9. 不要假装幽默。幽默是宽余的表现。是达到目标的同时还有一点花絮，如篮球的空中扣篮，足球的倒勾射门。没有真本事，不要幽默。许多官员以为答问时，幽默就能得分，结果，身子能倒勾，球却进不去，弄巧成拙。

10. 不要借机捧上级。大型记者招待会，有时是各级官员出场，由最高官员主持。常有低级官员借答记者问，捧上级，让人肉麻。虽面向记者，却心系领导。这是封建政治、奴性人格的表现。无论民主政治还是现代传媒都无此内容。

11. 讲话的前奏不要太长。答问，是借问作答浑然一体，如太极拳之借力发力，四两拨千斤，一开口即要接上记者的问话，不要自加前奏，自泄其气，反招人烦。

12. 讲话不要超过 5 分钟。长则有水分，长则惹人嫌。

13. 不要讲空话、套话。你要明白这些话统统不会见报，所有的记者都是挑最有个性的材料和语言来写稿。

14. 不要向记者发脾气，更不可动粗，弄不好身败名裂。就算已看出是对方设的圈套，也要机智地、有风度地绕过去。

这 14 个"不要"都是我在记者招待会上屡屡看到，现仍在发生着的。特整理奉上，以资官资政。

（原载《人民日报》2010 年 3 月 24 日）

实事求是为什么这样难

——兼论"实事求是"的阻力与动力

实事求是为什么这样难

改革开放已 30 年，马上又是新中国成立 60 周年。这 60 年来，不，可以说从 1921 年建党以来，我们说得最多的一个词就是实事求是。人们感叹，实事求是为什么这么难？

实事求是，说易也易，说难也难。

说它容易，是因为客观事物摆在那里，你只要不是有意歪曲它，照实去说、去做、去办事，应该不难。

说它难，有两个方面的原因。一方面是来自客观方面的。"求是"是探求客观规律，而规律常为现象所掩盖。人们要经过长期的实践、摸索、失败、总结，才能得出那么一点真知。这在自然科学最为明显。比如我们最熟悉不过的阳光、空气、水。直到 1665 年，牛顿才发现光是七色的，解释了彩虹现象。直到 1777 年，才由法国科学家拉瓦锡发现空气中的氧气，可以助燃，可以活命，氧和氢可以组成水。而这之前 100 多年人们认为燃烧是因为有"燃素"，与空气无关。这是一个多么漫长的过程，你得慢慢地摸索。每一项科研成果地取得，无不如此。

另一方面是来自主观的，人为因素。人无论是进行科学实验还是生产斗争、阶级斗争等社会活动，都要相互合作。这时候我们发现与人合作原来比与一块石头，一根木棍的合作要难得多。因为每一个人都有思想，都有一个"主观"的自我。你要说服他实在太难。于是就争论，就吵架。党外有党，党内有派，党内无派，千奇百怪。我们自建党、新中国成立以来就没有停止过争论。不光是我们，古今中外都这样。争吵，在家里最多是夫妻吵架摔盆打碗，在一个党，一个国家，就是路线、方针之争，一错就是几十年，船大难掉头，改正又是几十年，你说难不难。在红军时期，井冈山根据地要听上海王明党中央的，上海要听莫斯科共产国际的，共产国际派了一个德国人李德，十万红军都要听他瞎指挥。根据地丢失，死伤无数。彭德怀气得大骂："崽卖爷田不心痛。"用这么惨重的教训，才换来一个遵义会议，一条正确路线。但这并不能保证以后不犯错，果然后来我们又连连失误。于是，我们不得不在事后一次又一次地总结教训，一次又一次地重提实事求是。相对来讲，来自客观方面的影响比来自主观方面的影响要少一些，这也就是为什么，自然科学研究比革命、建设、治国、处世更易接近实事求是。

可见，要真正做到实事求是并不容易。其实"难"是正常的，不难反倒不正常了。就像我们读书难、科研难、打仗难、建设难，世上的事，总是逆水行舟，不顺利的多，顺利的少，不如意者常八九。正因为这样，我们才能享受发现与进步的乐趣。也正因为这样，我们才发现实事求是，是一个如此复杂、丰富的永恒的思维话题，是一个不可阻挡的认识规律。恩格斯把认识世界的学问叫自然科学、社会科学和哲学。实事求是是世界观、方法论，属于哲学，管着自然、社会，当然也管着我们"人"。虽然我们也曾天真地像楚霸王那样，想抓住头发把自己提起来，但是当我们走过了30年、60年的时候，回头一看，还是无法离开实事求是，像孙悟空跳不出如来佛的手心。我们知道了，不可能绕开它，只有认真地去研究它，实践它。

实事求是的十种阻力

"实事求是"是一个探求客观规律的实践过程，必然会遇到阻力。大概有十个方面：知识、经验、习惯、书本、实践、自满、情感、权威、利益和行政。这十个可以分成两组，前五个是来自外部的影响，后五个是人为的影响。可以说是五分天灾，五分人祸。

1. 知识阻力——无知无畏更可怕

不能实事求是的原因之一是无知，是对某一特定事物缺乏相关的知识。这种人办起事来牛头不对马嘴，离题太远，又浅又浮。有时却表现得很执着，根本不可能的事他孜孜以求，蠢得可爱，倔得可气。情况不明胆子大，盲人瞎马跑得急。他连事情的最基本情况都不管不顾，哪能谈得上去求什么内在规律。

知识是人们对客观事物的认识和经验的总和。人类认识世界是一代又一代接力完成的，后人总是在接过前人的知识后，再根据新的实践（实事）探求更新的规律（求是），好比上了二层楼再上第三层。如果没有已往的知识做基础，就像空中硬要起楼阁，无苗硬要收庄稼。许多时候的不实事求是，都是无知造成的。科学史上曾有一个著名的"永动机派"，他们想发明一种机器，可以不增加新能源就永远不停地转下去。从 16 世纪到 20 世纪，这一派人真是前赴后继，绵延不绝。虽然没有一例成功，但还是一茬又一茬，顽固地坚持下去。最近的一个例子，是国民党败将黄维，他在监狱里服刑改造，还提出要造永动机，毛泽东说给他材料、钱，让他试，结果当然造不出来。因为这违背了一条物理学的基本原理：能量守恒。这条规律是 1847 年 29 岁的英国科学家焦耳发现的。能量可以互相转换，但不能凭空产生，只要机器转，就得不断补充能源。不可能有什么一次能源的"永动"。秦始皇曾派徐福到海岛上去求长生不老药，这种蠢事以后又有不少帝王干过，只因两个字：

"无知"。他们不知道关于生命的基本知识。我当记者时采访过这样一件事。"文化大革命"后期,大寨、昔阳被树为全国农业先进典型,一当典型就神化了。当时省水利厅帮县里修一条大坝,地质部门认真钻探后选定坝址,县委某领导人来到现场一看,说不好,搬起一块石头,离开坝址几十步,往地上一放说:"就从这里起线!"技术人员哭笑不得。他没有水利和地质的基本常识,怎么能实事求是参与决策呢?

无知是实事求是的第一道屏障。一个人没有对这个事物的基本了解就没有发言的资格,更不用说能得出符合实际的结论。这就如缘木不能求鱼,男人不能生孩子一样天经地义。无知是空白,是断层,是真空,是横在我们前进途中的沟壑,必须得先有知识之桥搭接对岸,才能有下一步的探求。但遗憾的是我们常会碰到一些无知的人硬是在按自己的理解去办事,去碰壁,使一些与之合作的人也常感到"秀才见了兵,有理说不清"。事情就这样被耽搁下来,求不出个结果。

2. 经验阻力——经验的一半是失误

凡有一定年龄,一点经历的人,处事都有了自己的经验。这经验有时对探索新事新理有帮助,有时却是一种阻力。因为它是主观的先验的东西,而客观事物却千变万化,层出不穷。循规蹈矩,驾轻就熟是人的天性,但过分相信自己的经验,就会主客观不符,无法实事求是。中国古代有许多智慧的寓言故事,守株待兔就是指这种人。

在漫长的科学史上,许多著名科学家都有大胆创新、谨慎实验的著名范例。但是也常有栽倒在自己经验面前的范例。1781 年英国人发现天王星,不久发现它的轨道有些反常,人们怀疑在它之外还有一个未知星球在起作用。果然经过计算、观察,1846 年 9 月发现了海王星。海王星也不安分,照前面的经验来推论,还会有一颗未知星,果然后来又发现了冥王星。应该说再二、再三,这个经验是有效的。1854 年,人们发现水星的轨道也有点反常,就又设想,水星附近还会另有一颗未发现的新星。但这一次经验误导了科学家。人们连续找了61年，不见任何结果。直到1915年爱因斯坦广义相对论问世才有了新的科学解释。有一年在美国召开的全球石油大会的主题是：我们曾在老地方用新方法发现过石油，也曾在新地方用老方法发现过石油，但从没有在老地方用老方法发现过石油。就是说一定要跳出经验。

经验可以帮助实事求是，但只靠经验不一定能做到实事求是。真正的发现规律，只有靠新的实践。在战争时期、土改时期，我们有许多经验都曾发挥过巨大作用，但对经济建设就不适用了。1958年的失败，是群众运动经验对经济规律的失败。"文化大革命"是阶级斗争、继续革命经验的失败、是革命党经验对执政党实践的失败。

事实上我们犯的许多错误都与沿用过去的经验有关。对于过分相信自己经验的人，需要大喝一声，经验的一半是失误。因为这里面只含有被过去的实践所证实的部分，还有一半等待将来的实践来检验。经验可以是通向实事求是的大门，但这门上有一道高门槛，要跳一下才能过去。一个有经验的人和一个无经验的人同时面对一件事，前者可能会自恃经验不再调研，结果失败。后者倒可能因无经验参考而十分小心，尽力操办，反而办成了。事物总是有两个方面，随时可能向另一方面转化。有经验本来是好事，但也可以成为实事求是的阻力。

3. 习惯阻力——画地为牢

这里说的习惯指人们的思维习惯和社会习惯。列宁讲千百万人的习惯势力是最可怕的。生物学家巴斯德说："精神错乱莫过于按自己的愿望去相信某样东西。"人们认识事物有时不能实事求是不是因为无知，也不是因为没有实践，而是根本就没有想到要去求新知，去实践。跟着习惯走，自古如此，岂不知习惯有时恰恰是错的。习惯和我们前面讲的经验还不一样。经验是知识，是有限的模型；习惯是思维方法，是力量无穷的武器。用错了危害更大。习惯思维就是保守，是妨碍创新的一大障碍。

一重一轻两件物体从空中落下，哪个下落得快些？人们习惯认为重的快。但伽利略不相信，他在 1590 年（时年 26 岁）做了著名的斜塔实验，证明了从上抛下的轻重铁球同时落地。并从此有了"加速度"这个概念，推动了物理学大进一步。

在社会变革中，经常有许多束缚人的东西，它明明是错的，是应该改掉的，但很长时间没有人去改，甚至要改变它倒成了大逆不道。比如旧社会中国妇女缠足，明明摧残身体，但这个习惯保持了几百年。改革开放之初，又有许多旧习惯在阻碍进步。比如人们没有法律意识，即使有理也不愿上法庭，认为丢人；比如羞于经商，认为是投机赚钱；还比如在改革开放前很长一段时间，我们把种自留地、把私营企业、把集市贸易、把商品交换、把市场经济，甚至农民多养几只鸡，种一点菜，工人下班后在外干一点私活，都说成是搞资本主义。把商品流通说成投机倒把。把对上面的，甚至报上的不同意见就被打成反党、反革命（现在回想很难理解）。而且多年来已经习以为常，已成了是非标准。这种习惯常常可以统治一个地区、一部分人，甚至全国人多少年，而很难改变。习惯把人控制在一个固定的思维空间，使你看不到新的外部世界，当然也就难实事求是，发现客观规律。

习惯这个东西是不问对错的，而只问有无陈例。中国封建政治多少年一直是把法先王之法当成处事惯例，这样最省事。一种概念形成之后对少数人来说是在理解的基础上执行，对大多数人是在习惯的"惯性"中运行，轻易不会跳出这个惯性空间去思考、去探求。牛顿之所以伟大，是因为他从"苹果落地"这个习惯思维中跳了出来，发现了引力；爱因斯坦之所以伟大，是他从经典力学的习惯中跳了出来，发现了广义相对论；邓小平同志之所以伟大，是他从传统的社会主义模式中跳了出来，提出了有中国特色的社会主义。对事物认识的飞跃，有时就表现为思维习惯和生活习惯的突破。正如物理学上打破惯性状态要一个外力，在认识上打破惯性思维，也要有一个外力，这个力常常表现为新的信息，新的知识，新的理论或一场新的行动，直至革命行动。

4. 书本阻力——尽信书，不如无书

书本阻力其实是本本主义，就是教条化的知识和理论形成的阻力。陈云同志在晚年有一句话："不唯书，不唯上，只唯实。"

人们在认识事物的过程中总会总结成知识和理论，并写成书，留给后人。我们遇事常常会自然地想到，书本上是这样说的。对实事求是来说，无知是阻力，但已有的知识和理论也会成为阻力。正像人们学游泳，一点不会当然难学，但如果会的是一种错误的姿势则更难学。因为你先得纠正现有的错误，这凭空又多了一层阻力。古语言，尽信书不如无书。因为书本与现实间有误差。当它符合实际时，这书本就是行船的顺风，当它不符合实际时，这书本就是行船的逆风。

知识是人类对世界认识的总和。由于这种认识要靠一代代人的接续才能完成，前代人只好将已有的认识付之于书。赫尔岑说，书是行将就木的老人对前来接班的年轻人的遗训。由于书籍太多，人们又经过实践检验而筛选出各种经典用以统率相关的知识，指导人们的行为。政治的、科学的、经济的、军事的、哲学的，几乎凡每一学科，每一领域，都各有其经，各有其典。这些经典由于其权威性，一方面对后人的参考价值极大，另一方面它所造成的迷信力、束缚力也很大。这些巨著一方面如灯塔，不知为多少后人指明了前进的方向，另一方面又如一堵石墙，不知使多少开拓者裹足墙下，甚至碰壁流血。不是经典不好，是读书人不好，不该把它看做万能，不该作茧自缚。恩格斯就曾告诫那些企图从自己书中寻找未来社会图画的人说：你们在我这里连半点影子也找不到。邓小平说："要求读大本子，那是形式主义，办不到……我们改革开放的成功，不是靠本本，而是靠实践，靠实事求是。"

古今纸上谈兵、抚书论政而误大事的实例多得很。战国名将赵奢的儿子"赵括少时学兵法，言兵事，以天下莫能当"，连其父也说不过他。后来他带兵打仗，数十万人全军覆没。中国革命得力于马列书本的指导，但是由于运用不当，照搬照抄，书本在很长时间也变成实事求是的阻力。中国革命史上有两次照搬的高潮。一是王明照搬马列书本，不顾中国革命实际。二是林彪、"四人帮"把毛主席的书神化僵化，大搞形而上学。这两次都使革命事业和国家民族遭受大损失。是毛泽东、邓小平同志先后两次突破了书本、经典的阻力，强调调查研究，实践检验，才使中国革命和建设一步又一步实事求是，才有新中国成立和改革开放的两次大飞跃。但是我们也应看到，几十年来，我们又不知道出版了多少没有用的误人的书。

实事求是总是从前人结论的基础上开始的，因此它可能有两个过程，一是通过实践验证书本的结论；二是推翻和补充书本上的结论，探寻未知的客观规律。所以说书本用得好，是我们前进途中跨越天堑的一座桥；用得不好，是横在面前的一堵墙。这种潜在的阻力常常可以因时因势，在特定条件下变成实事求是的具体阻力。

5. 实践阻力——心急吃不着热豆腐

实践阻力是指当时某一阶段的客观实践发展还不成熟，还不足以揭示事物的真相和规律，主客观无法一致。这是实事求是的第五道障碍。这不以人的意志为转移，必须继续实践，等待瓜熟蒂落。

恩格斯在解释假说并不是真理时有一段名言："哥白尼的太阳系学说有 300 年之久一直是一种假说，这个假说尽管有 99%、99.9%、99.99%的可靠性，但毕竟是一种假说；而当勒维烈从这个太阳系学说所提供的数据，不仅推算出必定存在一个尚未知道的行星，而且还推算出这个行星在太空中的位置的时候，当后来加勒确实发现了这个行星的时候，哥白尼的学说就被证实了。"（《马克思恩格斯选集》第 4 卷，第

226 页）可见在许多时候并不是我们不想实事求是，而是客观实践还没有到这一步。非不为也，是不能也。

在氧气没有发现以前，人们认为燃烧是因为物质里有"燃素"，到拉瓦锡认真观察实验之后，才知道不是什么"燃素"而是氧气在起作用。在开普勒以前，人们认为行星绕太阳按圆周轨道运行，经开普勒的深入观察计算，指出行星运行轨道不是圆周而是椭圆。并不是拉瓦锡、开普勒以前的人不想实事求是，是客观实践还没有成熟。1976 年 10 月，逮捕了四人帮，大家急着让小平出来工作。叶帅说："不能急，要不真成了宫廷政变了。"现在我们都说十一届三中全会伟大，殊不知就在这次会上通过的《关于加快农业发展若干问题的决定》草案中规定"不许包产到户"，四中全会才进了小小一步"不要包产到户"。实践之履在艰难前行。小平提出"有中国特色社会主义"、十四大提出"市场经济体制"、十六届三中全会提出"五个统筹"、十七大提出"科学发展、四个建设"，不是以前不想提，实践要一步一步来。

科学研究常有假说，社会科学方面常有先进的理论。就是说，人们从理论上已经可以推出某一规律，但是在实践没有检验之前，仍然不敢下结论。爱因斯坦 1905 年就推出质能互变公式，但到 1945 年第一个原子弹爆炸，才证明这种互变引发的巨大能量，中间又经过了 40 年的艰苦实践，也就是说他们小心谨慎，实事求是了 40 年，终于求得真理。

马克思、恩格斯在 1848 年发表《共产党宣言》，以后又提出科学社会主义的一系列设想。在这之后的 160 年间，世界上进行了各种各样的实验（实践）。苏联东欧是一个，建立社会主义 74 年后又垮掉了。北欧社会民主党的实验是一个，过去我们不承认，现在看来，值得总结。中国几经曲折，走上了建设中国特色社会主义的道路。可见要逼近真理，其间隔着一个多么漫长的实践过程。这时的社会主义和马克思、恩格斯当年设想的社会主义已经有了很大的差别，将来的社会主义还会有更大的差别。这是理论与实际的误差。修正这种误差只有靠实践，谁也不要奢望省略它、超越它，一步跨到共产主义。

我们第一，要尊重实践，特别是要尊重广大群众的社会实践；第二，要有耐心，千万不能犯性急病，不能妄图缩短甚至跨越实践。轻易不要提什么"跃进"、"一天等于20年"之类的口号。

6. 自满阻力——唯我独尊，听不进意见

人一自满，便不能实事求是，而自以为是。凡这种人大都有知识，有经验，而且还很丰富。当他的知识、经验在胸中胀满时，便要以我为标准了，好像一个富翁，财大气粗，什么也瞧不起。我们平常说要虚怀若谷，就是时时把你的胸怀空着，准备接纳新事物，接纳未知的东西。你自以为大，店大欺客，主观欺侮客观，反过来必定自己受欺，客观事物绝不会向这种人袒露真情。这种人在当初可能曾经实事求是，但当他取得一点知识，有一定经验之后就渐渐变得骄傲自满，变得故步自封，滑到了唯我独尊的深谷。

历史上因过分自信而导致失败的例子很多。《三国演义》里马谡失街亭、关羽失荆州都是由于过分自信，脱离了战局的实际。李自成也是个自满的典型。毛泽东同志曾劝人读郭沫若的《甲申三百年祭》。李自成在夺取政权之前待人处事，审时度势，各方面还比较谨慎，比较能实事求是。一坐上大顺朝的宝座，就忘了内外危机，就不能明察秋毫，终至脱离实际，丢了江山。毛泽东同志在我们党内是首倡实事求是作风的，进城前还特别提醒全党，不要学李自成。在进城前的七届二中全会上他特别提出谦虚谨慎，甚至规定了不祝寿、不以人名命名、少拍巴掌、少进酒和挂像时不与马列并列等细节。但是到晚年他却背离了这一原则，又过分相信自己的权威，不能正确对待中国的新实际。庐山会议上关于大跃进、人民公社的问题已经很明显，他不听，还大发雷霆，下山前宣布说，我要编一本《人民公社万岁》的书，写一篇一万字的长序，痛驳全世界的反对派。结果书没编好，就遇到三年困难，不了了之。

自满是实事求是的一道障碍。当你已经觉得自己什么都董了，你就不可能再去"求"。所谓创业难，守业更难，就是说一个人当他追求的目标未达到时，他有强烈的进取心，处处虚心，处处小心；而当这个目标达到时，他就总想保守它，这时便很难找到新突破口，很难发现新事物。不是找不到，而是连找的动机念头也减弱了，没有了。甚至当别人找到新事物时，他还会大喊"不可能"，这是最可怕的。

7. 情感阻力——以感情代替政策

一个人可能也有知识，也有经验，也不自满，他已克服了前三道障碍，但他把握不住自己的情绪，在这第四道障碍面前无法实事求是。因为前三个阻力是他不能为，如有人用障眼法，遮住了他，他力所不能，智所不逮，找不到实事求是的门路。但情感障碍非不能为，而是不愿为。就是我们常说的，以感情代替政策。他决策一件事时连他自己也知道是在赌气。

孙子兵法说："主不可怒而兴师，将不可愠而致战"。人一旦为感情所俘虏，就会失去理智，明明知道别人对，也不愿附议，宁可不为，也不愿增加他人的光彩。总是后任否定前任。你盖的楼，我偏要拆了重盖。这种心理它已不单单是以我之利害来定是非，而是以我之好恶来定取舍了。哈恩是德国著名的化学家，1938年年底他正苦苦研究一个核放射课题，未有结果。这时居里夫人的女儿伊伦娜也在研究这个题目。哈恩的助手发现了伊伦娜的一篇论文，很有见解，哈恩却因二人过去曾有矛盾，拒不阅读，说我不看那个女人的东西。在助手劝说下，他拿起一看非同小可，受到启发而发现了核裂变，并于1944年获诺贝尔化学奖。这一成果直接导致了原子弹的研制。如果他还顽固地坚持私人成见呢，这项成果还不知落在谁手。

情感可以干扰理智。许多大人物，都是被情感打败的。胜利可以冲昏头脑，悲伤也可冲昏头脑。关羽一死，刘备就不顾一切发兵报仇，结果大败。不实事求是，不能冷静分析敌我形势。男女之情是最易昏头的误区。延安时毛泽东要娶江青，党内都反对，但没有办法，结果为后来的"文革"埋下隐患。庐山会议后期，毛泽东已经完全情感用事，连一些粗话都讲出来了。彭德怀、周恩来等是有大功的，但他就是不喜欢。喜欢康生、柯庆施这些会逢迎的人。

以上讲的这四种阻力都是来自认识者的主观方面。

8. 权威阻力——自以为是，号令天下

恩格斯说：无论在哪一种场合，都要碰到显而易见的权威。社会不能没有权威。权威是某一领域正确意见的代表，正像经验是有益体验的总结。但是权威有两面性，它和经验一样，只能代表过去不能包办未来。现实生活中只有过去和现在的权威，而没有将来的权威，它一样要受实践的检验。当权威发挥其正确的指导职能时，我们探求新事物会事半功倍；当权威持错误的观点而要别人服从时，我们在通往实事求是的路上便多了一道障碍。况且在很多情况下，除屈从之外，人们更多的是自觉服从权威，这样就失去了独立思考的机会。

毛泽东同志是中华人民共和国的缔造者，是中国革命和建设的最高权威。但是在一些问题上由于他的绝对权威，别人也就不好再说什么，或者根本就没有想到还有什么不同意见，这样就造成不少永远无法挽回的遗憾。现在人口问题已成了中国最大的压力。1957年马寅初先生就在《人民日报》发表文章，主张控制人口。后来毛泽东同志反对，说人多热气高。康生、陈伯达又兴风作浪，批判马是资产阶级人口论。结果，错批一人，多生数亿人。1959年庐山会议前，党内已有不少反冒进的意见，庐山会议原来也准备纠"左"，会议中间又转成反右倾。连续几年周恩来、陈云的经济思想都遭到批判，在农村包产到户问题上，邓小平、邓子恢等同志的正确意见也连遭否决。这些在很大程度上，是因为毛主席的权威和大家的服从，结果使我党在经济建设、农村政策上有很长一段时间不能实事求是。

以权威而阻止后生新进的例子在自然科学史、社会科学史上屡见不鲜。光速不变是相对论的前提，但是当爱因斯坦发表相对论后，物理学老前辈、曾证明光速不变的迈克尔逊很不理解，他遗憾地说："我真没想到，我的实验反倒促成了相对论这个怪物的诞生。"（他做那个著名实验时爱因斯坦才 8 岁）普朗克提出革命性的量子理论，约请 18 位大科学家到会讨论，倒有 8 个像卢瑟福、居里夫人这样的大权威不支持。1869 年 35 岁的门捷列夫发现元素周期律，他的老师，化学权威齐宁却教训他："不要玩魔术。"1884 年瑞典 25 岁的青年学者阿伦纽斯提出电离理论，母校的教授嘲笑他"鼻子伸到了不该去的地方"，甚至国际化学界还形成一个由著名教授组成的反对阵线，为首的就是曾经发现了周期律的门捷列夫，说这是"奇谈怪论"。但电离说还是胜利了，发现者也因此获得诺贝尔化学奖。我曾经忽发奇想，如果把每一个学者，他当初怎样受权威压制，后来又怎样以权威而压制别人，这样排列下去，就是一条如长城城垛式的波浪线。这正象征了事物的波浪式发展。每一个权威在他事业和学业的兴盛时期都给社会作出过卓越的贡献，历史所记录的大都是他这一瞬间的光环。但是正如人的肌体会衰老一样，不少权威的思想在晚年都变得保守消极，无法继续新的贡献。所以我们一方面要尊重权威，另一方面又不能绝对迷信权威，不能靠他们鼎盛时期的光环来为我们永远地照亮。更要警惕自己不要自充权威。

权威对正确意见的否定，就像家长对孩子的管制一样，是无所谓对错的。按林彪的话说："理解的要执行，不理解的也要执行。"权威以自己的自信和经验来决策，别人以对他的崇拜和信任来服从。这时的标准只是信与不信或忠与不忠。这里面本身就潜伏着一种对实际情况的忽略，因此很可能偏离实事求是。正如经验的一半是失误，权威的一半是过去，它在实践面前同样要重新接受一次检验。但正如我们往往错把理论当做检验真理的标准一样，也常错把权威当做检验真理的标准，于是在通往实事求是的大路上又人为地树起一个屏障。

9. 利益阻力——私心作怪，明知故犯

马克思讲："人们为之奋斗的一切，都同他们的利益有关。"社会是分成各种阶层、各种利益集团的。各阶层或集团的利益会意见不一，有时甚至会很对立。所以同样一件事，一项政策，会有不同反映，所谓众口难调。这也为实事求是带来困难。有两种情况，一是一项政策好，实事求是，但因侵犯了某一阶层某一集团的利益，遇到客观阻力，难以推行。二是某集团明知这件事对，但考虑到自身利益，昧着事实或良心有意不去推行。这时实事求是就变成一个政治问题，一个社会问题，它的实现，往往取决于政治形势的发展和集团势力的变化。

人总会有一点私心，为保护自己而不实事求是。以对我之利害来决定是非标准。成语言"指鹿为马"，是说秦丞相赵高专权，为试属下之心，便牵来一鹿，硬说是马。大部分大臣惧其势，都跟着说是马，唯少数几人实事求是，说是鹿。为什么有人跟着指鹿为马呢？不是不知，是有私心，不敢说。这样明显"指鹿为马"的事不多见，但为了保官，保自己的利益而说假话的事却太多太多了。

历史上所有进步的改革政策的推行都是符合规律的，都是实事求是的，但都遇到了阻力。商鞅变法，侵犯了奴隶主贵族的利益；北宋范仲淹的庆历新政，侵犯了朝中保守势力的利益。我们实行土改侵犯了封建地主阶级利益，西藏和平改革侵犯了上层奴隶主集团利益等。这些人的利益该不该侵犯，该不该剥夺呢？当然应该，因为如果保护他们的利益就妨碍历史的进步。但是这些都遭到激烈的对抗，使改革在艰难中推进。如果没有对抗，则历史的进程，也就是实事求是的进程，不知道要顺利多少。

"四人帮"是一个典型的例子。它制造了许多冤假错案。最大的是迫害刘少奇同志的冤案。硬将少奇同志打成叛徒、内奸。派人到解放前少奇同志工作过的地方去找蛛丝马迹，找不到就硬编，造假证。著名历史学家翦伯赞曾与刘共事，四人帮就逼他作伪证。翦进退两难，只好自杀。他们自己也知道是在违背事实，昧着良心干事，更谈不上什么实事求是。但是他们就要这样干，为了巩固自己集团的利益。历史上其他冤案无不是这样造成的。秦桧对岳飞迫害，当人们责问有何证据时，只好以"莫须有"来含混过去。他们本来就不准备实事求是。

上面举的是大的政治集团因利益关系而妨碍实事求是而使矛盾激化。这是极端的一面。而实际生活中还有许多小的利益关系。一些小的利益阶层和人群，从本阶层、本团体出发，会对一些本来合理的正确的决定、做法，表现出或多或少的抵触和反对，经常妨碍实事求是的进程。这就要求主政者能站在最大多数人的立场上，按社会规律办事。同时也能照顾到各方利益，特别是不能借权谋私。

10. 行政阻力——最后的阻力，强制阻拦

比之与客观不符的无知、书本和经验阻力更可怕的，就是这种认识被上升到政策、法规、制度、体制，并通过行政权力去推行。这时实事求是遇到的阻力，已不是认识问题，而是法律、行政的制裁与限制。这是一种"硬实力"，一种强制。在这种阻力面前可能有几种情况：（1）说假话；（2）不说话；（3）说真话，如彭德怀；（4）辞职，刘少奇、周恩来都曾辞过；（5）自杀明志，如田家英、翦伯赞。

在黑暗的中世纪，科学面对的主要不是科研本身的艰难，而是教会势力的反对。教会常就许多科学问题明文规定，只许说什么，不许说什么。如只许说太阳绕地球转，不许说地球绕太阳转。因为不按教会的口径而坚持说真话，1600 年科学家布鲁诺被烧死，1632 年伽利略被判刑，

直到 348 年后的 1980 年才被宣布平反，这 348 年间地球照样转，但是教会照样不认账。因为它手里有教会的行政力量。富兰克林发现了尖端放电，并发明避雷针。英国皇宫装上了这种装置。但英皇讨厌富兰克林，因美国曾是英国殖民地，富兰克林带头向英国闹独立。一天英皇散步时看见尖尖的避雷针，不由怒火中烧，下令全部改成球形的。下人明知违反科学，只好从命。因为皇帝有至高无上的行政权力。当然这根本谈不上实事求是。

　　我国在探索改革的过程中，曾遇到不少阻力，这里有认识上的，但也有已上升到行政规定并以行政权力施行的。如农村土地承包，我们曾长时间认为是资本主义（认识）并写入文件限制（行政）。有的地方甚至规定一家养鸡超过几只就是资本主义，要"割尾巴"。以至于发生这样的事，安徽凤阳县小岗村农民眼看极"左"的农村政策造成地荒人逃，在就要饿死人的情况下，决定分田承包。但当时这与规定不符，他们就私下定协议，按手印，立字据，分田承包，如以后事发，甘愿坐牢。可见由行政权力和体制所造成的阻力，已使得实事求是变成一种地下工作，一件多么艰难而又危险的事。已经到了忍无可忍的地步，再往前发展就要揭竿而起了。当然，现在的小岗村，已成为我国农村改革的光荣起点，小岗村农民立的这个字据也被革命博物馆收藏。

　　和行政法规相关的是体制。社会在按一定的行政法规运行中必定要形成与之相适应的体制。体制对人的行为、人的思维，又像我们前面提到的书本、经验、权威等一样，当它与实际相符时，有促进作用；当它与实际不符时，就有促退作用。但是只要这种体制不宣布废止，它就是一种制约，这时你要实事求是，就是逆水行舟了。比如与农村"左"的政策相适应曾有一个束缚农业生产力的人民公社体制，从 1958 年到 1980 年，整整存在了 22 年。可以想见，这 22 年间本来有多少可以实事求是的事情被耽搁下来。

随着实践的发展，历史的推移，政策、法规、行政命令、体制等必然要过时或不适应，它就成了实事求是的阻力，这时改变它就表现为一种改革或革命，有时甚至是政权的更替。因为这时所求的已不是某一项规律，而是整个社会转折发展之大规律。这较之某一项事业的开拓，这种阻力也就越大，而克服阻力之后所得之真理，所取得之进步也就越大。

怎样才能实事求是

实事求是如逆水行舟，每行一步都有其难。但这又是认识的必由之路，再难也一定要走，而且一定能成功。事物对立统一，有阻力就有克服这些阻力的办法，归纳起来有七个前提条件，或者说七个动力。只要坚持这七个前提，逆水之舟就会变成顺风之船了。这七条其中有三条，邓小平同志在 1978 年 12 月中央工作会议的讲话中都提到了。

1. 解放思想

实事求是，是说真话，是去求真理。谁不想求真理？但许多情况下是我们不敢去想，不会去想。

要继承就得发展、创新和超越。许多科学发明、发现，首先是它一开始就选题定位好，定在了前沿突破的位置，一入手就着力于创新。科学界有句名言：提出问题比发现问题更重要。无论在自然科学还是在社会科学领域，那些唯唯诺诺，找不出现状的缺点，提不出问题，提不出新目标的人是绝没有出息的。物理学家卢瑟夫指导一个研究生，问他："你上午干什么？""实验。""下午干什么？""实验。""晚上干什么？""实验。"卢说："那你什么时候思考？"

邓小平同志在中央工作会议的讲话中指出："思想不解放，思想僵化，很多的怪现象就产生了"，条条框框多，随风倒的现象多，本本主义多。他说："一个党，一个国家，一个民族，如果一切从本本出发，思想僵化，迷信盛行，那它就不能前进，它的生机就停止了，就要亡党亡国"。又说："在党内和人民群众中，肯动脑筋、肯想问题的人愈多，对我们的事业就愈有利。干革命、搞建设，都要有一批勇于思考、勇于探索、勇于创新的闯将。"他还说，要杀出一条血路。两军相遇勇者胜，鲁迅说第一个吃螃蟹的人最可敬。纵观社会革命史和科学发展史，凡第一个发现真理，求得规律的，都是思想解放的勇士，大部分还是年纪不大的年轻人。伽利略发现自由落体规律时 26 岁，牛顿发现万有引力时 24 岁，瓦特改进蒸汽机时 29 岁，爱因斯坦创立相对论时 26 岁。中华人民共和国成立时，第一代领导集体大多才 40 多岁（在西柏坡毛泽东头上发现三根白发，他说打了三大战役，才三根白发，值）。在勇敢的年轻人的头脑里，无论是书本、权威、习惯、旧势力、旧制度甚至旧的权力、法律、体制都不在话下。为了真知和真理，他们可以受难，可以献身。梁启超在《少年中国说》里谈到，少年如朝阳，如乳虎，气盛、豪壮、冒险，所以能创造世界。勇敢精神，是开拓一切事业的先决条件。

2. 不断学习

无知、自满、书本、权威和经验都可能成为实事求是的阻力，这就得靠学习去克服它。因为这五个方面的东西都只代表过去，是建立在原有的知识和经验上的。要探求新路必须既继承又超越，既保持传统又有创新。只有在学习新事物中才有可能找到新规律。一个不学习的人，就像一个不愿攀登的登山者，永不可能迈上新的高峰。

学习，主要是学知识，学理论。

知识是社会全体成员在探索社会规律过程中的共识和结晶，是告诉我们世界是什么。你只有掌握了最新知识，才能最大限度地贴近客观实际、贴近规律。所以读书、学习，是每一个社会成员立身处世，特别是每一个负有一定责任的人如公务员、高级公务员，一时一刻也不能停止的。如果一个人以旧知识来处理新问题，那么，他所做的一切都是刻舟求剑，都是隔靴搔痒，他必定要在新知识面前碰得头破血流。一切革命，都是新知识新观念对旧知识旧观念的否定，最终是新规律的呈现。现在知识更新的速度快，我们学习的节奏也要快。

理论是思想方法，是探照灯，比知识更高一层，解决怎么认识世界。理论拨开事物的现象而揭示规律，因此在本质上更切合实际。许多在现象上打圈子转来转去的事，在理论上一句话就可以立判分晓。比如，前面提到的永动机研究，只需"能量守恒"一句话就可以彻底说清。我们在取得政权后，有很长一段时间搞穷过度，搞越纯越好的公有制和计划经济，直到探索碰壁几十年后才悟到了一个理论："商品经济是不可逾越的阶段。"如果早接受这样的理论，可以少走弯路几十年。在物理学研究中，有实验物理学家，有理论物理学家。在有的情况下只靠实验的方法，摸索的办法，已经不能解决问题，这时要靠理论。经典物理学发展到20世纪初遇到了"紫外灾难"，即无法解释紫外短波光部分的能量分布。许多科学家感到一种歧路的痛苦，比之于屈原上下求索，鲁迅夜长如磐的痛苦绝不会少多少。经典物理大师、英国人瑞利甚至说："真理已经没有标准，不知道科学是什么了，我悔恨我没有在这些矛盾出现五年前死去。"你看这和屈原愤而投江有什么区别？其实原因很简单，在于他们死守实验这一种武器，而没有想到还有叫理论的另一种武器。著名哲学史、科学史专家贝尔纳批评英国经典物理学派只讲求实用，"通过感觉达到科学而不是通过思维达到科学"。我们要多掌握一些理论，不要总是靠感觉办事。

学习理论，一方面要掌握继承前人的经典理论；另一方面要学习新理论，从实践中总结新理论。因为如前所述，过时的、不完整的理论也会成为新探索的阻力。邓小平中国特色社会主义的理论，就是在总结了原有错误，在改革开放实践中建立起来的。实践探索的同时，我们也在不断地进行理论探索。如党的十四大提出推行市场经济，十六大的五个统筹，十七大的四个建设。理论好比煤矿开采时的掘进程序，有了掘进巷道，才有下一步的大面积作业面开采。

只有在尽量掌握全部的新旧知识和理论，我们的思维才可能尽量逼近实际，才可能实事求是。

3. 勇于实践

实事求是，说到底你得去"求"，就是说要实践。坐而论道，纸上谈兵，回避矛盾，永远得不出什么结论。只有实践的勇气才是带着实事求是列车前进的火车头。

要实事求是，探得一点真知，就要勇于实践，要准备吃苦，准备失败，准备牺牲。马上就要新中国成立 60 周年了。回想革命和建设的路千山万水，曲曲折折。哪一条真理不是无数实践堆积提炼而成的？达尔文环球五年旅行，搜求动植物标本，终于找到物种起源的根据。居里夫人用一口大锅，花了三年九个月的时间，终于从一吨矿渣中提炼出 0.1 克镭。卢瑟福顽强地重复实验，终于从 25000 张基本粒子的照片中发现 6 张片子，从而找到人工转变元素的根据。这有点像我们走过了 25000 里长征。俗话说，不入虎穴焉得虎子？当第一有风险，但也最得甜头。深圳当年多艰苦，现在多风光。毛泽东同志讲，你要知道梨子的滋味，你就得变革它，亲口尝一尝。只有亲身参加到某项工作实践中去，才能得到专门的真知。孙中山、毛泽东、邓小平之所以为近代百年中国三伟人，是因为他们亲自参加了百年来中国革命的实践，并全身心地投入。而一项事业的成功，常常要靠数代人的连续勇敢坚定、锲而不舍的实践才能完成。不敢实践，不肯吃苦，远远站着，或浅尝辄止是根本谈不上实事求是的。

4. 无私无畏

实事求是，有时表现为艰苦地探求，有时表现为只要敢面对事实说一句真话。而许多时候恰恰在这一点上迈不过去。所以无私无畏是实事求是的动力之一。只要有了这把利剑，至少可以砍开前进路上的一半荆棘。古往今来，无论是政治原则还是处世道德，坦坦荡荡、敢说真话总是放在第一位。欺君之罪，谎报军情，弄虚作假都属十恶不赦，都会酿成大失大错。

特别是当实事求是遇到来自权威和行政方面的阻力时，更要靠无私无畏去克服和坚持。这时的胜利不在知与不知，而在敢与不敢。布鲁诺为了捍卫日心说，在教廷迫害面前宣布"半步也不退让"，坐狱8年，最后被烧死。赫胥黎为捍卫达尔文学说，到处与教会辩论。他说："我正磨砺我的爪和牙来对付他们"，"我准备接受火刑"。他被人称为一条好斗的狗。鲁迅说：他是一条有功于人的狗。这都是科学史上著名的无私无畏捍卫真理的例子。海瑞是以大无畏精神著称于史的名臣。1565年，明嘉靖皇帝已在位40年，他听信佞臣、方士，求仙、炼丹，误国。海瑞在这一年上了著名的《治安疏》，直接指出："陛下之误多矣。"皇帝气得大喊，去抓他，别让他跑掉。属下答曰："他不会跑的。他已经买好棺材，在家等着呢。"这种把事实、真理看得比生命更宝贵的实事求是精神，成了我们民族文化史上最光彩的一笔，海瑞也因此成了敢说真话的楷模。现代人的例子，比如马寅初在人口问题上坚持正确主张不妥协，在铺天盖地的大批判中，他说："我虽年尽80，明知寡不敌众，自当单枪匹马出来应战，直到战死为止，绝不向专以力压服的那种批判者投降。"文天祥《正气歌》里说"在齐太史简"，说齐国的臣子崔杼杀了国君，第一个史官照实记录，崔杀了他。第二个又记，崔又杀。第三个，又杀。第四个还这样，崔实在没有办法了。彭德怀在庐山会议上被批，张闻天还是要讲话；张被批，黄克诚还是要讲。

这些用生命换真理的勇士在历史上的光辉永存，这不仅仅在于他们的学识、经验、功业等，更主要的还在于他们有着勇敢无私的抗争精神，敢说实话的态度，有着高尚的人格。壮士一勇可退三军，在许多情况下如果没有"我以我血荐轩辕"，燃烧生命去照亮真理的作为，则真理身上所蒙受的尘埃又不知还要推迟多少时间才能退去。

5. 自知之明

如果在实事求是大路上，无私是一把横扫荆棘的利剑，那么自知之明就是一个灵敏而又谨慎的探雷器。

既然骄傲自满是实事求是的大敌，就需要有"自知之明"这个天敌来制服它。我们在实际生活中之所以会犯不实事求是的错误，有时是不知实情，有时是不敢知道实情，有时是知道了而不敢说出实情，而有的时候则是自以为这就是实情，不必再去了解其他。这样我们就陷进雷区，随时有失败毁灭的危险。认识者一旦将自己置于认识的误区是最可怕的。比如，前几年，社会上流行吃南瓜可治糖尿病，殊不知，不但无用，还要加病。通常人在认识事物时，会千方百计估计到客观事物的各种可能，但恰恰会忘记自身主观这一方有几种可能。就像一个猎人，仔细地设想了出行路线，猎物的情况，甚至猎获后如何处理，但却忘记检查一下枪里是否装有子弹。黑格尔的重要贡献之一就是说清了人既是认识的主体，又是认识的客体，他本身也需要被认识。我们经常碰到这种情况，有的人不适合干这种工作，但是他几十年不变地干着，毫无建树，而不知换位。有的人诚心诚意地坚持着自己的意见，但实际上是坚守错误。事情很简单，只要他肯跳出来，跳出"庐山"之外，便会立即有新发现。周恩来、博古等同志在红军时期曾反对过毛泽东的正确路线，但后来自觉不对，立即改正，为革命作出了大贡献。他们襟怀坦荡，甚至于以后还拿这件事教育党内同志。而王明、张国焘则无自知之明，一错到底，直到最后碰壁，碰得粉碎。有自知之明，在许多时候首先不是表现为进取，而是表现为避祸、避丑，减少失误。无论大事小事都是这样。曾国藩主持镇压太平军后，其权其威煌煌赫赫，于是有人建议他趁势造反，夺大清天下。他说大清气数未尽，未敢造次。赶紧自裁军队，得以全身。巴金晚年，常有人求字，求题书名。他说，我字不如茅盾，茅公在世时，能给人写字，我却不能。人们更加尊重他。没有自知之明，是一个人最大的悲剧。前面提到明代的海瑞，他在某些时候能借无私无畏做到实事求是。但是在"自知之明"这一条上却栽了跟头。1569年，他从狱中被放出后当上南直隶巡抚，驻苏州。当时南方高利贷盛行，农民破产，土地为债主所夺。这类官司极多，已属积重难返。海瑞一上任就要力挽狂澜，先处理了一个曾任宰相的大官僚，又亲自审此类案，每天要收三千至四千状子。他热情极高，没有专门机构，而全靠个人勤政审办。结果卷入纷争，孤军奋斗，四面招损。这次只做了8个月的官，又丢职还乡了。我们的干部也要自测一下自己的能力。

可见自知之明应该是加在我们认识路上的一道保险，就像猎人上路先检查一下枪里有没有子弹。这样起码可以排除因主观"不愿其闻"而造成的错误。成语言虚怀若谷，不辞江河是为大海，不辞土壤是为高山。著名昆虫学家法布尔说："机遇只给有准备的头脑。"自知之明者，就是要清醒地知道自己的不足，随时准备纳新知而求真理。

6. 发扬民主

前面讲到，有时可能会因为权威、行政和私念方面的因素而妨碍实事求是。克服的办法是有一个民主制度，民主环境。小平同志在那篇著名的，后来被看做是十一届三中全会主题报告的讲话中专门有一个小标题讲"民主是解放思想的重要条件"。他指出，我们要创造民主的条件，重申"三不主义"：不抓辫子，不扣帽子，不打棍子。在党内和人民内部的政治生活中，只能采取民主手段，不能采取压制、打击的手段。宪法和党章规定的公民权利、党员权利、党委委员的权利，必须坚持保障，任何人不得侵犯。一个革命政党，就怕听不到人民的声音，最可怕的是鸦雀无声。这是小平同志对历史的深刻总结，高度概括。我们党曾有几次在实事求是问题上栽过跟头，给我国的革命、建设造成过令人痛心的损失。比如，1958年的浮夸风，"文化大革命"中全国上下说假话。而这也正是我们党和国家的民主制度遭到严重破坏的时候。这从反面证明，只有民主制度、民主环境，才能保证党的政策方针实事求是。政治上不民主，敢说真话的人就少，干部、群众的积极性就会受到压制。经济上不民主，生产力的发展就要受到破坏。1945年黄炎培访问延安，提出一个政权怎么跳出周期律，永葆活力。毛泽东做了回答："我们已经找到了新路，我们能跳出这周期律。这条新路，就是民主。只有让人民起来监督政府，政府才不敢松懈。只有人人起来负责，才不会人亡政息。"那次谈话后又过了60多年，这期间可以说，成也民主，败也民主。将来实事求是还得靠民主。

发扬民主，小者便于人人讲话，集思广益；大者便于一个党，一个政府将自己的政策置于更实事求是的基础上。

7. 健全制度

社会为能正常运行，必须得有一定的制度。所有文化形态，不管是知识、思想、道德，还是美丑，都要凝结在制度上来，以制约人的行为，保护社会进步。实事求是人类探求社会发展与进步的最科学的方法，当然要靠先进的制度来保护。中国封建社会长，习惯于人治，老百姓总是盼望能有一个好皇帝、好领导，日出东方红。古今文学作品，总是在歌颂或鞭打好人、坏人。这是道德教育，还不能代替制度建设。"文化大革命"一场灾难才使人认识到靠理想、靠个人、靠权威都不行，要靠制度。

1980年8月邓小平关于制度改革有一段经典的讲话：

我们过去发生的各种错误，固然与某些领导人的思想、作风有关，但是组织制度、工作制度方面的问题更重要。这些方面的制度好可以使坏人无法任意横行，制度不好可以使好人无法充分做好事，甚至会走向反面。即使像毛泽东同志这样伟大的人物，也受到一些不好的制度的严重影响，以致对党对国家对他个人都造成了很大的不幸。这个教训是极其深刻的。如果不坚决改革现行制度中的弊端，过去出现过的一些严重问题今后就有可能重新出现。只有对这些弊端进行有计划、有步骤而又坚决彻底的改革，人民才会信任我们的领导，才会信任党和社会主义，我们的事业才有无限的希望。（《党和国家领导制度的改革》）

实事求是为什么难？最难就在于没有一个严格的、科学的、激励的制度来保证人说真话，办实事。"文革"一起，连宪法都不要，冤案遍野，国家主席的生命都不能自保，何谈实事求是？"文革"之后，首先是真理标准大讨论，先从思想上解放，但最后还是要落实在制度上。细想一下，短短的三十年，我们立了多少法律、法规和制度。只全国人大通过的法律就有900多个。影响最大的如市场经济体制、人才流动、废除领导人终身制等。试想，如果1949年新中国一成立，我们就有领导人不超过两届任期的制度，毛泽东也就不会有庐山会议和"文化大革命"的错误了。

结　论

实事求是，是一个思维方法，也是一个实践过程，它关系一件事乃至一项事业的正误成败，因此它又是一条思想路线，是一个行动纲领。

实事求是四个字，包含了行事者的学识、经验、思想方法、道德品质。同时，它又受时间、条件所左右。因此，它看似简单，实行起来却有许多难处。在此时、此处实行易，在彼时、彼处可能就难。有时，一个人在这一问题上能实事求是，在另一个问题上却难做到。本文谈到十种阻力，是想说明，这是一个综合因素。比如有的人在知识、实践等方面过关了，在无私无畏上却过不了关，或者在经验问题上栽了跟头。所以在实际运用过程中，无论是一个人还是一个组织，谁也不敢说他永远、时时、处处都能做到实事求是。这就像谁也不敢说他一生一世不犯错误。犯错误不怕，改正就好。要想时时处处都实事求是，这可能做不到，但这不可怕，只要我们永葆这个精神，这条路线，并且在主观上解放思想、不断学习、勇于实践、无私无畏、有自知之明；在客观上能做到发扬民主、健全制度，就一定能做到实事求是。我们的行为就能不断逼近真理，我们的事业就会不断取得胜利。

（原载《新湘评论》2009 年第 1、2 期）

老百姓怎么看政治

近翻 40 年前的日记，有一段政治趣闻。1971 年林彪叛逃，摔死在蒙古国。这个接班人、副统帅一夜之间成了叛徒、奸雄、大阴谋家，全国掀起批林高潮。当时我在内蒙古巴盟当记者，上面传达的文件里有一句话说："林彪披着马克思主义的外衣。"生产队开批判会，队长向大家传达说："这个林彪很坏，他还偷了一件马克思的大衣。"前几天我与一位宣传工作老前辈、中宣部的老部长吃饭，席间说起这个笑话，他很认真地说："现在仍然是这样呀。到基层去，农民老问，你们那'三个代表'还没选出来啊？"

前后相距 40 年的两则政治笑话，使我思考一个问题："老百姓怎样看政治？"40 年了，我们的政治口号、中心任务已不知几变，而不变的是老百姓看政治的目光。马克思说，"人们为之奋斗的一切都同他们的利益有关"，他又说："思想一旦离开利益就一定使自己出丑。"就是说，我们提政治口号并宣传解释时一定要能和普通百姓的具体利益相结合。

什么是政治？政治学解释：政治是人民群众将自己的权力让出来，委托给一个公共权力机构来执行。这个机构可以是执政党也可以是政府。这里有几点本质之处常被掩盖忽略：一、这权力属于人民，执行机构不过是代行；二、代行之时要能提炼、概括人民的具体要求，使之上升为一项方针政策，凝练为一个口号；三、这口号必须为群众所理解，与其利益紧密关联。这三者哪一个环节缺失或欠完美，都将影响政治运作的效果。至少鼓动工作者要懂得这个政治规律和宣传艺术。其实这规律和艺术也很简单，就是能不能从老百姓的目光来看政治，能不能把一个政党、政府大政方针翻译成群众语言，能不能把一个时期的政治任务的本质和群众关心的具体利益相联系。毛泽东说：政治就是把我们的人搞得多多的，把敌人搞得少少的。孙中山说：政治就是管理众人之事。反正，你的政治目标要与老百姓的利益相联系。联系得好就成功；联系得不好就失败。这已为无数历史事实所证明。李自成起义，他的口号是："迎闯王，不纳粮"，一下就说到赋税重压下的农民的心里，从者如云。我们在解放战争时期的口号是"保卫胜利果实"，分得土地的农民就踊跃参军。而抗美援朝的口号是："抗美援朝，保家卫国"八个字将国际义务、爱国精神和"保家"的具体利益都概括进来。这对新中国刚成立正在建设幸福家园的群众来说很好理解，很有感召力，堪称政治动员口号中的精品。改革开放之初，对农村大包干的概括是："交够国家的，留够集体的，剩下全是自己的"，对推动农村改革也极具号召力。其余，各个历史时期，各种新政策出台时，都有一些好的动员口号，如：环保方面的口号"要金山银山，也要绿水青山"；教育方面的口号"再穷也不能穷教育，再苦也不能苦孩子"，也都很有号召力。一般来讲，越接近基层，宣传就越能联系实际。一次我到甘肃采访，车在无人的田野上行驶，路边埋着光缆。一条红色立地标语映入眼帘："光缆无铜，偷盗判刑。"它讲得再明白不过，光缆里面没有铜，你偷了也无处可卖，还要判刑。何苦呢？八个字，把最要害的利益说得清清楚楚，还宣传了科普知识。这虽是一条标语，比站一个警察还有效果。

政治是什么？就是最大多数人的利益，老百姓的利益。让老百姓知道自己的利益所在，自觉去行动。这是管理者的责任，也是管理的艺术。

（原载《人民日报》2010年9月10日）

说 官 德

德是人的行为规范，头上三尺有神明。现实生活中每个人都有一种无形的道德约束，而官员又更多一层，这就是怎么用权。因为他比普通百姓拥有更多的权力。权对官来说有两重性：一是可以为百姓办事，服务社会；二是可以为自己牟私利，甚至欺压百姓。好官坏官由此区分而来。

官的政绩决定于他的能与德，但主要是德。有德无能至少不会办坏事，无德有能却可大大地办坏事。德是基础，是软实力，是一个无形的大磁场。所以中国封建社会初期汉武帝选官时首重德，举孝廉；隋唐开始科举考试，重能亦重德；到明清更总结出"公生明，廉生威"，出现曾国藩等这样的道德榜样，又回到道德上来。大凡一个政权，在开创之初，德和能都不成问题。替天行道，为民请命，自然大得民心，且自戒甚严，德风感天下。至于能，更是在战火中打出来的，无往不胜。而麻烦在于掌权之后，德渐松弛，能亦下降。1940年2月1日，毛泽东在延安民众大会的讲演中自豪地说边区有"十个没有"："这里一没有贪官污吏，二没有土豪劣绅，三没有赌博，四没有娼妓，五没有小老婆，六没有叫花子，七没有结党营私之徒，八没有萎靡不振之气，九没有人吃摩擦饭，十没有人发国难财。"这"十个没有"确实反映了当时延安良好的党风、政风、民风，令人羡慕，使人向往。这种风气一直延续到新中国成立初期。周恩来"文化大革命"之初到学校视察，就在学生食堂里吃饭，一个菜两角五分钱也要如数交上。中南海里开会，每个人主动交5

分钱的茶水费。但现在生活好了，官员的"胃口"也大了，贪个千百万很平常。改革开放之后，第一个因贪伏法的省部级以上干部是江西副省长胡长清，2000 年 2 月贪 500 万元，死刑；第二个是全国人大副委员长成克杰，2000 年 9 月贪 1000 万元，死刑。后来就多得数不过来了，数额也高得惊人。高官贪贿再多也只能判个无期。虱子多了不怕咬，法不责众了。去年的公开数字，只外逃贪官卷走的钱，有说 5000亿元，有说 8000 亿元。高官贪，小官亦贪，辽宁省大连市检察院公布，大连街道办下面一小区居委会主任王仁财，职务在科级以下，2007 年至 2009 年期间贪污 9000 余万元。此外还连同当地黑社会，犯下了多宗故意伤害、非法采矿、寻衅滋事等刑事案件，2011 年 12 月 21 日，被判处死刑。以至于出现这样的怪现象，小偷专偷贪官，网上流行词"小偷反腐"。原因很简单：1. 贪官有钱；2. 不义之财；3. 失主不敢报案。这样想来小偷的"偷"倒是一种客观上的义举了，类似当年土匪的劫富济贫。而且因破小偷小案牵出不少大贪大案。成语"小巫见大巫"又多了一个姊妹词"小偷见大盗"。国之大盗，监守自盗。这还只是贪财之腐败，其余还有买官卖官、弄虚作假、阿谀奉承、结党营私、吃喝嫖赌等，不一而足。

没有约束的权力必然走向腐败。对权力的监督可以使官员变成一匹奋蹄腾飞的千里马，而对权力的放纵亦可以使他变成一个为所欲为的魔鬼。任何一个政权的兴起都是先从干部准备做起，而它的衰落也是先从吏治腐败开始。治国先治吏，国败吏先衰。治理的办法当然是有的，如领导带头，使有楷模；严刑峻法，使不敢犯；民主监督，使不能犯；还有就是道德教育，使之良心发现，自我约束，不该去犯。这几条中，制度约束、民主监督是最重要的，对官员个人来讲，自我约束，正确对待权力则是内因。

那么从道德上来说，近年来官场有哪些变化呢？或者说出现了哪些坏风气呢？现在官场道德之坏主要表现是：私、贪、假、惰、媚。如何惩治其害并重整新风，笔者在官场已观察有年，对症下药开了十味药方，这就是：为公、为民、诚实、敬业、廉洁、独立、坚定、谦虚、坦荡、淡泊。有些是老生常谈，但官场总是旧病复发，有的还是顽疾难除，虽是常谈也只好再说再谈了。恰逢有出版社来约稿，就辑为《官德十讲》，这十个方面主要是针对官场的现状和时下官德的种种表现，也兼顾总结古代为官的伦理道德。十讲又可大致分为两组，前五讲主要是围绕权力和工作，是以德施政，以德辅政；后五讲主要是围绕个人修养，以德自立，处世待人，"以吏为师"，给社会一个榜样。

孙中山临终遗言说，他致力于革命凡 40 年，革命尚未成功，同志仍须努力。现在改革开放眼看也要奔 40 年而去了，小平若在世当会叹息道：贫富不均，世风日下，同志仍须努力。

（原载《新湘评论》2012 年第 11 期）

为什么不能用诗作报告

报载某地开人代会，所作的报告却是一首五言长诗，凡 6000 字，一韵到底，媒体议论纷纷。深究其理，值得玩味。

我们先分析一下"形式"。形式与内容本是对立统一、合作共事的。但是人们常记住了"统一"，忘了"对立"。形式本身有独立存在的价值，比如诗歌这个形式，就有句式、节奏、音韵的美，这是形式的"资本"，所以它时时想逃离内容、闹独立。这就是为什么年年反形式主义却总是反不掉，本性使然，规律所在。

形式爱表现，但它自己不能实现，必须借助于使用形式的人。天下的人可分两类：一类是干实事的，虽也会用到形式，但内容第一。如经商、从政、军事等等；另一类是玩形式的，专门开发形式的审美价值，如音乐、美术、语言等艺术家，形式第一。人各有好，术有专攻，本无可厚非。但最怕的是，乱了阵营。你是要干事还是要从艺，鱼和熊掌不可兼得。比如，宋徽宗、李后主，本是当皇帝的，但坐在龙椅上不办公，一个爱画画，一个爱写词，虽也出了名，但都成了亡国之君，当了俘虏。还有那个爱作曲、会编舞的唐明皇，也招来了天下大乱，自毁江山。

想在工作中创新，无可厚非，但就怕分不清自己的身份和责任，想要两头沾，既当有才的宋徽宗又当有为的唐太宗。无数历史事实证明，于公，这是害国之象；于私，这是身败之征。只有放弃一头，才能保住一头。党的第一代领导人中，有大才艺的人很多，但他们都知道孰轻孰重，毅然割爱才艺，献身革命。陈毅参加革命前先参加了文学研究会，曾与徐志摩论诗；张闻天是第一个发表长文把诗人歌德介绍到中国的人；周恩来的话剧才能更是尽人皆知。但他们都不敢"以才害政"。

再说形式与内容搭档也是有一定之规的，就像穿衣服要讲场合。或可称之为"形式伦理"。如果是纯玩形式，有艺术界的行规；但要做事，特别是政事，就有政界的规矩：以事为主，选取适当形式。什么叫"适当"，突出内容，淡化形式。比如穿"三点式"是健美比赛的形式，为突出肌肉的美；穿古装，是演古装戏的形式，为突出古典氛围。政治报告重在时政阐述，要严肃、鲜明、直白、缜密，用长于浪漫、抒情、吟唱、夸张的诗歌形式去表现，就像参加晚宴时穿着古装或"三点式"，那是怎样的一种尴尬。就是单从语言表现来说，诗歌有格律管着也不能尽达政治之意。闻一多说写诗是"戴着镣铐跳舞"，用诗去作政治报告则是镣铐之外又加了一层面具。历史上曾有人以诗写论文，唐代的司空图用四言诗写了一本《二十四诗品》，是学术名著，但也没有超出以诗说诗的范围。现在以诗来写政治报告，确如马克思所说，是"惊险的一跳"，如果跳跃不成功，那摔坏的一定不是形式，而是形式的拥有者。

形式是有逃离内容的本性，其实还是因为背后有一双看不见的腿，有一个不专心正业的人。多一些专业精神，就不会在形式上搞得太离谱。在商界，就没听说用诗歌来签合同，军界也没有人会用诗歌来下命令，如今在一些地方的政界却出了这样的事，岂不怪哉？

（原载《人民日报》2015 年 1 月 21 日）

二、为人为文

人格在上

　　细想，人格这个词是造得很准确的。就像我们写稿子时要按格填字，不能乱，编辑才好改，读者才好看。写诗也是这样，要有格律，只有合了格和律才美，才算是诗。那么做人呢？应该说也有一定的格，合起码的格是正常的人，合乎更高更严的格，便是好人、高人、伟人。做好人难，做伟人难，好比律诗难写。因为那是一个更高的标准。当然社会上也有不合格的人，就像我们常于报刊上看到一些歪诗，虽然也算是诗，其实并不合格。人的品德分成许多高低不等的格，这便是人格。人格之定，就如某项产品的国家标准，有一定的要求。从某种意义上说人也是一种产品，马克思说，人是一切社会关系的总和。人是一种社会产品，是经社会共教共育，磨砺冲刷，阴差阳错，锻打铸造而成的，如礁石在海，被浪花咬凿、冲刷侵蚀，塑造成各型各类、各等各级，也就有了不同的质、形、格。人生于世就要看你自己所选所为了。你接受了某一种观念，就被搁置到了某一层的某一个格子里。

　　我向来觉得人在社会上立身有三项资本，或曰三种魅力。一是外貌，包括体格、姿色，这主要来源于先天，这确是一大本钱。古今因一貌倾城，仪表万众，因此而广有追随、成事者大有人在。二是知识技能和思想，这是靠后天的修炼，一战回天，惊天动地，开国定邦，太平盛世；或窥破天机，发明发现，创造财富，造福人类者，大有人在。三是人格，这完全是一种独立于"貌"和"能"之外关于思想和世界观的修炼。你可以貌相不惊，才智平平，无功可炫，无能可逞，但在人格上却可以卓然而立，楷模万众。精神之力，盖超乎外貌之魅和才智之强，别是一种震撼，一种导引与向往。雷锋，论貌，个子不高只有一米五多；论能，只是一个普通的汽车兵，但他的无私精神，助人品德，现已成了中华民族，乃至全人类的精神财富。其人格魅力早已凌驾于万众之上。

人格，既然名格，就是方方正正，于某事某情某理，行有所遵，言有所本，恪守一定尺度分寸，金钱名利诱之而不变，严刑生杀逼之而不屈，总是平平静静，按一既定的规矩做事；昂首阔步，按既定的方向走路。人格是精神，精神可以变物质，甚至可以发挥出超物质的力量。人格是信念，信念如山在野，高山仰止；如坝挡水，波澜不惊。信念既成，就不是一个人的事，甚至不是一代人的事，会形成一个群体，一个民族，乃至全社会公认的规范，是一种无形的力量。所以当我们述说人事，歌颂英雄，甚至亲身感受那些开国元勋、将军元帅、教授学者或者能人强人们的惊人业绩时，其实这种感受中常常有一部分是他们的人格魅力。而且随着时间的推移，这种人格魅力将大大超越其人其事本身的意义。毛泽东转战陕北，挂一根柳木棍子，在胡宗南大军的鼻子底下来去的那种从容；周恩来长年日理万机，内挤外压，那种无私无怨的大度；彭德怀在庐山一人独谏万言，拍案力争的骨气；就是陈独秀虽与党有分歧，但在国民党大牢中，面对高官相诱而嗤之以鼻的轻蔑，押解途中戴着铁镣而呼呼大睡的气度，这些都远远超出他们所为之事的意义而特别爆发出一种精神的冲击波和辐射力。我们还可以由此而上溯到辛亥义士林觉民在狱中与妻写绝笔书的慷慨；戊戌义士谭嗣同坐等清廷来拘捕，愿为变法做流血第一人的自豪；林则徐虎门销烟行民族大义、于己无欲则刚的气节；史可法守扬州宁为玉碎不为瓦全的牺牲精神；文天祥宁死不叛，丹心万代的正气；岳飞虽为奸臣所逼但有精忠报国的悲壮；范仲淹身为朝臣先忧后乐的诚心；苏武十九年持节牧羊所表现出的忠贞；司马迁身负大辱为民族修史记事的坚韧；项羽慨然认输又愧对父老而毅然自刎的英雄气概；荆轲明知赴死而千金一诺的诚信，等等。这些都是做人之格，他们都是我们民族史上的灿烂明星。就是国外也有如布鲁诺那样宁肯捍卫科学而甘愿被教会处以火刑的英雄。他们的主要业绩仅仅是因为做成了某一件事吗？不是。相反，随着时间的推移，这些具体业绩时过境迁，离我们越来越远，而他们所昭示的人格的力量，人格的光芒却因时日的检验而愈显强大并永远照耀在我们身旁。当我们数典耀祖时，要感谢这一串串巨星为我们划出的精神轨迹。这时我们才真正地感觉到精神变物质是这样的具体。一部中国历史，不，整个一部世界历史，就是这样在人类前进、创新和牺牲精神的鼓舞下书写而成的，而体现着这种精神的，就是那些跨越时空在人格方面光芒四射着人格精神的星座。不可想象，当历史长河中缺了这些人格坐标后，就如同缺了许多改朝换代、惊天动地、里程碑式的大事。当我们书写政治史、军事史、科学史，或从事文学创作，记录故事，塑造人物时，我们不该忘掉这一条隐隐存在而又熠熠闪光的主线。

事实证明，不但文学是人学，史学也是人学，社会学更是人学。一个人只靠貌美出众时，他（她）最多只成为一个名人；当一个人事有所长时，他会是一时的功臣；而当一个人只要他人格上达到了一定的价值高度他就已经是一个好人，这时如果他又能貌压群英，才出于众时，他便是一个难得的伟人、圣人。这样的人历史所能奉献给我们的大约几十年或数百年才会有一个。但为人而求全，实在是太难了。所以，最基本的还是先从人格做起，心诚则灵，人人都可以立地成佛，先成为一个在德行上合格的人。

（原载《人格在上》，贵州教育出版社 2002 年版）

百年明镜季羡老

——悼念季羡林

98 岁的季羡林先生离我们而去了。

初识先生是在 20 世纪 90 年代的一次发奖会上。新闻出版署每两年评选一次全国优秀图书，季老是评委坐第一排，我干一点宣布谁谁讲话之类的"主持"之事。他大概看过我哪一篇文章，托助手李玉洁女士来对号，我赶忙上前向他致敬。会后又带上我的几本书到北大他的住处去拜访求教。先生的住处是在校园北边的一座很旧的老式楼房，朗润园 13 号楼，他住一层。那天我穿树林、过小桥找到楼下，一位司机正在擦车，说正是这里，刚才老人还出来看客人来了没有。房共两套，左边一套是他的会客间、卧室兼书房，不过这个只能叫书房之一，主要是用来写散文随笔的。我在心里给它取了一个名字叫"散文书屋"。著名的《牛棚杂忆》就产生在这里。一张睡了几十年的铁皮旧床，甚至还铺着粗布草垫。环墙满架是文学方面的书，还有朋友、学生的赠书。他很认真，凡别人送的书，都让助手仔细登记、编号、上架。到书多得放不下时，就送到学校为他准备的专门图书室去。他每天四时即起，就在床边的一张不大的书桌上写作。这是他多年的习惯，学校里都知道，号称"北大一盏灯"。等到会客室里客人多时，就先把熟一点的朋友让到这间房里。有一次春节我去看他，碰到教育部长来拜年，一会儿市委副书记又来，他就很耐心地让我到书房等一会儿，并没有一些大人物借新客来就逐旧客走的手段。这时你可以尽情地仰观满架的藏书，还可低头细读他写了一半的手稿。他用钢笔，总是写那样整齐的略显扁一点的小楷。学校考虑到他年高，尽量减少打扰，就在门上贴了不会客之类的小告示，助手也常出面挡驾。但先生很随和，常主动出来，请客人进屋。助手李玉洁女士说："没办法，你看我们倒成了恶人。"

这套房子的对面还有一套东屋，我暗叫它"学术书房"。共两间房，全是季老治学时用的语言、佛教等方面的书，人要在书架夹道中侧身穿行。向南临窗也有一小书桌，是先生专著学术文章的地方。我曾带我的搞摄影的孩子，在这里为先生照过一次相。他就很慷慨地为一个孙辈小儿写了一幅勉励的字，还要写上"某某小友惠存"。他每有新书出版送我时，也要写上"老友或兄指正"之类，弄得我很紧张。他却总是慈祥地笑一笑问："还有一本什么新书送过你没有？"有许多书我是没有的，但这份情太重，我不敢多受，受之一两本已很满足，就连忙说有了，有了。

先生年事已高，一般我是不带人，或带任务去看他。只有一次，我住中央党校，离北大不远，党校办的《学习时报》大约正逢几周年，要我向季老求字。我就带了一个年轻记者去采访他。采访中记者很为他的平易近人和居家生活的简朴所感动。那天助手李玉洁女士讲了一件事。季老很为目前社会上的奢靡之风担忧，特别是水资源的浪费，我知道他是多次呼吁的，但没有办法。他就从自家做起，在马桶水箱里放了两块砖，这样来减少水箱的排水量。这位年轻的女记者，当时笑弯了腰，她不可理解，先生生活起居都有国家操心，自己何至于这样认真。以后过了几年，她每次见到我都提起那事，说季老可亲可爱就像家乡农村的一位老爷爷。后来季老住进301医院，为了整理老先生的谈话我还带过我的一位学生去他处，这位年轻人回来后也说，总觉得先生就像是隔壁邻居的一位老大爷。

先生永远是一身中山装，每日三餐粗茶淡饭。他是在24岁那年，人生可塑可造的年龄留洋的啊，一去 10 年。以后又一生都在搞外国文学、外语教学和中外文化交流的研究，怎么就没有一点儿洋味呢？近几年基因之说盛行，我就想大概是他身上农民子弟的基因使然。他在一篇回忆文章里讲到小时候穷得吃不饱饭，给一个亲戚割牛草，送草后不走，磨蹭着等到中午，只为能吃一口玉米饼子。他现在仍极为节俭，害怕浪费，厌恶虚荣。每到春节，总有各级官场上的人去看他，送许多大小花篮，他对这总是暗自摇头。他住的病房门口的走廊上总是摆着一条花篮的长龙。花又大房间又放不下，要去找他的病房这成了一个标志。我知道先生是最怕虚应故事的，有一年老同学胡乔木邀他同去敦煌，他当然想去，但一想沿途的官场迎送，便婉言谢绝。

后来我去看他，知道他的所好，就专送最土的最实用的东西。一次从香山下来，见到山脚下地摊上卖红薯，很干净漂亮的红薯，我就买了一些直接送到病房，他极高兴。他很喜欢我的家乡出的一种"沁州黄"小米，只能在一片小范围的土地上长，过去是专供皇上的。现在人们有了经营头脑，就打起贡品的招牌，用一种肚大嘴小的青花瓷罐包装。先生吃过米后，却舍不得扔掉罐子，在窗台上摆着，说插花很好看。后来，聊得多了，我还发现一丝微妙，虽同是一批大学者，但他对洋派一些的人物，总是所言不多。

我到先生处聊天，一般是我说得多些，考虑先生年高，出门不便，我尽量通报一点社会上的信息。有时政、社会新闻，也有近期学术动态，或说到新出的哪一本书，哪一本杂志。有时出差回来，就说一说外地见闻。有时也汇报一下自己的创作。他都很认真地听。助手李玉洁说先生希望你们多来，他还给常来的人起个"雅号"，我的雅号是"政治散文"。他还就着这个意思为我的散文集写过一篇序。如时间长了未见面，他会问，"政治散文"怎么没有来。一次我从新疆回来，正在创作《最后一位戴罪的功臣》，我谈到在伊犁采访林则徐旧事。虎门销烟之后林被清政府发配伊犁，家人和朋友要依清律出银为他赎罪，林坚辞不肯，不愿认这个罪。在纪念馆里有他就此事写给夫人的信稿。还有发配入疆，过"果子沟"时，大雪拥谷，车不能走，林氏父子只好下车蹚雪而行。其子跪地向天祷告："父若能早日得救召还，孩儿愿赤脚蹚过此沟。"先生听着眼角已经饱含泪水。他对爱国和孝敬老人这两种道德观念是看得很重的。他说，爱国各国都爱，但中国人爱国观念更重些。欧洲许多小国，历史变化很大，唯有中国有自己一以继之的历史，爱国情感也就更重。他对孝道也很看重，说"孝"这个词是汉语里特有的，外语里没有相应的单词。我因在报社分管教育方面的报道，一次到病房里看他，聊天时说到儿童教育，他说："我主张小学生的德育标准是热爱祖国、孝顺父母、尊敬师长、和睦伙伴。"并当即提笔写下这四句话，后来发表在《人民日报》上。

先生原住在北大，房子虽旧，环境却好。门口有一水塘，夏天开满荷花。他有一文专记此事。是他的学生从南方带了一把莲子，他随手扬入池中，一年、两年、三年就渐渐荷叶连连，红花映日，在北大这处荷花水景也有个名字，就叫"季荷"。但2003年，就是中国大地"非典型肺炎"大流行的那一年，先生病了，年初住进了301医院，开始治疗一段还回家去住一两次，后来就只好以院为家了。"留得残荷听雨声"，季荷再也没见到它的主人。

我到医院看先生时，常碰到护士换药。是腿伤，要伸到伤口里洗脓涂药，近百岁老人受此折磨，令人心中不是滋味，他却说不痛。助手说，哪能不痛，但先生从不言痛，医院都说他是最好伺候的，配合最好的模范病人。他很坦然地对我说，自己已老朽，对他用药已无价值。他郑重建议医院千万不要用贵药，实在是浪费。医院就骗他说，药不贵。一次护士说漏嘴："季老，给您用的是最好的药。"这句话倒叫他心里长时间不安。不过他的腿疾却神奇般地好了。先生在医院享受国家领导人待遇，刚进来时住在聂荣臻元帅曾住过的病房里。我和家人去看他，一切条件都好，但有两条不便。一是病房没有电话（为安静，有意不装）；二是没有一个方便的可移动的小书桌。先生是因腿疾住院的，不能行走、站立，而他看书、写作的习惯却丢不掉。我即开车到玉泉营市场买了一个有四个小轮的可移动小桌，下可盛书，上可写字。先生笑呵呵地说，这就好了，这就好了。我再去时，小桌上总是堆满书，还有笔和放大镜。后来先生又搬到301南院，条件更好一些。许多重要的文章，如悼念巴金、臧克家的文章都是在小桌板上，如小学生那样伏案写成的。他住院四年，竟又写了一本《病榻杂记》。

我去看季老大部分是问病，或聊天。从不敢谈学问。在我看来他的学问高深莫测，他大学时受教于陈寅恪等这些国学大师，留德10年，回国后与胡适、傅斯年共事，朋友中有朱光潜、冯友兰、吴晗、任继愈、臧克家，还有胡乔木、乔冠华等。"文革"前他创办并主持北大东语系20年。他研究佛教、研究佛经翻译、研究古代印度和西域的各种方言，又与英、德、法、俄等语比较。试想我们现在读古汉语已是多么吃力费解，他却去读人家印度还有西域的古语言，还要理出规律。我们平常听和尚念经，嗡嗡然，如蜂鸣，就是看翻译过来的佛经"揭谛揭谛波罗揭谛"也不知所云，而先生却要去研究分辨对比这些经文是梵文的还是那些已经消失的西域古国文字。又研究法显、玄奘如何到西天取经，这经到汉地以后如何翻译，只一个"佛"就有：佛陀、浮陀、浮图、勃陀、母陀、步他、浮屠、香勃陀等20多种译法。不只是佛经、佛教，他还研究印度古代文学、翻译剧本《沙恭达罗》、史诗《罗摩衍那》。他不像专攻古诗词或古汉语、古代史的学者，是直接在自己的领地上打天下，享受成果和荣誉，他是在依稀可辨的东方古文字中研究东方古文学的痕迹，在浩渺的史料中寻找中印交流与东西方交流的轨迹，及那些思想、文化的源流。比如他从梵文的"糖"字考证中竟如茧抽丝，写出一本80万字的《糖史》，真让人不敢相信。这些东西在我们看来像一片茫茫的原始森林，稍一涉足就会迷路而不得返。我对这些实在心存恐惧，所以很长时间没敢问及。但是就像一个孩子觉得糖好吃就忍不住要打听与糖有关的事，以后见面多了，我还是从旁观的角度提了许多可笑的问题。

我说您研究佛教，信不信佛？他很干脆地说："不信。"这让我很吃一惊，中国知识分子从苏东坡到梁漱溟，都把佛学当做自己立身处世规则的一部分，先生却是这样坚决地说不。他说："我是无神论者。假如是研究一个宗教，结果又信这个教，说明他不是真研究，或者没有研究通。"

我还有一个更外行的问题："季老，您研究的那些外国的古代的学问，总是让人觉得很遥远，对现在的社会有什么用？"他没有正面回答，说："学问，不能拿有用还是无用的标准来衡量，只要精深就行。当年牛顿研究万有引力有什么用？"是的，我从来没有考虑过这个问题，牛顿当时如果只想有用无用，可能早经商发财去了。事实上，所有的科学家在开始研究一个原理时都没有功利主义地问有何用，只要是未知，他就去探寻。研究结果出来后，有没有用，那是后人的事。先生在回答这个问题时的那一份平静，深深地印在我的脑子里。

有一次我带一本新出的梁漱溟的书去见他。他说崇拜梁漱溟，我就乘势问："您还崇拜谁？"他说："并世之人，还有彭德怀。"这又让我吃了一惊。一个学者怎么最崇拜的是一个将军。他说："彭德怀在庐山会议上敢说真话，这一点不简单，很可贵。"我又问："接着还有可崇拜的人吗？""没有了。"他又想了一会儿："如果有的话，马寅初算一个。"我没有再问。我知道，希望说真话一直是他心中隐隐的痛。为此他在"文革"结束后又写作出版了《牛棚杂忆》。当他知道巴金去世时，在病中写了《悼巴老》，特别提到巴老的《真话集》。

　　我看着他，老人端坐在小桌后面的沙发里，挺胸，目光投向窗户一侧的明亮处，两道长长的寿眉从眼睛上方垂下来，那样深沉慈祥，前额刻着的皱纹、嘴角处的棱线，连同身上那件特有的病袍，显出几分威严。我想起先生对自己概括的一个字"犟"，这一点他和彭总、马老是相通的。不知怎么，我脑子里又飞快地联想到先生的另一个形象。一次大会堂开一个关于古籍整理的座谈会。任继愈老先生讲了一个故事，说北京图书馆的善本只限定一定资格的学者才能借阅。季先生带的研究生要查阅，但不够资格。先生就到北图，借出书来让学生读，他端坐一旁等着，如一幅寿者课童图。渐渐，这与他眼前端坐病室的身影叠加起来，历史就这样洗磨出一位百岁老人，一个经历了由民国至中华人民共和国，其间又经历了"文革"和改革开放的中国知识分子的形象。

　　近几年我越来越觉得应该为先生做点事，便整理一点与先生的谈话，后来先生的眼睛又几近失明，他题字时几乎是靠惯性，笔一停就连不上了。我又想到先生不只是一个专业学者，他的思想、精神和文采应加快普及和传播。于是去年建议帮他选一本面对青少年的文集，他欣然应允，并自定题目，自题书名。在提到编辑思想时，他一再说："我这一生就是一面镜子。"我就写了一篇短跋，表达我对先生的尊敬和他的社会意义。去年这套《季羡林自选集》终于出版，想不到这竟是我为先生做的最后一件事。而谈话整理，总因各种打扰，惜未做完。

　　现在我翻着先生的著作，回忆着与他无数次的见面，先生确是一面镜子，一面百年的明镜。在这面镜子里可以照出百年来国家民族的命运，也可以照见我们自己的人生。

（写于 2009 年 7 月 12 日季老仙逝第二日，
原载《人民日报》2009 年 7 月 14 日）

与朴老缘结钓鱼台

　　我与佛有缘吗？过去从来没有想到这个问题。1993年初冬的一天，研究佛教的王志远先生对我说："11月9日在钓鱼台有一个会，讨论佛教文化，你一定要去。"本来平时与志远兄的来往并非谈佛，大部分是谈文学或哲学，这次倒要去做"佛事"，我就说："不去，近来太忙。"他说："赵朴老也要去，你们可以见一面。"我心怦然一动，说："去。"

　　志远兄走后，我不觉反思刚才的举动，难道这就是"缘"？而我与赵朴初老先生真的命中也该有一面之缘？我想起弘一法师以当代著名艺术家、文化人的身份突然出家去耐孤寺青灯的寂寞，只是因为有那么一次"机缘"。据说一天傍晚夏丏尊与李叔同在西湖边闲坐，恰逢灵隐寺一老僧佛事做毕归来，僧袍飘举，道风仙骨，夏公说声："好风度。"李公心动说："我要归隐出家。"不想此一念后来竟成真事。据说夏丏尊曾为他这一句话，导致中国文坛隐去一颗巨星而后悔。那老僧的出现和夏公脱口说出的话，大约不可说不是缘（后来，我读到弘一法师的一篇讲演，又知道他的出家不仅仅是有缘，还有根），而这缘竟在文学和佛学间架了一座桥。敢说志远兄今天这一番话不是渡人的舟桥？尽管我绝不会因此出家，但一瞬间我发现了，原来自己与佛还是有个缘在。

　　9日上午，我如约驱车赶到钓鱼台。这座多少年来作为国宾馆、曾一度为江青集团所霸占的地方，现在也揭去面纱向社会开放。有点身份的活动，都争着在这里举办。初冬的残雪尚未消尽，园内古典式的堂榭与曲水拱桥掩映于红枫绿松之间，静穆中隐含着一种涌动。

在休息室我见到了朴老，握手之后，他静坐在沙发上，接受着不断走上前来的人们的问候。老人听力已不大灵，戴着助听器，不多说话，只握握手或者双手轻轻合十答礼。我在一旁仔细打量，老人个头不高，略瘦，清癯的脸庞，头发整齐地梳向后去，着西服，一种学者式的沉静和长者的慈祥在他身上做着最和谐的统一。看着这位佛教领袖，我怎么也不能把他和五台山上的和尚、布达拉宫里的喇嘛联系起来。我最先知道朴老，是他的词曲，那时我还上中学，经常在报上见到他的作品。最有影响、轰动一时的是那首《哭三尼》。诗人鲜明的政治立场、强烈的爱憎、娴熟的艺术让人钦佩。可以说我们这一代人，只要稍有点文化的，没有人不记得这首曲子。而我原先只知唐诗宋词，就是从此之后才去找着看了一些元曲。佛不离政治，佛不离艺术，佛不离哲学，大约越是大德高僧越是能借佛径而达到政治、艺术、哲学的高峰。你看历史上的玄奘、一行，以及近代的弘一，还有那个写出《文心雕龙》的刘勰，写出《诗品》的司空图，甚至苏东坡、白居易，不都是走佛径而达到文学、科学与艺术的高峰？只知晨钟暮鼓者是算不得真佛的。后来我看书多了，又更知道朴老在上海抗日救亡时的义举善举，知道了他与共产党合作完成的许多大事，知道了他为宗教事业所做的贡献，更多的还是接触他的书法艺术，还知道他是西泠印社的第五代社长。在大街上走，或随便翻书、报、刊都能见到朴老题的牌匾或名字。我每天上班从北太平庄过，就总要抬头看几眼他题的"北京出版社"几个字。朴老的故乡安徽省要创办一份报纸，总编喜滋滋地给我看他请朴老题的"江淮时报"几个字。人们去见他，求他写字，难道只是看着他是一个佛门弟子？

会议开始了，我被安排坐在朴老的右手。正好会议给每人面前发了一套《佛教文化》杂志。其中有一期发了我去年去西藏时拍的一组十三张照片，并文。图文分别围绕佛的召唤、佛的力量、佛的仆人、佛的延伸、佛是什么、佛是文化等题来阐述。我翻开那期请他一幅幅地看，边翻边讲。他听说我去了西藏，先是一惊，尔后十分高兴，他仔细地看，看到兴浓处，就慈祥地笑着点点头。最后一幅是我盘腿坐在大昭寺的佛殿前，背景是万盏酥油灯，题为"佛即是我"，并引一联解释："因即果，果即因，欲求果，先求因，即因即果；佛即心，心即佛，欲求佛，先求心，即心即佛。"这回朴老终于些微地冲破了他的平静，他慈祥地看着图上的人影，大笑着用手指一下我说："就是你！"并紧紧握住我的手。因为朴老听力不好，所以我们谈话就凑得更近，大概是这个动作显得很亲密，又看见是在翻一本佛教文化杂志，记者们便上来抢拍，于是便定格下许多有趣的镜头。

会议结束了。我走出大厅，走在绿中带黄、绵软如毡的草地上。我想今天与朴老相会钓鱼台，是有缘。要不怎么我先说不来，后来又来了呢？怎么正好桌子上又摆了几本供我们谈话的杂志？但这缘又不只是眼前的机缘，在前几十年我便与朴老心缘相连了；这缘也不只是佛缘，倒是在艺术、诗词等方面早与朴老文缘相连了。缘是什么？缘原来是张网，德行越高学问越深的人，这张网就越张越大，它有无数个网眼，总会让你撞上的，所以好人、名人、伟人总是缘接四海；缘原来是一棵树，德行越高学问越深的人，这树的浓荫就越密越广，人们总愿得到他的荫护，愿追随他。佛缘无边，其实是佛学里所含的哲学、文学、艺术浩如烟海，于是佛法自然就是无边无际的了。难怪我们这么多人都与佛有缘。富在深山有远客，贫居闹市无人问，资本是缘，但这资本可以是财富也可以是学识、人品、力量、智慧。在物质上，更重要的是在精神上富有的人，才有缘相识于人，或被人相识。一个在精神上平淡的人与外部世界是很少有缘的。缘是机会，更是这种机会的准备。

车子将出钓鱼台大门时，突然想起一偈，轻轻念出：

身在钓鱼台，心悟明镜台。

镜中有日月，随缘照四海。

（原载《佛教文化》1993年第12期）

人与石头的厮磨

中国人对于石头的感情远久而又亲近。在没有生命，没有人类以前，地球上先有石头。人类开始生活，利用它为工具，是为石器时代。大约人们发现它最硬，可用之攻其他物件，便制出石斧、石刀、石犁。就是不做加工，投石击兽也是很好的工具。等到人类有了文字后，需要记载，需要传世，又发现此物最经风雨，于是有了石碑，有了摩崖石刻，有了墓碑墓志。只是刻字达意还不满足，又有了石刻的图画、人像、佛像，直到大型石窟。这冰冷的石头就这样与人类携手进入文明时代。历史在走，人情、文化、风俗在变，这载有人类印痕的石头却静静地躺在那里。它为我们存了一份真情、真貌，不管我们走得多远，你一回头总能看到她深情的身影，就像一位母亲站在山头，目送远行的儿子，总会让我们从心底泛出一种崇高，一缕温馨。

人们喜欢将附着了人性的石头叫石文化。这种文化之石又可分两类。一类是人们在自然界搜集到的原始石块，不需任何加工。因其形、其色、其纹酷似某物、某景、某意，暗合了人的情趣，所谓奇石是也。这叫玩石、赏石，是天工为主。还有一类是人们取石为料，于其上或凿、或刻、或雕、或画，只将石作为一种记录文明，传承文化，寄托思想情感的载体。这叫用石，是人工为主。这也是一种石文化，石头与人合作的文化。我们这里说的是后一种。

一

石头与人的合作，首先是帮助人生存。当你随便走到哪一个小山村，都会有一块石头向你讲述生产力发展的故事。去年夏天我到晋冀之交的娘子关去，想不到在这太行之巅有一股水量极大的山泉，而山泉之上是一盘盘正在工作着的石碾。尽管历史已进入 21 世纪，头上飞过高压线，路边疾驰着大型载重车，这石碾还是不慌不忙地转着。碾盘上正将当地的一种野生灌木磨碎，准备出口海外，据说是化工原料。我看着这古老的石碾和它缓缓的姿态，深感历史的沧桑。无须讳言，人类就是从山林水边，从石头洞穴里走出来的。人之初，除了两只刚刚进化的手，一无所有。低头饮一口山泉，伸手拾一块石头，掷出去击打猎物，就这样生存。人们的生活水平总是和生产力水平一致的。石器是人类的第一个生产力平台。

随着人类的进步，石头也越来越多地渗透到生活中的角角落落。可以说衣食住行，没有一样能离开它。在儿时的记忆里就有河边的石窑洞、石板路，还有河边的洗衣石，院里的捶布石。大到石柱石础，小到石钵石碗，甚至还有可以装在口袋里的石火镰。但印象最深的是山村的石碾石磨。石碾子是用来加工米的，一般在院外露天处。你看半山坡上，老槐树下，一排土窑洞，窗棂上挂着一串红辣椒，几串黄玉米。一盘石碾，一头小毛驴遮着眼罩，在碾道上无休止地绕着圈子。石磨一般专有磨房，大约因为是加工面粉，怕风和土，卫生条件就尽量讲究些。民以食为天，这第一需要的米面就这样从两块石头的摩擦挤压中生产出来，支撑着一代又一代人的生命。其实，在这之前还有几道工序，春天未播种前，要用石磙子将地里的土坷垃压碎，叫磨地。庄稼从地里收到场上后，要用石碌碡进行脱粒，叫碾场。小时最开心的游戏就是在柔软的麦草上，跟在碌碡后面翻跟斗。前几天到京郊的一个村里去，意外地碰到一个久违了的碌碡，它被弃在路旁，半个身子陷在淤泥里，我不禁驻足良久，黯然神伤。我又想起一次在山区的朋友家吃年夜饭，那菜、那粥、那馍，都分外的香。老农解释说："因为是石头缝里长出来的粮食，又是石磨磨出来的面，就比土里长的电磨加工的要香。"我确信这一点，大部分城里人是没有享过这个福的。当人们将石器送到历史博物馆时，我们也就失去了最初从它那里获得的那一份纯情和那一种享受。正如你盼着快点长大，你也就失去了儿时的无忧和天真。

生产力的发展变化，在石头上所体现的最好标志就是一块石头由加工其他产品的工具变成被其他工具加工的产品。

20 年前，我第一次到福建出差，很惊异路两边的电线杆竟是一根根的石条，面对这些从石地层里切挖出来的"产品"，真是不可思议。又 10 年后我到绍兴，当地人说有个东湖你一定要看。我去后大吃一惊，这确实是个湖，碧波荡漾，游船如梭，湖岸上数峰耸立，直逼云天。但是待我扶着危栏，蜿蜒而上到达山顶时，才知道这里原来并不是湖，而是一处石山。当年秦始皇统一天下后，全国遍修驿道，需要大量石条，这里就成了一个采石场。现在的山峰正是采石工地上留下的"界桩"。看来当时是包工到户，一家人采一段。那"界桩"立如剑，薄如纸，是两家采石时留下的分界线，有的地方已经洞穿成一个大窗户。刚才看到的湖面，是采过石后的大坑。一根一根石条就这样从石山的肚子里、脚跟下抽出来。"沧海变桑田"是指大自然的伟力，这时我更感悟到人的伟力，是人硬将这一座座石山切掉，将石窝掏尽，泉涌雨注，就成湖成海了。后来我又参观了绍兴的柯岩风景区，那也是一个古采石场。不过不是湖，而是一片稻田，如今已成了公园。园中也有当年采石留下的"界桩"，是一柱傲立独秀的巨石，高近百米，石顶还傲立着一株苍劲的古松。可知当年的石工就从那个制高点，一刀一刀像切年糕一样将石山切剁下来。这些石料都去做了铺路的石板或宫殿的石柱。我们的祖先就是这样以血肉之手，以最原始的工具在石缝里拼生活啊。前不久我看过一个现代化的石料厂，是从意大利进口的设备，将一块块如写字台大小的石头固定在机座上，上面有七把锯片同时拉下，那比铁还硬的花岗岩就像木头一样被锯成薄如书本，大如桌面的石片。石末飞溅，一如木渣落地。流水线尽头磨洗出来的成品花色各样，光可照人，将送到豪华宾馆去派上用场。远看料场上摆放着的石头，茫茫一片，像一群正在等待屠宰加工的牛羊，我一时倒心软起来。这就是数千年前用来修金字塔、修长城、建城堡的坚不可摧的石头吗？

经济学上说，生产力是人类改造世界的能力，它包括人、工具和劳动对象。这石头居然三居其二，你不能小看它对人类发展的贡献。

二

石头给人情感上的印象是冰冷生硬，有谁没有事会去抚摸或拥抱一块冰冷的石头呢？但正如地球北端有一个国家名冰岛，那终年被冰雪覆盖着的国土下却时时冒出温泉，喷发火山。这冰冷的石头里却蕴藏着激荡的风云和热烈的思想。

我第一次从石头上读政治，是1994年1月初到桂林。谁都知道，桂林是个山水绝佳之地，我也是本着这份心情去寄情自然，赏心娱性的。当游至龙隐崖时，主人向我介绍一块摩崖石刻，因文字仰刻在洞顶，虽经800年，却得以逃脱人祸、水患。细读才知是有名的《元祐党籍碑》。说是碑，实际上就是一个黑名单。在这明媚的湖光山色中猛见这段历史公案，不由心头一紧，身子一下落入历史的枯井。这碑的书写者是在中国历史上可入选奸臣之最的蔡京。宋朝自赵匡胤夺权得位之后，跌跌撞撞共337年，好像就没有干出什么光荣的大业，倒是演绎了一部忠奸交织图，并且大都是奸胜于忠。宋神宗年间国力贫弱，日子实在混不下去了，朝廷便起用新党王安石来变法。神宗死后，改年号元祐，反对变法的旧党得势；等到宋徽宗即位，新党势力又抬头。蔡京正是在这时得宠，他便借机将自己的政敌统统打入旧党名单，名为元祐奸党。并且于崇宁四年（1105 年）讨得皇帝旨，亲自书写成碑，遍立全国各地，要他们永世不得翻身。把黑名单刻在石头上，这是蔡京的发明。

在这块黑硬阴冷的石刻前，我不禁毛骨悚然。细读碑文，黑名单共309 人，其中有许多名人大家，如司马光、文彦博、苏东坡、秦观、黄庭坚等。这些人不说政见政绩，就说他们的诗书文章，也都是一代巨星。蔡本人也算是个大文人，书与画亦很出色，当初他就是靠着这个才得以接近徽宗。但他一旦由文而政，大权在手，整起人来却如此心狠。更难得他在政治斗争中又很会使用石头这个工具。当初中国猿人刚学会以石击兽猎食求生时，万没有想到几十万年后的政坛官僚会以石来上悦君王，下制政敌。更难得这蔡京上下两手都得纯熟。当他要取悦君王，以求进身时，用的是天然无字之石。蔡京经仔细观察，发现宋徽宗极好玩石，他就让心腹在南方不惜代价，广搜奇石。为求一石跋山涉水，挖坟掘墓，拆人庭院。有大石运京不便，沿途就征用民船，拆桥毁路，这便是历史上有名的"花石纲"之祸。这事连徽宗也觉得有点心虚，蔡京就说："陛下要的都是山野之物，是没有人要的东西，有何不可？"真会给主子找台阶下。当他要对付政敌时，用的是有字的石头。他看中了石头的经久耐磨，要刻书其上，让政敌万世不得翻身。不想后人又将此碑重刻，以作为历史的反面教员。

因为有了这次由石悟史的经历，以后我就经意石头上的野史。

封建时代普天之下莫非王土，这石头当然首先要为皇家服务。中国历史上文治武功较突出的秦皇汉武、唐宗宋祖、明太祖、清康熙、乾隆七位名君，除汉武、宋祖外，我见过他们其余5 人留下的石头。今泰山脚下的岱庙里有秦始皇二十八年东巡时的刻石，北宋时还有 136 字，现只剩下9个字了。现太原晋祠存有唐太宗李世民亲笔书的一块《记功铭》，四面为文。我得一拓片，展开有一面墙之大，甚是壮观。那个乞丐出身的朱元璋很有意思，他与陈友谅大战于鄱阳湖，正不分上下时得一疯人周颠指点而胜，朱得江山后亲自撰文，在鄱阳湖边的庐山最高处为之立碑。现在御碑亭成了庐山的一个重要景点。康熙、乾隆的御制诗文极多，这是世人皆知的。中国几乎任何一处著名的风景点或庙宇里都能看到他们的碑刻，但大多是"到此一游"之类。

石头记事，确实可以千古不朽。于是就生出另一面的故事，有钱有势的就想尽量刻大石、多刻石。但是如果你的名和事不配这个不朽，不配流芳百世呢？那就适得其反，留下了一份尴尬，又为历史平添了一点笑话。这石愈大，就尴尬愈大，笑话愈大。山东青州有一座云门山，石壁上刻有一巨大的寿字，就是一米七八的小伙子，也没有寿下的"寸"字高。游人在山下，仰首就可看到。原来当年这里曾是朱元璋的后代衡王的封地，他在嘉靖三十九年为筹办自己的祝寿庆典特意搞了这么一个"寿"字工程。但是如今除了山上的寿字和山下孤零零的一个空牌楼，衡王府连只砖片瓦也找不到了。衡王这个人如不专门查史，也是没人知道。寿字倒是长寿至今，那是因为它的书法价值和旅游的用途，衡王却一点光也沾不了。

河北正定去年才出土的一块残碑，也是对立碑人的最大讽刺。这碑我们现在已不能称之为碑了，因为它已断为三截。但是大得出奇，只驮碑的赑屃就比一辆小汽车还大。这是目前国内多处碑林中未曾见过的巨制。奇怪的是，如此辉煌的记功碑既不是出自大汉盛唐，也不是出于宋元明清，据查它出自中国历史上一个短暂纷乱的小王朝——五代时的后晋。从碑身可以看出字迹清晰，石色未经风雨洗磨，碑立好不久便入土为安了，而且碑文中所有涉及碑主人的名字多处都被剔毁。经考证，碑主是一个小军阀，是此地的节度使，乱世之际他手里有几个兵也就做起了开国称帝的梦，并且预先刻好了记功清颂之碑，不想梦未成就祸临头了。他被杀身亡，碑也被活埋。这段公案直到一千多年后，正定县修路时，才在现代挖掘机的咔嚓一声中重见天日。于是我想到，这厚厚的土地下埋藏着多少不朽的石头和石头上早已朽掉了的人物。

上面说的是流传至今的成碑，还有一种是未及成形的夭折之碑。我见到最大的夭折碑是南京阳山的特大"碑材"。现在较多的说法是朱棣篡位称帝后准备为他的父亲朱元璋修孝陵时所采的石材。它实在太大了，从初步形成的情况看，碑座长 29.5 米，宽 12 米，高 17 米，重约 16250 吨。碑首长 22 米，高 10 米，宽 10.3 米，重 6118 吨，碑身长 51 米，宽 14.2 米，厚 4.5 米，重约 8800 吨，总计 3 万多吨。据传，当时为开采此石，用数千工匠，每人每天限出碎石三斗三升，不完即死。山下新坟遍野，至今仍有村名"坟头"。当时用的是笨办法，先将石料与山体凿缝剥离，然后架火猛烧，再以冷水泼在石面，热胀冷缩，一层层地激起碎石。至今石上还有火烤烟熏的痕迹。千万人，千万时的劳动还是敌不过自然的伟力，人们虽可勉强将这个庞然大物从山体上剥离，但如何运进城去却是个难题，于是它就这样永远地躺在了山脚下。如今现代化的高速公路从碑石下穿过，这巨石就如一头远古时的恐龙或者猛犸象，终日睁着好奇的眼睛看着来往的车流。

如果你读不懂这块 3 万多吨的巨石，就请先读读明史，读读朱棣。朱棣是朱元璋的第 4 个儿子。本来轮不到他来做皇帝，他也早被封为燕王，驻地就是现在的北京。但他起兵南下，夺了他侄儿的帝位，然后迁都北京。朱棣很有雄才大略，平定北方，打击元朝残余势力，也很有功，但人极残忍。他窃位后自知不合法，便施高压，收拾异己。他要名士方孝孺为他起草即位诏，方不从。他就以刀割其口，又诛连十族，共 873 人。兵部尚书铁铉不从，就割其耳鼻，又烹而使之食，问："甘否?"铉答："忠臣之肉有何不甘"，大骂而死。他将政敌或杀或充军，妻女则送军内转营奸宿。不可想象，在中国已经历了唐宋成熟期的封建文明之后，还有这样一位残暴的最高统治者。但他又装出很仁慈的样子，一次到庙里去，一个小虫子落在身上，他忙叫下人放回树叶，并说："此虽微物，皆有生理，勿轻伤之。"朱棣既有野心和实力夺帝位，又要表现出仁孝，表示合法。于是他就想到为父亲的陵寝立一块最大的石碑。这或许有赎罪和安慰自己灵魂的一面，但正好表现了他的霸气和凶残，这是一块多么复杂的石头。中国历史上334个皇帝中，叔夺侄位，迁都易地，另打锣鼓重开张的就朱棣一人。这块有3万多吨之重，非碑非石，后人只好叫做"碑材"的也只有这一例。它像神话中的人头兽身怪，是兽向人嬗变中的定格。

如果说，正定大残碑是一个未登皇位的人梦中的龙座，阳山大碑材就是一个已登皇位者，为自己想立又没有立起来的贞节牌坊。而许许多多有诗有文的御碑，则是胜者之皇们摇头晃脑，假模假样的道德文章。武则天倒是聪明，在她的陵前只有一块无字碑，她让后人去评，去想。但这也有点作秀，是另一种立传碑。"菩提本无树"，要是真洒脱又何必要一块加工过的石头呢？唐太宗说以史为镜，史镜的一种形式就是石头，后人从石镜里照出了所有弄石人的心肝嘴脸，就是那些偷偷的小动作和内心深处的小把戏也分毫毕现。

当然，石头既是山野之物，又可随时洗磨为镜，便就谁也可以用来照人照世，表达思想，褒贬人物了。上面说的是宫廷之碑，民间也有许多著名的碑刻成了我们历史文化的里程碑。如我们在中学课本里学过的《五人墓碑记》等，其激越的思想、感人的故事与坚强的石头一起经过历史的风雨，仍然闪烁着理性的光芒。成都武侯祠有岳飞书《出师表》石刻，一笔一画如横出剑戟，一点一捺又如血泪落地。石头客观公平，忠也记，奸也记，全留忠奸在青石。民间的说法就更是常书写在石头上。胡适说："中国文学史何尝没有代表时代的文学，但是我们不应该向那古文史里去找，应该向旁行斜出的不肖文学里去找寻。"了解中国的政治史也应该除二十四史外，到路边或旧宅的古石块上去找寻。在我看过蔡京《元祐党籍碑》之后 8 年再到桂林，却意外地见到一块惩贪官碑。碑文为："浮加赋税，冒功累民。兴安知事，吕德慎之纪念碑。民国 5 年冬月闰日公立"。指名道姓，为贪官立碑，彰显其恶，以戒后人，全国大概仅此一例。其作用正如朱元璋将贪官剥皮填草立于衙堂之侧。我当记者时，在家乡山西还碰到一起为清官立碑的事。从前山西晋城产一种稀有兰草，岁岁进贡。然此地崇山峻岭，崖高林密，年年因采贡品死人。就是那年我们上山时也还无路可通，要手足并用，攀岩附藤而上。有一任县令实在不忍百姓受苦，便冒欺君之罪，谎报因连年天旱此草已绝迹，请免岁贡。从此当地人逃此苦役，百姓为其立碑。封建时代人们盼清官，所以就留下不少这类的刻石。现在武夷山的文庙里还保存有一块宋太宗赐立各郡县的《戒石铭》："尔俸尔禄，民脂民膏，小民易虐，上天难欺。"还有那块被朱镕基推崇引用的《官箴碑》："吏不畏吾严，而畏吾廉；民不服吾能，而服吾公。公则民不敢慢，廉则吏不敢欺。公生明，廉生威。"此石原为明代一州官的自警碑，到清代被一后继者，从墙里发现，又立于署衙之侧以自警，再到朱镕基之口，是一根廉政接力棒，现存西安碑林。

　　大约人一从有了思想，就一天也没有停止过利用石头来表达它。权贵们总是想把石头雕成一根永恒的权杖；洁身自好者就用它来磨一面正形的镜子；而老百姓则将它用作代言的嘴巴。无论岁月怎样热闹地更替，人类演化出多少缤纷的思想，上帝却只用一块石头，就将这一切静静地收藏。

三

　　前面说过，没有哪一个人愿意怀抱一块冰冷的石头。但是，这石头确确实实每时每刻都在人类的怀抱里温暖着，一代代传递着。于是"入石三分"，那石面石纹里就都浸透着人文的痕迹。人们不知不觉中，除了将石头用作生产生活的工具外，还将它用作记录文明，传承文化的载体。就文化的本意来说，它是社会历史活动的积累。为了使辛苦积累的东西不致失去，石头是最好的载体。一来因其坚硬，耐磨损，不像纸书本那样怕水怕火；二来因其本就处在露天，体势宏大，有较好的宣示功能，所以以石记史、以石为文就代代不绝。

人以文化心理刻石大概有这样几种类型。

一是为了表达崇拜、宣扬精神。最典型的是佛教的石窟、石刻和摩崖造像。

敦煌、麦积山、云岗、龙门、大足，佛教一路西来，站站都留下巨型石窟。这都要积数代人的力量才能成。像乐山大佛那样，将一座山刻成一个大佛，用了 90 年的时间，这需要何等惊人的毅力，而且必须有社会的氛围，这只有宗教的信仰力才能办到。泰山后面有一道沟，竟将一部《金刚经》全刻在流水的石面上，每个字有桌面之大，这沟就因此名"经石峪"。但也有的是为了宣扬其他。冯玉祥好读书，他住庐山时心有所悟，就将《孟子》的一整段话，叫人刻在对面的石壁上。经石峪和庐山我都去过，身临文化的山谷之中，俯读经文，佛心澄静；仰观圣言，壮心不已，你会感到一股这石头文化特有的磅礴之力。古人凿山为佛的场景我无法亲历，但现代人一件借石表忠的事我倒是亲自体味过。20 世纪 80 年代初，我在山西当记者，一天沁水县（作家赵树理的家乡）的书记来找我，说他那里出了一件奇事，也不知该不该宣扬。我到现场一看，原来是一位老村干部为毛主席修了一座纪念堂。堂不足奇，奇的是他硬在一块巨石上用手抠出了这座"堂"。当时，毛主席去世不久，这位深感其恩的老村干部，决心以个人之力为伟人建一座堂，而且暗发宏愿，必须整石为屋。他寻遍附近的山头，终于在村对面山上找见一块巨石，就一卷行李，一口小锅住在山上。他一锤一錾，每天打石不止，积年余之力，居然挖出一座有 4 米直径之大的圆房子。老人将毛主席的像端挂正中。他又觉得山太秃，想引来奇花异草，依稀知道有一本记载植物的书叫《本草纲目》，就向卫生部写信，卫生部居然还寄来了许多种子，我去时山上已一片青翠。当时正好农村推行改革政策，村里就将这山承包给了老人。当初，人们都说这老人是疯子，现在羡慕不已。这种借坚石而表诚心的方式中外同一。上个月我从泰国归来，那里有一座佛城，巨大的佛殿里，800 多块花岗石碑，全部刻满经文。这则全靠国家的力量。

第二种是为了给后人积累知识、传递信息。那一年我到镇江，在焦山寺碑林里见到一方石头，上面刻有一幅地图，名《禹迹图》，是大禹治水，天下初定后的版图。这幅石地图用横竖线组成 5831 个方格，每格合百里，比例为 1∶420 万,上面有山川河流及 551 个地理名称。这是我见到的最久远的地图，它刻于宋绍兴十二年（1142 年），英国人李约瑟说这是世界上最杰出的古地图。现在河北保定原清直隶总督的大院内保存着 16 幅《御题棉花图》刻石。1765 年（乾隆三十年），时任总督的方观承考察北方的棉花种植生产流程后，亲手绘制了 16 幅工笔绢画，图后配有说明文字，呈送乾隆皇上御览。乾隆仔细研究过后，于每幅图上题诗一首。这回皇上写的诗也还文风淳朴，有亲农爱民之情，比如第二幅的《灌溉》："土厚由来产物良，却艰致水异南方。辘轳汲井分畦溉，嗟我农民总是忙。"皇帝亲自题诗勒石承认农民的辛苦，恐怕在中国历史上也仅此一例。这图文并茂的 16 幅石刻永远留在了直隶总督衙门，为我们保存了中国农业科技史的重要资料。人们考证，最早的木版连环画大约可以追溯到明万历年起，而这《棉花图》很可能就是第一本刻在石头上的连环画。最近我到甘肃麦积山又有新的发现，这里存有一块刻于北魏时期的释迦牟尼成佛过程的浮雕碑，应该是更古老的石刻连环画。现在长江大坝已经蓄水，有谁能想到百米水下将要永远淹没一段石上的文化。原来在涪陵城的江面上有一道石梁，水枯时现，水丰时没，古人就用它刻记水文的变化。石长 1600 米，1100 年来竟刻存了 163 段，3 万余字的记录，还有飞鱼图案。考古学家习惯将地表数米厚的土壤称为文化层。人们一代一代，耕作于斯，歇息于斯，自然就于这土层中沉淀了许多文化。那么，凸出于地表的石头呢，自然就更要首当其冲地记录文化，它不仅是文化层，而且是文化之碑，历史之柱。

第三种是人们无意中在石上留下的关于艺术、思想和情感的痕迹。

司马迁说"桃李不言，下自成蹊"，在无言的石头面前，岂止是"成蹊"，人们常常是诚惶诚恐地膜拜。山东平度的荒山上至今还存有一块著名的《郑文公碑》，被尊为魏碑的鼻祖。每年来这荒野中朝拜的人不知有多少。那年我去时，由县里一个姓于的先生陪同，他说日本人最崇拜这碑，每年都有书道团来认祖。真的是又鞠躬，又跪拜。一次两位老者以手抚碑，竟热泪盈眶，提出要在这碑下睡一夜，于先生大惊，说在这里过夜还不被狼吃掉？这"碑"虽叫碑，其实是山顶石缝中的两块石头。先要大汗淋漓爬半天山路，再手脚并用攀进石缝里，那天我的手就被酸枣枝刺到，划破多处。我来的前两年刘海粟先生也来过，但已无力上山，由人扶着坐在椅上，由山下用望远镜向山上看了好一会儿。其实是什么也看不见的，只是了一个心愿。现在，这山因石出名，成了旅游点，修亭铺路，好不热闹。

人对石的崇拜，是因为那石上所浸透着的文化汁液。石虽无言，文化有声。记得徐州汉墓刚出土，最让我感动的是每个墓主人身边都有一块十分精美的碑刻，今天都可用作学书法的范本。但这在当时就是一个普普通通的丧葬配件，平常得如同墓中的一把土。许多现在已被公认的名帖，其实当年就是这样一块墓中普通的只是用来干别的事情的石头，本与书法无关。如有名的《张黑女碑》，人们临习多年，赞颂有加，至今却不知道何人所写。就像飞鸟或奔跑的野物会无意中带着植物的种子传向远方。人们在将石头充作生活用品和生产工具时，无意中也将艺术传给了后人。

那一年我到青海塔尔寺去，被一块普通的石头大大感动。说它普通，是因为它不同于前面谈到的有字之石。它就是一块路边的野石，其身也不高，约半米；其形也不奇，略瘦长，但真正是一块文化石。当年宗喀巴就是从这块石头旁出发去进藏学佛。他的老母每天到山下背水时就在这块石头旁休息，西望拉萨，盼儿想儿。泪水滴于石，汗水抹于石，背靠小憩时，体温亦传于石。后来，宗喀巴创立新教派成功，塔尔寺成了佛教圣地，这块望儿石就被请到庙门口。现在当地虔诚的信徒们来朝拜时，都要以他们特有生活习惯来表达对这块石头的崇拜。有的在其上抹一层酥油，有的撒一把糌粑，有的放几丝红线，有的放一枚银针，时间一长，这石的原形早已难认，完全被人重新塑出了一个新貌，真正成了一块母亲石。就是毕加索、米开朗琪罗再世，也创作不出这样的杰作。那天我在石旁驻足良久，细读着那在一层层半透明的酥油间游走着的红线和闪亮的银针。红线蜿蜒曲折如山间细流，飘忽夹去又如晚照中的彩云。而错落的银针，发出淡淡的轻光，刺着游子们的心微微发痛。这是一块伟大的圣母石。它也是一面镜子，照见了所有母亲的慈爱，也照出了所有儿女们的惭愧。这时不分信仰、不分语言，所有的中外游人都在这块普通的石头前心灵震颤，高山仰止。

当石头作为生产工具时，是我们生存的起码保证；当石头作为书写工具时，是我们传承文明的载体；而当石头作为人类代代相依忠贞不贰的伴侣时，它就是我们心灵深处的一面镜子。无论社会如何进步，天不变，石亦不烂，石头将与人相厮相守到永远。

（原载《走近政治》，党建读物出版社 2003 年版）

泰山——人向天的倾诉

我曾游黄山,却未写一字,其云蒸霞蔚之态,叫我后悔自己不是一名画家。今我游泰山,又遇到这种窘态。其遍布石树间的秦汉遗迹,叫我后悔没有专攻历史。鸣呼,真正的名山自有其灵,自有其魂,怎么用文字描述呢?

我是乘着缆车直上南天门的。天门虎踞两山之间,扼守深谷之上,石砌的城楼横空出世,门洞下十八盘的石阶曲折明灭直下沟底,那本是由每根几吨重的大石条铺成的四十里登山大道,在天门之下倒像一条单薄的软梯,被山风随便吹挂在绿树飞泉之上。门楼上有一副石刻联:"门辟九霄,仰步三天胜迹;阶崇万级,俯临千嶂奇观。"我倚门回望人间,已是云海茫茫,不见尘寰。入门之后便是天街,这便是岱顶的范围了。天街这个词真不知是谁想出来的。云雾之中一条宽宽的青石路,路的右边是不见底的万丈深渊,填满了大大小小的绿松与往来涌动的白云。路的左边是依山而起的楼阁,飞檐朱门,雕梁画栋。其实都是些普通的商店饭馆,游人就踏着雾进去购物,小憩。不脱常人的生活,却颇有仙人的风姿,这些天上的街市。

渐走渐高,泰山已用它巨人的肩膀将我们托在凌霄之中。极顶最好的风光自然是远眺海日,一览众山,但那要碰到极好的天气。我今天所能感受到的,只是近处的石和远处的云。我登上山顶的舍身崖,这是一块百十平方米的巨石,周围一圈石条栏杆,崖上有巨石突兀,高三米多,石旁大书"瞻鲁台",相传孔子曾在此望鲁都曲阜。凭栏望去,远

处凄迷朦胧，不知何方世界，近处对面的山或陡立如墙，伟岸英雄，或
奇峰突起，逸俊超拔。四周怪石或横出山腰，或探下云海，或中裂一
线，或聚成一簇。风呼呼吹过，衣不能披，人几不可立，云急急扑来，
一头撞在山腰上就立即被推回山谷，被吸进石缝。头上的雨轻轻洒下，
洗得石面更黑更青。我曾不止一次地在海边静观那千里狂浪怎样在壁立
的石岸前撞得粉碎，今天却看到这狂啸着、似乎要淹没世界的云涛雾
海，一到岱顶石前，就偃旗息鼓，落荒而去。难怪人们尊泰山为五岳之
首，为东岳大帝。一般民宅前多立一块泰山石镇宅，而要表示坚固时就
用稳如泰山。至少，此时此景叫我感到泰山就是天地间的支柱。这时我
再回头看那些象征坚强生命的劲松，它们攀附于石缝间不过是一点绿色
的苔痕；看那些象征神灵威力的佛寺道观，点缀于崖畔岩间，不过是些
红黄色的积木。倒是脚下这块曾使孔子小天下的巨石，探于云海之上，
迎风沐雨，向没有尽头的天空伸去。泰山，无论是森森的万物还是冥冥
的神灵，一切在你的面前都是这样的卑微。

　　这岱顶的确是一个与天对话的好地方。各种各样的人在尘世间活久
了，总想摆脱地心的吸力向天而去。于是他们便选中了这东海之滨、齐
鲁平原上拔地而起的泰山。泰山之巅并不像一般山峰尖峭锐立，顶上平
缓开阔，最高处为玉皇顶。玉皇顶南有宽阔的平台，再南有日观峰，峰
边有探海石。这里有平台可徘徊思索，有亭可登高望日，有许多巨石可
供人留字，好像上天在它的大门口专为人类准备了一个进见的丹墀，好
让人们诉说自己的心愿。我看过几个国外的教堂，你置身其中仰望空阔
阴森的穹顶，及顶窗上射进的几丝阳光，顿觉人的渺小，而神虽不可见
却又无处不在，紧攘着你的魂灵。但你一出教堂，就觉得刚才是在人为
布置好的密室里与上帝幽会。而在岱顶，你会确实感到"天接云涛连
晓雾，星河欲转千帆舞"；"闻天语，殷勤问我归何处"。

（原载《十月》1990 年第 1 期）

石头里有一只会飞的鹰

雕塑家用一块普通的石头雕了一只鹰，栩栩如生，振翅欲飞。观者无不惊叹。问其技，曰：石头里本来就有一只鹰，我只不过将多余的部分去掉，它就飞起来了。

这个回答很有哲理。

原子弹爆炸是因为原子核里本来就有原子能；植物发芽，是因为种子里本来就有生命。它不爆炸、不发芽，是因为它有一个多余的外壳，我们去掉它，它就实现了它自己的价值。达尔文本酷爱自然，但父亲一定要他学医，他不遵父命，就成了伟大的生物学家。居里夫人 25 岁时还是一名家庭教师，还差一点当了小财主家的儿媳妇。她勇敢地甩掉这些羁绊，远走巴黎，终于成为一代名人。鲁迅先是选学地质，后又学医，当把这两层都剥去时，一位文学大师就出现了。

就是宋徽宗、李后主也不该披那身本来就不属于他的龙袍，他们在公务中痛苦地挣扎，还算不错，一位画家、词人终于浮出水面。这是历史的悲剧，但是成才的规律，也是做事的规律。物各有主，人各其用，顺之则成，逆之则败。

每当我看杂技演出时，总不由联想一个问题，人体内到底有多少种潜能。同样是人，你看，我们的腰腿硬得像个木棍，而演员却软得像块面团。因为他只要一个"软"字，把那些无用的附加统统去掉。他就是石头里飞出来的一只鹰。但谁又敢说台下的这么多的观众里，当初就没有一个身软如他的人？只是没有人发现，自己也没有敢去想。

法国作家福楼拜说："你要描写一个动作，就要找到那个唯一的动词，你要描写一种形状就要找到唯一的形容词。"那么，你要知道自己的价值，就要找到那个唯一的"我"，记住，一定是"唯一"，余皆不要。好画，是因为舍弃了多余的色彩；好歌，是因为舍弃了多余的音符；好文章，是因为舍弃了多余的废话。一个有魅力的人，是因为他超凡脱俗。超脱了什么？常人视为宝的，他像灰尘一样地轻轻抹去。

新中国成立后，初授军衔，大家都说该给毛泽东授大元帅。毛说，穿上那身制服太难受，不要；居里夫人得了诺贝尔奖，她将金质奖章送给小女儿在地上玩；爱因斯坦是犹太人的骄傲，以色列开国，想请他当第一任总统，他赶快写信谢绝。他们都去掉了虚荣，舍弃了那些不该干的事，留下了事业，留下了人格。

可惜在现实生活中，我们总是算加法比算减法多，总要把一只鹰一层层地裹在石头里。欲孩子成才，就拼命地补课训练，结果心理逆反，成绩反差；想要快发展，就去搞"大跃进"，结果欲速不达；想建设，就去破坏环境，结果生态失衡，反遭报复。何时我们才能学会以减为加，以静制动呢？

诸葛亮说"宁静致远"。当你学会自己不干扰自己时，你就成功了。老子说"无为而治"。马克思对共产主义社会的解释是"自由人联合体"，连国家机器也将消亡。当社会能省掉一切可以省掉的东西时，这个社会可能更健康更美好。

（原载《人民日报》2007 年 11 月 15 日）

匠人与大师

在社会上常听到叫某人为"大师"，有时是尊敬，有时是吹捧。又常不满于某件作品，说有"匠气"。匠人与大师到底有何区别？

匠人在重复，大师在创造。一个匠人比如木匠，他总在重复做着一种式样的家具，高下之分只在他的熟练程度和技术精度。比如一般木匠每天做一把椅子，好木匠一天做三把、五把，再加上刨面更光，合缝更严等。但就算一天做到一百把也还是一个木匠。大师则绝不重复，他设计了一种家具，下一个肯定又是一个新样子。判断他的高下是有没有突破和创新。匠人总在想怎么把手里的玩意儿做得更多、更快、更绝；大师则早就不稀罕这玩意儿，而在不断构思新东西。

匠人在实践层面，大师在理论层面。匠人从事具体操作水平的上限是经验丰富，但还没从经验上升到理论。虽然这些经验体现和验证了规律，但还不是规律本身。大师则站在理论的层面上，靠规律运作。面对一片瓜地，匠人忙着一个一个去摘瓜，大师只提起一根瓜藤；面对一大堆数字，匠人满头大汗，一道接一道地去算，大师只需轻轻给出一个公式。匠人常自恃一技，自炫于一艺，偶有一得，守之为本；大师视鲜花掌声为过眼烟云，新题层出，开拓不停。居里夫人把诺贝尔奖章送给小女儿当玩具，但是接着她又得了一个诺贝尔奖。

匠人较单一，大师善综合。我们常说一技之长，一招鲜，吃遍天，这是指匠人，大师则不靠这，他纵横捭阖，运筹帷幄，触类旁通，举一反三。因为凡创新、创造，都是在引进、吸收、对比、杂交、重构等大综合之后才出现的。当匠人靠一技之长，享一得之利，拿人一把，压人一筹时、大师则把这一技收来只做恒河一沙，再佐以砖、瓦、土、石、泥，起一座高楼。牛顿、爱因斯坦成为物理大师并不只因物理，还有更重要的数学、哲学等。一名画家，当他成为绘画大师时，他艺术生命中起关键作用的早已不是绘画，而是音乐、文学、科学、政治、哲学等。而一个社会科学方面的大师要求更高，马克思、恩格斯是一部他们那个时代的百科全书，毛泽东则是当时中国政治、军事、文学的宝典。

　　这就是大师与匠人的区别。研究这个区别毫无贬损匠人之意，大师是辉煌的里程碑，匠人是可贵的铺路石。世界是五光十色的，需要大师也需要匠人，正如需要将军也需要士兵。但是我们必须承认这个世界需要人们有一个较高的追求目标。拿破仑说不想当将军的士兵不是好士兵。将军总是在优秀的士兵中成长起来的。当他不满足于打枪、投弹的重复而由单一到综合，由经验到理性，有了战役、战略的水平时他就成了将军。鲁班最初也是一名普通木匠，当他在技术层面已经纯熟，不满足于斧锯的重复，而进军建筑设计、构造原理时，就成了建筑大师。虽然从匠人而成为大师的总是少数，但这种进取精神是人类进步、社会发展的动力。古语说，法乎其上，得乎其中；法乎其中，得乎其下。要是人人都法乎其下呢？这个社会就不堪设想。

　　我们可能在实际业绩上达不到大师水平，但至少在思想方法上要遵循大师的思路，比如力求创新，不要重复，不要窃喜于小巧小技，沾沾自喜。对事物要有识别、有目标、有追求。力虽不逮，心向往之。在个人有了这样一种心理，就会有所上进；在民族有了这样一个素质，就会生机勃勃；在社会有了这样一个氛围，就是一个创新的社会。

　　　　　　　　　　　　（原载《人民日报》2006 年 5 月 19 日）

你不能没有家

近读一篇谈烈士后代赵一曼之子境遇的文章，暗吃一惊，阴影在胸挥之不去，并生出许多关于家的联想。

赵一曼受命到东北领导抗日工作时，孩子才出生不久。我们现在能看到的是烈士抱着孩子的那幅照片和那个著名的"遗言"："宁儿，母亲于你没有尽到教育的责任，实在是遗憾的事情……希望你，宁儿啊，赶快成人，来安慰你地下的母亲!"但是宁儿，就是后来的陈掖贤，成长情况并不理想。因母亲离开之后父亲又受共产国际派遣到国外工作，陈只好寄养在伯父家。他稍大一点，总有寄人篱下之感，性格内向，常郁郁不乐。新中国成立后，生父回国，但已另有妻室，他也未能融进这个新家。

陈的姑姑陈琮英（任弼时爱人）找到陈掖贤，送他到人民大学外交系读书。但他毕业后却未能从事外交工作，原因说来有点可笑，只因个人卫生太差，不修边幅，甚至蓬头垢面。他被分配到一所学校教书。在以后的工作中，应该说组织上对这位烈士子女还是多有照顾，但他有一个令人难以置信的致命的弱点：自己管理不了自己的个人卫生和每月几十元的工资。屋内被子从来不叠，烟蒂遍地。钱总是上半月大花，后半月借债。组织上只好派人与之同住一屋，帮助整理卫生，并帮管开支。后来甚至到了这种程度：每月工资发下，代管者先替他还债，再买饭票，再分成四份零花钱，每周给一份。但这样仍是管不住，他竟把饭票又兑成现钱去喝酒。一次他四五天未露面，原来是没钱吃饭，饿在床上不能动了。婚姻也不理想，结了离，离了又复，家事常吵吵闹闹，最后的结局是自缢身亡。这真是一个让人心酸的故事。

陈掖贤血统不是不好，烈士后代；组织上也不是不关照，可谓无微不至；本人智力也不差，教学工作还颇受称道。但为何竟是这样的下场呢？是最基本的生存能力、生活能力过不了关！而这个能力又不是学校、社会、组织上能包办的，它只有从小教育，而且只有通过家庭教育才能得到。赵一曼烈士在遗书中已经预感到这种没有尽到教育责任的遗憾。这种情况如果烈士九泉之下有知，一颗母爱之心不知又该受怎样的煎熬。

一个人品德和能力的养成有三个来源，学校的知识灌输、社会实践的磨炼和家庭的熏陶培养。家庭是这链条上的第一环。人一落地是一张白纸，先由家庭教育来定底色。家庭教育与学校、社会教育最大的不同是：无条件的"爱"，以爱来暖化孩子，煨弯、拉直定型。学校教育有前提，讲纪律、讲成绩；社会教育有前提，讲原则、讲利害。家庭里的爱，特别是母爱是没有原则和前提的，爱就是前提，是铺天盖地，大包大容的爱。这种博大、包容的爱比社会上同志、朋友式的爱至少多出两个特点。

一是绝对地负责。父母的一切行为动机都是为了孩子，没有隔阂、猜疑，不计教育成本。大人是以牺牲自己的心态来呵护孩子，就像一只老母鸡硬是要用自己的体温把一颗冰冷的鸡蛋煨出一只小鸡，并且一直保护到它独立。我们经常看到一个小孩子不吃饭，父母会追着哄着去喂饭；不加衣服，父母追着去给他添衣。有不懂事的孩子说："我不吃难道你饿呀？"确实，父母肚子不饿，但心中疼。同时又因为有了这种无私的、负责的态度，才敢进行最彻底的教育，不必保留，不用多心，坚决引导孩子向最好的标准看齐，随时涤除他哪怕是最小的毛病，甚至用打骂的手段，所谓打是亲骂是爱。我们常有这样的体会，在成人社交场合看到某人吃相不雅，举止太俗时，就暗说家教不好。但说归说，这时谁也不肯去行教育责任，指破他的缺点了。因身份不便，顾虑太多。皇帝的新衣只有在皇帝小时候由他妈去说破，既已成帝，谁还敢言呢？有些毛病必须在家庭教育中去克服，有些习惯必须在家庭环境中培养，错过这个环境、氛围，永难再补。

二是无微不至的关怀。因为有了动机上的无私、负责，才会有效果上的无微不至。孩子彻底生活在一个自由王国中，他所有的潜能都可得到淋漓尽致的发挥，就像一颗种子，在春季里，要阳光有阳光，要温度有温度，要水分有水分，尽情地发芽扎根。孩子有什么想法不会看人脸色而止步，不会自我束缚而罢休。甚至撒娇、恶作剧也是一种天性的舒展。这样，他的全部天才基因都会完整地保留下来，将来随着外部条件的到来，就可能长成这样那样的大家、人才，甚至伟人。但是一进入社会教育，哪怕是最初的幼儿园教育都是某种程度的修理、裁剪、规范统一，是规范教育不是舒展教育、创造教育。家庭教育中的无微不至，充分自由，潜移默化将一去不再。这就是为什么所有的孩子一说去幼儿园就大哭不止。当然，人总得从家庭教育升到学校教育阶段，但绝不能缺少家庭教育。

其实，家庭给人的温暖和关爱，以及由此产生的特殊的教育作用还不只于孩童阶段，它将一直伴随到人的终生。表现为夫妻间、兄弟姐妹间、子女与老人间的坦诚指错、批评、交流、开导、帮助等，这都是任何社会集体里所办不到的。我们细想一下，一个人成家之后在亲人面前又不知改了多少缺点，得到多少鼓励，学到了多少东西。因为家庭成员的合作克服了多少生活及事业上的难题。现在社会上有很多继续教育机构，但常忽略了这个终生家庭教育机构，一个独身的人或寄人篱下的人将失去多少继续接受教育的机会。这么想来，人真的不能没有个家。

马克思说，人是各种社会关系的总和。当一个人少了最基本的社会关系——家庭关系，少了家庭教育、家庭温暖，他至少不是一个完整的社会人，不是一个很幸福的人。佛教哲学讲结缘。在人生的众多缘分中，情缘是最基本的，因情缘而进一步结成家庭就有了血缘，进而使民族、社会得到延续。一个人没有爱过人或被人爱，就少了一大缘，是一悲哀。有爱而无家，又少了第二大缘，又是一悲哀。一个社会如果没有家庭这个细胞它将无缘发展。虽然，曾有志士仁人说过"匈奴不灭，何以家为"的壮语，但那是特殊情况，甘愿牺牲小家为了天下人都能有一个安定的家。辛亥革命烈士林觉民牺牲前在其著名的《与妻书》中说"充吾爱汝之心，助天下人爱其所爱，所以敢先汝而死"。赵一曼烈士对儿子说"你长大成人后，希望不要忘记你的母亲是为祖国而牺牲的"。乱世舍小家是为救国家；盛世则要思和小家而利国家。历史上也确实有过放大无家思想的实验，但都以失败告终。如太平天国，分成男营、女营，夫妻不得团聚；人民公社搞大食堂，取消小家庭的温馨；"文革"前的干部分配制度造成千万个家庭的两地分居。近读一则资料，1930 年国民党立法院甚至讨论过要不要家庭的问题。可见任何政党都有过"左"的行为，当然都成了历史的泡沫。最新的一份社会调查显示，人们对幸福指数的认同要素，第一是经济，第二是健康，第三是家庭，然后才是职业、社会、环境等。现在出现的老人空巢家庭、农村留守儿童，都是变革中我们不愿看到的"家"字牌悲剧。但有三分奈何，谁愿做无家之人？恩格斯说家庭就像一个苹果，切掉一半就不再是苹果。独身、单亲、离异、留守、空巢、无子女都不能算是一个完整的家庭。当年林则徐说，烟若不禁，政府将无可充之银、可征之丁。现在如果都由这样的家庭组成社会，国家将无可育之才、可用之才。社会要增加多少本该可以在家庭圈子里消化的矛盾。

《西厢记》说，愿天下有情人终成眷属，我则为天下计，愿情缘血缘总相续，小家大家皆欢喜。

（原载《家庭》2007 年第 5 期）

人人皆可为国王

说到权力和享受，国王可算是一国之最。普天之下，莫非王土。一国之财任其索用，一国之民任其役使。所以古往今来王位就成了很多人追求的目标，国王生活的状态也成了一般人追求的最高标准。

但是不要忘了一句俗话：尺有所短，寸有所长。虽然大有大的好处，但它却不能占尽全部的风光。比如，同是长度单位，以"里"去量路程可以，去量房屋之大小则不成；用"尺"去量房间大小可以，去量一本书的厚薄则难为了它。同是观察工具，望远镜可以观数里、数十里之外，看微生物则不行，这时挥洒自如的是显微镜。以人而论，权大位显，如王如皇者亦有他的局限，比如他就不能享村夫之乐、平民之趣。《红楼梦》里凤姐说得好，"大有大的难处"。而《西游记》里孙悟空就懂得小有小的好处，钻到铁扇公主肚子里去成大事。就是在君主制度的社会里，王位也不是所有人的选择。明代仁宗皇帝的第六世孙朱载堉，就曾七次上疏，终于辞掉了自己的爵位。他一生潜心研究音乐和数学，他发现的"十二平均律"传到西方后，对欧洲音乐产生了巨大影响。对量子理论作出贡献的法国人德布罗意也出身于公爵世家，但他不要锦衣美食，终于在科学史上占有一席之地。据说现在的荷兰女王也很为继承人发愁，因为她的三个子女对王位都不感兴趣。

在现代社会里，特别是在市场经济的运行规律下，人们的利益取向、价值取向和实现途径都变得多元化了。每一个成功者都可以享受高呼万岁式的崇敬，享受鲜花和红地毯。社会有许许多多的"国王"在各自不同的王国里享受着自己臣民的膜拜。你看歌星、球星是追星族的国王；作家、画家是他欣赏者的国王；学者、教授是他学术领域内的国王；幼儿园的阿姨、小学校的教师整天享受着孩子们的拥戴，也俨然如王——孩子王。就是牧羊人，在蓝天白云下长鞭一甩，引吭高歌，也有天地间唯我独尊的国王感。

事物总是有两面性，有所不为才能有所为；失之东隅，收之桑榆；塞翁失马，焉知非福。每个人只要努力都能得到一种王者的回报。当一个人壮志难酬或怀才不遇时，这大约是人生最低潮最无奈的时期吧。但就是在这种状态下，他仍然会有追随者，仍然可以为王。北宋时的柳永，宋仁宗不喜欢他，几次考试不第，连个做臣子的资格也拿不到，他只好去当"民"。但是在歌楼妓院、勾栏瓦肆的王国里他成了国王——词王，"凡有井水处即能歌柳词"，可见他这个王国有多大。林则徐被贬到新疆伊犁，但就是这样一个"钦犯"，沿途官民却争相拜迎，泪洒长亭，赠衣赠食，争睹尊容。到住地后人们又去慰问，去求字，以至于待写的宣纸堆积如山。在人格王国里林则徐被推举为王。

在日常生活中更是人人可以为王。我看过一场演唱会，那歌手也没有什么名，但当时着实有王者风范，台下的女孩子毫无羞涩地高喊"我爱你"，演唱结束，歌迷就冲到台上要签名、要拥抱。一次去爬山，在山脚下一位年轻人用草编成蚂蚱、小鹿之类的小动物，插满一担，惹得小孩子和家长围成几层厚厚的圆圈，很有拥兵自重的威风。等到登上半山时，又见许多人挤在一起围观，一个老者在玩三节棍，两手各持一节细棍，将那第三节不停地上下翻挑，作出各种花样，人们越是喝彩他越是得意。在这个山坡上临时组建的三节棍小王国里，他就是国王。

国王的精神享受有三：一是有成就感，二是有自由度，三是有追随者。只要做到这三点，不管你是白金汉宫里的英国女王，还是拉着小提琴的街头艺术家，在精神上都能得到同样的满足。要做到这一点并不难，只要诚实、勤奋就行——因为你虽没有王业之成，大小总有事业之成；虽没有权的自由，但有身心的自由；虽没有臣民追随，但一定有朋友、有人缘，也可能还有崇拜者，"天下谁人不识君"。所以人人皆可为国王，谁也不用自卑，谁也不要骄傲。

（原载《光明日报》2007 年 1 月 23 日）

文章为思想而写

人们为什么写文章。可以有很多目的。比如，为了传递信息，传播知识，为了创造艺术，创造美感。但还有更深的一层，就像开矿一样，是为了开采新的思想，交流新的思想。当然，并不是每一篇文章都能有新思想，但有新思想的文章肯定是好文章。这也是写作人追求的理想。

我自己最早写文章是学生时代作文。那主要是为了学习字词句的组合，好比小孩学步，只要会走，还谈不上走的目的。再后来写文章是当记者，是为传播信息。新闻属平实一类的文体，以陈望道先生修辞学的分类法，是消极修辞，只求内容之实，不敢求形式华丽。但因采访之需，要接触各种人和事，感情常被感染，于是我又明白，文章是表达情感的。又因南北奔波常行名山大川之间，感于自然之美，再勾起肚子里小时读进去的那些美文，又明白文章是要表达和创造美感的。但随着年龄的增长和阅历的增加，许多事理在胸中冲撞、激荡和沉淀，许多想法从无到有，许多事从不懂到懂，我渐渐明白，文章还有更深一层的目的，它是用来开采和表达新思想的。

前些年，我曾写过一篇文章，提出散文美的三个层次。第一层是描写叙述的美，写景、状物、述事、传播信息、知识等，求的是准确、干净。第二层是意境之美，即要写出感觉、感情、美感。第三层是哲理之美，即要写出新的思想。这种美在文学作品中有，在许多政论、哲学和科学论文甚至讲话中都可找到。只要有新的思想，就有美的魅力（当然，兼有其他的美更好）。我们平时看报纸，读社论，听讲话，大部分时候留下的印象不深，就是因为这些文章讲话只到了传递信息、决定、指示这一层，还没有给人以新思想。而一篇文章或一篇讲话中有了新思想的火花，便如闪电划过夜空，你会有永久的记忆。比如"文化大革命"十年我们已经习惯了一切按最高指示办，报上文章无不重复着这样的话。但突然1978年5月，《光明日报》冒出一篇文章说"实践是检验真理的唯一标准"，提出一个很有震撼力的新思想，所以至今人们对这篇文章记忆犹新。再细想一些古文名篇所以能留传下来成为经典，除有艺术之美外，大都是因为它首先说出了一种前人没有说出的新思想。如"业精于勤荒于嬉，行成于思毁于随"，如"天将降大任于斯人也，必先苦其心志，劳其筋骨，饿其体肤"，如"桃李不言，下自成蹊"，如"亲贤臣，远小人"等，这些哲理名言都让人常读常新，而这些文章也得以代代流传。可以说裹藏在文章中的思想，是这些文章在人们头脑里代代繁殖的种子。当然，光有种子的颗粒还不行，还得有茂盛的枝干花叶。所以文章还得有文采，还得有前两个层次的衬托。作为文学作品，如果三个层次都达到了便是不朽好文。比如《岳阳楼记》，有洞庭湖景色的描写之美，有作者由此引发的情感之美，而最后又推出作者独自悟出的思想"先天下之忧而忧，后天下之乐而乐"，达到了一种哲理之美。这篇文章所以能流传千古，气贯百代，老实说，主要是因为这句话，这一个新思想。

人们或许会问，社会上每天文章千千万，哪能篇篇都有新思想？是的，许多文章只是完成着传递信息、传播知识、讲述故事的任务。作为一般人，这就够了。但作为作家、思想者，这却不够，他必须使自己的文章有新思想，要挖出别人没有表述过的思想。对这种新思想的追求就像铸炼新词新句一样，务求个性，务求最新。"语不惊人死不休"，篇无新意不出手。因为你是"专门家"，弄文章的"专家"，当然就与其他人的文章不同。就像跑步，一般人快点慢点都无所谓。而运动员则不同，他必须跑出比别人快的成绩，因为他是专门干这个的。如果百米纪录是十秒，所有跑十秒零几的人都不算数，都不会被人记住，唯有跑到九秒几的人才会被人记住。这零点一、二秒才是运动员生命的意义。同理，文章中的新思想才是作家生命的增长点。

历史老人将首先选择那些有新思想，有新鲜艺术感的文章传之后代，并根据其思想和艺术水平的程度决定它存留的时间。

（原载《新湘评论》2009 年第 6 期）

提倡写大事大情大理

近年编书之风日甚。一编者送来一套文选，皇皇三百万言，分作家卷、学者卷、艺术家卷，共八大本。我问："何不有政治家卷？"问罢，我不由回视书架，但见各种散文集，探头伸脖，挤挤擦擦，立于架上，其分集命名有山水、咏物、品酒、赏花、四季、旅游，只一个"情"字便又分出爱情、友情、亲情、乡情、师生情等，恨不能把七情六欲、一天二十四小时、天下三百六十景都掰开揉碎，一个颗粒名为一集。"选家"既是一种职业，当然要尽量开出最多最全的名目，标新立异，务求不漏，这也是一种尽职。但是，既然这样全，以人而分，歌者、舞者、学者、画者都可立卷；以题材而分，饮酒赏月，卿卿我我，都可成书，而政治大家之作，惊天动地之事，评人说史之论，反倒见弃，岂不怪哉？如果把文学艺术看做是政治的奴仆，每篇文章都要与政治上纲上线，文学必须为政治服务，当然不对。过去也确曾这样做过。但是如果文学远离政治，把政治题材排除在写作之外，敬而远之，甚至鄙而远之，也不对。

政治者，天下大事也。大题材、深思想在作品中见少，必定导致文学的衰落。什么事能激励最大多数的人？只有当时当地最大之事，只有万千人利益共存同在之事，众目所瞩，万念归一，其事成而社会民族喜，其事败而社会民族悲。近百年来，诸如抗日战争胜利、中华人民共和国成立、"四人帮"覆灭、十一届三中全会、改革开放、中国确立社会主义市场经济体制、香港回归等，都是社会大事，都是政治，无一不牵动人心、激动人心。

夫人心之动，一则因利，二则因情。利之所在，情必所钟。于一人私利私情之外，更有国家民族的大利大情，即国家利益、民族感情。只有政治大事才能触发一个国家民族所共有的大利大情。君不见延安庆祝抗战胜利的火炬游行，1949 年共和国成立庆典上的万众欢声雷动，1976 年天安门广场上怒斥"四人帮"的黑纱白花和汪洋诗海，香港回归全球所有华人的普天同庆，这都是共同利益使然。一事所共，一理同心，万民之情自然地爆发与流露。文学家、艺术家常幻想自己的作品洛阳纸贵，万人空巷，但即便是一万部最激动人心的作品加起来，也不如一件涉及国家、民族利益的政治事件牵动人心。作家、艺术家既求作品的轰动效应，那么最省事的办法，就是找一个好的依托，好的坯子，亦即好的题材，借势发力，再赋予文学艺术的魅力，从大事中写人、写情、写思想，升华到美学价值上来，是为真文学、大文学。好风凭借力，登高声自远，何乐而不为呢？文学和政治，谁也代替不了谁，它们有各自的规律。从思想上讲，政治引导文学；从题材上讲，文学包括政治。政治为文学之骨、之神，可使作品更坚、更挺，光彩照人，卓立于文章之林；文学为政治之形、之容，可使政治更美丽、更可亲可信。它们是相辅相成的，不能绝对分开。

但是，目前政治题材和有政治思想深度的作品较少。这原因有二：

一是作家对政治的偏见和疏远。由于我们曾有过一段时间搞空头政治，又由于这空头政治曾妨碍了文学艺术的规律，影响了创作的繁荣。更有的作家曾在政治运动中挨整，身心有创伤，于是就得出一个错误的结论，政治与文学是对立的，转而从事远离政治的"纯文学"。确实文学离开政治也能生存，因为文学有自身的规律，有自身存在的美学价值。正如绿叶没有红花，也照样可以为其叶。许多没有政治内容或政治内容很少的山水诗文、人情人性的诗文不是存在下来了吗？有的还成为

名作经典。如《洛神赋》、《赤壁赋》、《滕王阁序》，近代如朱自清的
《背影》、《荷塘月色》等。但这并不能得出另一极端的结论：文学排斥
政治。既然山水闲情都可入文，生活小事都可入文，政治大事、万民关
注的事为什么不可以入文呢？无花之叶为叶，有花之叶岂不更美？作家
对政治的远离是因为政治曾有对文学的干扰，如果相得益彰互相尊重
呢？不就是如虎添翼、锦上添花、珠联璧合了吗！我们曾经历过"文
化大革命"时期什么都讲阶级斗争的"革命文艺"，弄得文学索然无
味。但是，如果作品中只是花草闲情，难见大情、大理，也同样会平淡
无味。如杜甫所言"但见翡翠兰苕上，未掣鲸鱼碧海中"。事实上，每
一个百姓都从来没有离开过政治，作家也一天没有离开过政治。上述谈
到的近百年内的几件大事，凡我们年龄所及赶上了的，哪个人没有积极
参与，没有报以非常之关切呢？应该说，我们现在政治的民主空气比前
几十年是大大进步了。我们应该从余悸和偏见（主要是偏见）中走出
来，重新调整一下文学和政治的关系。

二是作家把握政治与文学间的转换功夫尚差。政治固然是激动人心
的，开会时激动，游行庆祝时激动，但是照搬到文学上，常常要煞风
景。如鲁迅所批评的口号式诗歌。正像科普作家要把握科学逻辑思维与
文学形象思维间的转换一样，作家也要能把握政治思想与文学审美间的
转换，才会达到内容与艺术的统一。这确实是一道难题。它要求作家一
要有政治阅历，二要有思想深度，三要有文学技巧。对作家来说首先是
不应回避政治题材，要有从政治上看问题的高度。这种政治题材的文章
可由政治家来写，也可由作家来写，正如科普作品可由科学家写，也可
由作家来写。中国文学有一个好传统，特别是散文，常保存有最重要的
政治内容。中国古代的官吏先读书后为仕，先为仕后为官。他们要先过
文章写作关。因此一旦为政，阅历激荡于胸，思想酝酿于心，便常发而
为好文，是为政治家之文。如古代《过秦论》、《岳阳楼记》、《出师

表》，近代林觉民《绝笔书》、梁启超《少年中国说》，现代毛泽东的《为人民服务》、《纪念白求恩》、《别了，司徒雷登》等许多论文，还有陶铸的《松树的风格》。我们不能要求现在所有的为官为政者都能写一手好文章，但是也不是我们所有的官员就没有一个人能写出好文章。至少我们在创作导向上要提倡写大事、大情、大理，写一点有磅礴正气、党心民情、时代旋律的黄钟大吕式的文章。要注意发现一批这样的作者，选一些这类文章，出点选本。我们不少的业余作者，不弄文学也罢，一弄文学，也回避政治，回避大事大情大理，而追小情小景，求琐细，求惆怅，求朦胧。已故老作家冯牧先生曾批评说，便是换一块尿布也能写它 3000 字。对一般作家来说，他们深谙文学规律、文学技巧，但是时势所限，环境责任所限，常缺少政治阅历，缺少经大事临大难的生活，亦乏有国运系心、重责在身的煎熬之感。技有余而情不足。所以大文章就属凤毛麟角了。但历史，文学史，就是这样残酷，10 年之后，20 年之后，留下的只有凤毛麟角，余者大都要淹到尘埃里云。

我们现在所处的时期叫新时期，改革开放的新时期。毛泽东领导中国共产党建立人民政权，翻天覆地，为中国有史以来之未有，是新中国。邓小平开创有中国特色的社会主义，是新时期。新中国开创之初，曾出现过一大批好作品问世，至今为人乐道。新时期又该再有一轮新作品问世。凡历史变革时期，不但有大政大业，也必有大文章好文章。恩格斯论文艺复兴，说是一个需要巨人，而且产生了巨人的时代。我们期盼着新人，期盼着好文章、大文章。中国共产党和中国人民过去的革命斗争及现在改革开放的业绩不但要流传千古，她还该转化为文学艺术，让这体现了时代精神的艺术也流传千古。

（原载《人民日报》1998 年 7 月 11 日）

肢体导演张艺谋

从来没有说过电影方面的事，因为是外行；更没有议论过张艺谋，因为他是大人物。但最近，张艺谋自己为他的《三枪拍案惊奇》实在闹的动静太大，占住电视屏幕，总在你眼前晃，晃得头晕。就想说几句。并不全关电影，也不关他个人。

为了给《三枪拍案惊奇》做广告，张艺谋表扬他的演员，特别是小沈阳。说他们的长处是肢体表演，比如要表现"恐怖"，一般电影演员是用面部的心理表情，十几秒钟。而小沈阳他们能用全身的肢体，摔倒、爬滚、哆嗦、抽搐、歪眉斜眼、屁滚尿流。10 秒的表演可以扩到10 分钟。他自以为这种表演和导演手法是新的艺术高峰，其实是掉进了黑洞。张的这段自白可以看做是解读他的电影的钥匙。这几天电视上不断展览《三枪拍案惊奇》的拍摄花絮，张亲自演示怎样踢屁股，要求像足球射门那样踢，把腿抡圆，一次不行，两次，直踢了七次。于是银幕上就满是横飞的肢体，鼻涕眼泪的脸、忽斜忽圆的眼、黑白的阴阳头、变形的胳膊腿……猛看就像毕加索的那幅《格尔尼卡》的扭曲画面。

从表情走向肢体动作，这是进步吗？是退步。二人转作为一种底层民间艺术，原来的缺点有二。一是粗了一些，主要是动作的夸张粗野。二是脏了一些，互相调骂的太多，行话叫"脏口"。约 20 年前，我曾专门到吉林，在一个地下表演厅看了一台原始的二人转，要硬着头皮看。赵本山的功劳正是对这两方面进行了改革，救活了二人转，加进了审美。张艺谋不吸收现在的阳光，反而去挖掘过去的裹脚布。张也曾有过好作品，如《秋菊打官司》、《一个都不能少》等，记得他当时说过一句话：自己叙述的功力不够，拍《秋菊打官司》是为补课。新闻和电影本来是不搭界的，但我当时很为他的这种艺术追求所感动，就到处给青年记者讲，写新闻也要学张艺谋这种苦练叙述的基本功。可惜，我们认真学了，他却浅尝辄止。再一细想，他恐怕始终也没有走出"肢体热"的怪圈。他后来热心搞大型的《印象》，动辄百人、千人，真山水，声、光、电，那就是一种多人运动的大肢体戏。记得在桂林看《刘三姐印象》，气势虽大，但怎么也找不回当年歌剧和影片的美感，而现场倒是催生出了一个怪产业：卖望远镜。观者都传，远处船上的女演员是裸体。不管怎么样，在肢体上做文章，恐怕不是艺术的出路。前几年，作家中曾出现过所谓身体写作的美女作家，网上有木子美、芙蓉姐姐之类，虽有点噱头，但并没有什么大成。当然，张艺谋不会走这么远，但也难说。因为《三枪拍案惊奇》炒作的关键词是票房！票房！为了票房价值什么不敢牺牲？况且，玩庸俗本身也会上瘾，就像吸毒、赌博一样。

张艺谋说拍这个戏是为搞笑。搞笑是艺术吗？就算是，也是艺术中很小的一块皮毛。说到底，艺术要给人以美感。人除了物质需求之外，其精神文化需求有 6 个档次，由低到高分别是：刺激、休闲、信息、知识、思想、审美。搞笑属于刺激这一档，是最低档。刺激是一个巨大的精神需求黑洞，它甚至超过了其他 5 个档次，因为人由动物变来，有原始性、粗野性。如果不加限制，刺激性的精神产品就有无边的、可怕的市场。这就是为什么我们总在扫黄，却不可能完全扫净，但又还得不停地扫。在《三枪拍案惊奇》的宣传推介中，出品人居然在电视上大声喊，不管评价多么不同，只要有人看，能卖钱就行。我们关于精神产品的管理不是一直坚持"两个效果"的标准吗？即市场效果和社会效果。

现在怎么自打嘴巴了？这时就不讲政治了？如果要更刺激、更赚钱、更市场一点，把赌场和妓院也开放了岂不痛快？黑格尔的《美学》，比较艰深难读，但他说出一个简单的道理：人与外部世界的关系，有两种，一种是为狭窄的庸俗的兴趣所束缚的欲望关系，另一种是对艺术品的审美关系。"人们常爱说：人应与自然契合为一体。但是就它的抽象意义来说，这种契合一体只是粗野性和野蛮性，而艺术替人把这契合一体拆开，这样，它就用慈祥的手替人解去自然的束缚。"（《美学》第一卷第61页）社会为什么敬重艺术家？是因为他们那双慈祥的手。张艺谋的手似乎并不慈祥，他的作品中总是留恋原始、粗野和野蛮，乐此不疲。总喜欢把戏往下半身导。在高粱地里做爱，给烧酒锅里尿尿，打架斗殴踢屁股。就是秋菊男人被村长一脚踢伤，踢的部位也必须是生殖器。这些当然刺激，如黑格尔说的也能"起欲望"，也搞笑。但作为一种艺术方向，总这样搞笑下去，这个民族还有什么希望？如果当初我们的唐诗、宋词、元曲也这样一路搞笑过来，现在我们的文化会是什么样子？不是说艺术不能搞笑，但艺术的方向和本质不是搞笑，尤其它的代表人物不能以搞笑为旗、为业。我们所有的作家、音乐家、画家、演员、导演等艺术家，都应该有一双仁慈的手，为社会、为观众慈航普度，而不是玩弄和亵渎他们。艺术家啊，听听黑格尔老人的劝告吧，看看你的手，是仁慈的？无力的？抑或是罪恶的？

一个有修养的艺术家惜名如金，珍惜自己的艺术生命，绝不推出水准线以下的作品。米开朗琪罗从不让人看他还没有成功的作品，一次朋友来访，只看了一眼旁边正创作中的雕塑，他就假装失手，油灯落地，周围一片黑暗。吴冠中怕自己不满意的作品流传于世，竟自己点火烧了一大批画。孙红雷刚在《潜伏》中有了一点好名声，竟去接这样的烂片。童子无知，导演欺人。看来一个演员要修到不让导演误导，不被人倒着演，还真不容易。社会捧红了一个大导演，他却不知自爱，对自己不负责，对演员不负责，对观众不负责，怎能叫人不伤心。或者他原来就没有读几本书，现在又忙于搞笑，不读书，认识水平实在上不去，但文艺研究部门、宣传管理部门哪里去了？谁来导一导这个导演？不是刚换了教育部长吗？快到电影学院去看一看，除了"形体表演"，有没有开《美学》课、《政治》课？文化部除了讲产业发展，下面不是还有一个艺术研究院吗？电影艺术在不在研究之列？我奇怪，每年贺岁片一出，总是一哇声地说"票房、票房"，"当日票房"，却没有人出来讲一点艺术的规矩。也许是因为出不起广告钱，媒体不给他们话语权。于是只剩下写博客了。尽管电视上不断地老王卖瓜，网上一位 80 后作家还是说他只能给《三枪拍案惊奇》打一分。这一点认识倒是"老少咸一"，看来艺术还不会绝种。

（原载《人民日报·海外版》2009 年 12 月 24 日）

文化贴牌无异于自杀

前几天张家界忽将自己最著名的景点"南天一柱"改名为"哈利路亚山"。原因是美国人拍了一部电影《阿凡达》,景区就慌忙把祖宗留下的真山改为电影里虚幻的山名,还自我壮胆说,这不是崇洋媚外,是为了发展旅游。这多少有点像一个贪官在外面包了二奶,又连忙解释,我真的是为了爱。在网民的强烈反对下,这个闹剧虽然收场,但还是给我们留下了一点文化思考。

这件事不由使人想起国门打开以来的"更名热"。商品改名,民族工业中许多著名品牌不见了;人改国籍,去年曝出一部《开国大典》电影中有众多中国明星原来已不是中国人。现在却要轮到中国的名山大川换洋名了,如此下去什么不能改?只怕长江要变成亚马逊江,泰山要变成冈底斯泰,老子、孔子也改做老乔治、孔耶夫了。

记得改革开放初,民间戏将老歌词"帝国主义挟着尾巴逃跑了",改为"挟着皮包回来了"。这不奇怪,同处一个地球,本来就是国与国之间的你我竞争,发达国家或经济攻势,或文化攻势,都是允许的,虚心学习也是应该。当年中国积贫积弱,高喊要自立于世界民族之林,现在我们早已主权独立,最近传来的消息经济实力也跃居世界前三位,但还有一个"自立"没有彻底解决,即精神自立、文化自立。外国人说:中国能出口电视机,但出口不了电视节目。张家界更名一事正透出了国人在文化方面缺乏自信,湘西的一座名山,人文有贺龙、沈从文、黄永玉等,自然风光,世界独一无二,现在巍巍秀峰,铮铮石岩却要弯腰去俯就一部外国电影，一个一关电源就什么也没有的虚影子。更何况，那个电影就是在张家界采的景，就像《红楼梦》里的元春，本来就是贾家的姑娘，才嫁到宫里没几天，再回娘家，全家人就要下跪。这是一种文化的自卑，在西方发达国家不大可能发生。明天英国、法国、日本再来拍一部电影，你改名不改？

向来，改用外来地名，大多是政治原因。如英国殖民者到处命名"维多利亚"。在那些人迹未到的地方，探险者总是抢先命一本国名字。最近我们终于出版了一本中文命名的南极地图，宣示了我们的科学探险能力。还有一种情况是为了友谊，也是政治需要，如解放初个别城市的"斯大林大街"，现在还在用的"白求恩医科大学"。从来还没有听说过，把自己的名牌山水又贴上一个外来地名去发财的。恐怕钱还没来，异化的名字倒先引来消费者的反感。

一个民族的独立、兴旺、发达，要靠武力强大、经济独立，更要靠精神自立。我们这个民族始终有坚强、勇敢、自信的一面，从文天祥的"天地有正气"到共产党人的自力更生。但也有奴性残余的一面，鲁迅当年就曾为此终身战斗，可惜还是劣根难尽。一个没有了自立意识、自立愿望的人还侈谈什么发展产业。在商品生产上靠贴牌销售终归没有出路，在文化产业上贴牌更是一种自杀。事实上张家界景区改名的做法已遭到国民的反对。据湖南本地红网，外地凤凰网、环球网做的调查，反对者分别达 70.94%、82%、91.9%，国内媒体一片批评。事后，当事者解释说是为促销，是民间所为。但不管怎么解释，以一座标志性的名山来试刀，这总是干了一件蠢事，这说明乱改洋名这根神经碰不得。张家界本来是一处发现较晚，大自然为我们保存较好的原生态景观，也因此获得世界非物质文化遗产的殊荣，祖宗有功，湖南有幸，自应珍重。前几年张家界曾因无序开发，乱建宾馆、电梯，为了"申遗"又不得不强行拆迁。那一次土折腾，余影犹在，现在又来了一次洋折腾。我们不是每天喊着学习践行科学发展观吗？胡锦涛在纪念改革开放 30 年的讲话中用了"不折腾"了这个词。希望重读一下讲话，真的少来一点折腾。

（原载《人民日报》2010 年 2 月 5 日）

爱国的理由

　　受命为出版社选一本爱国文选，接手之后才知道这绝非易事。既为爱国文选，起码得具备两个条件，一是内容必须能涵盖爱国的主旨；二是形式必须是散文，最好还是美文。这时我才发现在散文领域，爱国题材的作品比之山水景物、生死爱恨、新事旧情等，确实少得多。选家们编的各种选本中，也很少将爱国单列一类。平时我们印象较深的爱国事件、人物大都是从历史书上或者小说、诗歌、电影中得来的。以美文来诠释爱国大义、品评人物原来是这样的难。

　　编选本身不仅是搜集和整理，而且也专题学习。编选过程中，我脑海里不断思考这几个问题。一是我们为什么要爱国？二是爱国的内容和表现？三是爱国文章是怎样写成的？

一

　　我们为什么要爱国？一句话，国家养育了你。这好比问我们为什么要爱父母。因为父母生你养你，你与他们有了不可改变的血缘关系。同理，人与国家也是一种天然的血缘关系。你在这个国家里出生、成长，国家给了你特定的种族遗传、生活基础、社会关系、价值观念、文化修养。你的身躯，你的精神是国家塑造的。国家民族的个性已经深深地融化在你的血液里。国家的名誉、利益和你的名誉、利益紧紧地连在一起。于是你与祖国就既有了情感上的依存，又有了利益上的一致。这是我们爱国的天然的、血缘上的理由。人必须爱父母这叫孝；人又必须爱祖国这叫忠。忠孝二字是人类的基本道德，是人类对自己的母体：父母和祖国的回报，是天然的法则，属天理良心一级的最高的又是最起码的道德标准，无论哪个民族概莫能外。乌鸦反哺，羔羊跪乳，动物且然，况于人乎？于是我们就有了一种无法割舍、无法忘怀，如影随形、伴我终身的恋国之情。这是爱国的第一个理由，天然的无可辩争的理由。

第二个理由是你既在国中，就要为国效力，就要关心这个"家"。当年方志敏见祖国积贫积弱，被强敌欺侮，他在《可爱的中国》中说母亲"哭得伤心得很呀！她似乎在骂着：难道我这四万万的孩子都白生了吗？"公民如果不爱国，这公民又有何用？真这样，这个国家怎能生存？国家是我们大家的家，是民族的大家庭，她也需要不断维持，不断发展。对内来说，祖国的繁荣发展得靠子女们的辛劳建设，如蜂酿蜜，如燕垒窝，不能有一时的停顿。对外来说，祖国必须有人来保卫。一国既处于世界各国之林，必然会有各种利益冲突和竞争，甚至会遭遇欺侮和侵略。任何国家的独立、发展和强盛都是靠它的全体人民，万众一心，竭力奉献换来的，每个国民都有出力费心，直至牺牲的义务。这是爱国的第二个理由。如果哪个人身处国中却漠视国运，那是最大的不忠不义。虽然各个历史时期都有汉奸、有败类，但这些人总是被人所唾弃的。

二

理由既立，便是爱什么？怎么爱？即爱国的内容和表现方式。

依内容而论大致有三。一爱祖国河山；二爱祖国人民；三爱祖国文化。

一要爱祖国河山。无论在哪个民族的心目中土地都享受至尊、至敬的荣誉。记得小时候每逢过年，村里必为土地神换一次春联："土能生万物，土可载山川"。我们的一切一切都是祖国这片土地所承载，所养育。主权、人民、事业、财富等都因国土而存在。希腊神话中，大力士安泰其力量只源于土地，只要他不离开大地，任何人都不可能将他战胜。中国古代皇城里专建有社稷坛，用五色土拼成，皇帝每年要祭坛拜土。土即代表社稷。国土是一个国家赖以生存的根基，是它的第一物质形态，是硬件。皮之不存，毛将焉附？国土不存，国将不再。历来的侵略战争都是先侵城掠地，犯人国土。而战败国最大的屈辱就是割地赔款，是去国逃亡或在已沦陷的国土上做亡国奴。"最是仓皇辞庙日，教坊犹奏别离歌"，何其凄凉。1937年起，日本全面发动侵华战争，掠我大半个国土长达8年。抗日烈士吉鸿昌临刑前赋诗曰："恨不抗日死，留作今日羞，国破尚如此，我何惜此头。"祖国的土地岂容外人蹂躏？"还我河山"这是古往今来一切爱国志士泣血而呼的口号；"爱我家乡"是一切爱国者发自内心深处的共同呼唤。爱国首先就要爱河山，爱国土。要保卫她，维护她，让她更富饶，更美丽。许多游子，去国之时身边带一把祖国的土，阔别归来，不由得跪吻祖国的热土。禾苗离土即死，国家无土难存。要热爱祖国的土地，这是我们生存的根基。

二要爱祖国人民。人民是国家的主体，人民的意志支持着国家的存在。一个爱国者首先要摆对个人和人民的位置。就是封建时代也强调民重君轻，进入资本主义更有了民本、民主意识。一国之中从国家元首到普通百姓都是人民的一分子。对治国者来说，是人民之水推举着国家之舟，敬民爱民，按照民意来决策行事，就国运兴，国事盛，国势强；轻民贱民，逆民意专横妄为，就国运衰，国事败，国势弱。从这个意义上说，凡亲民爱民，治国有成的国君、总统、元首都是伟大的爱国者；而那些玩弄民意，轻贱民心，甚至置民于水火的人，都是误国盗国者，甚至是卖国者，遍观历史无不如此。每一个生活在一定国度里的人都必须按照国中最大多数人的意志行事。没有人民的解放就没有个人的解放，没有人民的幸福就没有个人的幸福。那些握有一点权力就句人民作威作福、欺压人民、反人民的人；那些不顾人民利益暗售其奸，中饱私囊的人，都会被社会所唾弃，都会被钉在历史的耻辱柱上。所以每一个爱国者，每一个志士仁人，都把能为人民做一点贡献看做自己终生奋斗的职责。陈毅有诗："靠人民，支援永不忘。他是重生亲父母，我是斗争好儿郎。"邓小平说"我是中国人民的儿子"，毛泽东将这一爱国思想提炼为精辟的五个字"为人民服务"。虽然中外历史上曾对无数的帝王、元首喊过万岁，但只有"人民万岁"才是颠扑不破的真理，而"人民的功臣"则是历史对爱国者的最高奖赏。

三要爱祖国文化。文化是一个民族的血型，是这个民族在长期的历史演变中所积累、所认同的精神准则。国家和民族的概念不完全相同，一个国家可以是单民族也可以是多民族，但只要几个民族在一个统一的国度里生活，就可因国家的影响力和长期的融合，形成一个大的民族群体。如我国分别有 56 个民族，又可统称一个中华民族。这样从文化上也就会分出此国与彼国的不同。就像人的基因遗传分出不同的肤色、体形，一个国家的文化遗传也会分出不同的信仰、好恶、精神、道德等标准。文化是一个国家的魂，是祖国为她的儿女留下的精神基因。我们看海内外的中华民族子孙，尽管多少年来可能居住环境不同，政治派别不同，生活习惯不同，但还是年年要到陕北祭黄帝陵，到福建拜妈祖庙，在家里供关公，与子孙说岳飞，就是因为还有文化这条根，这个魂。一个中国人当他离乡背土在国外时，当他暂时脱离祖国人民时，他仍感到自己是一个中国人。但是假如他不认识祖国的文字，不知道祖国的历史，已没有本民族的习俗时，他纵然还是黑发黄肤也不能再算是一个中国人了。因为他的精神世界中的这条文化之根已被彻底拔掉。所以历史上一切侵略者在攻城略地之后接着便是同化人家的文化。都德的小说名篇《最后一课》，就是写德国人侵入法国，从次日起学校里将不能再用法语上课。清入关强制汉人剃发，"留发不留头，留头不留发"，一个发型何至于这样重要？其目的就是不许你留一点故国痕迹。日本人一占领东北就强制推行日语，企图从根子上奴化下一代，让你几代之后竟不知自己是何人种。爱国需爱祖国的文化，因为这是国家、民族的灵魂。

国土是根，人民是本，文化是魂。一个人如果无根、无本、无魂是多么可怜，不但他的身体漂泊无定，就是灵魂也无处归宿。所以爱国，一要爱祖国的河山土地，二要爱祖国的人民，三要爱祖国的文化。有这三样，就是一个赤子，就是一个爱国者，一个有血、有种、有志的人。

三

明白了爱国的涵义，我们该以一种什么样的爱心去实施这份爱意呢？概括起来有三，即：忧国、救国和报国。

忧国是对国家命运的关切与思考。自从范仲淹长叹一声："先天下之忧而忧，后天下之乐而乐"之后，这句话就成为一切爱国者的座右铭。忧心，是一种责任，没有一定觉悟、一定的社会责任感的人不会心忧天下。这是因为，一者，国家离个人实在太远，一般人为柴米之事所扰，人情得失所缠，哪有心有力顾及国事？二者，平时治国赖有良才重器、高官谋臣，一般也轮不到普通百姓去思考国事。三者，和平时期，国家正常运转，可忧之事并不突出。但正是平地惊雷，鹤立鸡群才显得不一般，在平平常常的日子里能有一些平平常常人去思考国家大事，这才是最可贵的。所谓天下兴亡，匹夫有责，所谓身无分文，心忧天下。这种忧心是真正把国家挂在心上，忘不得、放不下、想得苦、思得深，不但表现为深切的责任，更表现出惊人的才学和政治智慧，当遇有阻力时又表现出非凡的勇敢。现代人中如马寅初，他在 1957 年中国人口还只有 6 亿时就提出要计划生育，却受到批判。他说："我虽年近 80，明知寡不敌众，自当单枪匹马，出来应战，直到战死为止。"古人中如辛弃疾流亡南渡后共生活了 40 年，南宋对他时用时弃，加起来只用了 20

多年，20多年间又调动了37次。但他还是不停地上书提建议，并以词抒忧愤。外国人中，如美国第一位总统华盛顿，在干满两任后发表演说绝不连任，以免为后人留下坏先例。还有1962年当我国经济困难，农村又正是公社化高潮时，陕西一个叫杨伟名的农民知识分子上书中央，要求退回到单干的生产关系。当时这实在大逆不道，他后来被迫自杀。但历史证明他们都忧之有理，他们的忧国文章成了历史的经典。以忧心来体现爱国要靠理性的思考，需要广博的知识和对社会规律的深刻认识，所以忧国之心多存在于知识分子之中。这是一种先知先觉，大仁大智。

救国是在国家危难时刻所表现出的牺牲精神。历史上每一次国家民族危亡之时，都会出现一批民族英雄，同时也会有汉奸、叛徒。国家危机当然首先考验着政府，但同时也考验着每一个公民。这种时刻，救国是最起码的做人标准，又是凝聚全国人民的精神支柱。这时，无论哪个党派，哪个人只要能高举救国的旗帜，它就顺民心、得民意，就能得天下。中国共产党就是在领导全民的抗日战争中得到民众的认识和拥护，终于战胜国民党，创建了一个新中国。在这种关键时刻，一个人可立成英雄，扬名于世；也可立成汉奸，遗臭万年。周作人，本是一个有影响的作家，炮声一响，便当了汉奸。千百年来，岳飞和秦桧已经成为爱国者和卖国者的代名词，分别代表忠奸的形象。从历史唯物主义出发，凡当时为民族、为国家利益作出贡献和牺牲的人都是爱国的，他们所体现的爱国精神并不会因现在的时势不同而失去光辉。所以苏武、辛弃疾、岳飞、文天祥、史可法、林则徐仍然受到今人的崇拜。爱国精神正是在这种传承中才得以发扬。同样我们也尊敬如华盛顿、斯大林、丘吉尔等一切其他民族的爱国者。只要不妨碍别国和他民族利益，为本国本民族的利益奋斗的人永远是高尚的。

报国是对国家的一种责任心，是尽心尽力地付出和奉献。一个人可能生不逢时，不能出现在救国的战场；也可能智力不够高，没有更深的治国良策；但却可以时时处处尽到报国之心。他可以将自己力所能做的事全部联系到对国家民族的贡献上去。邓稼先是一个典型的尽职报国的爱国者。他在世时，甚至他去世后很长一段时间人们都不知道他的名字。但这于他又有何碍？他静静地为中华民族完成了一件大事，造出了原子弹，让民族直起了腰。袁隆平也是一个尽职报国的爱国者，他几十年如一日在田野上，在稻田里奋斗。因他的优质杂交稻，很大程度上解决了中国人的吃饭问题。报国心是一份平常心，就像在父母面前的一份孝心，是不要特意表现，但要时时准备，事事尽心的。当每一个公民都能自觉做到这一点时，国家就会格外地强盛，民族就会格外地兴旺。

忧国、救国、报国是我们在不同形势下所表现的爱国方式。少先队有一句口号：时刻准备着。对一个爱国者来讲，他时时刻刻都在准备为国效力，为国献身。他的每一缕思考，每一次行动，生命的每一分钟都在化作对祖国的奉献。

四

现在谈到这本文选本身。

当我们理解了爱国的含义后，回头再看表达爱国的文章，就会明白为什么它比其他题材的作品最为难写了。原来一篇有震撼力的爱国文章必须同时具备时代精神和牺牲精神。它并不是随便哪一个人挥笔蘸墨就可写成。它是历史老人调动时代的板块，在碰撞、选择和冲突中迸发出电光；它是爱国者燃烧自己的血液和生命绽开的云霞。这种至理至情的雄文，是时代所写，是生命所写，是人民群众推举他的代言人所写。爱国既不是一个偶然的冲动，也不是一次偶然的事件，它应历史规律而生，又受历史的反复检验。一篇爱国文章大约至少要半个世纪或更长的时间之后才能看出它的历史价值。像《岳阳楼记》、《少年中国说》、

《可爱的中国》、《为人民服务》等，都是时代的写照，是思想的丰碑，本身就记录了爱国是怎样战胜腐朽而推动历史的。像本书中收入的张学良的《西安事变后的广播讲话》、彭德怀的《庐山会议上的一封信》、农民知识分子杨伟名的《当前形势怀感》、叶挺将军的《囚语》等过去都鲜为人知，但它们的理性光芒还是突破了历史的尘埃。爱国不是一个简单的逻辑推理，更不是精心编制的故事，它是作者的全身心投入，是义无反顾的牺牲与奉献，是他自身激情的燃烧。马寅初、彭德怀、杨伟名等，都是用自己的生命做火把，照亮众人的眼睛，照亮历史的路途。当他们写出这样的文章时就如谭嗣同坐等被捕，如黄继光以身堵枪眼。他们是用生命换得一种理念，一种思想，一种行为规范。正因为如此，爱国的文章才格外有教育意义和文化价值。它成了传承民族精神的阶梯，成了一国传统文化的核心，也是一代又一代新人成长的乳汁。一代爱国名将叶挺在《囚语》中，回忆自己精神和信仰的养成时说："吾在乡，幼年甚爱读前后《出师表》、《正气歌》、苏武《致李陵书》、秋瑾及赵声等诗，感动至流涕。"现在叶将军等先辈又以他们更多的血写文章感动着我们这些后来人，同时也激励我们要为后人留下爱国的事和文。

爱国，永远是一个民族、一个国家存在的支柱，也是做人的起码标准。

（本文为《爱国的理由》一书的前言）

美 是 什 么

审美文化，是艺术文化。回答美是怎么一回事？什么叫美，怎样才美，美有什么用？有这样几个要点。

美是人的本性

这个本性甚至可以追溯到动物性。你看孔雀的羽毛，老虎的花纹无不求美。公鸡好看，是因为母鸡爱美，对它长期追求、筛选的结果。爱美不要什么理由，也不受时代、阶级、环境的限制。原始人就知道用兽骨制成项链，还在岩壁上画画，后来又在陶器上画各种花纹、图案。只不过是随着文化的进步，人的精神世界的丰富，美的内容、层次也在增加变化。美是与人类的成长同步的，一部美学史也是一部社会发展史。人的爱美之心是人发展完善的一种动力。我们要承认这种本性，"文化大革命"把人的这种本性都批判了，美就是资产阶级，就是反动。"左"到否定人的本性。而人的本性是不能剥夺的，正如饿了就要吃东西的食欲，不懂就要学习的求知欲；看到美的人、美的物、美的作品就喜欢的审美欲。既然人人都爱美，都有这个本性，反过来就人人讨厌丑，不管是外表形式的丑，还是内在的精神方面的丑。当然谁也不愿被人讨厌。于是为了自己的美和欣赏外部的美，于是生出一门美学，研究怎样才算美、才能美。

美 的 用 途

农村里的一些老人常说年轻人："描眉画红（口红）有什么用？"从发展生产，多打粮食来讲，确实没有用。"文革"前，把绿化、美化环境都看做是资产阶级思想作怪。美这个东西，既不实用，也不深刻，只作用于人的情感，让你愉悦、兴奋、激动、忧伤，改善情绪，作用于精神世界，提高道德修养，就像人身上的经络系统，没有血管、骨骼那样具体，看不见、摸不着，却在起很重要的沟通、维系作用。

美学老祖宗黑格尔把人与外界的关系分为三种。一是欲望关系。消灭它或利用它，以满足自己生命的需要，是针对一个具体的完整的事物。如你又渴又饿，看见一个苹果就想吃掉它。这时要的不是欣赏。他幽默地说，你要是想使用一块木材或吃一种动物，画一个就不能满足。中国成语有画饼充饥，就是说欣赏代替不了实用。二是思考关系。并不要消灭它，而是研究它，找出事物规律、概念。比如，我们研究数学、物理的公式定理，只是要弄懂它，并不想吃掉它，也不是欣赏它。当我们解剖一只老虎时，注意力在研究它的结构功能，而不是如在野外欣赏它漂亮的花纹和奔跑的姿势。三是审美关系。既不吃，也不深入研究，只是满足求美的心理，欣赏它。黑格尔称为"满足心灵的旨趣"。所以，美针对的既不是具体事物的全部，也不是它内涵的抽象的道理（概念、本质、规律），而是外表的具体的形式（形状、颜色等）。通过形式让人愉悦（不是具体的实用，也不是抽象的思考）。男女找对象，都愿找漂亮的，先要从形式上就让人看着舒服。有一个真实的故事。一美女与甲、乙两男生为大学同学。女先与甲好，到毕业前又被乙挖去，后结婚。40年后老同学聚会，都成白发老人。回顾昔日说了真话。甲对乙说："你知道吗？当时你娶走了她，我真想杀了你。"乙说："你不知道，这些年我差一点自杀。跟她生活这几十年不知多么痛苦。"恋爱时是审美，结婚后讲实用。用途不同。音乐、美术、诗歌都是形式艺术，不管实用，只管审美。专门调节人的观感、情绪，进而修炼人的道德。这就是美的用途。我们无论是看画、听音乐、游山水，都能产生或宁静、安闲，或激动、振奋的心情，这就是审美、享受美。它不像具体的食物让你长身体，也不像普遍的理性让你长思想。而是让你知道怎样把自己修炼得更美，好让别人喜欢，同时你也得到尊重和方便；怎样去欣赏和享受外部世界的美，尊重别人。

怎 样 才 美

1. 美在真实

审美既是解决人情感上的问题，而情感是最不能被欺骗的，所以美的前提是真实。有一个真实的故事。一美女爱一靓男，后结婚。男说，我从小就没有沾过厨房的边，不会家务。女说我侍候你。一直10年。一次女出差，提前到家，发现他在厨房，做菜，非常熟练。原来为不干家务竟伪装了10年。女大怒，立即离婚。生活中先真才会美。人喜欢真山、真水、真花，讨厌假景。有人说话时对你拿腔拿调，嗲声嗲气，你就浑身起鸡皮疙瘩。杨朔散文，后来人不愿看，就是总要装一个光明的尾巴。一个政治家，民众对他的判断首先不是能力大小，而是行为的真假。许多作秀、表演已让人恶心，怎么可能再去服从和追随他。

2. 美在结构

这要说到外在美和内在美。

外在美，指形式的美。当事物的外形构成一种和谐比例时，看着就舒服，这就是美感。人的美，首先是五官、身体四肢的结构合理、和谐。书法的美，先讲笔画的间架结构，图画讲构图、色彩搭配。音乐美是音符音色的结构配合。山水美是青山绿水，红花绿叶，石硬水柔，天高地阔，风动枝摇，花香蝶舞等等自然元素的搭配。但这结构不是平均分配，常会有主次，有个性。如我们说那个姑娘有一双漂亮的大眼睛，这正是她的个性，她的亮点。书法中的行书、草书就打破了楷书的平稳，追求结构变化个性化，常一笔出人不意。于是美就变化无穷。

内在美，指人的修养，精神之美。也是讲结构，文化结构，人的知识、思想、道德修养等精神方面的结构。从而分出高尚与卑下，丰富与贫乏，高雅与粗俗等。知识丰富的人有一种从容与幽默的雍容之美，思想敏锐而有个性的人有一种勇敢与坚强的阳刚之美。但如果有一方缺失，也会结构失衡而立马变丑。历史上曾有诺贝尔奖得主跟希特勒办坏事、好莱坞影星偷东西，像周作人那样的大文人当汉奸，都是内丑而不是外丑。

漂亮不一定美。漂亮经常是指表层的感觉，而不涉及深层结构。比如，一个人穿一件粗麻布衣服，当然不如绸缎衣漂亮，但是如果衣、裙、鞋、帽搭配恰到好处，仍然美。布衣荆钗，仍不失其美。如果她的知识、才艺、思想等内在结构更丰富合理呢，就有了风度美、精神美。经常有一些很漂亮的女人，如电影明星却过单身生活，别人奇怪，怎么这样的人还没人要呢？如果男女找对象只是双方外表的结构搭配那就最好办了。但人这种东西很复杂，他还有内在结构。不是美女不漂亮，是她的内在精神：知识、精神、脾气等，和对方形不成合理的结构，互相觉得不美。

3. 美在距离

美既不解决实用（不会上去吃一口），也不解决研究（不去解剖实验）的问题，只是欣赏，于是就要有一定的距离。我们在画廊看大画总是要退后几步看。《爱莲说》里讲的"可远观而不可亵玩焉"。上面举到的一女两男的故事，未结婚前看恋人，怎么看，怎么美，因为有距离。俩人一结合后才发现问题不少，没有距离了。正因为有距离，审美才脱离了实用方便的作用，而有了道德上的、艺术上的意义。道德是一种行为规范，一种自我约束。我们看见一朵漂亮的花，知道只能看，不可摘。虽然也有占为己有的欲望，但又有道德良心来克服这种欲望，于是就会保持一定的距离，这样才美。人和人的交往彼此保持一定的距离，会给对方留下美好的印象。有时亲密接触，知道了对方许多缺点，就不觉美了。因为这时距离太近，如黑格尔所说你已不只是欣赏关系而有了实用关系和研究关系。看山水也是这样，"横看成岭侧成峰"，有许多朦胧变幻的美，你一旦走进山肚子里可能又不觉美了。朦胧是一种美，而距离正是实现它的一个重要前提。

美只管形式，不管内容。但它可以和内容结合成更复杂的形式组合，达到更高层次的美，内外一致的美。在物品，如既实用又美观的设计；在人则是外美加上内在的思想和能力，如居里夫人，在科学和思想研究则是深刻的哲理加上简洁优美的形式，如爱因斯坦的相对论公式，如范仲淹表述忧国思想的"先天下之忧而忧，后天下之乐而乐"的名句，当然还有更多的好诗、好画、好歌。

（原载《党建》2009 年第 2、3 期）

怎样区分低俗、通俗和高雅

一次谈文化，有人问什么是低俗、通俗和高雅？我一时语塞。如果凭感觉来回答，当然谁都知道，再往深说，有什么理论根据呢？我就赶快回来查书和旧日的读书笔记，于是有了一点新的梳理。

谈这个问题先得承认一个基本的事实：人是由动物变来的。

恩格斯在《自然辩证法》中说：在最初的动物中发展出脊椎动物"而在这些脊椎动物中，最后又发展出这样一种脊椎动物，在它身上自然界获得了自我意识，这就是人"。于是人就有了两面性：动物性与人性；物质性与精神性。一般来说，"俗"是指人动物性、物质性的一面；"雅"是指人性、精神性的一面。黑格尔在《美学》一书中将人与外部世界的关系分为三种。一是欲望关系，占有的欲望，如见美食就想吃，见好衣就要穿，一个猎人见了老虎就必定要捕杀它。欲望关系是以占有、牺牲对象为前提。二是研究关系，只想弄清对象的真相、规律，并不占有或牺牲它，这是科学的任务。如动物学家跟踪老虎，只是为了研究，绝不干涉老虎的行为。三是审美关系，只是欣赏，并不占有，也不想对它做更深研究。黑格尔称这为心灵的美感。它的特点是不把对象看做实用的个体，心中不起欲望，与其保持一定的距离，只生起一种愉悦的美感。如观众看演出，旅游者看山水。我们从欣赏角度看老虎，也只欣赏它的花纹、雄姿，而绝不会有捕杀的欲望或研究的耐心。

就是说人面对一物会有三念：占有的欲望、冷静的思考和愉悦的欣赏，就看你选择哪一种。这三种念头第一种源于人的动物性、物质性，可称为"俗";第三种体现人的精神存在,可称为"雅"。俗与雅之间还有一个过渡地带,这就是"通俗"。

人自身的两面性与对外的三种关系,就使人在行为方面产生了六种精神需求,也可称为阅读需求。它从低到高分别是:刺激、休闲、信息、知识、思想和审美的需求。大致说来,前两项刺激、休闲是满足物质需求的,可归于"俗";后两项思想和审美是满足精神需求的,可归于"雅"。中间两项比较模糊,兼而有之。但最低、最高的两项,即刺激与审美的需求却是很典型的。刺激就是勾起人的欲望,满足人的动物性,是最低的一档。这是一切黄色、凶杀、打斗、赌毒类低俗作品的心理基础和市场基础。过去我在新闻出版署工作,人们常问:扫黄、扫黄,为什么总是扫不完呢?它不可能扫完。只要人动物性的一面还存在,人与外界的欲望关系还在,它就要寻求刺激、发泄与满足。我们只能把它控制在最低限度:不公开传播,不以营利为目的,不危害青少年。相反,这六种需求的最高一档,即审美需求则是来满足精神的心灵的需要,常表现为纯艺术。其代表如已被历史洗练、陶冶过的唐诗、宋词、古典音乐、名画及一切经典作品,它没有任何物欲的刺激,全在净化心灵,这无疑是最高雅的。但是人们食人间烟火,正常的欲望还是要的,还得有作品去满足他的休闲需求、信息需求、知识需求等,这里有物质的也有精神的,这就是"通俗"。通俗的标准是不刺激人的欲望心理但又不脱离人的物质的现实。所以纯艺术、纯思辨性的作品不在通俗之列,它归于高雅;另一方面,纯刺激性的作品也不在通俗之列,它归于低俗,或名粗俗、庸俗。

上面我们从接受角度,即人接受作品时的"两面性、三种关系、六点需求"谈了低俗、通俗和高雅的存在基础,这样我们就知道社会上为什么会有三类截然不同的作品,古今中外,概不如此。低俗的作品是从人的物质欲望出发,刺激并满足人的贪占、享用要求;高雅的作品是从愉悦人的精神出发，满足人的审美要求。低俗作品让人回归动物的、物质的一面；高雅作品让人升华精神的、道德的一面。

　　通俗则是低俗与高雅间的过渡地带。但我们一般说的通俗是有方向性的，它是指从高到低的过渡。就是说作品内在的思想、艺术（审美）水准已经很高，但是照顾到接受者的接受能力，兼顾到他的需求（通常叫大众需求），而采用了他能接受的方式。注意，这里的要害是"高起低落"，是从高雅的标准出发落实到一个通俗的效果，从而避免了低俗。如果反过来从低俗的标准出发，就会滑落得更低，而永远不可能达到通俗的效果。就像委派一个大学文化程度的教师去教小学，可以把小学生培养成人才；而委派一个小学文化程度的教师去教中学，则只能把人才教成废才。真正的好作品都是"高起低落"，深入浅出，专家学者看了不觉为浅，工人、农民读来不觉为深，这就是通俗。这方面著名的例子，文艺作品如中国的四部古典名著，现代作家老舍、赵树理的作品，哲学著作如艾思奇的《大众哲学》。

（原载《人民日报》2010 年 8 月 19 日）

享受岂能是头衔？

有一件事想了很久，不吐不快。

常见报刊上或会议上介绍某人时，或在名片上印头衔时称：享受国务院特殊津贴，甚至追悼会上也不忘加这一条。这个"津贴"施行于20多年前，那时知识分子待遇一般，生活拮据，于是为一部分精英人才发津贴，有重视知识、重视人才之意，后延续下来。不想这倒使一些人用来做了终身夸耀的资本。动不动就"我享受国务院津贴"（类似提法还有"享受正部级医疗待遇"之类）。事情虽小，却关乎价值导向和社会风气。

津贴是什么？就是生活补助。正常情况下一个有自尊心的人很少要人补助，如果真拿了别人或政府给的补助也会心怀忐忑，低调处事，加倍工作。现在反过来了，把"津贴"挂在嘴边，印之名片，显于报章，足见其浅。此现象文科多于理科，而犹以书画界为最。媒体也无知，跟着捧。就像某一级首长，在单位吃小灶，出门坐小车，这本是一种生活、工作待遇。如果每开会或印名片，都要称：享受小灶、小车者某，这成何体统，他还算个首长吗？

记得前些年，有大学教授写了一书稿，投之某出版社，数月无回音，便写信去催问。内容只一句话：某日寄去某稿，不知下文如何。下面的落款倒有20多个头衔，包括"享受津贴"，占了大半页纸。那个编辑也有水平，先用大半页纸照抄了这20多个头衔，再呼某某先生，正文也只有一句话："水平不够，恕不能用。"想来这编辑回信的当时，内心一定荡起强烈的厌恶与轻蔑，他指的水平当不只是文稿的水平。

记得当年我在基层当记者，跑乡村学校。那些最基层的乡间知识分子生活困难，窘迫拮据。县里重才，就特批给一些老教师每逢重大节日可享受二斤猪肉的供应。但我从未听到过哪个教师自我介绍：享受猪肉二斤。居里夫人是唯一得过两次诺贝尔奖的女科学家，但她从不拿这个奖说事，还把金质奖章送给小女儿，在地上踢着玩。无论大的还是小的知识分子，无论做事还是学问，一个最基本的素质就是脚踏实地，不欺世盗名。

我们常说，知识分子是国家和社会的精英。精英者，思想之精，品德之英，然后又学有所专，能沉下心来做事情，做学问，为社会之脊梁，公民之师范。区区津贴，念念不忘，也要挪做虚名，非知识精英之所为。国要强，先强国民；国民要强，先强精英；精英尚如此，泡沫何其多，国事实堪忧！我担心，如果有人出国去也印一张"享受"字头的名片，一是外国人看不懂，二是真看懂了就更糟，要大丢人格。我们常批评世风浮躁，怨青年人不成熟，文艺圈太浮浅，干部少学识等等。殊不知精英之浮，才真正是社会的危机。知识分子如何对待名利，实值深长思之。

（原载《人民日报》2014 年 12 月 8 日）

第三部分

他山采新石

血 缘 政 治

3月22日，从澳大利亚首都堪培拉去机场的途中，路过一个战争博物馆。天空细雨蒙蒙，我们停车进去匆匆一看。谁知就是这一看，叫我大生感慨。

博物馆有一个如中国四合院式的天井，周围一圈回廊，廊上全部嵌着铜板，上面按时间顺序刻着澳在历次战争中阵亡将士的姓名。铜板连接处的细缝里有许多小红花，是死者的家属、朋友悼念之物。在我的印象里，澳大利亚远在南半球，与世界上的战事瓜葛不多，外敌犯境也很少，何来这许多"烈士"？细看才知道大部分士兵是死在英国、美国发动侵略的战场上。按顺序编号所列第一批"烈士"是在1885年英国侵略苏丹中战死的，而编号2即是1900年八国联军侵略中国时死在中国的6名士兵，有名有姓，后面还有1950年在朝鲜战争中阵亡的人。不参观这个博物馆，我还真不知道澳大利亚曾有人参与了这两次不光彩的侵略，还有人死在中国军民手中。我感到很愤懑，更感到大惑不解：一是侵略别国而死，这有什么光彩？还镌刻于壁，天天展示；二是替英、美打仗、卖命有什么可炫耀的。陪同的人说，你不知道，澳大利亚最早是英国人移民开辟的，现在国家元首仍是英国女王伊丽莎白二世，总督还由女王任命，因此从感情上说，英国是她的祖国。

上车后，我一直默默无语。澳大利亚立国已二百年，却还与英国有这么深的联系，我脑子里不觉跳出一个词"血缘政治"。当年英国号称"日不落帝国"，全球到处是它的殖民地，连美国也都是它的移民。这种血缘上的影响面广根深，至今留下不少感情色彩，或多或少会影响到处理国际政治关系。这也许是我们看来很不理解的许多怪现象的原因之一。

（原载《走近政治》，党建读物出版社 2003 年版）

奉献给死者的艺术

上飞机前还有一小时的机动时间，我坚持要去看看莫斯科的公墓，看看那个特殊的文化角落。

去得匆匆，竟连大门口是什么样子也未及细看，只记得是一条很宽的街，高大的门，门对面好大一片树林，绿涛翻滚着，无闹市的喧嚣，有郊野的清风，气氛是一种淡淡的寂静。一进门，甬道两旁分列着一排排的常青松柏，松柏下是死者整整齐齐的眠床。这里没有中国公墓常见的土堆，也无供骨灰的灵堂，只有绿树护着青石，青石衬着鲜花，猛一看像一个清静的公园或谁家的庭院。

我向一个靠近路边的墓葬走去。墓盖是一面极光洁的花岗石板，石板中央伸出两只大手，也是花岗石雕成，粗壮的腕部，有力的骨节，立时叫人起一种坚实的联想。这两只手轻轻地合拢着，捧着一块三角形的大红宝石。我一时不解了。这组颇具匠心的雕塑，就算是墓碑吗？那么这下面安息着一个怎样特殊的人呢？我在墓前肃立良久，细细揣度着，那双手从石中冲出时的强劲与合拢时的轻柔，那花岗石的纯黑与宝石的鲜红，幻化成一种多层复合的美，将人引向一个深邃的意境。向导过来告诉我，这里安眠着的是一位著名的心脏外科专家，他一生用自己灵巧而有力的手拯救过无数人的生命。噢，我一下明白了，一个人死后用这种含蓄的手法来表达他的生平与事业，表达生者对死者的纪念。最哀切的事情却用最艺术的手法来表达。这是一种多么平静、超脱而又理智的举动啊！我们说长歌当哭，他们却更祭以艺术。

　　我慢慢地往里去，一股强劲的艺术魅力如磁石般地吸引着我。这哪是什么墓地？简直是画廊。所不同的是这里每一件艺术品下还有一个曾是活泼泼的人，那是这件艺术品的根，是它的主题。墓碑全部是清一色的黑花岗石，打磨得极光亮，熠熠照人如一面银镜。有的只简单地在这石面上刻出死者的头像，轻轻的又淡淡的如一幅随意素描。说是轻淡，那不过是艺术的质感，这石与锤造就的作品自然是风雨不去，历久如新的。有的凿成浮雕，死者的形象微微凸起在石板、石块或石柱上，若隐若现，好像在天国那边透过云雾回望人间。更多的则是半身胸像和各种涵义深刻的组合雕塑。但这偌大的墓地无两块相同式样的墓碑。生者不肯抹杀死者的个性，也决计要表现出自己的匠心。一位叫依留申的飞机设计师，他的墓碑是一个圆柱形与凹面的组合。圆柱上雕有他的胸像，胸前有三个醒目的大勋章。那块凹面石块立衬在石柱后面，表示无垠的天穹，天穹上还有些飞机的航行轨迹。看着这一组近在咫尺，盈缩如许的石雕，我顿然如驰骋蓝天，并感受到一种凌云的壮志。有一位海军将领，他的墓盖上只有一只大铁锚，黑锚金链，屹然挺立，风打浪涌，不动丝纹。有一组更特殊的墓碑，石柱上横着一个大箭头，上面浮雕着六个人的头像。这只箭头正穿云过雾急急飞行。原来这六个人是一个派到国外的救援小组，不幸同机遇难。

　　松柏中有一组男女雕像吸引了我。不用说这是一个合葬墓了，令人吃惊的是两人全是裸体。男子略向前俯身，依在一石上，右臂弯回，手中握着一柄铁锤，女子偎在他的身后，手执一条轻纱，款款地飘在背后。两人都目视前方，但我切实地感到他们的心是那样的相连相通，是一个不可分的整体。最纯真大方的爱是用不得一点遮掩的。原来这对夫妻，男的是一位雕塑家，女的是一位芭蕾舞演员，都是搞艺术的。我想这组作为墓碑的石雕一定是他们生前设计好，嘱后人这样创作的。试想以我们的传统观念谁愿在自己的墓前留一个裸体像呢？又有谁敢将自己的亲友雕成一个裸体立于墓上呢？但艺术家自有艺术家的思考。世间虽有山水的磅礴，花草的艳丽，但哪一种美能比得上人体蕴藏的灵感呢？而这种人类的共性之美，并不是随便哪一个形象都可表达的，只有那些个别的极富外美条件的人体才可充分表现这种内蕴的美感。这两位艺术家，一个人是终生为人们塑造这种能表达内蕴之美的外形，另一个则所幸天地钟秀其身，就矢志以自己美的外形去表现人类美的灵魂。总之，他们一生都沉浸在对人体美的追求、创造中。正当他们的事业处于顶峰之时，突然上帝要召他们而去，这是多大的遗憾啊。我好像听见他们在弥留之际请求上帝答应他们再给世上留下点东西。上帝说只许一件，这就是墓碑。于是他们就将自己的一生浓缩在这块石头上。他们要将自己美丽的躯体展示在这里，用这力、这柔、这情留给后人永恒的美。什么才能久而不朽呢？石头。什么才能跨越生命的"代沟"，无言地表达感情与思想呢？艺术。于是这石头的艺术便成了死者与生者在墓前吻别的信物。

当匆匆的一小时参观行将结束的时候，我没忘记这普通公墓里还有一位不普通的人物——赫鲁晓夫。他的墓在公墓前后大院之间的甬道旁，占地不大。我没想到这样一个曾身为超级大国一号领袖的人物，死后却屈身路旁。当他和光明一别之时，就来这里与民同乐了。而他的墓碑从艺术角度说也真有个性。那是由三个黑白方格相扣而成的石雕，在最上一格中放着赫鲁晓夫的人头雕像。赫在位时的一件惊世之举就是将斯大林遗体迁出列宁墓，而他现在却被置于公墓堆中。历史人物的功过且由历史学家去评说，但艺术家自有自己的见解。据说，这个墓碑的设计者曾受过赫鲁晓夫的批评，但他并不从个人好恶出发，客观地认为赫这个人是功过参半，所以就用黑白两色夹一人头。而赫的家属也接受了这个方案。我站在那里有好一会儿，端详着这件艺术家送给政治家的礼物。

　　在回去的车上，我自然联想到国内现时的墓葬风气。一次在南方旅行，老远就见到青山上一片片的白，像长了秃疮一样。那是新修的水泥墓。像这样铲去青松翠柏，铺上冰冷的水泥，且不说破坏水土，于死者又有何益呢？建筑向来标志着当时当地的社会文化。我想起一位建筑师朋友说的话：世界上的建筑可以分为三类——给人住的、给神住的、给鬼住的。那么通过神鬼之居的庙堂、陵墓同样可以窥见社会文明的一斑。封建帝王可以独占金字塔或十三陵那样大的地下宫殿，而刚才参观的这个苏联公墓无论贵贱，每人交一笔租金，占地一方，限期 14 年。这几年我们国内不少人富了，人住的房子非常现代化，却又按最陈旧的规矩去盖庙修墓安抚鬼神。看来有了钱，没有文化，没有新观念还是难超越自我。能懂得向死者献上一件富有审美价值的雕塑，生者与死者之间能以艺术方式倾心交流思想、交流感情，这个民族的文化素养就不会很低了。

　　　　（写于 1989 年，原载《只求新去处》，作家出版社 1993 年版）

迈索尔土王邦寻旧

题记　一个人，只要他为世界留下一点有价值的文化遗产，不管他自觉不自觉，便可永恒。

在印度旅行一件有趣的事不可少，就是寻找那些土王的旧踪，在历史的烟尘里发现一点自己的头脑中还没有存入的人和事。

南印度的班加罗尔本就美得让新来者整日兴奋不已，而当你赞美当地的景致时，陪同却故意不以为然地说："明天到迈索尔去，那才真叫美呢!"从班加罗尔出发，西南行150公里，便是过去的迈索尔土邦国，现在是一个小城。从公路上看开去，两边全是密密的椰林，油绿葱茂的菠萝蜜树和垂着黄鸭蛋似的杧果树，而车子则是在一条大榕树搭成的绿胡同里钻行，不时这浓绿的凉荫中又会闪出一团热辣辣的火焰，耀眼光明，教你在绿的沉醉中猛一惊醒，那是通体火红、不见绿叶的木棉树或火把树，行行重重，曲径通幽，更增加人的向往之情。

迈索尔到了，这是一片神秘的化外之地，土是一色的红壤，像一块无边的红地毯，而空阔中却玉立着一株一株的棕榈树，树下净无根草，树干通体洁白，拔地而起，到半空再展开它宽薄的枝叶。路边的房子，也都是红白两色，蓝天下绿树中如木偶小屋。这时一座洁白耀眼的城堡出现在天际，我一阵兴奋，驱车而至。原来这里还不是王宫，而是当年的英国总督府，现在做了旅游宾馆。这是一座两层楼的全大理石建筑，内外通体洁白，厚重雄浑。楼梯的扶手，宽得足可以躺下一个人。昔日的舞厅现在是大餐厅，玉栏雕栋，金碧辉煌。主人揭开一方地板，露出里面的弹簧机关，说：装了这些东西，跳舞时，随着乐声的急缓，舞步的快慢，地板就怦怦然地颤抖，真是享受的极致了。当年总督夫人的房间如今已是客房，每晚收费 4000 卢比。房大约 200 平方米，1 寸厚的地毯满铺过去，叠花压锦，吊灯是大理石的，真不知怎样雕成。澡盆也是老式样，一个长瓷盆，三边围着花玻璃屏风，马桶的踏脚和坐处有毛织厚垫。电话是瘦高细挑扁担式的老样子，通体镏金，总督的房间亦然，只是已改装过。我在楼上楼下走了一趟，恍如那些当年的英国贵族就在眼前，他们着燕尾服，打黑领结，如企鹅般挺胸腆肚，贵妇则袒胸露肩，长裙扫地，一会儿楼梯上飘上飘下，一会儿舞厅里吻手打躬。我才相信果然有这样豪华的场所来装下那些电影常见的镜头。一楼大厅一幅迈索尔二十四代土邦王画像，拄杖披衣大如真人，目光炯炯，透出一种英明聪慧之气，除了那一堆包头布外，倒也没有多少土味。

离总督府约 5 公里才是土王的王宫。总督府讲究大理石的纯白、线条的简洁，这里则追求金银的奢华、装饰的繁缛。王宫正面是一个前敞的二层大厅，约有排球场大，供商议大事、发布诏令和举行仪式之用。中间是王座，两边是大臣的席位，再两边墙上有窗格，是供王妃等女眷们躲在墙里窥看仪式之用，那时印度的妇女是不能随便露面的。厅下是广场，如现代人大型体育场之广，是一般民众聚集之地，广场右侧有一寺，各种石雕神像叠床架屋地堆砌在墙头屋顶，厅的二层右侧是土王的起居室，内有意大利穿衣镜，比利时的银椅、捷克斯洛伐克的吊灯，而天花板则是缅甸柚木制成。右侧是土王与亲信大臣议事的小议事厅，正中是银大门，浮雕着许多宗教神像故事，唯王可以出入。与门相对是 280 公斤的纯金宝座，庭侧之门为象牙硬木嵌镶，象牙拼镶之处如随手描画般自如。硬木的深红与象牙的纯白相映相照，热烈与娴静共处一平面之中。这两扇门 1934 年曾送至美国芝加哥参加世界艺术博览。颇为轰动。正像中国古代艺术品中如秦始皇兵马俑、云冈石窟佛像、甘肃铜雕马踏飞燕、魏碑书法等许多艺术已成美的典范却不知其作者姓名一样，我在这两扇门前伫立良久，怅然肃然，向那不知名的艺术家默默致敬。环视厅内，那银门金座画有价，怎敌这无名艺人无价心，同时我也惊叹这一小土邦之王，辖地居民也不过我们国内一县之大，却有如此气派的王宫，真令人咋舌。

王宫最可看的是后宫，中有一天井式大厅，高如欧洲的圆顶教堂，数十根厅柱，全生铁铸成。此宫始建于1800年，1887年毁于大火，后又从英国请工程师花了400万卢比重建，虽是封建式样，建筑材料却吸收了资本主义工业社会的文明。环中央大厅有一壁画长廊，共26幅，每幅约高2米，长3米，幅幅相连，画的是土王在宗教节日里举行游行的宏大场面。王坐在一个由80公斤黄金制成的御辇内，这金辇又放在象背上，象背装饰得彩披拂地，流苏摇缀，两只雪白的牙上还箍了两对宽大的金圈，驾象人坐于辇前象颈上，王在辇内英姿勃发，前后仪仗逶迤，万众山呼。前几天我在斋浦尔参观另一土王宫遗址时见过真正的象群，昔日王宫仪仗队的象现在正执行着驮游客上山的新使命。印度在1947年独立前全国有500个土邦王。英国人统治时期还承认这些土王的权力，到独立后政府便取消了他们的割据，赎买了他们的财产。迈索尔小邦国的土王共传了二十五代，最后一位王叫马哈拉加，到1974年才去世，他的儿子现在还是这个邦的议员。中央厅的右侧辟有一个小陈列室，展览着这位末代土王的收藏物。最多的是兵器，各种各样的刀剑，有一把200年前的古剑，薄而细长，可作缠腰之柔。一种中国兵刃中没有的匕首，形如《西游记》中二郎神的三尖两刃刀，但手把上又有小机关，刺中人后机关一开，两旁又炸出四个小刃，作用如现代子弹中的"炸子"。有一四指钢爪，套在手心里，不防捏人一把，能致骨碎，属暗器一类。兵器室里面又有一室是王的猎物标本。看来这个末代王在气数将尽之前纵情游猎，行踪遍及欧亚非各地，每有猎获就将其中硕大者制为标本。其意大约是记功扬威。封建君王巩固统治的主要手段便是一个字：杀。不杀人时就杀兽，总之要杀气常存。在中国史书中每朝都有皇帝行猎的记载，如有亲射得重大猎物者必恭录时、日、地点，以明圣上英武，现在沈阳故宫中还存有努尔哈赤某年亲猎得一头大熊的标本。我在这个土王的猎物室中漫步，如置身于天然森林，突然你眼前冲出一头猛虎，双爪前探，血口盆张；一转身，一头黑熊又人立而起，双掌正要搭在你肩上，眼前独角兽犀弓背疾驰，远处梅花鹿耸耳静立；我一仰头墙上伸出一头牦牛，两只大角如壮士双臂环抱，眼如铜铃；后退时不小心碰在一个齐人高的灯柱上，用手一摸，原来是一根象鼻，脚旁供人坐的一个圆凳却是一只象脚。

在迈索尔的二十五代土王中最令人印象深刻的是第二十四代王。刚才看到的英总督府门庭里那张画像就是他。二十四代王即位时邦内土地贫瘠，旱灾频频，他励精图治，兴修水利，筑成一历史上闻名的水坝。下午返回时我们曾驱车到坝上凭吊，坝高不可测。长约四五公里，坝外是一汪湖水，碧波浩渺，坝内绿树如烟，田连阡陌。我真不明白这小土王怎能有如此大的魄力，几乎是在平地上筑起这样长的大坝。车在坝上行驶约 15 分钟。我在国内还未见过这样的工程。一般建库造坝，尽量取河口狭窄之处，而这条坝则平地卧龙，一虹南北。坝取弓形结构，弓背向水，可加倍受力，十分科学。我们到坝下泄洪口处，激流喷涌而出，浪头常突然跃上渠岸，袭人一身清凉。渠首坝身上有花岗石碑，上刻明此坝是 1929 年到 1937 年修建，10 多位工程师的名字都了然其上，并注明他们在此工作的日期，虽有的仅数月，亦不漏掉。比起创作那两扇象牙门的艺人，工程师的待遇要好得多，可见二十四代王的开明。坝旁内的数顷土地已开辟成灯光花园，引水环绕其间，花圃成方成格。我们从渠首下来时，已是日暮时分，一会儿灯光齐明，坝上灯柱成一条长龙，花园中的音乐喷泉随乐声节奏的快慢或如礼花冲天、或如彩绸曼舞，且五颜六色变幻无穷。路边花中都因势因地置有多色灯光，园中心一条人工瀑布两叠而下，浩浩中流波光闪闪。虽是夜间，游客慕名而至，摩肩接踵，影影幢幢。夜风吹笑语花香，不辨天上人间。土王当年只知兴水利、修农田，未料今日又得旅游之利。灯光花园已成了印度招徕游客一主要项目，坝头就有一座高级旅游饭店，难怪人们最不肯忘记这位二十四世土王呢。

许多旧迹往往是这样，不管当初修建者的目的如何，最终还是传给后人，作为国家、民族和全人类的财富，如我们现在游金字塔、长城、颐和园。一个人，不管自觉不自觉，只要他为世界留下一份有价值的文化遗产，便可永恒。

（写于 1990 年，原载《只求新去处》，作家出版社 1993 年版）

佩莱斯王宫记

我曾暗发宏愿，如可能要遍访世界上现存的王宫。因为王是一国权力的最高象征，王宫自然集中了这个国家最好的东西，包括自然风景、建筑艺术、历史文化等。所以当罗马尼亚主人邀请我们访问佩莱斯王宫时，我窃喜正中下怀。

车子从布加勒斯特出发，向北驶去，一望无际的平原上刚翻过的土地袒开褐色的胸膛，天边或路旁不时出现一片茂密的森林，我顿时感到大自然的辽阔，和这异国风光的美丽。路边靠着公路很近的地方常有农民的住房，这极普通的建筑却令我在车里激动得无法坐稳，欠着身子，贴着车窗贪婪地向外看。我的第一感觉是：这房子不是给人住的，而是给人看的。大凡给人住的房子，总是面积求大，结构简单，用料用工求省。所以现代民居，要是平房就是一个火柴盒子，要是楼房就是一个大集装箱。而这些房子却绝不肯四面整齐划一，房子的一面或凸或凹，呈折线或弧线的美。我的视线紧紧捕捉着一套扑过来又急急闪过的房子，它的门厅有意不开在正中，而是于房角挖掉一块，像一个熟鸭蛋被切了四分之一，露山蛋黄剖面，颜色和方位都十分雅致。路边所有的房顶都不像中国的房子一样，成一面坡或两面坡，那房收顶时才是建筑师大露一手之际，屋顶伸出许多尖的、圆的、多菱的高柱，如魔盒子里探出的手。我想这房主人都是些大公无私、为他人着想的人。要是只为实用，大可不必这样复杂，他却花钱花工，给来往的行人制造了一件工艺品，免费参观，提供美的享受，使许多如我这样的外乡人大饱眼福。这是参观王宫前的一个铺垫，我的情绪先有了一个适应异域的空间转换。

车子甩脱平原渐入山区，远处是白雪皑皑的山峰，公路沿着一条条山谷，谷下有河，名佩莱斯河，此地就因河得名。河隐藏在浓密的松树、白桦、冷杉深处，水流潺潺，只闻其声。树是特别的高大，一般要二人合抱，密密地插在山坡上。积雪压在叶上，铺在树下，雪静树更绿，空山不见人，有一种莫名的幽邃。我忽然想起曾看过的一部电影，是写罗马尼亚古代社会的。公元前，这片土地上生活着达契亚人，这是罗马尼亚人的祖先，公元二世纪罗马人侵入这里，达契亚人开始了与罗马人的长期征战、融合。那片子的外景大约就在这沟里拍的，也是这树，这水，和沟里尖顶的草房。武士们用笨重的铜剑格斗，声震山谷，尸横遍野。印象最深的一幕是：一支军队因败阵归来要执行军纪，处死一半，于是站成一列，一、三、五，单数点名，点到的人出列，俯首到前面的木墩子上，引颈等着巨斧劈下，遵命如流，视死如归。那曾经是一个多么野蛮又多么壮丽的时代。当时我坐在影院，被震慑得如痴如呆，忘乎所在。想不到今天能溯访此地。我停车路边，向深深的谷底，密密的林中眺望，希望那里能走出一两个腰围兽皮，握剑持盾的勇士。山风吹过，树森然不动，却抖落下一些纷纷扬扬的雪。

王宫坐落在山湾子里，公路在这里随山的走向回了一个圈，水好像也是在这里发源的。东面是一面斜伸上去的大雪山，凄迷的雪雾一直漫到天外，古树在雪线以下排着奇幻的方阵，忽出沟底，忽涌波上，森森然，如黛如墨，有时消失在远处的雪光中又如烟如织。王宫在山坡上临谷面南而立。这是一座石木结构的民族式宫殿，它本身就是一座巍然的小山，宫以厚重的花岗石起墙，越往上越层叠错落，挑出许多的尖顶。用橡木镶包成各种图案的门窗，衬着皑皑的白雪，掩映在常青松杉和还留着些红叶子的枫树林中，完全是一个童话世界。这王宫的第一位主人是 1866 年从德国来的卡罗尔国王。卡罗尔是中国宋徽宗、李后主式的人物，身为国王却酷爱艺术，这王宫是他亲自参与设计督造的，里面结结实实地收藏着各种艺术品。王宫1875年开始建造，1883年基本建成，到1914年全部完工时，卡罗尔也就去世了。

王宫共三层，160间房。门向西开，进门就是一个通高约30多米的天井，中央是客厅，墙上垂下18世纪的壁毯，厅内全套意大利硬木家具。上二楼，左边一武器库收藏着5~19世纪的武器，有阿拉伯的剑、中国的弓，还有一把关公刀。一副连人带马的骑兵铠甲，据说是全罗马尼亚唯一的了。右边是国王的办公室，室内桌椅的侧面、腿脚处、扶手上全是浮雕。椅子扶手的造型是4个坐着的小人，还都跷着一条腿。桌上的烛台分两层，上下层间有3个顽皮的小儿，作头顶重物状，神色颇惹人爱。天花板是3寸厚的木浮雕花饰图案。另有一写字台，侧面浮雕一老人头像，他勇往向前，长发被风吹向后面，如呼啸的火车头。台角的废纸篓也是皮革精制，上面刺着花纹。墙上有伦勃朗的名画。再往前是天井式的藏书室，二层楼，橡木书柜，有旋梯可上下取书。桌上有信札箱，是皇后手绘的箱面。王宫里紧邻办公之地就有藏书室，大概是欧洲皇帝的习惯。沙皇冬宫里的藏书室也与这差不多，只是更大些。我在中国故宫没有见到这种设施，也许我们的皇帝不如他们爱读书，或者我们现在搞旅游的人不着意展示这些。藏书室后又一小办公室。小办公室右拐，便开始了一大串的客厅。这客厅很类似我们人民大会堂以各省命名的大厅，不过它是以艺术类别或国家、地区命名，而分别收集各地艺术品。

第一个是音乐文学厅，国王在这里接见作家、艺术家。全套桌椅是印度国王送的，黑色硬木，镂空浮雕，据说用了3代人工才完成。还有日本的瓷器，一对中国的大双龙洗，直径约有半米。最可看的是墙上的4幅油画，全以一个少女为题，据说是王后的构思。第一幅代表春天，少女从花丛中走出，和煦的阳光照着她幸福的脸庞。第二幅代表夏天，光从浓荫中射出，她的纱裙飘动着幻化出一种热烈的向往。第三幅，色调转深，那女子低着头，一种秋的悲凉。第四幅，少女半裸着伏在一片雪地上，一片圣洁。这王后是国王上任 3 年后娶过来的。她也酷爱艺术，是一个作家、诗人，夫妻算是珠联璧合。可想他们每天在王宫里就以这艺术的切磋来打发时日。没有听说过宋徽宗有什么擅画的妃子做伴。李后主的周后只是天生的美貌，他后来又纳了周后之妹，一个更美的美人，为她写了那首著名的"手提金缕鞋"词，却也未见二周有什么唱和，看来他们还是不如卡罗尔潇洒。

音乐文学厅后是意大利厅，两侧立着米开朗琪罗的三个铜雕，墙上是 6 幅意大利名画。再前，威尼斯厅，两件拉斐尔复制伦勃朗的圣母像，原件已经失传，此复制作也就成绝响了。再前，阿拉伯厅，满是地毯、挂毯，最有趣的是那几个长枕头，一枕可十人共眠。再前，土耳其厅。然后右折是长廊，长廊尽头再右折是小剧院。到此已绕王宫一周，再下又是武器库了。1910 年后这剧院又改成电影厅。舞台上刻有国王的一句话："一切艺术我都喜欢。"国王常在这里观摩演出，有时兴之所至还登台朗诵。这大概又类似我们的唐玄宗了，他亲自谱写《霓裳羽衣曲》，又做导演，又与宫人共舞。卡罗尔虽喜欢艺术，治国方面也没有出什么大错，这一点比宋徽宗、李后主、唐玄宗都强。

从王宫出来我又在周围的山坡林间徜徉了一会儿。除这座王宫外，旁边还有稍小一点儿的七八处宫殿，现住都做了旅游饭店。有一处就是我们昨晚睡的，内部设施极豪华。但最美的还是周围的白雪、绿树和沟里潺潺的流水，昨晚夜半醒来，皎月在天，雪光映窗，偶有一两声狗吠，或嘎吱一声雪压树枝的断裂声。要不是碍着外宾的身份我真想半夜出户作一回秉烛夜游了。现在再看这景虽没有昨夜梦幻式的朦胧，但还是一样的静，一样的美。我佩服卡罗尔国王，他用艺术家的眼光选中了这块上帝创造的王土内最美的地方，又用王的权力集中人力在这里创造了一座艺术宫殿。他的后辈尊重这创造，所以他一死，第二代国王就立即重建新宫，把旧宫做了艺术博物馆，直到今天。国王是有至高无上的权力，但权力再大也将随生命而止。可是当他趁有权之时，选择干一件国家民族永远记住的事，这便是权力的延长。卡罗尔选择了艺术，他知道艺术之河长流，艺术之树长绿，就如这佩莱斯的山和水。

（原载《只求新去处》，作家出版社 1993 年版）

到处都伸出一双乞讨的手

题记　大凡给予有两种，一是对对方付出劳动的补偿，是平等的交换；二是对对方的爱或怜，是愉快的奉献或捐助。当对方既无付出劳动，又无可爱可怜之处时，你无端地付出倒是对自己自尊心的践踏了。

尽管我们受到了特殊的礼遇，尽管这里的风光是平生从未见过的美，但是在将离开印度时我们几个人都发誓不愿再来第二次了。我们实在受不了那一双双总是在你面前晃着的乞讨的手。

7日凌晨3时到德里，住五星级阿育王饭店。旅途劳顿，蒙头大睡，早晨醒来一开门，两个白衣黑汉（印度的饭店全是男服务员）就进来打扫。我们下楼吃饭，回来时房间已收拾好，这时他们又进来挥着大抹布比划说："打扫一下好吗?"我点头表示同意。他不打扫，出去一趟，又敲门进来，又比划一下，我又点头，他又不打扫，出去又回来。这样骚扰再三，我终于明白是来要小费的。但刚下飞机，饭店银行还未开门，卢比换不出来。一大早我们同行的几个人都受到这种反复的"问候"。直到换来钱，发了小费我们才有了一点自由，才能静下来观察一下这座以印度历史上的秦始皇命名的豪华的饭店。

一会儿，使馆同志来约去看看市容。浓绿阔叶的参天巨木，沿街随意怒放的玫瑰，嫩细的草坪，使我们顿生新奇兴奋之感。沿着总统府前气势雄浑的大道，我们漫步到印度门下。这是一座如巴黎凯旋门式的纪念碑建筑，我掏出相机，仰头辨认着门楣上的字迹，准备作一会儿历史的沉思，身后却响起清脆的小锣声，回头一看，一个精瘦的黑汉子牵着两只猴子，龇着一口白牙，不知何时已蹲在我们身后的草坪上，那两只猴子正围着他挤眉弄眼地转圈。他一见我们回头，便招手请照相。陪同连说："那是讨钱的。"语音未落，快门已按，那汉子早起身伸手，那两只小精灵也立即停止舞动，静静地伺立两旁。我们猝不及防，只好掏出10个卢比，打发走玩猴人，重又抬头研究印度门的历史。忽然背后又响起呜呜的笛声。又一个头上缠着一大团花布的汉子，不知何时已盘膝坐在我们身后，他面前摆着一个小竹盘，盘中蜷缩着一条比拇指还粗些的长蛇。那蛇随着笛声将头挺起一尺高，吐出长长的信子，样子十分凶残。思古幽情让这一猴一蛇是给彻底吹掉了，况且我们刚才匆匆出来，也没有换几个零钱。大家便准备上车走路。但那玩蛇的汉子却拦住路不肯放行，说少给一点也行，又突然将夹在腋下的竹盘一翻，那蒙在布里本来蜷成一盘的蛇突然人立前身，探头吐信，咄咄逼人。汉子脸上涎笑着一手托蛇，一手伸着要钱，没办法，又投下10个卢比，我们慌慌而去。

从印度门出来到红堡，这是一座印度末代王朝的皇宫。门口熙熙攘攘，卖水果的，卖孔雀毛的，卖假胡子的，拦住路非要给你剪个影不可的，五光十色，喊声不绝，像一锅冒着热气的八宝粥。这回有了经验，不管什么人上来，连声NO，NO，目不旁视。但是当我们从堡内出来，又有几个人拥了上来，非要领你到停车场不可，真是笑话，我们自己刚才停的车，还用别人领路？但是不行，特别是一个拄拐的残腿青年，你左突右冲，他东拦西堵，而且故意在你面前晃动那条半截腿。只好给他10个卢比。拿了卢比也不领路了，我们自己去上车，这简直有点强夺了。从红堡出来去看甘地墓，进墓地要脱鞋，门口早有一堆人争着给你看鞋子，又是10个卢比。接着看比拉庙，在印度凡进庙和旧王宫、城堡之类的地方都要脱鞋，于是给人看鞋，成了最方便的要钱行业，类似北京街上存车的老太太，见车就收钱，这里是见鞋就收钱，而且你非脱鞋不可，不给钱不行。比拉庙前又被敲了一次竹杠。这座庙是全石建筑，太阳晒得石板火烫，我们赤着脚，龇咧着嘴，正想欣赏一下各种雕像。一个穿黄衣，持竹棍的警察（印度警察的警棍是一根一米长的普通竹竿）走上来喝道开路，要为我们领路。我们一行中有三人英语很好，又有使馆同志陪同，实在想自己静静地观赏一下这古代的建筑艺术。但是不行，你从这座房子里进去，他就在门口堵你，非要领你进另一座房子不可。还把别的游人推开，像是对我们特别照顾。我们心里实在烦透了，而你越烦，他越缠住不放，在一个个神像前指指画画，又用乌黑的食指蘸一点朱砂，强在你的额头上按一个红痣。其实他那半生不熟的英语，那点历史、艺术知识真说不出什么东西。但我们成了他的俘虏，只得跟他一处一处地绕，终于走完了这座庙，脚也烫得成了烙饼。他自然又向我们伸出手。刚才因为无零钱，一咬牙给了看鞋人 50 卢比，现在除了一百的一张，再无小票了。况且，到印度还不过半天，照这样下去我们每人 30 美元的补助，怕只填了这些人的手心也不够。陪同的同志只好拔下身上的一支圆珠笔。那警察接过看也不看一眼，老大不高兴地走了。

在印度讨钱成了一种风气，一种行业。好像一切人都可以想出要钱要东西的招数，而且毫不脸红。孟买海湾中有一个象岛，星期天我们乘船去玩，一下船，一个约五六十岁的老太婆便来搀扶你。我看她这一身打扮，花里胡哨的"纱丽"（印度妇女穿的服装，就是身上裹的一块大布），两个大耳环，黑如树皮的面部闪着两只贼亮的眼，额头上一个大红吉祥痣，额顶发缝里也有一道红朱砂，像被人刚砍了一刀，很是吓人，忙摆手避让。这时一对欧洲夫妇跳下船。老太婆就上来扶那欧洲女人，她那双枯瘦如柴的黑手紧扣着那女人肥嫩的白手臂，指甲几乎掐到肉里去，生怕这个到手的猎物逃掉。那白女人大概不知其意，边走边听她指指画画地说海边的森林，滩上的鹭鸟，很为异乡情趣所醉。一会儿走过栈桥，那老太婆就拉着白女人要照相。跟在后面的丈夫忙举起相机。这时旁边果然又跳出一个同样打扮的老太婆，一照完相，两人都伸手要钱，丈夫愕然，准备走，哪能走了，只好掏出一张纸币给了第一个老太婆，但第二个却坚决缠住不放。我窃喜自己的经验，聪明的白人活该上当。

　　岛上有一个从整座石山中掏出的印度教庙，是游人必到之地。这庙前也就成了向游客讨钱的主战场。许多如刚才那样的当地妇女，着"纱丽"服装，头顶两个高高的铜壶，缠着人照相，而且一般你很难摆脱她的纠缠。我从庙里出来汗水湿透了衣裳，便躲在一棵大树下，揪起衣领扇风，树上一群猴子蹦来蹦去，抓着树枝打秋千。我不由掏出相机。突然觉得有人在扯后衣襟，回头一看，一个十来岁的女孩，穿一件地方味很浓的新裙子，头顶一个铜壶，正向我伸出手。她那对小黑眼珠中还透出几分稚气，但脸上的神情分明已很老练，看来操此业至少已有几年。我一时陷入深思，像这种从大人到孩子，人人处处都讨钱的现象，到底是生活所迫呢，还是一种方便省事的职业（尽管在国内我也听说有乞丐万元户的，但绝没有这样一个天罗地网），这小孩子身上的裙子，头上的铜壶分明是一套要钱的道具。而我几日在印度看到的不是向你挥舞蛇头，就是伸出断腿，或让你看腿上流脓的疮，或抢着为你领路，在饭店里送行李时就是一个箱子也要两人提，吃饭则一再要给你送到房间，手纸也要故意送一次，又送一次，费尽心机，想出许多要钱手段。总之，一起床，你周围就晃着许多乞讨的手。穷人自然是值得同情的，但只有穷而有志的人才该同情。向人伸手乞讨如同妇女卖身一样，是真正被逼到绝路之后才不得已而为之的求生之法。但如果把穷当成一种要钱手段，甚至不穷也要变着法要钱，而根本无所谓人的尊严，那么这种同情心便会立即变为厌恶。我想起昨天和几位印度知识分子的谈话，他们也很为这种乞讨的恶习忧虑。说政府为无业人想了许多办法，包括在海边造了房子，但他们不愿劳动，把房子租了出去，又到城里来讨钱。事实上这种乞讨风已经无所谓有无职业了，人人都可毫不脸红地伸出自己的手。我想，大凡给予有两种，一是对对方付出劳动的补偿，是平等的交换；二是对对方的爱和怜，是愉快的奉献或捐助。当对方既无付出劳动，又无可爱可怜之处时，你无端地付出倒是对自己自尊心的践踏了。但我还是无法拒绝身边这个女孩。我掏出口袋里仅有的两个卢比，给她照了一张相。关上相机，这镜头里，不，我的心里像收进一个魔影……

（原载《只求新去处》，作家出版社 1993 年版）

与一个首相间的一次平民式采访

只见记者，不要官员在场

2002 年 9 月，将在丹麦举行欧亚会议和中欧会议，朱镕基总理将出席。为配合这次会议，8 月人民日报社派新闻团访丹，其中一项重要日程是采访丹麦首相拉斯穆森。他是去年 11 月上任的新首相，这是第一次接待中国来的新闻团。因为我们这次活动是两国外交部联系安排的，按习惯，代表团拜访首相时，我使馆应有人陪同。而且正好我驻丹大使也是刚到任，与他还未见过面。但是，拉斯穆森却坚持这只是一次接受新闻记者的采访，不同意有政府官员在场，不但我方外交官不参加，就是丹麦方面的工作人员也不参加，甚至翻译人员，也是既不请使馆的，也不请丹麦外交部的，就用我们新闻团内的人员。这倒使我们觉得很新鲜，我们认为有官员陪同是礼貌，他觉得这样不客观，有碍谈话，真是观念不同。

自己动手开瓶倒水

29 日下午两时半我们准时到达首相府。首相府倒像一个古旧的大宅院的后院。后来一问才知道，确是后院。因正面是国会，我们走的是后门，也就和我们居民楼的单元门差不多大，上七八个台阶。丹方外交部工作人员罗娜已陪我们活动了两天，但很遗憾，今天的活动她不能参加。因这是我们议程中的最后一项公务活动，她就很热情地与我们握手、合影、道别。我们进门后在走廊里略等片刻，便被请进办公室。首相约 40 多岁，如果不介绍，很像写字楼里哪家公司的普通雇员。他先和我们一一热情握手。我与他握手时，恰好我们的相机卡壳，我示意重握一次，他高兴地伸出手用力一握，我仰脸一笑，这张像当晚传回国内发表在《人民网》上。然后我们就坐在办公室一角的长桌旁开始采访。他问喝点什么，我们说喝水就行，这时才发现水瓶还没有开盖。他又起身到办公桌上去找起子，然后回过身一一打开，倒水入杯，送到我们面前，动作像一个熟练的服务员。这时秘书就在门外一张大桌旁，我奇怪他为何不叫一声帮忙，是习惯？还是他真的要恪守只见记者，不要旁人参加？莫非连秘书也要排斥在外？但至少说明他能放下架子。

我们就在这样的气氛中轻松地交谈。在讨论了中丹关系、欧亚关系和欧盟今年 12 月的东扩议题（丹麦今年是欧盟轮值主席国）等问题后，我特别就西方常指责中国的所谓"人权问题"请他谈谈看法，他也坦诚直言。秘书进来提醒，我们才注意到谈话已超出预定时间 10 分钟。我起身赠送礼品，并请他为人民日报读者写一句话。他毫无思想准备，说："现在就要？还是以后寄去？"我说："最好是现在写，不必太认真，随便写什么都行，我们发稿时一起用。"但他还是认真起来，想了一下，问我们何时离境，他一定写，保证走时能带上。

电话打到外地，题词送到宾馆

30 日下午，我们按原计划在离哥本哈根 100 多公里外参观一所古老的女王宫。就在我们走出宫前广场时，首相府打来电话，说题词已写好，请我们去拿。我们解释现在不在市内，如果赶回去也到晚上了，当晚还有一场会见，明天早晨 6 时就上飞机离境。对方听完后停顿片刻，然后说："这样吧，我们将题词送到你们住的饭店。不过给外国传媒写字这还是第一次，又专门送到饭店，这在丹麦还从来没有过，这也是为了我们两国人民的友谊。"我们赶忙说："这真是中丹友谊的新篇章，感谢首相对我们这次出访的关心和支持。"话虽这么说，我们还是感到有点意外。原以为明早离开时这个题词拿不到了，更没有想到，首相的题词会像一封普通信件一样送到一个商住酒店里。

晚上十时半，当我们结束了一天的活动回到酒店时，果然一个首相府的公文信封放在柜台上，我们取到后赶快回房间收拾行李，第二天一早离开了丹麦。

（原载《走近政治》，党建读物出版社 2003 年版）

在美国说钱

在美国旅行总感到冥冥中有一个上帝在主宰着你，几天过后才知道这个上帝就是钱。美国人把金钱的作用发挥到了淋漓尽致的程度。

钱就是权——使用钱就是在用你手中的权

过去虽出国几次，但总是公来公去，身上只有 30 美元的零花钱，没有资格花钱，也没有机会看人家怎样花钱。这次到美国，在旧金山一下飞机便到一家名为"皇后"的餐馆去吃饭。名称和设施的豪华很为主人长脸。我们初到异国样样新鲜，主客在铺着金黄桌布的硬木圆桌前落座，窗外车水马龙，万家灯火，气氛十分热烈亲切。但老板是个广东人，既不会普通话也不会英语，呀呀唔唔，半天也说不清个菜谱，我们还不急他自己倒先烦躁起来了。客人中有一位要一盒烟，他送上后却立等收钱，主人席君说等会儿在饭费里一起结，他恼着脸说不行。于是客人赶快掏钱。主人就抢着去付，像平静的流水突然起了一个小小的旋涡，像夹岸的春风桃花林中突然伸出一节枯木，祥和温馨的气氛为之一搅。吃完饭，结完账，老板用小瓷盘托着单据和一大把找回的零钱送到桌上，席君只象征性地留下几个硬币。我知道国外给小费是很厉害的，那年在印度常为怎么给小费发愁，过曼谷时碰到一个代表团，因为小费花用过多，经费不够提前返国。在美国这么点小费就能对付？到车上说及此事，席君说："在餐馆吃饭一般应付 15% 的小费，但是今天他的服务质量不好，当然我要少付他小费，这是消费者的权利。"我心里顿了一下，这张薄薄的纸币里还有些沉甸甸的权力。在国内是禁止收小费的，按照我们的习惯给小费是一种恩赐，收小费是一种耻辱，大家在一种客客气气的君子协定状态下相处。但是如果有一方不够君子，怎么办呢？吵架，找对方上级，或者以忍为上。但这几种选择都是不愉快，也不会有什么效率。这样倒好，扯开面纱，你劳动就该得到报酬，而且有一部分钱不是老板发工资，而是让顾客直接发小费，多劳多得，好劳多得。"文化大革命"中整当权派，有一句话叫"帽子拿在手中"，让你时刻战战兢兢。这小费也是一顶帽子，是顾客手中无形的权杖。看似不近人情，但很公平，也出效率。

吃完饭，席君要我给家里打个电话报平安。我是记者出身，视出差如上班，从没有这个习惯。平时在国内见有些人，一到外地便打长途，借公家的钱卿卿我我，很瞧不起。席君却直拉我到电话旁，说："看我表演。"他摘下电话，掏出一张磁卡，往话机旁的细缝里一插，拨几个号便递给我。妻子听出了我的声音，她大声说："呀，你在哪里？好清楚。"我告诉她正在唐人街上吃饭，她说刚下班，正在厨房里做饭，我们都笑了。说了几句，怕多花主人的钱，便放下话筒。在国内打一次长途还要几十元，现在要横跨太平洋，绕地球半圈，我脑子里立刻想到那用一张张的纸币搭起的长虹。真是有钱能买地球转。

回到宾馆我却对席先生手中的那张不似钱币胜似钱币的卡片顿生童心。他一高兴从胸前掏出一个票夹，"哗啦"从中抖出七八张卡片，说："这是打电话的，这是坐飞机的，这是住旅馆的，这是加油料的……最重要的是这一张，用它随时可以取得钱。"以后果然我们并不随身带多少钱，无论走到哪个城市，哪条街道，口袋里没有了钱，就用这卡向墙上的一个取款箱里一插，立即就流出了十几张美元。真是一卡在手，横行街头。我第一次尝到了钱就是权。我想起古书上写的皇帝微服私访，乔装成一个平民难免会遇到这样那样的麻烦，有时简直到了将要受辱、丢命的尴尬或危险境地。但是他不怕，每到关键时刻，那些化了装的随从就把皇帝的身份亮出来，对方反倒吓得伏身在地，如筛糠似地发抖。为什么？因为他有权，这无形的权使他永不会有什么尴尬和危险。我们现时有这张卡在手，正是这种心境——有恃无恐。后来在纽约、华盛顿各地的旅行是正在美国留学的小李陪我们，一进旅馆他就笑着嘱咐我们："今天我们也当一回大爷，你们谁也不要动手！"于是大家就袖手看着高我们半头的美国佬弯腰卸行李，然后给小费。小李说，这几天，他要不陪我们也要到餐馆里去打工，赚人家的小费好去交他的学费。现在既然主人出了招待钱，我们就有了买方便的权，而且结结实实地使用了他好几天，脸也不红，心也不跳，也没有什么在剥削人的羞愧感。

我虽然没有受过穷如乞丐的苦，但因无钱而羞涩胆怯的经历也不少。打倒"四人帮"以前，我们这些大学毕业生有好几年月工资只有46元，还要养家糊口。一次我到姐姐家做客，见茶几上有一元钱，姐弟二人隔茶几说了好一会儿话，我眼睛看着那张纸币，几次想张口说，给我这元钱，好拿去打酱油，但终于没有说出口。以后当记者出去采访，总挑那6元钱一晚的旅馆住，不然无法报销。后来当干部，甚至还有了一定的职务，一出差也是先问人家房费多少钱。对方就赶快说：你不要管，超出部分我们付。我就感到自己脸红着大约有几秒钟没有话可说。近几年我看到一些发财的个体户，在街上拦出租车，在大饭店餐桌上点菜时的潇洒、勇敢，我说就是专门去训练，我也学不会这个风度。一位比我小10岁的朋友呛我一句：你是没钱。腰缠十万，不学就会。现在我走在纽约、华盛顿的街上居然也感到了那么一点潇洒。我坐下来吃饭，进门住旅馆，根本不用管他多少钱。虽然这只是一种"借光"，一种临时享受，但总算让我实践（应该说是实验）而悟到了这个理。你身上多一分钱，你就多一分胆，多一分自由，多一点掌握自己的权。

钱是个黑洞——缺什么就有人来干什么

一次席君问我："你知道去年美国评了一位最佳经理是什么人？""什么人？""是一位 13 岁的男孩。"我说不可思议。原来美国人居家，门前都有草坪，草坪多，草长高了专业公司来不及修剪。这位少年放学后就去剪，人家就给个小费。后来竟有人来主动请他。他一人干不过来就开始雇人，慢慢拉起了一个十几人的草坪公司。几个大个子黑人是他手下的工人。记者问："他们听你指挥吗？"这孩子说："听，因为我给他们发工资。"中国有句古话：不为五斗米折腰，是说特定情况，其实大部分时候都是在弯腰干活，挣饭吃，赚钱花。人为了赚钱就要去找一切还没有被人发现，没有被人干完的活。如果有人帮你找到这份活，你得感谢他，听从他。

在旧金山一下飞机席先生就开着一辆租来的车接我们。几天中我们以车为家到海边兜风，看金门大桥，访问硅谷十分方便。一天玩得兴起，席先生说我们干脆把车开到洛杉矶。我说车怎么办？他说放在那里就行，只不过多交几个钱。这对外来旅行的人真是太方便了。我们当然没有去，但是在另一个城市下飞机后更让我大吃一惊。我们一出机场门口就有接送车，一直开到出租车场的一辆卧车前。车门开着，钥匙插在车上。席先生一踩油门我们便冲出车场，居然无一人过问。迎面已是无边的灯海，车外闪过花花绿绿的广告。但是我的心总是不安，好像做了偷车贼。席先生说："这就是我们的车，没错，在旧金山起飞前我在机场订的。"我说："就算是我们订好的，能准备得这样周到？就像有一个无形的仆人在前面侍候。""这是为了多要你的钱，他不这样干，就有别的公司来干。钱就成了别人的。"

一天，我们驱车在闹市区跑，前面红灯一亮，车子骤然停了一大片。这时突然从车缝里钻出一个黑人小孩，手提小桶，刷子蘸一把水就往车窗上洗。然后伸手要钱，前后不过几秒钟。这种赚钱近乎强要，但是比我在印度碰到的到处伸出一双乞讨的手还是好些。他总是先付出劳动，而且这样见缝插针。回想这几天碰到的人和事，那钱就像是轮胎里的气，总是将人鼓得足足的，让你不停地干。

一天我们步行，浏览市容，突然看到一家商店门口挤满了人。原来橱窗里有一个男模特儿穿着漂亮的时装，头、手、身子都在做着机械式扭动。用机器人做模特儿，我还从未见过。那头发，还有脸上、手上的皮肤和真人一样，眼珠却直视不动。到底是真人还是假人，过路人大感兴趣，围观不走。我也觉好奇，便分开人群，凑到橱窗玻璃上仔细辨认，几乎与那人碰鼻子对眼。这时那"机器人"突然"哇"的一声，伸出舌头，向我做个小鬼脸。天啊，原来是个真人。我赶紧转身，示意同伴为我照张相，照完相，再看那个模特儿又很快恢复到机器人状态。我离开橱窗陷入沉思。一个活人，这样把自己塞进一个玻璃窗里，不说还要不停地做着机械式扭动，就是只站一会儿，也累得憋得难受。他干这份工作是为了什么？为了钱。物以稀为贵，活以绝为奇。凡别人还未干过的事，一定能有个大价码，估计一小时得给几百美元。但他也为商店招来了更大的买卖。

总之，我在美国街头越走就越觉得在这里钱是一个黑洞，把人的心力体力直往里吸；钱是一种润滑剂，调整着社会的劳动组合，只要缺什么，就有人愿出大价钱买什么，也就有人去干什么；钱像水银一样，它在社会上无孔不入地渗透，使社会上很难再找到空白的行业（甚至街上随时都可看到有三个×作标记的脱衣舞厅）；钱是一种驱动器，它在不停地开发人力物力资源，驱动着社会这架大机器。

钱是你的也该是我的——就是要设法把你口袋里的钱都掏光

拉斯维加斯是美国西部的一座城市。这里靠近沙漠，几乎没有任何可开发的农业、工业资源。于是美国政府特准在这里开赌场——去开发人们口袋里的货币资源。

我们是晚上到达的。飞机从天而降，只知道是掉进了一片灯海里，驱车在城里找旅馆时，我们就成了海里的一条鱼。因为那灯织成密密的网，叠成层层的波，将我们四面包围，无论怎样跑也冲不出去。路边的酒吧、旅馆缀满细密的灯串勾勒出美丽的轮廓。高楼大厦除顶部有灯光大字外，通体上下都是灯光广告。那霓虹灯的闪烁交换像是一群穿着发光衣服的孩子攀着楼身捉迷藏。有的楼身上挂满巨幅招贴画，在灯光下画中人毫发毕现，女演员的短裙边就像要扫着你的鼻尖。十字路口多有广告塔，六面或八面，缓缓转动，像老和尚念经。街心花园有灯光喷水，草坪上的探照灯光把棕榈树高高地推向夜空，好像巨人怪兽，陆陆离离，闪闪烁烁。难怪当我们昨天在旧金山被它的灯海所征服时，刚从这里飞去的丁小姐却说："去看看拉斯维加斯吧，那才叫美国呢。"奇怪的是，这城竟有光无声。问之主人，答曰：都钻进赌场里去了。大凡一个城市的外貌总带有它生存环境的背景，如哈尔滨的冰雪，乌鲁木齐街头的瓜果，赌城的外貌正应了一句中国话：纸醉金迷。

城里有几个大赌场，最有名的是恺撒宫，大概是想借古罗马恺撒大帝的威名。进门就是个大喷水池，池边是罗马神话人物的雕像群。左右是两条商业街，这街在室内，却搭上天棚，绘上蓝天白云，一如在室外，两边店铺鳞次栉比，头上穹庐高阔，心旷神怡，只此一斑就可见工程浩大。中心赌场是一个漫无边际的大厅，只见一排排俗称"老虎机"的赌机，光闪闪、密麻麻地排列着，漂亮的服务小姐推着车为你兑换喂"老虎"的硬币。我的第一感觉这里不像个赌场，倒像个大织布车间。过去的旧印象是赌场里烟雾腾腾，赌汉们满脸横肉，捋胳膊挽袖，污言秽语，甚至大打出手。眼前景况却是男人大多西服革履，小姐夫人则抱一个大硬币罐静坐在赌机前，燃一支烟，像与友人喝茶谈天。除"老虎机”外还有轮盘赌、电子赛马赌、牌赌、掷骰子赌、大屏幕上的球赛赌，等等。平生进赌场还是头一回，而且绕了半个地球来这里，这才是赌翁之意不在赌。

我换了 10 美元的赌资，端着钱罐往老虎机前一坐，先小心翼翼地捏起一角一块的硬币向"虎口"里喂去。搬一下摇柄，没有反应，算是白喂了。我又一下投进两个，再搬一下，哗啦啦出来四个。不觉心中大喜，再连着投进三个，却又"虎口"紧闭毫无反应。这样断断续续，有时出来一个，有时两个，大多时候是肉包子打狗。我却总盼着它能大张虎口，长啸一声，为我吐出一满罐银子。可是它不慌不忙地，一口一口把我这一罐钱全吃了进去。又去换了 10 元，这次五分五分地往里喂，便也只不过是多磨一会儿时间，不到一小时我们都输个精光。小席只教我们玩，他却不赌，说："我知道肯定输，它肯定要让你输。"但是偶有赢时，那机器就会将硬币抖落到钢盆子里，叮叮当当，十分悦耳，满大厅里此起彼伏，好像丽人出游，佩环叩鸣，十分祥和。不知情者只听这声音，还以为人人都在大赢其钱呢。赌厅中央有个平台，上面放着三辆高级轿车，这也是赢头，如有谁赢了，开上就走。有大赌家来时可乘直升机在楼顶平台降落，赢了巨资也专有保镖护送出去。

试赌了一回（还不如说试输了一回），我们就离开赌机想去探探这赌场到底有多大。忽东忽西，楼上楼下，一会儿发现一个大剧场，一会儿又发现一个商场，或是一个餐馆。剧场每隔一个半小时就有一场演出，场场爆满。餐馆又分中国馆、日本馆、西餐馆。至于商场简直就是个博览会。手持长矛盾牌的古罗马武士、着轻纱长裙的罗马少女，还有扮成狗熊、兔子、唐老鸭的人物，在赌场进口处来回走动，主动向客人躬身施礼，你可随意与他们合影。大门口是一个小丑，手持毛掸子，为你开门掸土，做鬼脸。我们在剧场里看了一回歌舞，在市场看了一会儿商品，便找餐馆去吃饭。女招待是一位上海来的大学生，她全家迁来此地，父母是中年知识分子，在这赌场里找到一份发牌（就是看赌摊）的工作。我边吃饭边看窗外赌机间那些像赶集一样的人。这里面也许有那个擦车的黑孩子，也许有那个站在橱窗里的模特儿，他也来这里试试运气。其实人生就是一个赌场，不过平时靠聪明、汗水来赌，来这里是靠运气来赌。而这赌场（还不如说这社会）却更聪明。你看千百个张着虎口的赌机在等着你喂美元。虽然也有个别人能从这虎口里捞到一点赢头，但是别高兴得太早。你看这些剧场、舞厅、餐馆、商场，设了层层防线，都在拉着你消费，一定要把你刚装在口袋里的那几张票子掏出来。要不门口那个小丑怎么会那样热情呢？

从赌场出来我才注意到这赌城的大街上随便一个商店、酒吧的门口，柜台、酒桌旁，直到车站、机场的大厅里都有赌机。这真是美国的缩影，你随时随地都在赌人生，都可试试运气。你时时在想发财，而你周围又有无数双手在掏你的口袋。钱是你的也是我的，就是这样互相掏来掏去。但有一点是可以肯定的，在这种掏来掏去的竞争中有的人富起来，有的人垮下去。

（原载《走近政治》，党建读物出版社 2003 年版）

在欧洲看教堂

外国人说在中国旅游是"白天看庙，晚上睡觉"，中国人在欧洲旅游则是"白天看教堂，晚上中餐馆"。这是两种文化的差异，反映出相互的陌生与不理解。我在初接触教堂时总有一种怪异、神秘的感觉，不愿多看，也不愿细想。但是在欧洲，几乎一抬头就见教堂，主人一安排参观名胜就是教堂，就像我们出门见绿树，做客必饮茶一样平常，你想摆脱也摆不掉。这次到意大利访问又勾起了许多关于教堂的联想。

基督教的起源在公元一世纪。那时，现在的意大利一带连年征战，百姓生活苦不堪言。于是就有救苦救难的基督出现，这也算顺乎民心，是小民幻想和憧憬的表现。算到现在已有两千年，比当今世界上大多数国家和民族的历史还要老。什么东西都怕老，一老就有了资格，有了说法，有了附会、寄托和蕴藉。比如一棵老树，虬枝拂云，浓荫蔽日，有些风吹鸟衔的种子落在糙皮枝缝间又生出些杂花绿草，甚而树上再长出一棵树。这树枝上噪暮鸦，枯洞里宿野狐。有好事者就来附会鬼仙，寄托精神，披红献祭，焚香顶礼。它就成了一棵既有物质又有精神的树。但这必须是老树，越老、越枯、越怪就越好。亭亭小树是没有这个资格的。我把欧洲的教堂就比做这样一棵树。你总能从它身上读出许多树以外的东西。

一

树的主干是政治，是哲学，是世界观。本来一种宗教就是一种对世界的看法，又是依此对现实世界的做法。当我在梵蒂冈参观时，立即感到它对世界的影响和干预。那天正赶上一个月末的星期日，每月只有这一天梵蒂冈宫才对外开放。我们去得早，圣彼得教堂外广场上还没有什么人。我环顾四周隐隐感到一种正气、霸气。这里虽是宗教建筑但绝没有五台山、峨眉山上绿树映古寺的世外之感，也没有灵隐寺里青烟绕红烛的世俗之情。教堂的正面八根大理石柱巍然矗立，就差没有盘龙在上了，而宽敞的台阶，深幽的门厅，简直就是一座君临天下的皇宫大殿。殿的左右两侧伸出两个弧形的石柱长廊作环抱状，揽着一个广场，有囊括宇内、怀抱四海之势。这种建筑构思哪里是消极出世的宗教，简直就是积极入世的帝王。事实上在欧洲，在地中海沿岸，从古代起教皇和世皇就在斗，争夺治民之权，斗得难解难分，教会干预政治从来就没有停止过。公元756年，法兰克国王丕平为酬谢罗马教皇助他登王位，将新夺得的意大利中部大片土地赠给教皇，史称"丕平赠土"。从此，只统治精神世界的教皇也有了土地、臣民、军队、赋税，有滋有味地做起了既有精神又有物质的真皇帝。历史上也多了一个新名词：教皇国。欧洲的政治纠纷、军事争夺、王室更替甚至科学、思想领域他都要干预，直到为新国王行加冕礼。其权势到13世纪达到顶峰。1870年意大利下决心收复了罗马城四周的教皇领土，教皇避居城西北角的梵蒂冈。直到1929年，墨索里尼才和教廷正式签订了条约，承认这个独立的梵蒂冈城国。梵蒂冈的正式居民只有1000人，但有自己的军队、报纸，还发行邮票。它在政治思想方面的影响却远远超出它这个只有0.44平方公里的国界，世界上几乎凡有基督教的地方都有它的影子。

我们从梵蒂冈宫出来时，正是教皇难得的一次出来与教民见面，据说是在哪一个阳台上。白云仙鹤，幽幽邈邈，不见其人，只听见麦克风里传来嗡嗡的声音，而我们来时空旷的广场上已是一片黑压压、静悄悄的人群。后来我们进去看圣彼得教堂，教堂内富丽堂皇，游人如织，自是一番景象。但是在这热闹之中还有数处恬静，就是立于墙脚的几个忏悔室，每个室前默默地排着一行人，最前面的一位已经跪伏在窗下，听着布帘后不识其面的神父为自己做心理解剖。看着这巍峨如皇宫的教堂，这教堂内外虔诚的大众，你不得不承认宗教是一种力量，一种政治和思想的势力。

马克思说：宗教是人民的鸦片。吉本所著的《罗马帝国衰亡史》中有一段妙论：盛行于罗马世界的各式各样的崇拜，都被人民看做同等的正确；哲学家则把它们看做同等的荒谬；而地方行政官则把它们看做同等的有用。宗教和政治从来是联姻的，见不得又离不得的，互相利用的。佛教在中国也曾走过同样的路，一时被皇帝利用，封什么护国禅寺、国师，拨给土地、佃户，一时又灭佛烧庙。同是一个唐朝，宪宗时耗资动众，修塔建庙，大迎佛骨，甚至误导百姓倾囊捐银，断臂焦指，以表虔诚。韩愈就因上书反对此事，"一封朝奏九重天，夕贬潮阳路八千"。到武宗时就来一个全国灭佛运动，庙宇统统烧光。弄得我们现在考古，研究以前的古建筑都很难。幸亏有一座藏在五台山下的佛光寺，因路径偏僻，未被烧掉，20世纪30年代为梁思成考证发现，算是孑遗的孤宝。这种忽而捧之，忽而摧之，全是利益之争，权术之用。宗教也就忽明忽暗，成了一个难以捉摸的幽灵。我在梵蒂冈城里散步，时而觉得梵蒂冈宫和圣彼得教堂有一种君临天下的辉煌，时而又觉得它向隅而泣在咀嚼历史的凄凉。你看教堂阴沉的身影，墙壁、穹顶上那被风雨冲刷的斑痕，它倒像一个历经宦海沉浮的政客。它顽强地坚持自己的立场，狡猾而又宽容地笼络民众，拼死地和政敌搏斗，所以才这样伤痕累累，面色冷峻。

二

宗教为了控制信徒，首先要制造理论，要建立体系，要培养和训练神职人员。因此就要垄断文化，学文化必须进神学院、修道院。现在亚洲有些地方还是小孩子学文化必须进庙。但是人一有了文化，就会表现出自己的个性。所以有一种看似奇怪但又不无道理的现象，教会总是在培养自己的叛逆者，正如马克思所说资产阶级在培养自己的掘墓人。教堂成了诞生新科学、新思想的大棚。英国的培根是神学博士，第一次提出光是由七色组成，大地是个圆球。教会恨得牙龈痒，判他终身监禁。波兰的哥白尼到罗马学神学，并任教长，却在神学院研究出一个"日心说"，被恩格斯称为把上帝的宇宙颠倒了过来。意大利的布鲁诺，15岁进修道院，25岁当牧师，却坚信哥白尼的"日心说"，并勇敢宣传，最后被教会烧死。奥地利的孟德尔在修道院里工作了 8 年，发现了生物遗传规律。就是我们中国唐朝也有个叫一行的和尚，在庙里研究天文，并在世界上第一次实测子午线。到 1977 年国际天文界还以他的名字命名了一颗小行星。但是恩恩怨怨纠缠最深的要数伽利略与罗马教会了。

中学读物理时就知道了伽利略和他做实验的比萨斜塔。老实说，这次到意大利，最想看的就是这个斜塔。但是万没想到它也是一座教堂建筑。大约在 10 世纪时，比萨小国在与邻邦作战时得胜抢掠了大量财富，为炫耀胜利，便要建一个圣迹广场。广场上当然少不了一个宗教建筑，就设计了一座教堂，一个大礼拜堂和一座塔。大约是建塔的钱来得不干净，塔建到三层时就发现向南倾斜，只好停工。又过了 94 年，比萨人不死心，又接着往上盖，并且把每层倾斜一方的柱子加长一点，约到 1268 年终于建成，但仍然是个斜塔。于是这塔就再也没有别的名字，而以"斜塔"显于世，名于世了。当时意大利各城国正在纷纷进行建筑比赛，名作高手，群星灿烂，以至于现在我们仍将这个半岛视为建筑博物馆。但无论是以后的达·芬奇还是米开朗琪罗，无论是现在仍占据世界第一的圣彼得教堂，还是占据第二的圣母大教堂，任何高手也没有这样的绝笔，因为谁也不敢与之比"斜"，现在塔顶仍比中轴线偏斜 4.

89米。它就这样巍巍然一直矗立了800年，真是蚌病成珠，牛黄成宝，世上的事常歪打正着，斜塔反而声名远播，到现在每天来瞻仰的游客10万人众，为它的子孙赚着大把大把的银子。

前面说过，在斜塔建成前后，其他教堂里已经出现过培根、哥白尼、布鲁诺等这些上帝的叛逆。到这塔建成300年时，一天，塔下走来一个年轻人，这就是比萨大学的教授伽利略。他手里握着大小两只铁球，他要借这举世闻名的斜塔，揭穿一个曾被视为万古不变的真理。过去人们总认为物体从空中落下来时是重物比轻物快。伽利略则认为不管对错，只能靠实践验证。只见他双手撒开抛下大小两个铁球，不一会儿，"嘭"的一声两球同时落地。就这一声敲开了近代物理学的大门。我们有了一个新概念：加速度。我们开始了对运动的研究，有了以后的火车汽车，登月飞船。而曾亲睹这光辉的一刹那的，现在还存在于地球上的，就只有这座斜塔了。伽利略作完实验从斜塔上缓缓地走下来，伽利略的学生欢呼着，拥戴着他。他满面春风，东望佛罗伦萨、罗马、威尼斯，他的目光穿过教堂的丛林，他开始怀疑上帝设计的这个世界。

当时的比萨属于佛罗伦萨国，伽利略自从斜塔实验之后春风得意，却被公爵算计丢了比萨大学的教授，只好到威尼斯去教书。那时威尼斯被教会摒弃，宗教裁判所也不去管它。因此意大利不少学者都逃到这里来治学。他在这里又发明了天文望远镜，在那本是一片深沉静美的夜空中发现了转动的新星，远方月亮上的山脉，他一下子把上帝完美的世界给捅了个大窟窿。教会给了他第一次警告，不许他再说话。他这样憋了9年，直到老教皇死了，伽利略又忍不住写了一本《关于托勒密和哥白尼两大世界体系的对话》，大胆宣传哥白尼学说，又道出一个从未听说过的新原理——运动和静止是相对的，这就是有名的伽利略相对性原理。这一下又把上帝纸糊的世界捅了个更大的窟窿，从根本上动摇了地球是静止的，是宇宙的中心，并且这还成为后来爱因斯坦相对论的基础。这次教会再也不能容忍这个叛逆，便把他抓到了罗马，审讯了三个月，昼夜不息，施以酷刑。他最后只得申明"我从此不以任何方法、语言或著作去支持、维护或宣扬地动的邪说"。伽利略当时是屈服于教会的淫威。他没有像布鲁诺那样勇敢地去接受火刑，他签字了。据说他伏在地上签字时，又悄悄地自言自语：但是地球确实在转动。一个科学家的良心在受煎熬。伽利略是曾经想和教会搞好关系的。他说：我是上帝忠实的孩子。他曾寄幻想于他的几个主教朋友，但是，愚昧容不得科学，他还是没有逃脱审判。这年是 1632 年，是斜塔建成后的 364 年。宗教裁判所判他终身监禁。当年年轻潇洒的伽利略做完实验，迎着欢呼从斜塔上走下来，一条真理，"自由落体定理"也随他从斜塔上走下来。现在他已入垂暮之年，更多的真理从他的口里说出来，宗教裁判所的黑牢却一口将他吞进去。一个科学原理在发现之初总是不为人注意。当年法拉第刚发现磁变电，进行表演时，有绅士问："可这又有什么用呢？"法拉第说："先生，不久这玩意儿就会为您交税的。"现在全世界因电而创造的税收已经数不清了。伽利略被终身监禁在一个幽深的教堂里，可外面的世界却在一步步按他揭示的规律演变。就连那些神甫、主教也都坐上了汽车、火车、飞机，去做相对运动，他们看着卫星传播的电视，终于他们不得不承认地球确实在动，在绕太阳转。实践是检验真理的唯一标准，当天体运行和身边的运动都无数次地证明伽利略是正确的时，主教、教皇们的良心也在无数次地被谴责。终于他们实在脸红心跳地坐不住了，到 1980 年为伽利略平反。但教会与伽利略的这段公案，却拖了 348 年。一条真理被承认却要付出这么长的时间，现在这段历史的见证只有两件了。一是那斜塔。那天，在暮色苍茫时，我在塔下久久凭吊，那塔拔地而起，一出就斜。旁边就是笔直冷峻的教堂。但是它背过脸，不理它，只是向大地俯吻下去，好一个叛逆。还有一件是佛罗伦萨的主教堂，这在意大利也算一景。其规模就是在全世界的教堂群中也是数得着的。教堂内有一个特点，就是埋葬着教会承认的名人，并都配有大理石雕像。没想到进门后第一个人就是伽利略。他端坐于上，长须齐胸，明眸远眺，右手中捏着大小两个铁球，左手持一个单筒望远镜，象征着他对物理世界和天文世界的重大发现。实际上就是对上帝的世界的挑战。教堂大厅的尽头主教正在布道，蜡烛在昏暗中闪着幽幽的光，虔诚的教徒跪在一排排的长凳前，游客在厅里自由走动。伽利略就这样静观着世事变化，他生前恐怕也想不到，到死也不给他平反的教会，却又把他请到这里，给一把交椅，终日与唱经布道的主教们为伴。

三

教堂虽然是基督的大旗，是它的讲坛，它的行营，但教堂首先又是它自己，是由砖石构造，建成某种形状，又配以某种装饰的房子。它是盛着精神的物质，是相对内容而存在的形式。而形式这种东西又常常可以偷偷地离开内容，或假借内容来实现自己的价值。正如不管是皇帝还是农夫都要穿衣，裁缝就只管他们的形式，只在这一点上实现自己的手艺。中国诗赋的格律，就是离开内容而独立存在的声韵和节奏的美。当主教大人们决心到处修造恢弘的教堂来宣扬圣道时，艺术家也就找到了一种表达自己艺术才能的借口和形式。所以今天我们看教堂，就是对宗教没有一点兴趣，也可以把它当做艺术来欣赏。就如欣赏马王堆出土的金缕玉衣，并不必追究这衣服是穿在什么人身上的。

前面说过，教会垄断了文化，其实教会还垄断了艺术，垄断了建筑。因为它有势，有钱，能调动最好的材料、最好的艺术家来修教堂。（与教会平行的是皇宫，那也是有钱有势的主，你看哪一家不金碧辉煌？）因此，罗马和欧洲大地上的著名教堂，实际上成了那些伟大艺术家的个人纪念碑。我猜想教会与艺术家之间是心照不宣互为利用的。我花钱雇你来修教堂，你的才能越发挥得淋漓尽致，教堂就修得越好，就越证明我教的伟大；我被你雇来修教堂，你花的钱越多，教堂修得越大，就越能发挥我的才能，证明我的存在。这种暗中的相互利用，倒给我们留下了一件件艺术精品。

借教堂成名的艺术家当首推米开朗琪罗。米 1475 年诞生在佛罗伦萨，他的奶娘是位石匠的妻子，也许就是这段缘分，他一生也没有离开石雕艺术，后来他风趣地说，"我是吃铁锤和凿子的奶长大的。"他 28 岁时便完成了成名作《大卫》。至今这件作品被全世界美术院校的学子奉为入门教材。梵蒂冈宫的西斯厅可以毫不夸张地说就是米开朗琪罗纪念馆。这位文艺复兴的先驱，以他人文主义的思想是反对神权的。但是他被迫两次来梵蒂冈的西斯厅作画，第一次来是 1508 年，画了 4 年，第二次来是 1535 年，这次画了 8 年。现在西斯厅成了游人难得一进的艺术圣地，那天我们去瞻仰时，厅内密密麻麻地站满人，大家慢慢地挪动脚步，都仰起头看着这 400 多年前的珍品。米开朗琪罗的这些画全部用裸体人物来表达，他是以人的尊严来对抗神的统治。他第一次受聘是来画这个大厅的拱顶，开始他请了几位当时也是很有名的高手画家帮忙，几天后他发现不合自己的标准，然后就一个人来完成这项艰巨的工程。在这块 800 平方米的天花板下，他站在脚手架上，仰着脸，要是晚上手里还得举着盏灯，就这样一直画了 4 年，到 1512 年完成。不用说别的，就是我们现在仰脸看画，一会儿就脖颈酸疼，他是以怎样的毅力来创造艺术的啊。他第二次被召来时是为了在祭坛后的山墙上画一幅《末日的审判》，画高 10 米，宽 9 米，200 多个人物，足足画了 8 年，还是全用裸体。当画快完成时，教皇的一位官员来视察说：这么神圣的地方，怎么能画这种画？这画不如挂在澡堂子里。米开朗琪罗非常恼火，此人一去，他就将此人的形象画成一个阴间的法官，脚上盘着长蛇。现在这个人还在画上受罪。他的透视技巧十分高超，画上每个人物都像随时要走下来。这幅画当时就轰动了世界。我挤在人群中，屏住呼吸和大家一起感受这种艺术的魅力。我只感到四周全是米开朗琪罗的化身，这些人物从两侧的墙壁上，从天花板上，一起拥来，穿越500年的时空，带着画家的呼喊，向我们诉说人的复兴，文艺的复兴。在教会死寂的殿堂里竟有了这样一个活泼泼的人的世界。这和我们在庙里和石窟所看的冰冷、一个模样的佛祖、罗汉大不一样。大约上帝也承认了内心深处的寂寞，从而暗自屈从了这位艺术家，让他在神殿上打开一扇通向人世的窗户，而实际上也就在众神间为米开朗琪罗留了一把交椅。米开朗琪罗的创作态度是极其认真的。创作《大卫》时，他用一道屏风挡起来，作品未完成前，不许任何人看一眼。一次他正修改一件作品，有朋友来访，刚扫了作品一眼，他就装作失手把灯掉在地上，屋里一片黑暗。凡是自己眼睛通不过的作品，绝不肯示人；凡是没有新意的作品他绝不留存。一次为雕一个人像，他竟一连作了12个稿样。正是这种执着，这种残酷的追求，使我们在500多年后还是觉得他是一座不可企及的高峰。

罗马和欧洲的著名教堂，大多是经数代名家设计和监督施工而成。世界第一大的圣彼得教堂是公元349年始建，以后历次重修，到16世纪更有拉斐尔、米开朗琪罗这样的大师加入，到1612年才完成现在这个规模，前后1300年。世界第四大教堂的佛罗伦萨大教堂1296年开工，到1461年完成，前后167年。大圣玛丽亚教堂是公元352年始建，一直建到18世纪，前后1400多年。一座建筑的修建动辄上百年、上千年，只有宗教的信仰才能维系这样的工程。这在东方也不例外。中国的云冈佛窟修了50年，乐山大佛修了90年，大足佛刻前后700年。因为朝代可以更替，信仰却没有更换，并且又只有这种宗教迷信式的信仰才能驱使人们将自己的精力、财力去作无限的倾注，并代代相续。一个教堂越是这样一代代地往下传，就越显得珍贵，好像一个十世单传的婴儿，这是欧洲人最爱向客人显示的骄傲。正是在这种传承中，教堂成了一棵独特的艺术大树。如果你细心一点，还会发现这棵大树仍在不断地抽着新芽，现代艺术家就是设计教堂也要张扬自己创造的个性。他们已突破传统教堂尖顶厚墙的冷面孔而更富有人性，这也许是为了适应旅游业的需要。最典型的是芬兰的岩石教堂，建于1969年，由蒂莫和图奥莫兄弟两人合作设计。它完全是在一座岩石山顶上挖的一个深坑，搭上玻璃、钢材和铜材的大顶棚。十足的现代味道，但仍不失教堂本色。

正像前面吉本论宗教一样，我说，教堂对教会来说是布道的场所，对教徒来说，是寻找安慰洗刷心灵的地方；对艺术家来说，则是他手中的一块石料或者是一块画布。

（原载《走近政治》，党建读物出版社2003年版）

薪火有传　光焰各异

——出访政治笔记

2001 年 3 月 11 日，是越南共产党机关报《人民报》创刊 50 周年，《人民日报》作为兄弟党机关报应邀出席庆典。其他被邀请的还有古巴《格纳玛报》，老挝《人民报》，俄罗斯《真理报》，法国《人道报》，德国《新德意志报》，柬埔寨《人民报》和日本《赤旗报》。

这虽是一次报庆活动，却是一次有关社会主义、国际共运话题的聚会。由于国际共运处于低潮，全球经济、安全、科技进步等新话题常占据国际论坛，所以有一周时间在这里集中听各国各党关于社会主义的讨论觉得很新鲜。我们真切地感到社会主义共产主义在地球上还薪火有传，还在继续。

与会 9 家党报大致分为 3 个类型。一是执政党，如中、越、古；二是失去政权的，如俄共；三是从未执政的，如法、德、日等。执政党报代表议论最多的是改革。中国的方针是"改革开放"，越南的方针是"革新开放"，大同小异，表达不同。时值越南共产党"九大"前夕，可以感觉到他们也在紧张地思考什么是社会主义，怎样建设社会主义。越共领导人与代表们座谈中提出他们准备接受四个挑战：贫穷落后、"和平演变"、偏离社会主义方向和贪污腐败。真是打江山难，守江山更难。而未执政党所提问题还未脱离理想色彩，总有点从本本出发，纸上谈兵的感觉。如总在问：你们怎样防止两极分化？他们不知道东方的社会主义国家是发展中国家，首先要解决贫穷、发展的问题。过去犯的错误主要是穷平均，以他们的位置不大容易理解邓小平让一部分人先富起来才能发展的思想。

但不管怎样，社会主义乃至共产主义理想的讨论总算是有了中国和越南这样的新模式，而且也有了苏联模式失败的反面教训。中国、越南这样的执政党在建设各自的社会主义政权中根据新的实践有了新的思考，并可供国际共运参考，非共产党执政的国家，也还有一批共产党人在思考这个问题。社会主义、共产主义并没有像西方所希望的那样全部垮掉、消失，仍然薪火有传，有朝一日会燃得更旺。但这光焰也一定不是马克思所设想的那种无差别社会，也不是毛泽东设想的人民公社化、五七道路。它将别有一种光焰，而且在不同国家将呈现不同色彩。比如现在，越南国家机关公务员可以兼职，这在中国是不允许的。我们有中国特色，他们有越南特色，国情不同，方式道路不同。其实，马克思、恩格斯本着唯物辩证的思维方式，早就预见到将来社会主义模式的多样性。他们在《共产党宣言》后期版本的序言中曾指出以前的一些论述已经过时。当有人问到将来社会主义的模式时，恩格斯说："我们不打算把什么最终规律强加给人类。关于未来社会组织方面的详细情况和预定看法嘛，您在我这里连它的影子也找不到。"在同法国《费加罗报》记者的谈话中批判空想社会主义时，他又指出："这种新的社会制度是一开始就注定要成为空想的，它越是制定得详尽周密，就越是要陷入纯粹的幻想"（恩格斯：《社会主义空想到科学的发展》，《马克思恩格斯选集》第 2 版第 3 卷，第 724 页）。在马克思、恩格斯的书里确实找不到中国特色社会主义，也找不到越南、古巴等模式的社会主义。但是我们今天在中国，在越南的社会主义中仍然可以找到马克思主义的依据。

（原载《走近政治》，党建读物出版社 2003 年版）

被缓解稀释和冲淡了的环境

　　在德国旅行我真嫉妒这里的环境。在北京拥挤的自行车、汽车和人的洪流里钻惯了，一在法兰克福降落，就如春天里突然脱了棉袄一样的轻松。宽阔的莱茵河当城静静地流过，草坪、樱花、梧桐。还有古老肃穆的教堂，构成一幅有色无声的图画。我们像回到了遥远的中世纪或者进到了一个僻静的小镇。心也静得像掉进了一把玉壶里。

　　在几个大城市间的旅行，是自己开着车走的。这种野外的长途跋涉，却总像是在一个人工牧场里，或者谁家的私人园林里散步。公路像飘带一样上下左右起伏地摆动。路边一会儿是缓缓的绿地，一会儿是望不到头的森林。隔不远，高速公路的栏杆上就画着一个可爱的小鹿，那是提醒司机，不要撞着野生动物。这时你会真切地感到你终于回到了大自然，在与自然对话，在自然的怀抱里旅行。我努力瞪大眼睛，想看清楚那绿色起伏的坡地上是牧草还是麦苗。主人说不用看了全是牧场。这样好的地在中国早已开成农田，怎么能让它去长草呢？可是一路上也没有看到一头牛，说明这草地的负担很轻，大约也是过几天来几头牛，有一搭没一搭地啃几口。它只不过顶了个牧场的名，其实是自由自在的草原，是蓝天下一层吸收阳光水分，释放着氧气的、绿色的、欢乐的生命，是一块托举着我们的绿毯。当森林在绿毯的远处冒出时，它是一块整齐的蛋糕，或者一块被孩子们遗忘的积木。初春，树还没有完全发绿，透着深褐色。分明是为了衬托草地的平缓轻软，才生出这庄严和凝重。这种强烈的装饰美真像冥冥中有谁所为，欧洲人多信教，怕是上帝的安排吧。要是赶上森林紧靠着公路,你就可以把头贴在玻璃上去数那一根根的树。树很密,树种很杂,松、柏、杨、柳、枫等交织在一起,而且粗细相间,强弱相扶,柔枝连理,浓荫四闭。这说明很长时间已没有人去动它,碰它,打扰它。它在自由自在地编织着自己的生命之网。你会感到,你也在网中与它交流着生命的信息。从科隆到法兰克福,再到柏林,我们就这样一直在草坪上,在树林间驰过。当车子驶进柏林市区时,天啊,我们反而一头扎进森林里,是真正的大森林。车子时而穿过楼房,时而又钻进森林,两边草木森森,我努力想通过树缝去找人,找车或者房子,但是看不到,这林子太深太广了,和在深山老林里看到的一样,只不过树细了一些。主人说这林子大着呢,过去这里面都可以打猎。我突然想起有一种汽车就名"城市猎人",看来有一点根据。城在林中,林在城中,这怎么可以想象呢?后来在商店买到柏林城的鸟瞰图,看到市中心的胜利女神如一根定海神针,而周围则是一片绿色的汪洋。

在这到处是绿草绿树的环境中,自然要造些漂亮的房子,要不实在委屈了它。在德国看房子也成了一大享受。欧洲人的房子绝不肯如我们那样的四方四正,虽则大体风格一致,但各自总还要变出个样子。比如屋顶,有的是尖顶,尖得像把锥子,直指天穹,你仰望一眼它就会领着你走近神圣的天国。有的是大屋顶,稚气得像一个大头娃娃,屋顶像一块大布几乎要盖住整座房子,你得细心到屋顶下去找窗户、门。较多的是盔形顶,威武结实像个中世纪的武士。还有一种仿古的草皮屋顶,在蓝天下隐隐透出一种远古的呼唤,据说是所有屋顶中造价最高的。屋顶多用红瓦,微风一吹,绿树梢上就飘起一块块红布。德国人仿佛把盖房当游戏,必得玩出一个味来。要是大型建筑,他们就极有耐心地去盖,在全世界屈指可数的科隆大教堂,千顶簇拥,逶迤起伏,简直就是一座千峰山。从 1248 年一直盖到 1880 年才盖好,至今也没有停止过加工养护，我们去时于"山"缝间还挂着许多脚手架。至于一般的私家住房，就像小孩子过家家一样必定要摆弄出个新样子。德国人常常买一块地，邀几个朋友，自己动手盖房子。他们在充分地咀嚼生活。

和树多房美相对应的是人少。车在公路上行驶时两边看不到人，就是在城里也很少见到人。有几次我有意地目测一下人数，放眼街面，数不到几个人。这是如中国的长安街、东西单一样的街道啊。一次在市中心广场停车，要向路边的收费机里喂几块硬币，兜里没有，想找人换，等了半天才从街角转出三个散步的老妇人。一次开车从高高的停车场上下来，到出口处自动栏杆挡着，不喂硬币它不弹起。我踩住刹车，旁边会德语的同志就赶快去找人换钱。这是车库门口，不能总挡人家的路。但是，大概有十分钟，任我们怎么急，就像在一个幽静的山坡下，怎么也唤不出一个人影。那条挡板无言地伸着它的长臂。我抱着方向盘，透过车窗，眼前闪出了当年朱自清写的游欧洲的情景：火车爬到半山，一头牛挡住路，车只好就停下来，等着它慢悠悠地走开。欧洲人竟是这样的舒服啊。就像在牧场上不见牛羊，只有绿绿的草；在城里不见人，只有空空的街。生存的空间是这样大，感到心里很宽，身上很轻。人越少就服务得越周到。在汉堡，大约六七十米就有一个人行过街路口，我们乘坐的庞然钢铁大物不时谦让地住脚给行人让路。有的路口电杆上画一个手掌印，你要过路时按它一下，红灯就会亮起挡住车流，人过后红灯自灭。虽然车行如海，但人在车海里是这样的从容，如同受到自然恩惠，人受到社会完好的关照。反过来如同对自然的保护，人也十分遵守社会秩序，表现出自觉的纪律性。纪律就是社会共同的利益。在国内早听说过，德国人就是半夜过路口，附近无一车一人时也要等红灯。这次真是亲身体验。汽车也是这样礼貌，尤其是如执行弯道让直行、辅道让主道之类的规则时，经常谦让得让你发急。而在北京街头汽车常常要挤着自行车，拨着人的屁股抢路走。是环境的从容养成人性的谦让，当他谦让时不是对哪一个人，是对整个生态环境的满意和尊重。

总之，在德国无论在乡间，在城里，都感受到一种被缓解、被稀释和被冲淡了的环境。我们为什么愿意到草原、到海边去旅游，就是因为那宽松的环境，那里空间极大，大到可以尽力去望，没有什么东西会阻挡你的视线；你可以尽力去听，没有什么人为的声音会来干扰你的听觉，只有天籁之音。这时你才感到人的存在，人的主宰。人们为什么要寻找山水就是为了释放出那些在市井中被压缩许久的视力、听力和胸中的浊气。所以，当一个城市 24 小时都能给我们一汪绿色一片安宁时，这是何等的幸福啊。

（原载《走近政治》，党建读物出版社 2003 年版）

挽留自然，为了我们的生存

　　澳大利亚人是过着一种田园牧歌式的生活，这大半要归功于大自然的赐予。你想，澳国有 768 万平方公里，国土面积只比中国小一点点，但是它的人口却只有 1900 万人，还不及中国的零头。多大的生存空间啊，就像一个人睡在一张几十平方米的大床上，横躺竖卧，打滚翻跟头，都任你由你，那是一种多么宽松的心境。

　　澳大利亚，说是一个国家其实是一个洲，一个漂在南半球大洋上的洲。我们北半球也有几个洲，亚洲、非洲、北美洲，但这些海洋上漂着的每一个版块，上面都要挤着十几个，几十个国家，摩肩接踵，挤挤擦擦。少不了谁踩了谁的脚，谁撞了谁的腰，甚至与谁当面碰了一鼻子。所以，近千年、百年来或吵或打，没有一天的安宁。而澳国一个人躺在南太平洋上，除旁边有数的几个岛国外，它独占地理。汪洋碧波隔世外，绿草如茵接天去。开国二百年，除第二次世界大战时日本人飞来扔了几颗炸弹，难得有谁来打扰，真是寂寞得连个吵架的人也没有。他打滚撒欢，高喊大叫，也不用担心碰着何人，吵了哪个。因为漂在水上，自然就生出许多港湾，所以澳大利亚有许多著名的海港城市，如悉尼、墨尔本、黄金海岸、布里斯班。这些地方的海水悄悄地伸向内陆，如指如爪，如带如须，这充满动感的蓝色条块，穿割着绿地、森林，簇拥着那些红顶白屋。在澳大利亚的政府办公室里，在旅游点上，常挂有大幅的国土照片。蔚蓝色的大海上，漂着一块"心"字形的翠玉。因澳国多草树，这块玉就基本呈翠绿，但北部有一片沙地，玉上就又嵌出一块橙黄。澳大利亚出产一种在全球独一无二的宝石（OPAI），中文音译正好是"澳宝"。这幅精心印制的国家地图，恰好表达出澳大利亚人自豪自得，宝其家国的心情。

在澳大利亚访问，我们特别提出一定要采访一家牧场，要看看这田园牧歌的基层细胞是什么样子。那天，我们离开工业城市墨尔本，驱车250多公里来到一个叫埃弗顿的小镇。镇上只有4000人，但安静整洁似一座花园。果然如人所说，只要你找到一个小镇，就必然会有一座教堂，一个咖啡馆和一个中餐馆，说明这里的多元文化。这3样都是红砖砌就，托在草地上，映在绿阴中。牧场主是墨尔本大学的一位教授，他14年前买下这个牧场。原因很简单，就是想让4个孩子远离市井喧嚣，在纯净的大自然中度过童年。其妻是中学教师，从大城市到镇上来教书，4个孩子在这里相继读完小学、中学，又都考上墨尔本的大学，现都在外工作。最令他自豪的是小女儿还被聘到英国去教英语。这是最典型的澳国人的大自然情结。现在他经营的这个牧场，只养良种公牛，还有一个专供酿酒的葡萄园，他仍在大学任教。显然，这个农场科技含量很高。他邀我们去看酿酒厂，公路像是画在绿毡上的一条飘带，澳洲特有的桉树如巨人般屹立两旁。这种树长大后会自动蜕皮，树干显灰白色，凸凹不平，数人才能环抱，在绿色和新叶的映射间更显出历史的沧桑感。主人骄傲地说："这个农场是当年从本州一位后来成为总理的人手里买来的。"路旁仍依稀可辨故人旧居。

车子在一带山坡前停下，平地露天立着60个大钢罐，还有一些管线，几台运输叉车，一个垛满橡木桶的酒库。厂长是个40多岁的汉子，他说这个厂只生产以某种葡萄为原料，有专门口味，为某特定阶层人士所好的酒。他已五次到中国，在湖北枣阳有一个合作酒厂，主要是看中那里深山的无污染环境。我奇怪，眼前的造酒设备怎么都在露天？连个起码的用以遮盖的厂房也没有，刮风下雨，扬沙落土怎么办？厂长说：

"这里有风，但从来无尘，酿酒季节更是风和日丽。再说生产罐全部是密封的，下点雨也不怕。"我环顾四周，视线之内真的见不到一点土。这个小酒厂被绿草拥上山坡，就快要送到树林的怀里了。机器的使用和技术的进步，使我们接受一个新概念——人机工程，讲人和机器协调一体。而现在我想到又一个新概念——人与自然工程，人与天一体。科学和技术绕了一圈，又带领人类回到大自然的怀抱里。

澳大利亚立国不久，至今才两百多年。因为是英国殖民者新拓的海外疆土，开始也曾经历了饿狗见肥肉，拼命开发的过程。在首都堪培拉湖边公园的历史陈列室里，有当年开荒破土，挖矿砍树，草场沙化的老照片。但是他们觉悟得早，20 世纪 70 年代初就开始对全民普及环保教育，现在已在环保技术、环保教育和环保成绩等方面处于全球的领先地位。

澳大利亚是一个资源大国，西部出矿砂、钻石和珍珠。珍珠颜色有黑、粉、紫，皆玲珑剔透，形态各异，几乎不需加工就可出口。南部出产"澳宝"，这种宝石在世界上独一无二，没有竞争。沿岸的海里盛产鱼类，本地人不养水产，全取自天然。餐馆里的大师傅做鱼时，常会在鱼嘴里摘出一个鱼钩，鱼都是从海里轻而易举钓来的。厨房里待用的海贝上还长着海草。除了宝石、矿砂、珍珠还有羊毛，沙地和森林之外全是牧场。澳大利亚人真是一不小心跌进了大自然的福窝里。它不必像美国、日本那样去拼命争当军事大国、经济大国。它只要做一个环保国家，保住大自然特予的恩赐，就足吃足喝，够得上一个大户人家了。

我们在澳大利亚时时处处都能感受到澳当局这种以自然优势立国并尽力保住这种优势的国策。去年刚结束的悉尼奥运会是它向全世界展示这种国策的机会。主会场周围有 27 个大探照灯，却不用电，全部利用太阳能。奥林匹克公园的两座山头绿草如茵，但谁能想到原来这里是一片臭水滩、垃圾场，他们经过整治将垃圾埋到 9 米深的地下。而在澳的任何城市、乡镇和高速公路旁你找不到一点裸土。草坪之外，树根下或其他的地方都用人工粉碎的木屑覆盖起来，真是珍爱尊崇如若神明。但是，无论是男女老少，都喜欢尽量裸身地在自然中跑步、逛街、游泳，一句话，在自然中打滚。我戏说这里是"地无裸土，人喜裸身"，真是新的自然组合。

当然，澳大利亚人并不承认自己只吃上帝给的饭。他们想努力改变"羊毛大国"、"矿砂大国"的形象，而给人以科技立国的印象，这体现在他们的"科技移民"的移民政策，凡申请移民者必须有某种科技专长。其意还在控制人口膨胀，提高人口质量，让上帝独给他们的这份资源，不至于尽快消耗完。

留住自然，是为了我们更好地生存。

（原载《散文》2000 年第 4 期）

普京独行在空旷的大街上

网上视频播出，俄罗斯总统普京参加完自己柔道启蒙教练的葬礼后，拒绝记者、警卫的跟随，一个人行走在圣彼得堡空旷的大街上。他紧贴着临街的窗户，走在窄窄的有点老旧的人行道上，一会儿又跨过一条马路，跃上对面的人行道，偶有行人看他一眼，也各行其道。

以我们的习惯思维，这首先有安全问题，其次还有老百姓的围观。我老觉得那临街的窗户里随时会伸出一把手枪，或者路边会有人下跪上访，给一个难堪。但是没有，普京只是自顾自地走着，别的行人也没有大惊小怪。官不觉官，民自为民，这是一种多么平静的政治生态。微风吹起普京西服的下摆，他甩着一副摔跤手的臂膀，目光向前。我不知道他在想什么，是想安静一会儿，还是想看看这片他治下的土地？他难道就不怕安全不保，不怕有人来纠缠？但从画面看，他一身胆气，淡定自然。这不只是因为他柔道出身，有一身好武艺，还因别有一种政治上的自信。

这场面又令我联想起几个镜头。毛泽东当年也常这样一个人走在延安的大街上，不时和迎面而来的农民打招呼。这有斯诺的《西行漫记》为证，也曾有一张他双手叉腰与人说话的照片。周恩来喜好话剧，20世纪50年代他常去看"人艺"的戏，夜戏散后就和回家的演员一起，同行在北京后半夜空旷的大街上，热烈地讨论着剧情和演技。德国女总理默克尔下班后就到超市买菜，还排队交钱。法国前总统希拉克是个大个子，也爱一人漫步巴黎街头。一天他发现一个小孩紧随其后，便回身问："是要签名吗？"孩子说："不，不需要签名。天热，我走在你的影

子里凉快些。"童言无忌，他大惭，人民不看重他的虚名，而是要他给
民以实惠。当晚，他写了一篇《我愿给你们带来阴凉》的讲稿，后来
将之引入他的施政纲领。

这里引出了一个问题，政治家或者我们的干部，与群众应该是一种
什么样的关系，他自己应该是一种什么样的常态心理。中国人经历了
"文化大革命"的特殊岁月后，深刻地懂得了一个真理：领袖是人不是
神。不但一般人从政治现实中深切地明白了这一点，党也将此作为一种
政治经验总结成文件。1980年7月30日，中央通过"少宣传个人"的
5条规定，当年10月20日又通过决定，二三十年内不挂现任中央领导
人像，防止个人迷信。可惜，中央带头了，基层却很牛。有些人经常表
现为无事忙，有事慌；对下欺，对上瞒；对内硬，对外软；无事拿架
子，有事扶不起。作者出差就不止一次地遇到"清街"、"闭景区"等。
共产党本来是为人民服务的，一个服务员去服务的时候怎么能让被服务
者回避呢？当然更不能敲锣打鼓，像刘邦还乡那样。正常地生活在人民
群众中，这不但是共产党政治的要求，就连一些进步的资产阶级政治家，
甚至封建政治家也已经做得到。但现在我们却还是不得不从最基本的说
起，时时提醒干部不要脱离群众，不要害怕群众，不要画地为牢，也不
要作秀，不要哗众取宠。要学会先自自然然地做人，再兢兢业业地做事。

但政治家毕竟不是一个普通的人，他要有特殊的机敏和坚定的信
念，虽不作秀，却必须做事。就在这个独步街头的画面出现之前不久，
电视台还有一个画面是普京怒斥日本记者的挑衅。日本首相安倍与普京
会谈后共同举行答记者问。这应是一个严肃的场合，安倍在喋喋不休地
讲话，普京在一旁无聊地玩着手中的一支笔。我立即想起奥巴马对普京
的印象："他很懒散，就像一个坐在教室后面无聊的孩子。"但是，当
一个日本记者问普京："为什么俄在'北方四岛'（俄称'南千岛群
岛'——编者注）继续修建地热发电站？这是日本决不接受的举动。

俄什么时候能停止推行这一十分令人气愤的政策?"普京,这个打盹的老虎,立即锐利地回答:"我发现您是在认真地读写在小纸条上的问题。我想请您向指示您提问的人转达以下内容:这些领土问题不是我们制造出来的,这是100年前就有的历史遗留问题。如果您想捣乱,继续直接提出强硬的问题,那您也一定会直接得到强硬的答案。"这是打狗给主人看,在一旁的安倍如坐针毡,但也无可奈何。普京是无事散,有事强;对内柔,对外刚。这又使我想起当年毛泽东在中国还不得不依赖苏联的情况下却在谈判桌上痛斥赫鲁晓夫:"是不是想把我们的沿海地区都拿去?"还有,邓小平在大会堂对为香港问题来访的英国首相撒切尔夫人说:主权问题绝不能谈判。震得铁娘子出门就跌了一跤。还有陈毅那段有名的外交逸事。有外国记者问陈毅"中国是否好战",陈毅拍着桌子怒道:"我们等候美帝国主义打进来,已经等了16年。我的头发都等白了。或许我没有这种幸运能看到美帝国主义打进中国,我的儿子会看到,他们也会坚决打下去。"

有诗言:"丈夫立世,独对八荒。"政治人物算得上是有作为的大丈夫了。他所要独对的是各种复杂的问题,是整个国家、整个世界,是一片空旷的未来。为了对得起这个职位、这个局面,他首先要有内心的坦诚,宁静致远。古人言:"居官无官官之事",就是说不要走路坐卧总把自己当个官。无论是毛泽东在延安的街头,还是周恩来说戏,希拉克与儿童对话,还是普京逛街,默克尔买菜,他们都有一个真我,不是总拿自己当个官;第二,他又随时不忘自己的责任,该变脸时就变脸、敢变脸。无论是普京骂记者还是邓小平斥铁娘子,都是为国家利益勇于担当,这时又没有自我,只有官身、官责。这大概就是毛泽东评价自己时说的一半猴气,一半虎气。能公能私,能我能国,或猴或虎,是为真男子。他脚下踩着一片结实的土地,行走在一条空旷的大街上,任我行,不作秀,不回头。

(原载《人民日报》2013年7月18日)

责任编辑:徐庆群

封面设计:肖　辉　孙文君

版式设计:王欢欢

图书在版编目(CIP)数据

一个大党和一只小船——梁衡政治散文选/梁衡著. —北京:
　人民出版社,2011.5(2016.5 重印)
ISBN 978 - 7 - 01 - 009814 - 2

Ⅰ.①一…　Ⅱ.①梁…　Ⅲ.①散文集-中国-当代　Ⅳ.①I267

中国版本图书馆 CIP 数据核字(2011)第 059216 号

一个大党和一只小船

YIGE DADANG HE YIZHI XIAOCHUAN

——梁衡政治散文选

梁　衡　著

人民出版社 出版发行

(100706　北京朝阳门内大街 166 号)

北京汇林印务有限公司印刷　新华书店经销

2011 年 5 月第 1 版　2016 年 5 月北京第 2 次印刷
开本:710 毫米×1000 毫米 1/16　印张:24.75
字数:315 千字

ISBN 978 - 7 - 01 - 009814 - 2　定价:38.00 元

邮购地址 100706　北京市东城区隆福寺街 99 号
人民东方图书销售中心　电话 (010)65250042　65289539

版权所有·侵权必究

凡购买本社图书,如有印制质量问题,我社负责调换。

服务电话:(010)65250042